Jakob   Wassermann

Der goldene Spiegel

Erzählungen in einem Rahmen

Jakob   Wassermann

Der goldene Spiegel
Erzählungen in einem Rahmen

ISBN/EAN: 9783337355340

Hergestellt in Europa, USA, Kanada, Australien, Japan

Cover: Foto ©Andreas Hilbeck / pixelio.de

Weitere Bücher finden Sie auf **www.hansebooks.com**

Der
goldene Spiegel

Erzählungen in einem Rahmen

1

von

Jakob Wassermann

Achte Auflage

S. Fischer * Verlag * Berlin
1912

Kapitelfolge

Ich widme dieses Buch meiner Frau.

O thou whose face hath felt the Winter's wind
Whose eye has seen the snow-clouds hung in
      mist,
And the black elm-tops 'mong the freezing stars,
To thee the Spring will be a harvest time.
O thou, whose only book has been the light
Of supreme darkness which thou feddest on
Night after night when Phoebus was away,
To thee the Spring shall be a triple morn,
O fret not after knowledge, I have none,
And yet my song comes native with the
      warmth.
O fret not after knowledge, I have none
And yet the evening listens.
              He who saddens
At thought of idleness cannot be idle,
And he's awake who thinks himself asleep.
                    Keats.

Franziska und die Freunde

Drei junge Leute von besonderer Art lernten auf einem Ball im Künstlerhaus ein siebzehnjähriges Mädchen kennen, das sehr liebreizend war, Franziska hieß, die Schauspielkunst studierte und das Leben liebte. Sie trug ihre Armut wie eine vorläufige Hülle, und die Daseinsstimmung, in der sie sich befand, wird am besten verglichen mit der morgendlichen Munterkeit eines kräftigen und entschlossenen Bergsteigers.

Was die jungen Männer betrifft, so waren es Söhne aus reichen und geehrten Familien, und sie standen in der Reihenfolge der Jahre zwischen dreiundzwanzig und achtundzwanzig, die der Freundschaft noch angemessen ist. Eine Aufzählung im Steckbriefstil mag die genauere Bekanntschaft mit ihnen vorbereiten. Rudolf Borsati war Arzt, mittelgroß von Figur, ziemlich fett, doch immerhin elegant in der Erscheinung, von Bart und Haar blond wie türkischer Tabak, von Gemütsart verträglich, schmiegsamen Geistes und in den Manieren von charaktervoller Liebenswürdigkeit. Die Klientel brachte ihm nur geringen Verdienst, er selbst war sein treuester Patient, denn er beobachtete mit aufmerksamer Hypochondrie die Entstehung und den Wechsel einer großen Zahl von Krankheiten in seinem eigenen Körper. Georg Vinzenz Lamberg, ein stattlicher, brünetter, passioniert aussehender Mensch, der im Gang und im Gehaben etwas Fürstliches hatte, eine rasche, aufsammelnde, entscheidende und entschiedene Selbstherrlichkeit, war Archäolog ohne Amt, Privatgelehrter ohne bestimmte Richtung, ein Sonderling mit leidenschaftlichen Neigungen, der sich zu den Dingen und den Kreaturen in ein Verhältnis voll Tyrannei und Abwehr begeben hatte. Am meisten auf das Äußere der Welt und das Tätige des Lebens gerichtet war Cajetan von Prechtl, deshalb hatte er auch Franziska zuerst für sich gewonnen. Er war angehender Diplomat, hatte Ehrgeiz, und in seinem altschmalen Gesicht saßen zwei dumpfglänzende Augen mit dem starken und weithinausschauenden Blick eines zielgewissen Schützen. Eine fantasievolle Welterfahrung war ihm eigen, die ebensogut auf einen Dichter wie auf einen künftigen Staatsmann schließen lassen konnte und durch eine seltsame Verschwisterung politischer und romantischer Elemente jedenfalls bemerkenswert war.

Ihm glückte es, dem Direktor eines der ersten Theater für Franziska Teilnahme einzuflößen. Ihr Debüt war ein Triumph. Die Poesie ihres Lächelns, ihrer Geberde, ihrer Haltung verlieh der mittelmäßigen Komödie einen Schein von Tiefsinn und Elan, und selbst diejenigen, die ihre Schönheit auf Kosten ihrer Begabung lobten, räumten ein, daß hier persönlicher Zauber wie Genie wirke. Borsati fand sein Gemüt bewegter, als er dem jüngeren Freund gestehen mochte, aber Cajetans wechselsüchtiges Herz hatte sich unlängst für eine andere entzündet, und nachdem sich die Beiden gegeneinander ausgesprochen, gelang es Borsati bald, Franziskas Gunst zu erwerben. Er erhob sie, indem er sie trug, und förderte sie, indem er ihr huldigte. Es war ein zartes Verhältnis und voll Kameraderie, doch konnte es den Lebensdurst des jungen Mädchens weder befriedigen, noch verringern; ihr war immer, als ob sie viel, als ob sie alles versäumte, und je mehr sie zur Frau reifte, je ungestümer fühlte sie sich aufgefordert, dem Ruf ihrer gestaltlosen, aber feurigen Träume zu folgen.

An einem bestimmten Abend in jeder Woche fanden sich

Cajetan und Georg Vinzenz bei Franziska und Borsati ein, und bei gutem Essen und vortrefflichen Weinen verplauderten sie oft die halbe Nacht. Eines Tages brachte Borsati einen fremden jungen Mann zu diesem Symposion mit, einen Menschen von nicht sehr gepflegtem Äußeren und eckigem Betragen, der sich Heinrich Hadwiger nannte und Ingenieur war. Von den befremdeten Gefährten später unter sechs Augen zur Rede gestellt, erklärte Borsati, daß er Hadwiger schätze, und daß ihn ihre hochmütige Zurückhaltung nur desto schätzenswerter erscheinen lasse. Seiner Jugend und feindseligen Widerständen zum Trotz hatte Hadwiger den Auftrag erhalten, eine der neuen Gebirgsbahnen im Süden des Reichs zu bauen, und sein kühnes Projekt bildete das Staunen der Kenner. Aus den dürftigen Verhältnissen eines westfälischen Kohlendorfes stammend, war alles was er besaß und vorstellte, Errungenschaft eines ungeheuren Fleißes und einer beispiellosen Willenskraft. Anfänglich der schlecht besoldete Beamte einer englischen Maschinenfabrik, hatte er sich zu einer heiklen Mission freiwillig gemeldet und wurde nach Ägypten und nach Brasilien geschickt, um die damals neuen Dampfpflüge einzuführen, was erst nach großen Schwierigkeiten und abenteuerlichen Mühsalen gelang. Ein Brückenbau im Staate Illinois hatte ihn berühmt gemacht, und er zählte nun zu den Ersten seines Fachs. Soviel wußte man von ihm, doch ohne Zweifel war in seiner Vergangenheit etwas, was er nicht mitteilen mochte und was ihn verfolgte, das verriet sein Auge und sein Schweigen.

Bald brauchte Hadwiger inmitten der Freunde nicht nur geduldet zu werden, er wurde Freund mit ihnen. Freilich war sein Gefühl bisweilen beengt; ein Mensch, der einmal ums Brot gekämpft hat, trägt Narben im Gemüt, die im Kreise der Sorglosen heimlich zu bluten beginnen. Seine schwankende Stimmung ließ auf eine unzufriedene Seele schließen, sein rascher Haß nötigte zur Vorsicht gegen sein Urteil. Manchmal erregte er Gelächter, häufiger ein Lächeln. Wie die meisten Emporkömmlinge war er naiv und selbstgefällig, und er konnte sich in einer so umfassenden Weise loben, daß den Zuhörern bei allem Respekt das Herz im Leibe lachte.

Auch Franziska fand ihn spaßhaft, doch ließ sie sich seine wachsende Verehrung immer lieber gefallen. Er gehörte nach ihrer Meinung nicht zu den Männern, die man liebt; seine tiefe Anhänglichkeit belohnte sie durch Vertrauen. Als er des Bahnbaues wegen die Stadt verlassen hatte, blieb sie im Briefwechsel mit ihm. Cajetan befand sich um diese Zeit bei der Botschaft in Washington, und Lamberg, dessen Vater unlängst gestorben war, ging für einige Monate auf Reisen. Inzwischen löste sich der Bund Franziskas mit Borsati ohne Lärm noch Katastrophe, etwa wie ein schöner Spaziergang endet, und obwohl sie nach der Rückkunft der andern Freunde gern und oft an den regelmäßigen Zusammenkünften teilnahm, führte sie ihr Leben fern von ihnen. Hie und da deutete ein Wort, ein Ausruf, eine Klage das Ermattende und Verzehrende ihrer Existenz an, doch bewahrte sie stets die ihr eigentümliche Heiterkeit und Leichtigkeit. Sie war schön; schön geworden, was mehr besagen will, als schlechthin schön. Voller Beseelung Auge, Hand und Schritt, voll Reife und Bewußtsein; Eitelkeit zeigte sie nur im Kleinen und Scherzhaften, im Ganzen Maß und Haltung, erworbene Würde, natürlichen Adel. Sie war eine jener Frauen, bei deren Anblick einem Manne das Herz still steht. Sie hatte etwas von der Wahrheit der Elemente, und etwas vom Glanz und der rührenden Einsamkeit der großen Kunstwerke. Leben und Erlebnis hatte sie geläutert und erhoben, so wie sie manche Andere trüben und erniedrigen. Gleichwohl verschwendete sie sich; zum Genuß vorbestimmt, genoß sie umsomehr, je mehr ein begierdevolles Sinnenwesen sich ihr unter verführerischen Formen nahte. Sie bewegte sich in der großen Welt, als ob sie darin geboren wäre; die Außenseite ihres Daseins war ohne Geheimnis, man erzählte sich von ihr in allen Salons und Kaffeehäusern; was sie hinriß, was sie spannte, bezauberte, in Atem hielt, war den Freunden, insbesondere Borsati und Hadwiger, ein Rätsel und das Offensichtliche wie das Verborgene gab ihnen Anlaß zu Befürchtungen aller Art, zumal es mit ihrer Gesundheit nicht zum Besten stand. Als Hadwiger einst sie zur Besinnung bringen wollte, versicherte sie ihm, daß sie selbst kaum wisse, wovon sie getrieben werde; vielleicht sei es der Tod; jeder Gedanke an den Tod jage sie wilder ins Leben hinein. Vor Jahren habe sie auf einer Bauernhochzeit getanzt, während im Dorf die Häuser zu brennen angefangen; Weiber und Männer seien fortgeeilt, doch sie habe einem Geiger ein Goldstück hingeworfen, damit er weiter spiele und mit ihrem Tänzer sich noch herumgeschwungen, bis der Feuerschein dicht an den Fenstern lohte.

So plauderte sie beim Probieren eines Hutes, und Hadwiger ging von ihr, weil sie so leer erregt zu ihm sprach wie in der Pause zwischen zwei Tänzen. Dann rief sie ihn wieder, in der Pause zwischen zwei Tänzen, schloß schwesterlich ihr Herz auf und nährte sein verschwiegenes Mitgefühl in ungewollter Grausamkeit.

Eines Tages gab sie die Rolle der Marianne in Goethes Geschwistern. Lamberg war im Theater, und ihm schien es, als rede sie von der Szene herab zu ihm allein. Eine gewisse hinschleppende Müdigkeit verwischte das Liebliche der Figur und verlieh ihr einen unwillkommenen Zug von Wehmut. Darüber ärgerte sich Lamberg. Nach der Vorstellung erwartete er Franziska am Bühnenausgang. Ihr schuldbewußtes Lächeln machte seine Strafpredigt überflüssig. Es war etwas Trauriges an ihr wie an einer

Winterrose, die das offene Fenster scheuen muß. Lamberg führte sie in sein Haus, bewirtete sie, und seine unerwartete Wärme ergriff Franziska. Es war eine schöne Sommernacht, sie wandelten im Garten, scherzten und philosophierten. Schließlich erzählte sie ihm, daß der Fürst Armansperg, Majoratsherr, Besitzer eines Hundertmillionenvermögens, Herr auf Günderau, Weilburg und Schloß Gamming, um ihre Hand angehalten habe. Seine Angehörigen, trostlos über diesen Entschluß, setzten alles daran, ihn an der Ausführung zu hindern, und sie selbst sei durch deren Ränke und Intrigen zu unverschuldeten Leiden verurteilt. Lamberg erwähnte, daß er den Fürsten vom Sehen kenne; eines der Armanspergschen Güter lag unweit von seinem Landhaus im Gebirge. Er schätze ihn auf sechzig, traue ihm aber Entschiedenheit genug zu, um einer Familien-Revolution die Spitze bieten zu können.

Noch einmal vergessen; um Eros willen noch einmal; die unbeschwerte Seele dem Gott entgegentragen: kurze Stunden. Er mag die Stunden zählen und sein heitres Antlitz verschleiern, wenn der Morgen dämmert; dann sende er den Schlaf, und die nüchterne Sonne erfüllte ihn mit Trauer um so viel Lust, die gewesen ist. »Wer weiß, ob ich dich überhaupt liebe,« sagte Franziska; »vielleicht wollt' ich mich nur überzeugen, ob ein wirkliches Menschenherz in dir steckt.« – »Kann man davon Gewißheit erlangen?« versetzte er in seiner stets auf Entfernung bedachten Art. Und sie wieder: »Blut und Atem sind auch schon etwas, wenn man sie spürt. Verbirg dich nicht so in deiner Kühle, denn du bist nicht so stark wie du dich stellst.«

Kurz darnach tauchte in den höheren Zirkeln der Gesellschaft ein Mann auf, der sich Riccardo Troyer nannte, von vielen als ein Däne, von andern als ein Italiener bezeichnet wurde, und dessen Reichtum durch eine verschwenderische Lebensführung unbezweifelbar schien.

Man rühmte seine verlockenden Umgangsformen, und der Eindruck seines reckenhaften Körperbaues werde durch ein Gebrechen kaum verringert, hieß es; er hinke nämlich, wie Lord Byron, sei aber, wie Lord Byron, dabei ein vollendeter Reiter, Schwimmer und Fechter. Wem der Hinweis auf ein romantisches Genie von hundertjähriger Berühmtheit nicht zusagen wollte, dem wurde versichert, daß Riccardo Troyer an moderner Prägung nichts zu wünschen übrig lasse, da er durch Börsen- und Minenspekulationen großen Stils zu seinem Vermögen gekommen sei. Legenden von Ehebrüchen und Entführungen, denen eine mißtrauenswerte Gewöhnlichkeit anhaftete, wurden behend verbreitet, von Selbstmorden junger Frauen und Mädchen mittelst Wasser, Gift, Fenstersturz und Leuchtgas, und die obere Menschheitsregion, die sich so argwöhnisch gegen einen einheimischen Frack vom vorigen Jahre verhält, stand geblendet vor diesem ausländischen der letzten Mode, der von einem Zauberkünstler ohnegleichen getragen wurde; nicht einmal die Kunde von allerlei verwegenen Geldtransaktionen und Wechselgeschäften konnte die Glorie des Fremdlings beeinträchtigen.

Zur Zeit, als das Gerücht den Namen Franziskas mit dem des Abenteurers vorsichtig zu verbinden begann, weilte Lamberg seit Wochen auf dem Land. Er hatte die Freunde ermuntert, ihn zu besuchen, und Ende August, da der lästige Schwarm der Sommerfrischler schon verschwunden war, trafen alle ein. Cajetan war, drei Tage vor den andern, aus Rom gekommen und wohnte bei Lamberg, Borsati und Hadwiger logierten in einem entzückenden kleinen Hotel unten am Seeufer, eine Wegviertelstunde von Lambergs Villa entfernt. Es war an einem Nachmittag, die Freunde saßen teetrinkend im Gartenhaus unter mächtigen Ahornbäumen, und Cajetan hatte eben erzählt, daß er bei der Gräfin Seewald, der Schwester des Fürsten Armansperg, eine Visite gemacht und Franziska dort gesehen und flüchtig gesprochen habe, als sie selbst den Wiesenweg heraufkam, in ihrer herrlich aufrechten Haltung, mit dem blauseidenen Überwurf und dem bunten Hut wie eine wandelnde Blume anzusehn. Sie begrüßte die Freunde, sie nahm Platz, begehrte Tee zu trinken und plauderte in der lebhaft erregten Art, die innere Unruhe und Hast verbergen will. »Wie steht es nun? wirst du uns also verlassen?« fragte Borsati mit zärtlichem Vorwurf. Franziska erwiderte weich: »Ihr sollt ein Andenken von mir haben.« – »Wir haben es immer,« versicherte Borsati galant. Sie ließ den erinnerungsvollen Blick in seinen Augen ruhen und wiederholte: »Ihr sollt ein Andenken von mir haben.«

Sie hatte schon Abschied genommen, flüchtiger als die Gelegenheit zu fordern schien, da kehrte sie noch einmal zurück und sagte: »Wollt ihr heute übers Jahr wieder hier versammelt sein? Wollt ihr das? Dann verspreche ich euch, zu kommen.« Die Freunde sahen einander verwundert an, doch Franziska fuhr fort: »Heut ist der erste September, – also übers Jahr am gleichen Tage bin ich wieder hier, und vorher werdet ihr mich wohl kaum sehen. Halten wir die Verabredung, machen wir's wie die Brüder im Märchen, sagt ja und ich gehe froher von euch weg.«

»Muß es denn am selben Tag sein?« fragte Cajetan.

»Gewiß, nur dann ist es bindend,« versetzte sie.

Das Versprechen ward von jedem in ihre Hand geleistet und sie ging. Alle schauten ihr betroffen und teilnahmsvoll nach, wie sie fast fliegend rasch den umgrünten Pfad hinuntereilte. Sie fuhr am nächsten Tag in die Stadt zurück, und kaum eine Woche war vergangen, so brachten alle Zeitungen die Neuigkeit, daß Franziska, die schöne Schauspielerin, mit Riccardo Troyer verschwunden sei. Die Nachricht verursachte schon deshalb Bestürzung, weil man die Heirat Franziskas mit dem Fürsten Armansperg als nahe bevorstehend betrachtet und das Gewagte einer solchen Verbindung hatte vergessen wollen. Man wußte zu sagen, daß der Fürst außer sich und nur mit Mühe verhindert worden sei, den Abenteurer polizeilich verfolgen zu lassen. Er war auf das Ereignis nicht im mindesten gefaßt gewesen, einzelne Warnungen hatte er verächtlich aufgenommen, doch von der Stunde ab zog er sich von der Welt zurück und lebte einsam.

Während alles dies sich abspielte, erhielt Lamberg ein Paket und einen Brief Franziskas. Der Brief berührte die eingetretene Schicksalswendung mit keiner Silbe und war so kurz wie er überhaupt nur sein konnte. »Ich gebe euch, Georg Vinzenz, Heinrich, Rudolf und Cajetan zum Abschied und zur Erinnerung den goldnen Spiegel der Aphrodite, den mir ein teurer und nun verstorbener Freund geschenkt hat. Ich hab euch einmal davon erzählt, schlecht wie mir scheint, sonst wäret ihr gekommen, um das wunderbare Ding anzuschauen. Der Spiegel soll keinem gehören und jedem, keiner soll ein Vorrecht darauf haben, weil ihr mir alle gleich wert seid und es eine frohe Empfindung für mich ist, ihn als ein Sinnbild meiner Liebe und Dankbarkeit in eurem Besitz zu wissen. Lebt wohl, vergeßt euer Versprechen nicht und denkt zuweilen an euer Geschöpf, eure Schwester, eure ewig getreue Franziska.«

Der Spiegel war in der Tat ein ausgezeichnet schönes Stück. Er war um das Jahr 1820 in den Ruinen eines kretischen Palastes aufgefunden worden, kam in die berühmte Sammlung Diatopulos und gelangte fünfzig Jahre später in die Hände des Herzogs von Casale. Im Jahre 1905, nach dem Tod des Herzogs, wurde, um dessen Schuldenlast zu tilgen, der Spiegel nebst vielen andern Kunstobjekten zu Paris versteigert, und dort hatte ihn der unbekannte Verehrer Franziskas erworben.

Die Freunde einigten sich dahin, daß jeder von ihnen den Spiegel für die Dauer von drei Monaten unter seinem Dach beherbergen sollte. Wären sie nicht Männer von Geschmack und Geist gewesen, so hätte Franziskas Gabe leicht Ärgernis stiften können. Keiner hatte Sicherheit; an wen die Reihe kam, der war zum voraus verstimmt über die Scheinhaftigkeit seines Rechts. Gemeinhin macht der Besitz die Dinge fremder; hier, wo der Gewinn schon den Verlust bedingte, hielt Ungewißheit das stets wieder entgleitende Gut doppelt lebendig. Hätte Franziska das Geschenk einem unter ihnen zugesprochen, so wäre für die andern keine Beunruhigung erwachsen, und der Erwählte hätte den Frieden der Gleichgiltigkeit nicht lange entbehrt. So wurde das Beschenkt- und Beraubtwerden zur gleichviel bedeutenden Pein.

Franziska blieb wie verschollen. Unter ihren zahlreichen Bekannten hatte niemand von ihr gehört, und der Urlaub, den sie vom Theater genommen, war längst überschritten. Es hieß, der Fürst Armansperg habe über Riccardo Troyer weitläufige Nachforschungen anstellen lassen, die zu einem bedenklichen Ergebnis geführt hätten. Auch davon wurde es allgemach still. Im Juli hielt sich Hadwiger einige Zeit in Paris auf und hörte, daß Troyer während des spanisch-marokkanischen Kriegs als Agent einer englischen Gewehrfabrik in Madrid tätig gewesen, daß er Betrügereien verübt und aus dem Land gejagt worden sei. Hadwiger konnte nicht vergessen; er war nicht fähig, sich ins Unwiderrufliche zu finden. Er grollte der Fügung, sein Gemüt war verdunkelt, und um der Gedankenspiele enthoben zu sein, arbeitete er Tag und Nacht.

So ging das kleine und das große Leben weiter. Im Juli bezog Lamberg seine Villa im Gebirg. Mit einer Köchin, dem Diener Emil und einem Affen verließ er die Stadt. Den Affen hatte er vor kurzem von einem holländischen Kaufmann erhalten und war förmlich verliebt in ihn. Es war ein junger Baam oder Schimpanse, der die Größe eines achtjährigen Knaben hatte. Durch die Unterhaltungen mit dem sich selbst ernst nehmenden Tier erlangte er Einblick in die Fülle schönen Humors, von welcher der sich selbst ernst nehmende Mensch umgeben ist.

In der letzten Woche des August trafen Hadwiger, Borsati und Cajetan ein. Sie wohnten diesmal alle drei in dem Gasthaus am See, da Cajetan nicht begünstigt zu sein wünschte und das lieblich barocke Hotelchen ebensoviele Bequemlichkeiten bot wie Lambergs Junggesellenheim.

Was über den Spiegel beschlossen wurde

Sieben Seen, zwischen Felsen und Wälder düster gebettet die einen, im Schutz freundlicher Hänge leuchtend die andern, konnte das Auge des Betrachters von jedem beherrschenden Gipfel aus erblicken. Wege zogen hügelauf- und abwärts; feste weiße Wege; durchschnitten und umgürteten die langgestreckten Dörfer, begleiteten lärmende Bäche, verloren sich in Wiesen, schlüpften über Brücken und Stege und klommen windungsreich an den kraftvoll gestalteten Bergen empor. Hier ein Garten, daneben eine Wildnis, da eine Ruine, drüben eine gewaltige Wand, im Norden kahle Steinriesen, im Süden ein erhabenes Gletscherhaupt; so wurde das Bild geschlossen, das harmonisch im einzelnen wie groß im ganzen war.

Dem Gletscher fern gegenüber, um die ganze Weite eines Tals, eines ausgedehnten Plateaus und einer tiefen Senkung hinter dem Plateau von ihm entfernt, lag die Villa Lambergs. Der Mond stand am Himmel, und durch die offenen Fenster drangen die eifrig sprechenden Stimmen in die Stille der Landschaft, die durch die vereinfachenden Linien der Nacht geisterhaft entrückt schien. Das Abendessen war vorüber, Borsati, Cajetan und Lamberg saßen noch am Tisch, Hadwiger ging in sichtlicher Aufregung hin und her. Er nahm es den Freunden übel, daß sie so gleichmütig waren, – denn heute war der Tag, für den Franziska sie alle zum Stelldichein gebeten hatte. Sie war nicht gekommen, und es bestand wenig Grund zu der Hoffnung, daß sie noch

17

kommen würde, jetzt, in den Stunden der Nacht. Wer weiß, wo sie ist; wer weiß, ob sie lebt, dachte er bekümmert. Dann grübelte er darüber nach, wie er es anfangen könnte, um das Gespräch auf die Erwägungen zu lenken, die ihn so schmerzhaft beschäftigten. Hatte er doch während der Dauer eines Jahres diesem Tag entgegengelebt, nichts weiter, und das Wort Franziskas war ihm für beide Teile als so unwiderruflich erschienen, daß kein Zweifel sich in sein Zutrauen mischte. Nun war es Abend, und es war ein Tag vergangen wie viele andere Tage vor ihm. Warum sprechen sie nicht von ihr? dachte er; ist es Verstellung oder Kälte? Das, was sie Haltung nennen oder jene Herzensglätte, die sie mir oft so fremd macht?

Er blieb vor dem goldenen Spiegel stehen, der auf seiner Runde seit einigen Wochen zu Lamberg zurückgekehrt war, und betrachtete in dumpfer Verlorenheit das Wunder aus alter Zeit.

Es war eine kreisrunde Scheibe aus ermattetem Gold; sie wurde mit hocherhobenen Armen von der Figur einer Göttin getragen, die auf einer köstlich gearbeiteten Schildkröte stand. Die Rückseite der Scheibe zeigte die Figur eines Jünglings, offenbar eines Narzissos, der in lässig schöner Art auf einem Felsblock saß, zwei lange Stäbe im rechten Arm und in kaum angedeutetem, nur mit wenigen Strichen graviertem Wasser die Umrisse seines Bildes beschaute. Tief am Rand war in griechischen Lettern das Wort Leäna eingeritzt, welches der Name der Hetäre sein mochte, die einst den Spiegel als Eigentum besessen hatte. Das ganze Kunstwerk war ungefähr zwei Handlängen hoch.

Cajetan erhob sich, trat zu Hadwiger und legte den Arm mit jovialer Geberde auf dessen Schulter. »Die weibliche Figur steht unvergleichlich da«, sagte er. »Sie trägt wirklich; jeder

18

einzelne Muskel ihres Körpers trägt. Finden Sie nicht, Heinrich? Dabei ist doch Leichtigkeit in der Bewegung, wie man etwas hält, dessen Besitz die Kräfte erhöht.«

»Es ist eine edle Form«, bestätigte Lamberg, »und um zu ermessen, wie die Alten solche Dinge gearbeitet haben, muß man nur die Schildkröte ansehn. Welche Feinheit! Da fehlt kein Zug der Natur und doch gibt sie vor allem die Idee eines Postaments.«

»Man ist überzeugt, daß die Last für diesen Panzer gar nicht wiegt«, versetzte Cajetan.

»Mich dünkt bisweilen«, warf Borsati ein, »daß sich das Gesicht der Aphrodite durch einen fahleren Glanz von der Färbung des übrigen Gusses abhebt.«

Lamberg erwiderte, er habe es auch schon beobachtet. »Nur weiß ich eben nicht, was daran die Zeit verschuldet hat«, fuhr er fort. »Bekannt ist jedenfalls, daß der Bildhauer Silanion Silber in das Erz mischte, aus dem das Antlitz der Jokaste bestand, um durch die bleichere Schattierung den Tod anzudeuten. Und um die Raserei des Athanas auszudrücken, tat Aristonidas Eisen in die Masse, wodurch er eine charakteristische Rostfarbe erzeugte. Sieht es nicht aus, als ob die Züge der Venus von einem imaginären Mond bestrahlt seien?«

Hadwiger, der für diese Erörterungen wenig Interesse bewies, sah nach der Uhr. Lamberg fing den Blick auf und lächelte. »Warum lächeln Sie?« fragte ihn Hadwiger stirnrunzelnd. – »Wo ich Ungeduld bemerke, muß ich stets lächeln«, antwortete Lamberg mit herzlichem Ton. – »Und Sie empfinden keine? Sie erwarten nichts?« Lamberg schüttelte den Kopf. – »Und ihr erwartet auch nichts?« wandte sich Hadwiger schüchtern und erstaunt an die andern beiden. »Ich habe Franziskas Wunsch schon damals für eine Laune gehalten«, bekannte Cajetan. – »Warum sind Sie dann gekommen?« fragte Hadwiger fast schroff. – »Erstens, weil ich mit Vergnügen hier bin, zweitens, weil ich durch mein gegebenes Wort genötigt war, die Laune ernst zu nehmen«, war die Erwiderung. – »Und Sie auch, Rudolf?« – »Ich glaube nie an Programme und bin mißtrauisch gegen Verabredungen, weil sie fesseln und meist einseitig verpflichten«, sagte Borsati.

Cajetan brachte das Gespräch auf Riccardo Troyer. Er war dem berüchtigten Ausländer mehrmals in der Gesellschaft begegnet und rühmte ihn als einen Mann von großer Welt, der einer souveränen Macht über die Menschen in jedem Fall und bis zur Frivolität sicher sei und, ob er nun geächtet oder bewundert werde, Merkmale einer dämonischen Besonderheit so deutlich an sich trage, daß man sich seinem Einfluß nicht entziehen könne. Borsati tadelte das Wort von der dämonischen Besonderheit als einen jugendlichen Galimathias; nach seiner Erfahrung seien die sogenannten dämonischen Menschen unverschämte Komödianten, sonst nichts. Aber Cajetan fuhr unbeirrt fort und sagte, er habe das Wesen nicht begriffen, das um Franziskas letzte Liaison gemacht worden, zumal die Ehe mit dem alten Armansperg keineswegs zu gutem Ende hätte führen können.

»Aber nie zuvor hat sie sich weggeworfen«, rief Hadwiger aus.

»Sie hat es auch in diesem Fall nicht getan«, antwortete Cajetan ernst und bestimmt. »Eine Frau wie sie folgt untrüglichen Instinkten, und selbst wenn sie den Weg ins Verderben wählt, liegt mehr Schicksal darin als wir ahnen. Sie hat sich niemals weggeworfen, das ist wahr. Wer sich hingibt, kann sich nicht wegwerfen, und es existiert eine Treue gegen das Gefühl, die von höherem Rang ist als die Treue gegen die Person.«

Es war elf Uhr geworden, und die drei Hotelbewohner verabschiedeten sich von Lamberg. Dieser stand auf dem Balkon und lauschte noch lange ihren in der Nacht verhallenden Stimmen. Weit drunten auf der Landstraße rasselte ein Wagen. Georg Vinzenz trat ins Freie, befühlte das Gras und, da er es trocken fand, prophezeite er im stillen für den morgigen Tag schlechtes Wetter. Er ging dann in das obere Stockwerk des Hauses, öffnete die Tür zu einer dunklen Kammer und rief: »Quäcola!« Das war der Name, den er dem Schimpansen gegeben hatte. Das Tier ließ einen freudigen kleinen Schrei hören. Lamberg riegelte den Käfig auf, und der Affe folgte ihm aus dem Gemach, die Treppe hinab, in das beleuchtete Speisezimmer. Er setzte sich mit schlau betonter Bravheit und blickte lüstern nach einer mit Früchten gefüllten Schale, die auf dem Tische stand. Lamberg nickte und der Affe langte zu, ergriff eine Pflaume und biß hinein. Indessen hatte sich das Rollen jenes fernen Wagens genähert, Georg Vinzenz lauschte, eilte ans Fenster, hierauf vor die Türe, die Kutsche hielt, und Franziskas bleiches Gesicht sah aus dem Schlag. Georg Vinzenz begrüßte sie voll stummer Überraschung, und, nachdem er den Diener gerufen, damit er das Gepäck versorge, führte er sie ins Haus. »Du bist pünktlich wie ein Mitternachtsgespenst«, sagte er lächelnd und forschte in ihren Zügen, ob sie zu einem so scherzhaften Gesprächsbeginn aufgelegt sei. Sie erwiderte, an dem Gespensterhaften trüge nur die Eisenbahn schuld, und da sie eine weite Reise hinter sich habe, sei es unvermeidlich gewesen, daß sie erst in der Nacht ans Ziel gelangt sei. »Aber warum hast du mich nicht benachrichtigt?« fragte er, und als sie verwundert schien, fügte er rasch hinzu: »Ich hätte dich sonst am Bahnhof erwartet.«

Sie trug ein dunkles Gewand. Ihre Sprache war leiser geworden, die Hand, die sie beim ersten Gruß in die seine gelegt, schmaler, kälter und schwerer. Der Mund sah wie von vielen vergeblichen Worten ermüdet aus, und unter den übermäßig strahlenden Augen befanden sich zwei fahle Schatten. Lamberg schaute sie immer aufmerksamer an, sie wich unter seinem Blick, sie erkundigte sich, ob sie einige Tage in seinem Hause bleiben könne, und nachdem er eifrig bejaht hatte, ergriff sie mit beiden Händen seine Rechte und stammelte bittend: »Aber frag' mich nicht! Nur nicht fragen!«

Er merkte selbst, wie wichtig es sei, nicht zu fragen. Das war nicht mehr Franziska; nicht mehr die schalkhafte, sprühende Franziska, die lebenshungrige. Es war eine Satte, eine Sieche, eine Hinfällige, eine mit letzten Kräften sich aufrecht Haltende, und ihr war eine Rast notwendig. Wie sie auf das Sopha hinfiel, den Kopf in die Arme wühlte und schluchzte! So hätte die unverwandelte Franziska niemals geweint; nicht durch Tränen, höchstens durch Lachen hätte sie Quäcola, den Schimpansen, zu einer bestürzten Flucht in den Winkel des Zimmers veranlaßt.

Lamberg ging umher und dachte: hinter diesem Jammer liegen dunkle Wirklichkeiten. Aber er fragte mit keinem Blick seines Auges. Es wird die Stunde kommen, wo es ihr Herz zersprengt, wenn sie schweigt, sagte er sich. Seinem sanften Zuspruch gelang es, sie zu beruhigen.

Sie saßen noch lange beisammen in dieser Nacht. Der Heuduft von den Wiesen, die Harzgerüche aus dem Wald, das weiteraufklingende Rauschen der Traun, all das trug dazu bei, daß sie sich sammeln und besinnen konnte, denn sie glich einem Menschen, der aus schweren Träumen erwacht ist.

Lamberg teilte ihr mit, daß die andern Freunde hier seien, daß sie den Abend bei ihm zugebracht. Franziska hatte den goldenen Spiegel von seinem Gestell gehoben und blickte zerstreut auf das matte Metall der Scheibe. Plötzlich trat eine erschrockene Spannung auf ihre Züge, und sie flüsterte beengt: »Werden sie mich nicht fragen?« Lamberg, der zum offenen Fenster gegangen war, entgegnete, ohne sich umzukehren: »Nein, Franzi, sie werden nicht fragen.«

Franziska seufzte und ließ den Kopf sinken. So blieben sie eine Weile, die Frau mit dem goldenen Spiegel, der junge Mann, in den Mond schauend, und der Affe in taktvoll beflissener Aufmerksamkeit zwischen ihnen beiden.

Am folgenden Morgen ging Lamberg zu den Freunden ins Hotel, um sie von der Ankunft Franziskas zu benachrichtigen und was er an Aufklärung für geboten hielt, mit der ihm eigenen Mischung von Bestimmtheit und Diskretion zu äußern. Es wurde vereinbart, daß die Freunde erst am Abend kommen sollten, damit Franziska den Tag über ruhen könne. Daß man sie zu begrüßen hatte, als wenn nichts geschehen wäre, ohne fordernde Neugier mit ihr sprechen müsse, war selbstverständlich und die Art und Weise dem Takt jedes Einzelnen überlassen.

Mittags umwölkte sich der Himmel, und als nach Anbruch der Dunkelheit die drei zu Lamberg kamen, regnete es schon seit einigen Stunden. Franziska spielte mit Quäcola Ball, der dabei eine erquickende Gravität entfaltete; so oft der Ball zu Boden fiel, fletschte er wütend die Zähne und blickte seine Partnerin mit vorwurfsvollem Erstaunen an. »Wir lieben uns, wir zwei«, sagte Franziska zu den Freunden, indes der Affe von Lamberg aus dem Zimmer geführt wurde; »Quäcola ist mein letzter Anbeter.«

Während des Abendessens ließ nur Hadwiger die wünschenswerte Haltung vermissen. Stumm saß er da und betrachtete das hingewelkte Geschöpf, ein Opfer unbekannter Schicksale, so daß Franziska, gerührt und verwirrt, ihm einmal lächelnd die Hand reichte. Doch gleich darauf nahm sie an dem lebhaften Gespräch der andern teil, sprach von Paris, von Marseille, von Rom, als ob sie allein dort gewesen und eine mißlungene Vergnügungsreise gemacht hätte. Als die Tafel aufgehoben war, legte sich Franziska auf die Ottomane, und fröstelnd bedeckte sie sich von den Füßen bis zum Hals mit einem dunkelhaarigen Schal.

Die jungen Männer hatten im Halbkreis um sie her Platz genommen, und Borsati, der Franziskas Augen auf dem goldenen Spiegel ruhen sah, bemerkte gegen sie scherzhaft übertreibend, es hätte nicht viel gefehlt, so wäre um das Geschenk Unfrieden entstanden. Lamberg griff das Thema mit Behagen auf und schilderte Cajetans spitz-leutseliges Diplomatenwesen, Rudolfs cholerische Ungeduld, die so oft ihre Hülle von abgeklärter Mäßigung zerriß und Heinrich Hadwigers finstern Neid mit vieler Laune, denn er war witzig wie Figaro.

»Georg macht es wie gewisse Diebe«, sagte Cajetan lachend, »indem sie fliehen, schreien sie: haltet den Dieb. Wer war und ist am meisten in den Spiegel verliebt, mein Teurer? Im übrigen ist meine Meinung noch immer die, daß es kindisch ist, eine solche Kostbarkeit von Wohnung zu Wohnung zu schleppen,« fügte er ernst hinzu. »Jede Hausfrau wird zugeben, daß ihre Möbel durch häufigen Umzug beschädigt werden, und mich dünkt, daß auch das schöne Kunstwerk davon Schaden erleidet, vielleicht nur geistig, wenn ihr den Ausdruck erlaubt. Es gleicht beinahe einem Diamantring, der immer wieder an der Hand eines andern glänzt.«

»Lassen wir doch das Los entscheiden«, meinte Hadwiger plump, ein Wort, das der Entrüstung Lambergs und der schweigenden Verachtung der beiden andern anheimfiel.

»Ganz ohne Verdienst hoffen Sie zum unumschränkten Besitzer werden zu können?« fragte Lamberg mit vernichtendem Hohn.

»Meine Möglichkeit ist nicht größer als die Ihre«, versetzte Hadwiger bestürzt. »Ohne Verdienst? was heißt das? Soll der Spiegel eine Prämie für Leistungen werden? Wir können uns aneinander nicht messen.«

»Sagen Sie das aus Anmaßung oder aus Bescheidenheit?« erkundigte sich Borsati lächelnd.

»Was denkt unsere ausgezeichnete Franziska über den Fall?« fragte Cajetan.

»Als echte Frau müßte sie den Spruch abgeben: wer mich am besten liebt, soll den Spiegel behalten«, entgegnete Borsati.

»Also ein weiblicher König Lear«, sagte Franziska sanft. »Dabei kommt die Cordelia am schlechtesten weg. Wenn ihr euch in den Haaren liegt, meine lieben Freunde, so muß ich wirklich glauben, daß mein Geschenk eine Torheit war. Aber ich kenne euch, ihr seid wie die Advokaten, die sich vor Gericht mörderisch beschimpfen und dann gemütlich miteinander zum Frühstück gehn. Soll ich einen Vorschlag machen? Nun gut. Ihr habt doch so manches erlebt, so vieles gehört und gesehen, ihr habt doch immer, wenn wir zusammen geplaudert haben, allerlei Amüsantes und Merkwürdiges zu berichten gewußt. So erzählt doch! Erzählt doch Geschichten! Wir haben ja wenigstens acht oder zehn Abende vor uns, so lang werdet ihr doch bleiben, hoff ich, und wer die schönste Geschichte erzählt, oder die sonderbarste oder die menschlichste, eine, bei der wir alle fühlen, daß uns tiefer nichts ergreifen kann, der soll den Spiegel bekommen. Vielleicht liebt mich der am meisten, der die schönste Geschichte erzählt, wer weiß. Und vielleicht, eines Tages, wer weiß, vielleicht gibt es eine Geschichte, die auch mich zum Erzählen bringt –« Sie hielt inne und sah

25

mit zuckendem Gesicht empor.

Alle schwiegen. »Ich denk' es mir herrlich«, fuhr Franziska mit einiger Hast fort, als wolle sie ihre letzten Worte übertönen; »immer spricht eine Stimme, spricht von der Welt, von den Menschen, von Dingen, die weit weg und vergangen sind. Ich liege da und lausche, und ihr zaubert mir spannende Ereignisse vor, habt Freude daran, reizt einander, überbietet einander, – laßt euch doch nicht bitten, sagt ja! Fangt an!«

Wieder entstand ein Schweigen. »Ich halte das für ein verzweifeltes Unternehmen«, murmelte endlich Hadwiger mit der Miene eines Menschen, von dem Unmögliches gefordert wird.

»Nicht verzweifelt, aber etwas problematisch«, schränkte Borsati ein; »wer wird nicht dabei an den Spiegel denken?«

»Wer an den Spiegel denkt, kann uns nichts zu erzählen haben«, antwortete Lamberg und fügte mit Bedeutung hinzu: »Bei solchem Anlaß darf man niemals an den Spiegel denken.«

»Bravo, Georg!« rief Cajetan. »Ich sehe, Sie fangen schon Feuer. In Ihren Augen malen sich schon die Bilder aus wundersamen Geschichten. Nicht an den Spiegel denken, das ist es! Als Richter gleichen wir dann nicht den Zuhörern im Theater, denen ein müßiges Händeklatschen über einen unklar gespürten Eindruck hinweghilft, sondern wir krönen den Verkündiger eines Schicksals als Tatzeugen. Ich sehe keine Schwierigkeit, nicht einmal eine Verlegenheit. Es wird vieles sein, was uns aneifert; das Wort ist ja ein großer Verführer.«

Die Pest im Vintschgau

Der Diener Emil brachte den Kaffee, und nachdem jeder seine Tasse ausgetrunken hatte, sagte Borsati: »Wenn ich im Geist zurückschaue, fällt mir ja dies und jenes auf, was des Berichtens wert wäre, aber wo ich selbst beteiligt bin, stört mich die Nähe, und wo es nicht der Fall ist, bin ich ungewiß, ob ich überzeugend oder wahr sein kann.«

»Wir sind nicht einmal wahr, wenn wir Vorfälle aus unserm eigenen Leben erzählen, um wie viel weniger, wenn es sich um fremde Erlebnisse handelt«, erwiderte Lamberg. »Ja, man lügt mehr, wenn man über sich selbst die Wahrheit sagt, als wenn man andere in erfundene Geschicke stellt.«

»Wir wollen Sachlichkeiten und keine Sentiments«, versetzte Cajetan mißbilligend. »Jeder ist dann so wahr, wie seine Augen oder sein Gedächtnis wahr sind. Ich bin nicht größer als mein Wuchs. Wer sich größer macht, wird ausgezischt. Die Welt ist vom Grund bis zum Rand erfüllt mit den seltsamsten Begebenheiten, und die seltsamste wird wahr, wenn man ein Gesicht sieht, ein lebendiges Gesicht.«

»Famos. Ich will möglichst viel schöne Gesichter sehn«, sagte Franziska und nahm eine Miene des Bereitseins an.

»Jedes Gesicht ist schön im Erleiden des besondern Schicksals, zu dem sein Träger bestimmt ist«, entgegnete Lamberg.

»Darf ich etwas Ketzerisches sagen?« begann Franziska wieder; »ich finde, daß der Sinn für die Schönheit immer geringer wird; man sucht stets noch etwas Anderes daneben, Seele oder Geist oder Genie, etwas, das mit der Schönheit gar nichts zu schaffen hat und einem nur den Geschmack verdirbt.«

»Es scheint in der Tat, daß man in früheren Zeiten die Schönheit mehr um ihrer selbst willen geachtet hat«, antwortete Lamberg. »Auch wurde ihr eine höhere Wichtigkeit zuerkannt. So wird von einer vornehmen Marquise berichtet, deren Name mir entfallen ist, und die im Alter von siebenundzwanzig Jahren an der Schwindsucht starb, daß sie die letzten Monate ihres Lebens auf einem Ruhebett zubrachte und beständig einen Spiegel in der Hand hielt, um die Verwüstungen zu beobachten, die die Krankheit in ihrem Gesicht erzeugte. Schließlich ließ sie die Fenster dicht verhängen, kein Mensch durfte mehr zu ihr, und sie duldete kein anderes Licht als die Lampe eines Teekessels.«

»Sogar das Volk besaß einen echten Enthusiasmus für die Schönheit hochgestellter Frauen«, sagte Cajetan. »Im Jahre 1750 verdiente sich ein Londoner Schuster eine Menge Geld dadurch, daß er für einen Penny den Schuh sehen ließ, den er für die Herzogin von Hamilton verfertigt hatte. Und als dieselbe Herzogin auf ihre Güter reiste, blieben vor einem Wirtshaus in Yorkshire, wo sie wohnte, mehrere hundert Menschen die ganze Nacht über auf der Straße, um sie am nächsten Morgen in ihre Karosse steigen zu sehen und die besten Plätze dabei zu haben.«

»Demgemäß äußerte sich dann auch die Verliebtheit der Männer«, nahm Georg Vinzenz abermals das Wort; »ein Jüngling in einer burgundischen Stadt war von der Schönheit seiner Geliebten so hingerissen, daß er nach dem ersten Stelldichein, das sie ihm bewilligt hatte, in allem Ernst erklärte, er werde sich die Augen ausstechen, wie es die Pilger von Mekka bisweilen tun, wenn sie das Grabmal des Propheten gesehen haben, um ihre Blicke von nun ab vor Entweihung zu schützen.«

»Das muß ein Bramarbas gewesen sein«, behauptete Borsati; »ich glaube ihm nicht eine Silbe.«

»Warum?« versetzte Cajetan. »Wir können uns kaum eine Vorstellung von der Energie und Glut machen, mit denen man sich damals einer Leidenschaft hingab.«

Borsati zuckte die Achseln. »Mag sein, daß er's getan hätte«, sagte er, »was wir erdenken können, kann auch geschehn. Ich wehre mich nur dagegen, daß man aus unserer Zeit die großen Empfindungen hinausredet, um eine nur durch die Ferne reizvolle Vergangenheit mit ihnen zu schmücken. Allerdings sehen die Leidenschaften, deren Zeugen wir selbst werden, anders aus als die mit dem Galeriestaub der Überlieferung, und ihre Verfeinerung oder Verdünnung auf der einen Seite bedingt meist ein finsteres und brutales Gegenspiel.«

Zum Beweis erzählte er folgende Geschichte.

»Vor zwei Jahren war ich auf einem mährischen Gut zu Gast. Man kannte mich in der nahgelegenen Stadt, und weil der ansässige Arzt über Land gefahren war, wurde ich eines Abends, ziemlich spät, in das Wirtshaus gerufen, wo ein junger Mann lag, der sich durch einen Pistolenschuß in die Lunge tödlich verletzt hatte. Der Fall war hoffnungslos, Linderung der Schmerzen war alles, was zu tun übrig blieb. Am folgenden Morgen saß ich lange an seinem Bett, er hatte Vertrauen zu mir gefaßt und enthüllte mir, was ihn zu der Tat getrieben. Er war Student, fünfundzwanzig Jahre alt, Sohn vermögender Eltern. Bis zu seinem einundzwanzigsten Jahr hatte er, ich gebrauche seine eigenen Worte, gelebt wie ein Tier; leichtsinnig, verschwenderisch und in gewissenloser Verprassung von Zeit und Kräften. Sein Gemüt, ursprünglich zarter Regungen durchaus fähig, war verhärtet und abgerieben durch den beständigen Umgang mit Dirnen. Die Atmosphäre gemeiner Kneipen war ihm Bedürfnis und die Zudringlichkeit käuflicher Weiber Gewohnheit geworden. Er wußte kaum, wie anständige Frauen sprechen, und in unreifer Überhebung sah er in diesem Treiben die Krone der Freiheit. Da geschah es, daß er auf einer Ferienreise in ein vielbesuchtes Hotel kam und auf dem Schreibtisch seines Zimmers einen Brief fand, der unter Löschblättern lag, unvollendet und sicher dort vergessen worden war. Er gab mir den Brief zu lesen, den er wie einen Talisman von der Stunde ab immer bei sich getragen, der sein Leben verändert und zuletzt noch seinen Tod verschuldet hatte. Wie der Inhalt zu schließen erlaubte, war das Schreiben von einem jungen Mädchen und an einen Freund gerichtet. Man kann sich etwas Ergreifenderes nicht denken. Furcht vor Armut und Schande, vor völliger Verlassenheit, Beteuerung vergeblicher Anstrengungen, Züge menschlicher Habsucht, Härte und Niedertracht, entdeckt von einem Wesen, das gläubig war und das noch immer, obwohl mit schwindendem Gefühl, auf eine wohlmeinende Vorsehung baute, das war der Text in dürren Worten, die nichts von der tiefen und natürlichen Beredsamkeit eines verzweifelnden Herzens ahnen lassen. Die Frage nach der Unbekannten war umsonst, sie war nicht einmal gemeldet worden, die Bediensteten des Hauses konnten ihm keinerlei Auskunft geben und wiesen auf den großen Verkehr nächtigender Gäste hin. Anhaltspunkte über Namen und Wohnort enthielt der Brief nicht, und dem jungen Mann war zumut, als hätte er eine Stimme von einem unerreichbaren Stern vernommen. Es ergriff ihn eine brennende Unruhe, und durch Sehnsucht wurde er geradezu entnervt. Daß der Brief zu ihm gelangt war, erschien ihm als Fügung und Aufforderung zugleich; daß es eine Frau in der Welt gab, die so beschaffen war, so zu empfinden, so zu leiden vermochte, war ihm neu und erschütterte die Fundamente seines Lebens. Er studierte den Brief wie ein Egyptolog einen Papyrus, suchte Hindeutungen auf einen bestimmten Dialekt, auf eine bestimmte Sphäre der Existenz. Jede Silbe, jeder Federzug wurde ihm allmählich so vertraut, daß sich ein Charakterbild der Schreiberin immer fester gestaltete, daß er ein Antlitz sah, die Geberde, das Auge, daß er die Stimme zu hören glaubte, eine Stimme, die ihn ohne Unterlaß rief. Er reiste von einer Stadt in die andere, wanderte tagelang durch Straßen, um Gesichter von Frauen und Mädchen zu finden, die dem erträumten Gesicht der Unbekannten ähnlich sein konnten, ging zu Wahrsagerinnen und Kartenlegerinnen, veröffentlichte Inserate in den Zeitungen und entfremdete sich seinen Freunden, seinen Eltern, seiner Heimat, seinem Beruf. In fatalistischem Wahn sagte er sich: unter den Millionen, die diesen Teil der Erde bevölkern, lebt sie; es ist meine Bestimmung, sie zu treffen; warum sollte ich nicht, wenn ich alle meine Sinne in der Begierde sammle? Unter den Tausenden, an denen ich täglich vorübergehe, weiß vielleicht einer von ihr; mein Wille muß so stark, mein Gefühl so elementar, mein Instinkt so untrüglich werden, daß ich den einen spüre und mir durch die Millionen einen Weg zu ihr bahne; mißlingt es, so bin ich ein Zwitterding und nicht wert, geboren zu sein. Im Verlauf der Jahre wurde er schwermütig, auch ermattete wohl das Ungestüm seines Verlangens; es läßt sich ja denken, daß sich die Natur einer so beständigen Anspannung der Seelenkräfte widersetzt. Nur sein Wandertrieb wurde nicht geringer, und so kam er denn auf einer Fahrt vom Norden her in jenen mährischen Ort, wo er den Zug verließ, weil ihm plötzlich vor der abendlichen Ankunft in der großen Stadt, vielem Licht, vielem Lärm und vielen Menschen graute. Während er traurig und müde durch die dunklen Gassen schlich, gewahrte er am Fenster eines ziemlich abgelegenen Hauses ein altes Weib, das den Sims belagert hielt und ihn einzutreten bat. Er folgte willenlos und ohne Bedacht, als sei er an dem Punkt seines Lebenskreises angelangt, von dem er einst ausgegangen. In der Stube sah er sich einigen Mädchen gegenüber, denen er ohne Anteil beim Wein Gesellschaft leistete, und unter denen eine durch stumme Lockung ihn seiner Apathie zu entreißen vermochte, so daß er mit ihr ging. Es war alles so still in mir, sagte er, und als ich die elende Treppe hinaufstieg, war es, wie wenn dies nur eine Sinnestäuschung sei und ich in Wirklichkeit hinuntergezogen würde, immer tiefer bis ans letzte Ende der Welt. Als er das Mädchen bezahlen wollte, entfiel seiner Ledertasche der Brief; ein totes Ding, das leben und sprechen wollte, das den Augenblick der Entscheidung abgewartet hatte wie ein geheimnisvoller Richter. Das Mädchen bückt sich, nimmt den Brief in die Hand, wirft einen neugierigen Blick darauf, stutzt, wiederholt den Blick, schaut den jungen Mann an, eine Frage drängt sich auf ihre Lippen, ein Schatten auf ihre Stirn, er will ihr den Brief entreißen, da erweckt ihr Benehmen seine Aufmerksamkeit, er wird gleichsam wach, erkundigt sich in überstürzten Worten, ob sie die Schrift kenne, sie entfaltet das Papier, liest, Erinnerung überzittert ihre Stirn, durch Schminke, Elend und den Aufputz des Lasters hindurch zuckt eine Flamme von Bewußtsein, sie stürzt auf die Knie, lachend ringt sie die Arme, und die ganze Unwiederbringlichkeit eines reinen Daseins schreit aus einem zertrümmerten und verfaulten als Gelächter empor. Nur noch vier Worte: Du bist's? Ich bin's! Dann eilte der junge Mensch hinweg und kurz darauf fiel der tötende Schuß.«

Die Zuhörer blickten vor sich nieder. Nach einer Weile sagte Cajetan: »Schade, daß ich den Brief auf Treu und Glauben hinnehmen muß. Könnt' ich ihn lesen oder hören, so würde mir der junge Mensch verständlicher werden. Es hat sein Mißliches, lieber Rudolf, bei so wichtigen Dokumenten auf den Kredit zu bauen, den man genießt. Freilich bleibt ja die Verkettung der Umstände noch immer erstaunlich genug –«

»Es will mir nur nicht in den Sinn«, unterbrach ihn Franziska, »daß eine Person, die einen derartigen Brief zu schreiben imstande ist, in drei oder vier Jahren so tief sinken kann.«

»Drei oder vier Jahre Not?« rief Hadwiger. »Das verwandelt, Franzi, das verwandelt! Ich habe in London eine Frau gekannt, die ihren Mann, ihre Söhne und ihren Reichtum verloren hatte. Zu Anfang eines Jahres hatte sie in einem der Paläste am Trafalgar-Square gewohnt, im Herbst desselben Jahres wurde sie in einer unterirdischen Morphiumhöhle, einer schauerlichen Katakombe des Lasters, erstochen.«

»Ja, was ist dann das, was man Charakter nennt?« fragte Franziska kopfschüttelnd.

»Die Tugend der Ungeprüften«, versetzte Hadwiger schroff.

»Nun, so in Bausch und Bogen möcht ich diesen Ausspruch doch nicht gelten lassen«, fiel Borsati vermittelnd ein. »Es gibt –«

»Was? Eine Tugend? Gibt es eine Tugend, wenn man hungert? In den großen Städten nicht. In den Romanen vielleicht. Not bricht Eisen, heißt es. Aber sie bricht auch, und viel bälder noch, das Herz und den Verstand.«

»Und doch gibt es Seelen, die sich bewahren«, sagte Borsati ruhig. »Und es muß sie geben, sonst würde ja die Idee der Sittlichkeit zur Lüge.«

Plötzlich erschallte aus dem oberen Stockwerk ein kreischendes Geschrei, dem ein Gepolter wie von umstürzenden Stühlen und das dumpfe Brummen einer Männerstimme folgte. »Quäcola verübt Unfug«, sagte Lamberg lächelnd und erhob sich, um der Ursache des Lärms nachzuforschen. Cajetan begleitete ihn aufregungslustig.

Dem Affen war es zur Nachtruhe zu früh gewesen, und da er die Tür seines Käfigs unversperrt fand, hatte er sich ins erleuchtete Badezimmer begeben, war in die Wanne gestiegen, hatte den Hahn geöffnet und zu seinem Entsetzen eine Wasserflut auf den Pelz bekommen. Emil eilte mit dem Besen herbei, um ihn zu züchtigen, Quäcola war triefend und zitternd vor ihm geflohen, und nun standen Tier und Mensch einander gegenüber, jenes zähnefletschend und schuldbewußt, die Backen in possierlicher Schnellbewegung, dieser mit der Würde des gekränkten Hausgeistes, rachsüchtig und entschlossen. Als Lamberg auf den Plan trat, wandte sich der Schimpanse mit höchst entrüsteten und den Diener anklagenden Gebärden zu ihm, Emil jedoch gab seinem Unwillen durch Worte Ausdruck. »Gnädiger Herr, mit der Bestie ist nicht zu wirtschaften«, sagte er. – »Sie müssen ihn belehren und erziehen«, antwortete Lamberg gefaßt. – »Da ist Hopfen und Malz verloren, so lang ihn der gnädige Herr so verwöhnen«, war die Entgegnung. »'s ist ein falscher, treuloser Geselle, das ist er, ich verstehe mich auf –« Schon wollte er sagen: auf Menschen, verschluckte aber die unpassende Bezeichnung und starrte melancholisch auf seinen Besen.

Lamberg schlichtete den Streit. Er überredete Quäcola, dem Diener die Hand zu reichen, der aber wich zurück wie ein Offizier, dem man das Ansinnen stellt, mit seinem Degen eine Maus aufzuspießen. Heftig gestikulierend ließ sich der Schimpanse in den Käfig führen; er wurde mit Leintüchern trocken gerieben, und nach einer Viertelstunde war Frieden. Cajetan hatte sich über die Szene sehr ergötzt, und Georg gab, als sie zu den andern zurückgekehrt waren, eine so vortrefflich nachahmende Schilderung von dem Benehmen des Tieres, daß alle in lautes Gelächter ausbrachen.

»Nicht immer spielen Affen eine so heitere Rolle«, sagte Lamberg schließlich. »Das Volk scheint sie sogar als verderbliche Dämonen zu betrachten. Ich lebte einmal einige Sommerwochen auf der Malser Heide, und ein junger Förster, mit dem ich häufig im Gebirg wanderte, erzählte mir die Geschichte eines Liebespaares aus jener Gegend, bei der ein Affe zur Verkörperung des Fatums wurde.«

»Laß hören«, rief Franziska, und Lamberg begann:

Im Anfang des siebzehnten Jahrhunderts war der Vintschgau ein nicht viel einsameres und karger bevölkertes Tal als heute. Die begrenzenden Bergwände sind steil und waldlos; durch die zahlreichen Seitentäler blicken hochgetürmte Gipfel: Mut- und Rötelspitze, Texel, Schwarz- und Trübwand, Lodner und Tschigat und der majestätische Laaser Stock. Braunes und gelbes Felsgestein ist allenthalben emporgezackt, auf den Hangwiesen leuchten die Blumensterne alpiner Flora, schwarze Ziegen grasen bis hoch hinauf in den Mulden, schmalhüftige Rinder brüllen über die ganze Weite der Senkung einander zu, gischtweiße Wasserfälle donnern in die Etsch, das aufgerissene Dunkel langer Engpässe und gewundener Schluchten läßt im Innern der Gebirge tiefere Abgeschiedenheit ahnen, und auf dem zerklüfteten Gestein sieht man von Meile zu Meile uralte Schlösser. Der Sommer bringt den Mandelbaum und die Edelkastanie zum Blühen, und bis zu der Stelle, wo das Schlandernauntal mündet, schlingt sich die Weinrebe um die schwärzlichen Moränen. Aber der Winter ist selbst im untern Tal hart; es heißt, daß die krankhafte Langeweile vom Oktober bis zum April fast alle Regierungsbeamten zu Morphinisten macht. Die Poststraße von Finstermünz übers Stilfser Joch ist acht Monate hindurch verschneit; nur nach Meran führt ein bequemer Weg, aber dort wohnt leichtes Volk, das viel lacht und wenig denkt. Im Vintschgau denkt man viel; seine Menschen sind hager, schweigsam, wachsam und seit dreihundert Jahren in ihrem Wesen kaum verwandelt.

Man sollte glauben, daß Jugend und Schönheit nicht von Belang sind in einer Welt, wo die herrische Natur während der längsten Dauer des Jahres ihre Geschöpfe in so strenger Zucht bindet. Trotzdem hat sich bis heute die Nachricht von einer leidenschaftlichen Begebenheit erhalten, vielleicht der außerordentlichen Umstände wegen, die damit verknüpft waren. Die Geschichte spielt zwischen den feindlichen Familien Ladurner und Tappeiner, die bei Schlanders in zwei Dörfern rechts und links der Etsch wohnten, die Ladurner in Goldrein, unterhalb Kastell Schanz und Schloß Annaberg, die Tappeiner in Morter an der Mündung des reißenden Plimabachs. Die Zwietracht bestand schon seit mehreren Geschlechtern und niemand kannte die Ursache; einige sagten, eine böswillig zerstörte Brücke sei der Anlaß gewesen, andere behaupteten, Uneinigkeiten über Jagdbefugnisse. Ich will mich nicht dabei aufhalten, jedenfalls war es der richtige scheele, eiserne Bauernhaß, wo Blut gegen Blut steht.

Man hat oft erfahren, auch die Dichtung bezeugt es, daß gerade die überlieferte Feindseligkeit zwischen nah beieinanderwohnenden Familien plötzlich und in natürlichem Widerpart gegen eingefleischte schlechte Instinkte einen Bund zweier Herzen hervorbringt und das Element der Liebe sich gegen das des Hasses stellt. Und wenn hier die Lösung der Geschehnisse den Hassern aus der Hand gerissen wurde, geschah es nicht, weil die Liebe stärker war, sondern weil eine allgemeine Vernichtung den Untergang der Liebenden begleitete.

Am Pfingstsonntag des Jahres 1614 hatte auf dem Marktplatz in Schlanders eine Truppe von Gauklern ihr Zelt aufgeschlagen. Es waren Italiener, die einen Taschenspieler, einen Seiltänzer, einen Wunderdoktor, einen Athleten und vor allem eine Gorilla-Äffin bei sich hatten. Diese Äffin erregte teils Neugier, teils Furcht, da sie ungeachtet ihrer Menschenähnlichkeit in Gebärden und Verrichtungen doch eine unsägliche Wildheit merken ließ. Jene Leute selbst waren des Tieres, das sie erst vor kurzem von maurischen Kaufleuten in Venedig erhandelt hatten, noch keineswegs sicher und legten es bei Nacht in Ketten.

Im Gedränge um den abgesteckten Platz waren drei Ladurnerburschen und der junge Franz Tappeiner, der sich in Gesellschaft einiger Kameraden aus Morter befand, aneinandergeraten, und es sah aus, als ob es nicht bei drohenden Mienen und Augenblitzen sein Bewenden haben sollte, als die junge Romild Ladurner ihrem Vetter die Hand auf den Arm legte und zum Frieden mahnte. Als Franz Tappeiner das Mädchen gewahrte, das feste Schultern und Zähne wie ein junger Hund hatte, trat er einen Schritt auf sie zu, denn er hatte sie vorher nie gesehen, und ihre Erscheinung rief auf seinem frischen Gesicht ein unendliches Erstaunen hervor. Sie hielt seinem Betrachten stand, und ihre Augen blickten starr wie die des Adlers, bis sie der Vetter, der Unheil witterte, bei der Hand packte und hinwegzog. Der junge Tappeiner drängte den Ladurnern nach, indem er sich wie ein Schwimmer durch die Menge arbeitete, und als er hinter Romild wieder an dem Strick angelangt war, der die Zuschauer von dem fahrenden Volk trennte, produzierte sich gerade die Gorilla-Äffin im Gewand eines vornehmen Fräuleins, wandelte knixend auf und ab und wehte mit einem florentinischen Fächer ihrem haarigen Gesicht Kühlung zu.

Die Bauern kicherten und grinsten vor Verwunderung. Auf einmal hielt die Äffin inne, ließ die glühend unruhigen Augen über die versammelten Köpfe schweifen, und in ihren Mienen war die diabolisch freche Überlegenheit eines Wesens, das, einer Riesenkraft bewußt, es dennoch vorzieht, sich in spielerischer Tücke zu verstellen. Da blieben ihre Blicke auf dem Antlitz der jungen Romild haften; das zarte Menschengebild schien es ihr anzutun, sie fletschte in grauenhafter Zärtlichkeit die Zähne, verließ mit einem Sprung das Podium, wobei der seidene Rock an einem Nagel hängen blieb und zerfetzt wurde, und streckte den überlangen Arm aus, um das Mädchen zu betasten. Mit einem einzigen Schreckensschrei wich die ganze Menschenmasse zurück, nur Romild verharrte wie eingewurzelt auf der Stelle; in derselben Sekunde griff eine Faust nach dem Handgelenk des Gorilla; es war Franz Tappeiner, der trotz seiner knabenhaften Jugend als ein Mensch von großer Stärke galt und den knöchern-schmächtigen Arm des furchtbaren Tieres leichterdings meistern zu können glaubte. Aber sogleich spürte er den eigenen Arm so gewaltig umklammert, daß er stöhnend in die Kniee brach. Im Nu war ein leerer Raum um ihn und Romild entstanden, den die Äffin durch heiser bellende Schreie vergrößerte, und Männer und Weiber begannen in fast lautlosem Gewühl zu fliehen. Die bestürzten Gaukler, die sich um ihren Verdienst gebracht sahen, liefen beschwörend hinterdrein, nur der Seiltänzer hatte Geistesgegenwart genug, den dicken Strick, der unter den Röcken der Äffin am Knöchel eines Fußes befestigt war, zu packen und um einen Pflock zu schlingen. Aus einem Fensterchen des Reisewagens der Bande schaute das bleiche Gesicht eines jungen kranken Frauenzimmers in die heillose

Verwirrung. Wahrscheinlich kannte sie ein beeinflussendes Zeichen, denn kaum hatte sie den Mund zum Ruf geöffnet, so drehte sich das Gorillaweib um, trottete wie ein gescholtener Hund auf die Estrade zurück, kauerte mit gekreuzten Beinen nieder und stierte, die Kinnladen leer bewegend, in boshafter Nachdenklichkeit am Firstkranz der Häuser empor. Indessen ging der Wunderdoktor auf Franz zu, hieß ihn den Rock ausziehen, wusch das Blut von der Wunde, die sich oberhalb des Ellenbogens zeigte und schmierte eine nach Honig riechende Salbe darauf. Romild war verschwunden. Das heftige Durcheinander-Reden seiner Begleiter, die sich wieder zu ihm gefunden hatten, hörte Franz kaum, sondern wartete nur auf eine Gelegenheit, um sich ihrer zu entledigen. Doch mußte er sich gedulden, bis die Dunkelheit angebrochen war, dann eilte er wie fliehend an Gärten und Schänken vorüber, wo überall an rasch gezimmerten Tischen und Bänken die Vintschgauer beim Wein saßen und das aufregende Ereignis beredeten. Die Goldreiner Leute waren gewöhnlich im Postwirtshaus, und wie er dort am Tor stand und in die fackelbeleuchtete Halle spähte, fiel ein Schatten über ihn, und aufschauend sah er Romild neben sich. Das glitzernde Augenpaar eines alten Bauern von der Ladurner Sippe verfolgte die Beiden in blödem Entsetzen, als sie schweigend den Torweg verließen und im Abend, rätselhaft gesellt, verschwanden.

Sie gingen am Hang der schwarzgeballten Berge talabwärts, Romilds Dorf entgegen; sie hatten die gleiche Empfindung von Gefahr, und als sich zur Linken eine Schlucht öffnete, folgten sie ohne gegenseitige Verständigung einwillig dem wirbelnden Bach nach oben. In der Höhe hellte sich die Nacht, in der Tiefe versank die Etsch als schimmerndes Band, und das Firmament wehte wie eine bestickte Fahne über ihren Köpfen. Anrückende Felsen machten den Uferpfad ungangbar, und sie schlugen die Richtung nach einem kleinen Joch ein, wo das Kirchlein von St. Martin am Kofl stand. Vor der Kapelle ließen sie sich nieder und beteten, darnach küßten sie einander und nannten sich zum erstenmal bei Namen. Statt ins Dorf zurück, marschierten sie tiefer ins Gebirge hinein, um sich ein Hochzeitslager zu suchen, und Romilds stolzer Gang und die gerade Haupthaltung, die bei den Mädchen dieser Gegend vom Tragen schwerer Wassergefäße herrührt, verwandelten sich in frauenhafte Lässigkeit und lauschendes Anschmiegen. Als die bläulichen Ferner des Angelusgletschers über dem Tannen- und Felsendunkel aufrückten, ward ihnen fast heimatfremd zumute, und sie schlossen ihre Augen einer Welt, die so berückend und traumhaft sein wollte, wie sie selbst einander waren.

Die am Morgen aus dem Tal herauftönenden Kirchenglocken trieben sie zur Flucht vom Lager, und sie kamen zu einer Sennhütte, wo sie Milch und Brot empfingen. Dann wanderten sie weiter, und mittags und abends stillten sie den Hunger von dem Vorrat, den ihnen der Senner gegeben, und den sie an den folgenden Tagen erneuerten. Wenn die Nacht kam, glaubten sie Himmel und Sonne nur einen Augenblick gesehen zu haben, weil ihnen die Finsternis erwünscht und natürlich war. So lebten sie, ich weiß nicht wie lange, gleich verirrten Kindern, völlig ineinander geschmiedet, ohne Erinnerung an Vergangenes, ohne Erwägung der Zukunft, leidenschaftlich in Trotz und Furcht, denn die Angst vor dem, was sie bei den Menschen erwartete, hielt sie in der Einsamkeit fest. Eines Tages nun kam ein Hirt auf sie zu, der sie schon von weitem mit Verwunderung betrachtet hatte. Er erkannte sie, stand scheu vor ihnen und machte ein böses Gesicht. Sie fragten ihn, was sich drunten im Gau ereignet habe, und er erzählte, daß die Goldreiner schon am Pfingstmontag über den Fluß gegangen seien, um die in Morter wegen der entführten Jungfrau zur Rechenschaft zu ziehen. Die aber hätten die Beschuldigung zurückgewiesen und im Gegenteil die andern verklagt, daß sie an dem jungen Tappeiner sich vergangen hätten. Die Redeschlacht habe so lange gedauert, bis die von Morter zu Hirschfängern und Flinten gegriffen, um die Eindringlinge zu verjagen. Am nächsten Tag sei das Gerücht gegangen und wurde bald Gewißheit, daß zu Schlanders die Pest ausgebrochen sei; der Affe, den die welschen Gaukler mit sich geführt, habe die Krankheit eingeschleppt. Ein großes Sterben habe begonnen; von feindlichen Unternehmungen zwischen beiden Dörfern sei nicht mehr die Rede, und man glaube, die Äffin habe die beiden jungen Leute auf geheimnisvolle Weise verhext. »Folgt meinem Rat«, so schloß der Alte, »und geht hinunter zu den Euern, damit der Zauber geendet wird.«

Franz und Romild gehorchten. Schaudernd machten sie sich auf, um heimzuwandern. Alles Glück hatte sich in Traurigkeit verkehrt, und das längst; seit der ersten Umarmung hatten sie keine Freude genossen, aus der nicht grauenhaft das Bild der Äffin aufgetaucht wäre. In der Dämmerung langten sie unten an; noch ein Umschlingen, ein Druck der heißen Hände, noch ein Anschauen und Zurückschauen, dann ging jedes seinen Weg.

Auf den Fluren war tiefe Stille. In keinem Haus brannte Licht, und alle Tore waren verschlossen. Als Franz das Dorf betrat, grüßte ihn kein vertrautes Gesicht, überall war die gleiche Dunkelheit und Ruhe. Er klopfte ans Haus, nichts rührte sich. Erst als er den bekannten Pfiff erschallen ließ, raschelte es hinter den Läden. Das Fenster wurde geöffnet, und das fahle Gesicht seiner Mutter blickte ihn an. Ihr Schrei rief Vater und Bruder herzu, man ließ ihn ein, aber da er auf alle Fragen nur halbe Antwort gab und schließlich verstummte, betrachteten sie ihn ängstlich wie ein Gespenst. Die neueste Kunde war, daß die Äffin den Gauklern entlaufen sei, und sich im Tal herumtreibe; wer ihr nah komme, der werde von der Pest ergriffen, die von Naturns und Kastelbell bis Eyrs hinauf Hunderte von Menschen schon hinweggerafft habe. Schweigend lauschte der Heimgekehrte, und diese anscheinende Teilnahmslosigkeit brachte den Bruder in Wut. Er schrieb ihm alle Schuld zu; »hättest du das Affenweib nicht berührt, so wäre das Land verschont geblieben«, rief er, »und weil du mit einer Ladurnerin davon gegangen bist, darum ist ein Fluch auf dir, und wir müssen verderben«. Plötzlich stieß die Schwester einen gellenden Angstruf aus und stammelte, sie habe die grinsende Affenfratze am Fenster gewahrt, das noch offen war. Die Mutter warf sich Franz zu Füßen und beschwor ihn, von dem Mädchen zu lassen. Er wandte sich bebend ab, verstand kaum den Zusammenhang, wollte hinwegeilen und hielt schon die Klinke in der Faust, da rief ihn die Schwester fieberhaft bettelnd zurück, und er nahm wahr, daß die Krankheit sie gepackt hatte, denn ihr Gesicht sah bleiern aus wie das jenes Frauenzimmers, das aus dem Wagen der Gaukler geschaut. Er setzte sich an den Tisch und weinte. Am Morgen hatte sie die Beulen unter den Armen, das Fleisch zerging unter der Haut, und als sie starb, hatten ihre Züge den Ausdruck der Gorilla-Äffin.

In den Ställen hungerten Kühe und Ochsen; ihr Gebrüll war der einzige Laut des Lebens. Nachbarn hüteten sich, einander vor die Augen zu kommen. Der Himmel schien erblindet, die Luft verwest. Gefürchtet war der Tag, Schatten und Abend gemieden, Wasser und Wind totbringend. Von Dorf zu Dorf zogen die Mönche vom Karthäuserkloster in Neuratheis, segneten die Leichen vor den Haustoren und trösteten die rasenden Kranken. Es ging kein Wanderer mehr auf der Landstraße, es tönte kein Posthorn mehr, die Hirten blieben auf den Almen, kein Glockenecho brach sich an den Bergen. Aus Furcht vor dem Affen wurden die

Fenster verhängt und die Türen verriegelt, so daß in den ungelüfteten Stuben die Seuche doppelt leichtes Spiel hatte. Nach der Schwester sah Franz den Bruder erliegen, und am Dreifaltigkeitssonntag spürte der Vater den ersten Frost. Als die Sonne untergegangen war, pochte es ans Fenster, die Mutter schlug vor Grausen die Hände zusammen und kreischte: »Das Tier! Das Tier!« Es pochte abermals, da öffnete Franz den Laden und erblickte eine Gestalt, die jetzt unter dem Ahornbaum am Brunnen stand. Er erkannte Romild, die aus dem zinnernen Becher mit der Gier einer Gehetzten Wasser trank. Drei Sprünge, und er war draußen, der Hofhund winselte matt um seine Knie. Schluchzend vor Jubel, daß er noch lebte, zog ihn das Mädchen bis zum Rand des ausgetrockneten Bachs. Sie hatte noch immer die herrisch-gerade Haltung, doch ihre azurgeäderte Haut war entfärbt von überstandenen Leiden vieler Art. Die Ihrigen hatten sie beschimpft wie eine Ehrlose, der Vater hatte sie geschlagen, aber nun kam sie von einem Haus der Toten und Todgeweihten; der Liebeswille hatte sie getrieben, den schauerlichen Gang übers Tal zu wagen, und da stand sie, flüchtig und zitternd, dennoch beglückt. »Wir wollen uns ein Zeichen geben«, schlug sie vor; »wenn die Nacht kommt, steckst du eine brennende Fackel übers Dach, ein gleiches will auch ich tun, so wissen wir doch täglich voneinander, daß wir leben«. Franz war damit einverstanden; die Häuser beider Familien waren so gelegen, daß ein Feuersignal von einem zum andern wahrgenommen werden konnte.

So geschah es. Jeden Abend um die zehnte Stunde flammte von Goldrein und von Morter aus ein brennendes Scheit übers Tal: wie zwei irdische Sterne, die einander grüßen. Aber schon am vierten Tag fühlte sich Franz sterbensmatt, und bevor er im Fieber die Besinnung verlor, zwang er der Mutter, deren Herz schon erstorben und hoffnungslos war, das Versprechen ab, an seiner Statt das Flammenzeichen zu geben. Die Greisin übte diese Pflicht treu, und nur der Untergang einer Welt vermochte ihr Gewissen zu betäuben, denn was lag jetzt noch an Zuchtlosigkeit und Entehrung. Aber als der Einzige und Letzte des Stammes langsam zu genesen anfing, fand sie sich belohnt, und sie bekehrte sich zu der Meinung, daß Gott diesen Bund begünstigte, denn es gab nur wenige, die, von der Pest einmal erfaßt, wieder ins Dasein treten durften. Am neunten Tag war er imstande, das Bett zu verlassen; zwei Tage später versuchte er, nach Goldrein zu wandern, doch am Fluß überfiel ihn die wiederkehrende Schwäche des Kränklings, und er mußte von seinem Vorhaben abstehen. Nachdem er den ersten Schein des nächtlichen Fackelbrandes vom Ladurnerhof gewahrt, indes die Mutter willig über seinem Haupt die Lohe hinausreckte, fiel er in einen gesundenden Schlaf. Und wieder zwei Tage später machte er sich kraftvoller auf den Weg, und er wählte den Abend hiezu, weil er sich bei hellem Licht der Beachtung der feindseligen Sippe nicht aussetzen wollte. Er wußte nicht, daß es keine Feinde mehr dort drüben gab und daß der Gau entvölkert war.

Die Dunkelheit war längst eingebrochen, als er über die Brücke ging, und er entnahm dem Aussehn des Sternenhimmels die Stunde. Noch sah er die Fackel nicht, so daß er wähnte, die nahen Häuser des Dorfs entzögen sie seinem Auge. Aber plötzlich flammte sie auf; die Straße noch, der Platz, und nun das Haus. Er pochte; er rief, erst leise, dann laut. Da ihm keine Stimme antwortete, auch kein Schritt hörbar wurde, öffnete er ungeduldig die Türe und eilte ermattend durch den finstern Gang, der ihn zu einer niedrig gewölbten Küche führte. An der linken Seite befand sich ein vergittertes Fenster; durch dieses Fenster wurde die Fackel hinausgehalten, und ihr Schein erhellte düster und mit beweglichen Schatten rückstrahlend den Raum. Aber es war nicht Romild, in deren Händen das Holz brannte, sondern es war die Gorilla-Äffin. Das Tier kauerte am Fenster, zähnefletschend und mit den Lippen in gräßlicher Possierlichkeit schmatzend. Die Gebärde sinnloser Nachahmung, die sich im Hinausstrecken des Armes mit dem brennenden Scheit kundgab, war noch schrecklicher als der Anblick des entseelten Mädchenkörpers, der knapp vor den Beinen des Gorilla über die Herdsteine hingebreitet lag, die Gewänder halb vom Leib gerissen, die schneeige Haut blutbesudelt, der Hals wie gebrochen zur Seite geneigt, die toten Augen weit geöffnet und von der Kohlenglut unterm Rost mit täuschendem Leben bestrahlt. Franz Tappeiner stürzte nieder wie einer, dem der Schädel gespalten wird. Der Affe schleuderte die Fackel weg, packte den Wehrlosen und zerbrach ihm mit einer spielenden Gleichgiltigkeit das Genick. Dann begann er abermals, stumpfsinnig wie die Nacht, die Bewegungen der schönen Romild nachzuahmen, die er überfallen haben mochte, während sie, im Fieber vielleicht, dem Geliebten das sehnsüchtig erwartete Zeichen gab. Es war aber in seinen großen Urwaldaugen die instinktvolle Melancholie der Kreatur, die von weiter Ferne ahnt, was Verhängnis und Menschenschmerz bedeuten, jedoch in ihren Handlungen nur das willenlose Werkzeug eines unerforschlichen Schicksals bleibt.

Die Pestplage soll damit ihr Ende erreicht haben.

Sicher ist, daß die Äffin, als kurz hernach Regengüsse eintraten, während welcher sie, von Bauern und Hirten verfolgt, durchs Martelltal irrte, bei einem Ausbruch des Stausees am Zufallferner von den eisigen Fluten erfaßt wurde und elend ersoff.

Der Stationschef

»Den Affen lob ich mir, das ist ein Affe nach meinem
Herzen, so einen Affen möcht ich haben,« sagte Cajetan,
indem er sich die Hände rieb, »der macht einen doch
ordentlich gruseln, ist nicht so harmloser Philister wie
gewisse Quäcolas.«

»Die Gorillas gelten ja für so gefährliche Tiere, daß man die
Männchen gar nicht in der Gefangenschaft halten kann,«
sagte Hadwiger. »Ich habe ein einziges Mal ein gefangnes
Männchen gesehen; es war dermaßen wild, daß mich eine
Gänsehaut überlief, als ich in seine infernalische Fratze
blickte.«

»Das Geheimnisvollste auf der Welt ist für mich ein Tier«,
äußerte sich Borsati. »Wenn mich ein Hund anschaut, ist
mir, als ob sämtliche Philosophen bloß Schwätzer gewesen
wären. Beobachtet doch das Pferd, das mit einer
unergründlich tiefen Geduld seinen Karren zieht; oder die
erhabene Gleichgiltigkeit, mit der eine Katze an euch
vorüberschleicht; oder die Kuh, wie furchtlos verwundert
euch das braune Auge mißt! Wart ihr einmal Zeuge, wie ein
Kalb zur Schlachtbank gezerrt wurde? Wenn ich für das
Wort Verzweiflung ein Bild geben sollte, ich könnte kein
anderes wählen als dieses Schauspiel. Während meiner
Studienjahre befand sich auf der psychiatrischen Klinik ein
Knabe namens Martin Egger, den ein wahrhaft indisches
Gefühl für Tiere in den Wahnsinn getrieben hatte. Dem
Willen seines Vaters gehorsam, hatte er die Metzgerei
erlernen müssen. So lange er das Fleisch nur auszutragen

48

hatte, ging es leidlich; er hatte ein angenehmes Betragen, ein frisches, rotbackiges Gesicht, freundliche blaue Augen, und alle Kunden hatten ihn gern. Als er zum erstenmal schlachten sollte, vermochte er den Hieb nicht zu führen und brach in Tränen aus. Er wurde gezüchtigt, entlief von der Lehrstelle und beschwor den Vater, daß er ihn ein anderes Handwerk treiben lasse; seinen Lieblingswunsch, studieren zu dürfen, wagte er gar nicht zu verraten. Aber er mußte zurück, mit Schimpf und Spott nötigte man ihn ins Schlachthaus, und er wurde gezwungen, ein Kälbchen zu schlagen. Sie führten ihm den Arm und er schlug zu, ungeachtet ihn das Tier um Erbarmen flehte, denn er war überzeugt, daß eine Seele in der Kreatur wohne, und das brechende Auge bezichtigte ihn des Mordes. Da man ihn von seiner Torheit heilen wollte, ward ihm keine Ruhe vergönnt und Tag für Tag mußte er nun ausführen, was so zerstörend auf sein Gemüt wirkte. Die ganze Erde wurde ihm zur Blutbank, er konnte nicht mehr essen und nicht mehr schlafen, seine Wangen wurden bleich, sein rascher Knabenschritt hinfällig, er spürte Ekel, wenn er sich selbst berührte, dünkte sich überall verfolgt von dem vorwurfsvollen Glanz brechender Tieraugen, und in seiner Bedrängnis wußte er keine andere Hilfe mehr als den Branntwein. Unter elendem Gesindel saß er nächtelang in den Schnapsbutiken der Vorstadt, bald kindisch schluchzend, bald trübsinnig vor sich hinstarrend. Sein Geist blieb für immer umnachtet.«

»Daraus könnte man eine Legende machen«, sagte Georg Vinzenz, »und ich würde sie ›der junge Hirt‹ nennen. Wie rein und wie edel zeigt sich hier die Menschennatur! Vielleicht hätte eine Belehrung, ein befreiendes Wort genügt, um den Knaben aus seiner Verstrickung zu retten. Wie gering wir auch sind, wir können immer noch für Geringere zur Vorsehung werden.«

Borsati schüttelte den Kopf. »Das glaube ich so ohne weiteres nicht«, erwiderte er. »Wenn der vorgezeichnete Weg uns nicht in die Existenz des Nebenmenschen führt und uns selbst zu Schicksalsbeteiligten macht, können wir keinen Einfluß haben. Worte sind Luft.«

»Mir fällt es auf, daß der Knabe studieren wollte«, sagte Cajetan. »Studieren, das war für ihn doch keine Wirklichkeit, sondern das Symbol für ein höheres Leben. Ich denke mir in solchen Menschen eine fantastische Sehnsucht, die in einem Begriff Ruhe findet, dessen armseligen Sinn sie nicht spüren.«

»Und doch könnte ein Arago oder Newton oder Helmholtz an dem Knaben zu grunde gegangen sein«, versetzte Hadwiger.

»Möglich; aber keimen denn alle Samenkörner, die auf den Acker geworfen werden? Die Natur verfährt darin mit einer Willkür, deren Sinn uns nie enträtselt werden wird. Aus einem leidenschaftlichen Liebesbund läßt sie eine Krämerseele entstehen, und aus einer Dutzendehe erzeugt sie mitten unter vierzehn Kindern einen großen Mann. Überall gibt es unentwickelte und im Ansatz verdorbene Eroberer, Erfinder und Entdecker. Im Dunkel der Irrungen sammeln sich die Kräfte für den Erwählten. Es wimmelt rings um uns von Suchenden, die ihr Ziel nicht erreichen. Wer weiß, wie vielen Tamerlans und Attilas ich täglich begegne. Dieselben Elemente, die den Helden erhaben machen und das Angesicht der Zeiten durch ihn verwandeln, wirken bei ihren zwerghaften Ebenbildern niedrig und verbrecherisch. Erinnert ihr euch an das Eisenbahn-Unglück bei Porto-Clementino? Es passierte, während ich in Italien war, und wurde auf die Tat eines bürgerlichen Nero zurückgeführt.«

Da niemand die Begebenheit kannte, begann Cajetan zu

erzählen.

Auf einer unbedeutenden Station zwischen Pisa und Rom, an der Eisenbahnstrecke, die durch die gemiedenen Maremmen führt, lebte ein gewisser Antonio Varga als Amtsvorstand. Er war durch die vorübergehende Protektion eines Priors zu diesem Posten gekommen, und als er ihn einmal innehatte, blieb er dort vergessen. Sein Vater war Türhüter im Vatikan; nicht einer von den strahlenden Schweizern, sondern ein bescheidenerer Würdenträger, obschon hinreichend farbig angetan und stattlich zu betrachten. Wenn der junge Antonio seinen Vater besuchte, ging er voll Ehrfurcht durch die Hallen, blieb aufgeregt vor den Portalen stehen, um vornehme Leute an sich vorüberwandeln zu lassen, und einst wurde er erwischt, als er sich in ein Prunkgemach geschlichen hatte und mit Entzücken den Möbelstoff eines Sessels betastete. Wenn er vor einem Haus eine Karosse warten sah, verweilte er, bis der Herr oder die Dame erschien, und zu allen Tageszeiten trieb er sich in der Nähe der großen Hotels herum, auch vor den Museen und Kirchen, um die Fremden zu betrachten, die er mit erfundenen Namen und Titeln belegte, keineswegs um zu prahlen, denn es gab keinen Menschen, den er jemals eines vertraulichen Wortes würdigte, sondern um sich in eingebildete Beziehungen zu einer Welt zu setzen, nach der er das glühendste Verlangen hegte. Ob es nun die Säle des Vatikans oder die königlichen Gärten oder die nächtlich erleuchteten Fenster eines Palastes am Corso oder die Ringe an der Hand einer schönen Frau oder die Orden auf der Rockbrust eines Generals waren, stets empfand er beim Anblick von Dingen, die an Macht, Herrschaft und Reichtum erinnerten, den Groll eines Menschen, der um den rechtmäßigen Genuß seines Eigentums betrogen wird. Er hatte keinen Freund, an allen

51

Männern stieß ihn die Genügsamkeit und Ergebenheit ab; keine Geliebte, da ihm die Mädchen aus dem Volk durch Tracht und Wesen verächtlich waren und er sich in den verwegensten Träumen gefiel, in denen er nur mit Gräfinnen und Herzoginnen, und zwar in einer grausamen, kalten und stolzen Weise verkehrte. Er hatte die Manie, bunte Stoffe, Hutbänder, Photographieen von Leuten der großen Gesellschaft, ferner Visitenkarten mit erlauchten Namen, Spitzenreste, Stiche aus Modenblättern und einzelne Handschuhe, die er vor einem Ballsaal oder einem Bazar aufgelesen, zu sammeln, und durch diese Schwäche verwandelte er das billige Mietszimmer, das er bewohnte, in eine Schaubude, einen Triumph der Abgeschmacktheit.

Die Sumpföde der Maremmen, wohin er sich im Alter von dreißig Jahren versetzt sah, raubte ihm die Möglichkeit, seine bisherigen Neigungen zu befriedigen, und drängte den ohnehin finstern und reizbaren Mann so tief in sich selbst zurück, daß er auch in seiner dienstfreien Zeit verschmähte, die traurige Wüstenei zu verlassen. Er durchstreifte die menschenleere Gegend, lag stundenlang am Meeresufer und heftete die Blicke, die voll von unerforschlichen Wünschen und Vorsätzen waren, ins Weite hinaus. Abends beschäftigte er sich mit seiner seltsamen Sammlung, breitete die Stücke auf einen Tisch vor sich aus und betrachtete die nichtigen Gegenstände mit der Freude eines Geizhalses, der vor seinen Schätzen und Wertpapieren sitzt.

Es verkehrt auf dieser Bahnlinie ein Luxuszug, der eine Verbindung zwischen Paris und Neapel herstellt und am Morgen nach Süden, am Abend nach Norden fährt. Eines Tages ereignete es sich, daß ein Streckenwärter diesem Zug das Haltesignal gab; sein Weib hatte in der Nacht vorher ein Kind geboren, lag in einem tödlichen Fieber, und da meilenweit im Umkreis keine ärztliche Hilfe zu haben war und der Posten behütet werden mußte, so griff er zu dem verzweifelten Mittel, den Zug zum Stehen zu bringen, weil er hoffte, daß unter den Passagieren ein Arzt sein würde. Aber das Wagnis war umsonst, die Fahrgäste durften nicht gestört werden, der Beunruhigung war ohnehin schon zu viel, und es schien ein Glück, daß der Zugführer eine menschliche Regung verspürte und es dabei bewendet sein ließ, den Vorfall schriftlich an den Stationschef Varga zu melden, wobei er den Wächter, dessen Frau nach einigen Stunden starb, am meisten geschont zu haben wähnte. Dies war ein Irrtum. Antonio Varga raste, und seiner Darstellung wie seiner Forderung bei der Behörde war es zuzuschreiben, daß der Unglückliche binnen kurzer Frist von Haus und Brotstelle gejagt wurde.

Man hatte natürlich angenommen, daß er den Frevel eines pflichtvergessenen Beamten gestraft wissen wollte. Solches konnte er glauben machen, aber der geheime und schreckliche Grund seines Wütens war, daß der Wächter etwas getan, wozu er selbst sich täglich und von Tag zu Tag unwiderstehlicher versucht fühlte. Der Luxuszug hielt nicht bei der kleinen Station; zur vorgezeichneten Minute tauchte er fern in der Ebene auf, die Schienen knatterten, der Boden zitterte, donnernd fuhr er in einem Luftwirbel daher und vorüber, um alsbald im Dunst der Ferne zu verschwinden. Erregender war es am Abend; die gleißend hellen Fenster durchblitzten für die Dauer von fünf Sekunden den einsamen Perron und ließen die Öllampen in den Laternen doppelt jämmerlich erscheinen; schwarze Menschenkörper bewegten sich geisterhaft, träg und schnell zugleich, hinter den Scheiben, und Antonio Varga dachte an Perlenketten und Geschmeide, die sie trugen, an die rauschenden Gewänder in ihren Koffern, an ihre hochmütigen Blicke, ihre gepflegten Hände, an ihre Feste, ihre Liebeleien, ihre Spiele, ihre geschmückten Häuser, und die Erbitterung über diese glänzende und satte Welt, die so unhemmbar an ihm vorüberrollte, ihn so durstig stehen ließ, wuchs mit solcher Gewalt, daß er den Gedanken einer Rache nicht mehr verdrängen konnte. Gepeinigt von seinem düstern Trieb sagte er sich: kann ich nicht zu euch gelangen, so will ich euch zu mir zwingen, und wie Knechte und Bettler sollt ihr vor mir liegen. Eines Abends war der Güterzug aus Genua verspätet eingetroffen und mußte, um dem Luxuszug die Fahrt freizugeben, auf ein totes Geleise rangiert werden. Bevor die Verschiebung beendet war, kam der andere Zug in Sicht. Nun sollte das Haltesignal gestellt werden, und da die Hilfsbeamten auf dem Bahnkörper beschäftigt waren, eilte Antonio Varga in das Offizio. Anstatt so schnell zu handeln wie es die Situation gebot, zögerte er am Apparat. Er hob den Arm und ließ ihn wieder sinken; er ward sich dessen bewußt, wie viel Leben und Schicksal an der einzigen Bewegung seiner Hand hing, und eine nie empfundene aber vorgeahnte Lust erfüllte ihn. Sein Herz klopfte reiner, sein Blut floß kühler, und als das unheimlich krachende Getöse der aufeinanderstürzenden Wagen erschallte, verließ er den Raum, schritt durch die fliehenden und wehklagenden Bediensteten und stand alsbald mit verschränkten Armen neben dem ungeheuren Trümmerplatz. Emporprasselnde Flammen beleuchteten die letzten Zuckungen derselben Menschen, deren Leben er Jahr um Jahr mit seinem Haß und seiner vergeblichen Begierde verfolgt hatte. Während er den Anblick genoß wie ein Feldherr die Ruinen einer erstürmten Festung und drüben beim Stationshaus Arbeiter und Beamte noch wie gelähmt verharrten, traf eine rührende Stimme sein Ohr. Den Lauten nachgehend, gewahrte er nach wenigen Schritten ein Mädchen von außerordentlicher Schönheit, das Gesicht von jener Lieblichkeit des Schnitts und jener Zartheit der Färbung, wie man es fast nur bei den Engländerinnen findet; ihr Leib war zwischen Metall- und Holzteilen so eingepreßt, daß der keuchende Atem mit Blut vermischt aus dem Munde drang und die schönen Augen bald gebrochen sein mußten. Mit einer Geste trunkener Angst, in einem holden Wahnsinn des Schmerzes streckte das Mädchen die Arme aus, als ob es sagen wollte: umfange mich, halte mich, gib mir, was meine Jugend entbehren mußte; in ihrem Blick war eine Glut, die die strengen Züge und die adeligen Lippen Lügen strafte und dem Tode selbst noch ein kurzes Stück Leben abzuringen schien. Antonio Varga schauderte, und indem er das Haupt der Sterbenden sanft auf seine Kniee bettete, mehr vermochte er zu ihrer Erleichterung nicht zu tun, ergriff ihn zum erstenmal in seinem Leben ein Bedürfnis nach dem andern Menschen, nach Hingabe, eine Ahnung von Liebe. Als das Mädchen tot war, entzog er sich dem Gewühl der um Hilfe und Rettung bemühten Leute, ging in seine Stube, verfaßte eine Beichte seiner Untat, ein ziemlich pedantisches Schriftstück, und nachdem er die Rechnung mit der Menschheit in gewohnter Sorgfalt aufgestellt hatte, beglich er sie sogleich und erhängte sich. Das macht die großen Verbrecher am Ende doch klein, daß sie unter ihren Handlungen zusammenbrechen, nicht bloß, weil sie das irdische Gericht fürchten, sondern weil ihr Geist zu schwächlich ist, um das Antlitz einer Wirklichkeit zu ertragen und ihre Seele zu verkümmert, um einer Verantwortung gewachsen zu sein.

»Ich möchte von einem solchen Scheusal am liebsten nichts hören«, sagte Franziska; »wie ungerecht geht es doch zu in der Welt! Der arme Streckenwächter darf nicht den Arzt finden, der ihm sein kleines häusliches Glück erhalten könnte, und dieser Unhold zaubert durch ein Werk des Grauens ein Geschöpf an seine Seite, dessen Zärtlichkeit zwischen Tod und Leben mich beinah weinen macht, weil soviel wahres Frauentum darin liegt.«

»Und ein tiefer Sinn«, fügte Lamberg hinzu; »Luzifer wird durch den Engel erlöst.«

»Man erkennt aus alledem, wie verworren angelegt und wie unergründlich die Charaktere sind, die man in oberflächlichem Sinn als einfache bezeichnet«, bemerkte Borsati. »Der sogenannte einfache Mensch steht dem Schicksal am nächsten, ist ihm wie auch den verborgenen Kräften und Instinkten seiner eigenen Natur am hilflosesten verfallen. Der höher geartete spielt schon, kombiniert, ist vorbereitet durch Erkenntnis oder ermüdet durch seine Fähigkeit zum Miterleben. Er sammelt die Erfahrungen derer, die eingreifen und zermalmt werden.«

»Gerade im kleinen Beamten stecken oft die niedrigsten und gefährlichsten Leidenschaften«, versetzte Cajetan; »welche Verworfenheit zeigt sich oft an einem simplen Dorfschullehrer, was für eine berechnete Tücke an manchem Gerichtsfunktionär auf dem Land! Stellen wir uns vor, daß der biedere Herr mit dem roten Kopf und den hastigen Augen, der da im Wirtshaus sitzt und seine Zehnhellerzigarre zerbeißt, weil das bloße Saugen des Gifts ihm nicht genügt, stellen wir uns vor, daß plötzlich die soziale Kette, die sich um ihn schlingt, abfiele, seine Machtgelüste ungehemmt sich betätigen dürften, – das Land würde rauchen von den Opfern, die seine Eitelkeit, seine Dummheit, sein Ehrgeiz und sein Fanatismus fordern würden.«

»Es gibt ein Beispiel von einer derartigen Entfesselung eines gemeinen Strebers«, sagte Lamberg; »Collot d'Herbois war ein mittelmäßiger Schauspieler in Lyon. Er wurde in jeder Rolle, die er auf dem Theater spielte, erbarmungslos ausgezischt. Nun sind ja schlechte Komödianten, die ausgezischt werden, keine Seltenheit, aber in den meisten Fällen müssen sie ihre Erbitterung und Enttäuschung ertragen lernen. Mit Collot d'Herbois aber wollte das Geschick offenbar einmal demonstrieren, was ein durchgefallener Mime zu tun imstande ist, wenn er für die erlittenen Niederlagen Rache nehmen darf. Beim Ausbruch der Revolution ging d'Herbois nach Paris und wurde in den Nationalkonvent gewählt. Sobald es anging, ließ er sich nach Lyon versetzen, und dort begann er nun sein Strafgericht. Er brachte sämtliche Kritiker und Zeitungsredakteure aufs Schafott, verschonte nicht seinen früheren Direktor, seine Kollegen, die die Gunst der Theaterbesucher erfahren hatten, die einflußreichen Personen der Gesellschaft, Leute, die ihm irgend einmal durch Wort oder Blick ihr Mißfallen bezeigt hatten, und mit dem Souffleur und dem Kassierer des Theaters ließ er am selben Tag einen Freund hinrichten, der ihm während seiner Bühnenlaufbahn bisweilen Ratschläge erteilt und nützliche Winke gegeben hatte. Bei den Sitzungen und der Verkündigung der Verdikte trug er ein majestätisches Benehmen zur Schau, und seine Tiraden waren ebenso talentlos wie jemals auf der Szene, nur war er gegen das Ausgezischtwerden vollkommen gesichert.«

»Dem ist einmal in Erfüllung gegangen, wovon sonst Millionen ihre geheimsten Wünsche nähren«, rief Lamberg lachend.

»So schlecht denkst du von den Schauspielern, Georg?« fragte Franziska traurig.

»Nein, meine Liebe, überhaupt!« antwortete Lamberg. »Zweifellos ist jedenfalls, daß ein Mensch, dessen Ehrgeiz größer ist als seine Begabung, lasterhaft werden muß.«

»Dieser Collot d'Herbois erinnert mich an die Rache eines Invaliden aus dem deutsch-französischen Krieg, der auch die erhoffte Anerkennung seiner Verdienste nicht finden konnte«, sagte Borsati. »Bei Mars la Tour rettete er als gemeiner Soldat eine ganze Batterie, indem er, mehr aus Angst denn aus Mut, mit einer Kanonenputzstange wie toll um sich hieb und die Angreifer so lange in Schach hielt, bis Verstärkung kam. Er wurde schwer verwundet, und da seine Tat die höchste militärische Belohnung forderte, wurde er für bewiesene Tapferkeit vor dem Feind mit einer Medaille ausgezeichnet, deren Rang bedingt, daß alle Posten vor dem Träger salutieren und alle Wachen ins Gewehr treten. Als Krüppel in die Heimat zurückgekehrt, bewarb er sich um die Stelle eines Nachtwächters. Wie verständlich, wünschte man nicht einen Nachtwächter, der nur im Besitz eines einzigen Beines war, und wollte ihm ein minder anstrengendes, ja sogar würdevolleres und einträglicheres Amt verschaffen. Aber nein, er hatte den Ehrgeiz, Nachtwächter zu werden, denn er hatte eine schöne Baßstimme und gefiel sich in dem Gedanken, das Liedchen von der Zeitlichkeit und Ewigkeit und drohenden Gefahren mit jeder Glockenstunde melodisch zu Gehör zu bringen. Ärgerlich über die Verweigerung lag er tagsüber in den Bierhäusern und zog zu allgemeinem Verdruß acht- bis zehnmal, immer an der Spitze eines unflätig brüllenden Pöbelhaufens, an der Hauptwache vorbei, wo dann der Posten die Soldaten ins Gewehr rufen mußte, um dem hochdekorierten Querulanten die vorschriftsmäßige Ehrung zu erweisen. Die Sache ging durch viele Instanzen, man konnte sich aber schließlich doch nicht anders helfen, als daß man dem rebellischen Kriegsmann seinen Willen erfüllte. Und ich glaube, er tutet und singt noch jetzt allnächtlich zum Vergnügen der Bürger und zur Zufriedenheit der hohen Behörde.«

Borsatis ruhige Art, die ohne vordringende Ironie war, vermochte den Zuhörern selbst mit einer so simplen Begebenheit noch ein Lächeln abzuschmeicheln. Es kam dann die Rede wieder auf die Ehrgeizigen, da Franziska, als hänge sie nicht nur mit geistiger Teilnahme an dem Thema, noch einige Fragen stellte. Beim Austausch der Meinungen fiel Hadwigers Schweigsamkeit mehr auf als am Beginn des Abends, und obwohl er in einer bescheidenen Haltung schweigsam war, lastete seine Abkehr vom Gespräch auf den Freunden, und sie hatten nicht so sehr das Gefühl, einen stummen Kritiker fürchten zu müssen, als das andere, daß er sich die Bequemlichkeit des Zuhörens gar zu billig verschaffte. Nur Franziska ahnte in seinem Verhalten achtenswertere Gründe, empfand einen heimlichen Schmerz mit ihm, eine Sorge, ein schwermütiges Zurückschauen, ja, böses Gewissen gegenüber der leichten Stunde, und sie faßte den Vorsatz, ihn so mild wie möglich aus seiner Stille zu treiben, allerdings nicht mehr heute; heute war sie müd.

Cajetan hatte eine einleuchtende Darstellung vom Wesen des Ehrgeizes gegeben, denn die menschlichen Eigenschaften waren für sein Auge, was dem Chemiker ein Präparat unter dem Mikroskop ist. Zum Schluß sprang er auf, klatschte in die Hände und sagte entzückt, er habe auf einer Reise in Mexiko, die er vor zwei Jahren von den Staaten aus unternommen, eine Geschichte gehört, in der ein ehrgeiziger Charakter durch wundervolle Fügung zur Einsicht in das Trügerische seiner Ziele kommt. Er habe die Geschichte, die ihm ein sehr gebildeter junger Kreole erzählt, nie vergessen können, »und wenn es erlaubt ist,« schloß er mit drolliger Koketterie, »will ich sie morgen an den Mann bringen, – Verzeihung, auch an die Frau.«

Lamberg richtete sich auf und sagte langsam und mit Gewicht: »Man lobe die Geschichte erst, nachdem sie erzählt ist; man lobe sie auch nicht selbst, sondern lasse sie von andern loben, vorausgesetzt, daß sie es verdient.«

In bester Laune trennten sich die drei Hotelbewohner von Lamberg und Franziska, und da es inzwischen zu regnen aufgehört hatte, tauschten sie unterwegs ihre Ansichten über die Freundin aus. Keinem erschien sie als die, die sie ehedem gewesen, alle waren mitbedrückt von den Erlebnissen, welche sie so angsterfüllt verbarg. Mit liebevoller Politik, meinte Cajetan, müsse dieser Zustand von Scheu und Leiden beseitigt werden, und es gelte nur, den Augenblick zu finden, in dessen Macht sie Herrin des Vergangenen werden und neues Vertrauen zu sich selbst gewinnen könne. Hadwiger entgegnete, daß ihn ihr Aussehen, ihre körperliche Verfassung bekümmere. Hierzu nickte Borsati und fragte, ob man nicht den Fürsten, der doch am Ort sei, von ihrer Anwesenheit verständigen solle, da vielleicht die besondere Art dieses Mannes eine Ermunterung für Franziska herbeiführen könne, am Ende auch eine willige Rückkehr in eine ehemals begehrte Welt. Sehr bedächtig antwortete Cajetan, darin müsse man mit Vorsicht zu Werk gehen. Er habe der Gräfin Seewald seinen Besuch zugedacht und werde bei dieser Gelegenheit erspähen, welchen Schritt man wagen und wie weit man gehen dürfe.

Am folgenden Morgen war leidlich gutes Wetter; als Cajetan zur Villa Lambergs ging, traf er Georg und Franziska, die eben von einem kleinen Spaziergang aus dem Wald zurückkamen. Franziska war totenbleich und schleppte sich an Lambergs Arm mühselig dahin. Cajetan stützte sie gleichfalls, und so gelangten sie bis zum Haus. Quäcola saß vor der Türe, blätterte mit konfusen und wichtigtuerischen Geberden in einer Zeitung, und vor ihm lag ein in Fetzen gerissenes Buch. Emil, die Hände in den Hosentaschen, betrachtete das Tier mit ingrimmigem Mißfallen, woraus sich aber der Schimpanse nicht im mindesten etwas machte, sondern fortfuhr, in wüster Geschwindigkeit das Zeitungspapier zu wenden. Ein mattes Lächeln erschien auf Franziskas Gesicht, und sie sagte: »Wenn das mit den beiden gut ausgeht, dann haben wir Glück gehabt, Georg.« Kaum wurde Quäcola ihrer ansichtig, so erhob er sich, verbeugte sich und gab dem Diener mit einer frech vornehmen Handbewegung zu verstehen, daß er sich entfernen solle. Emil schüttelte den Kopf, und seine Miene zeigte den Ausdruck ungeheuchelten Kummers.

Als Franziska sich zu Bett begeben hatte, teilte Cajetan dem Freund mit, daß er zu Armanspergs gehen wolle und fragte, ob er vor dem Fürsten erwähnen solle, daß Franziska hier sei. Lamberg bat ihn, es vorläufig zu unterlassen. Franziska fühle sich in der Schuld des Mannes, sie habe von einem herrlichen Brief erzählt, den der Fürst vor Monaten an sie gerichtet, als er durch geheime Sendlinge ihren Aufenthalt erfahren hatte, und sie sei durch den bloßen Gedanken beunruhigt, daß sie sich einst doch noch werde stellen müssen, wenn sie in mutigeren Stimmungen mit einer Zukunft überhaupt rechnen zu dürfen glaubte. Es sei zwischen den beiden Menschen irgend etwas Undurchschaubares, und ein fremder Wille könne da nur zerstörend eingreifen.

Eine Stunde später fing es wieder aus endlosen Wolkenmassen zu regnen an. Grauer, zerfaserter Flaum umschwamm die Häupter und Rücken der Berge, die harten Wege wurden weich, als seien sie aufgekocht worden, die talwärts rinnenden Wasser schwollen an, und alles war so klein, so naß, so dürftig, wie wenn die Natur auf Prunk und Feiertäglichkeit für immer hätte verzichten wollen, um sich frierend und gleichgiltig den unfreundlichen Elementen zu überliefern.

Geronimo de Aguilar

Franziska erholte sich im Verlauf des Tages, und als alle bei der abendlichen Lampe wieder versammelt waren, begann Cajetan seine versprochene Erzählung wie folgt.

Zur Zeit, als das Auftauchen unbekannter Welten die Geister des alten Europa bewegte, lebte in Spanien ein verarmter Edelmann namens Geronimo de Aguilar, ein ruheloser Charakter, der, seit die Taten des Christoph Columbus und anderer Helden von sich reden gemacht, nur den einzigen Willen hatte, es jenen Männern gleichzutun. Aber da war guter Rat teuer. Als Matrose oder Soldat oder selbst als untergeordneter Offizier auf einem Schiff zu dienen, erlaubte Geronimos Stolz nicht, und um die Leitung auch nur der kleinsten Expedition zu bekommen, mußte man entweder Geld oder mächtige Gönner haben. So blieb nichts übrig, als sich in Geduld zu fassen, obgleich Geronimo sich mit Recht sagte, daß jede Stunde kostbar sei und jeder verstrichene Tag ihn einer unwiederbringlichen Möglichkeit beraube. Er brachte seine schlaflosen Nächte über alten Folianten und neuen Landkarten zu, halb rasend vor ohnmächtiger Ruhmsucht und Tatbegier, und von morgens bis abends beschwatzte er Freunde und Bekannte, saß in den Vorzimmern hoher und höchster Herren, reichte Bittschriften und gelehrte Auseinandersetzungen ein, und mit jeder fehlgeschlagenen Hoffnung wurde er rabiater, mit jeder lässigen Vertröstung um so leidenschaftlicher besessen.

»Beim Herzen Marias«, sagte er, »was der Glückspilz Columbus erreicht hat, ist noch nichts, und wenn man mich gewähren läßt, will ich zeigen, daß es nichts ist; ich will euch die Atlantis der Alten wiederfinden, will Länder erobern, in denen es mehr Gold gibt als bei uns Pflastersteine, und bringe eure Schiffe so mit Schätzen beladen zurück, daß ihr den Kindern Kleinodien zum spielen geben könnt, wie sie jetzt im königlichen Tresor bewacht werden. Aber säumt nicht länger, denn die Zeit ist trächtig.«

Derlei glühende Reden führte er häufig, bei denen seine schwarzen Augen brannten, als ob der ganze Mensch mit Feuer angefüllt sei. Viele hielten ihn natürlich für einen Prahler, andere glaubten ihn vom Teufel behext, aber es gab auch Leute, die der Meinung Ausdruck gaben, daß es den Versuch wohl lohnen könnte, ihn übers Meer zu schicken, und daß ein Mann, der die Kraft zu großen Geschäften in sich spüre, nicht mit der Bescheidenheit eines Schulmeisters davon zu sprechen nötig habe. Eines Tages ließ ihn der Graf Callinjos, ein ehemaliger Kämmerer, der vom Hof verbannt war, ein reicher Herr und Sonderling, zu sich kommen, und indem er auf einen mit Goldstücken bedeckten Tisch hinwies, sagte er: »Hier sind zehntausend Pesetas. Ich habe, Sennor de Aguilar, von Ihren Plänen und Absichten vernommen und bin gewillt, diese Summe zu opfern. Rüsten Sie damit die Brigantine Elena aus, die mein Eigentum ist und im Hafen von Cadix vor Anker liegt. Ich gebe Ihnen eine Frist von drei Jahren. Höre ich bis dahin nichts von Ihnen, so erachte ich Schiff, Geld und Mannschaft für verloren. Kommen Sie aber unverrichteter Dinge zurück, so sind Sie durch den Verlauf des Unternehmens nicht nur als lächerlicher Rodomont entlarvt, sondern ich werde auch Mittel finden, Sie für Ihren Übermut und Dünkel zu bestrafen.«

Bei jedem andern Anlaß hätte eine solche Sprache Geronimos Blut in Wallung versetzt; in diesem Augenblick empfand er nur überschwängliche Freude; er nahm stumm die Hand des Grafen, beugte sich nieder und drückte sie an seine Lippen. Und so redselig, aufgelöst, hitzig und wild man Geronimo bisher gesehen hatte, so schweigsam, kalt, gesammelt und maßvoll zeigte er sich jetzt. Bei der Bemannung und Befrachtung des Schiffes wußte er zu nutzen, was seine Vorgänger durch Erfolge wie Mißlingen ihn gelehrt, und in allem bewies er so viel Vernunft und Tüchtigkeit, daß des verwunderten Lobes über ihn kein Ende war. Zu Anfang des Herbstes waren die Vorbereitungen beendet, und an einem klaren Oktobermorgen lichtete die Brigantine die Anker und stach in See, begleitet von den Zurufen des am Hafen versammelten Volks. Geronimo stand am Heck des Schiffes, und er zuckte auf wie eine Flamme, als ihm das Vaterland den letzten Gruß schickte. Er ließ kein Herz zurück, kein Gut, keinen Freund, nicht einmal einen Hund. Er war allein, er wußte es, und er bedauerte es nicht. Eingesponnen in seine berauschenden Visionen, hatte er seit langem nichts mehr übrig für Beziehungen zärtlicher Art.

Die Brigg lief trefflich vor dem Wind, und mit wachsender Erwartung lenkten alle den Blick nach dem geheimnisvollen Westen. Selbst die rohen Matrosen spürten einen abergläubischen Schauder, als jene Sterne niedriger stiegen und dann verschwanden, mit denen sie seit ihrer Kindheit vertraut waren, und sie wurden durch den Anblick des neuen Himmels, seiner unbekannten Bilder und phosphoreszierenden Wolken lebhaft an die Gefahren ermahnt, denen sie entgegengingen. Nur Geronimo dachte lediglich an den Ruhm, der seiner wartete, und, ein wahrer Midas des Traums, verwandelte er in Gold, was in den Bereich seiner Ahnungen und Hoffnungen kam, denn er wußte, daß die Reichtümer, die er gewann, das einzige Mittel zum Ruhm und die sicherste Bürgschaft dafür waren. Es befand sich ein Mönch auf dem Schiff, der schon zum zweitenmal die Fahrt über den Ozean machte, und auf der Insel Hispaniola gewesen war, um im Auftrag seines Ordens für das Christentum zu wirken. Er erzählte oft und mit trauriger Miene, wie grausam die Spanier in jenen paradiesischen Ländern gehaust, wie schnöde sie das Vertrauen der unschuldigen Eingeborenen hintergangen und in nimmersatter Habgier blühende Gegenden verwüstet hätten. Was könne das Wort des Heilands fruchten, wo Verrat, Mord und Plünderung die Religion der Bekehrungseifrigen als verabscheuenswerte Heuchelei erscheinen lasse?

Geronimo hörte gleichgiltig zu. Wurde aber der Name des Columbus oder einer der ihm folgenden kühnen Seefahrer genannt, so ballte sich seine Faust, und Blässe überzog das lange Oval seines Gesichts. Denn diese Namen hatten eine selbstverständliche Leichtigkeit des Klanges und der Bildung, während sein eigener Name leblos tönte und völlig an die leibhafte Erscheinung gebunden war.

Nun erhob sich in der sechsten Woche ein gewaltiger Sturm, der viele Tage lang anhielt und das Schiff aus seinem Kurs weit nach Nordwesten trieb. Die Mastbäume hatten gekappt werden müssen, das Steuer war zerbrochen, hilflos schwankte das Fahrzeug in der Strömung unbefahrener Meere. Als eines Morgens ein Matrose den langersehnten Landmelderuf ausstieß, glaubten sie sich schon gerettet, doch blickten sie voll Bangigkeit gegen die Küste, da sie nicht wußten, wo sie sich befanden und welches Los ihnen dort bevorstand. Näherkommend gewahrten sie eine Schrecken einflößende Brandung, und ehe sie noch beraten konnten, wie das drohende Verderben abzuwenden sei, stieß das Schiff gegen eine Felsenklippe. Der Rumpf füllte sich

schnell mit Wasser, die meisten Leute wurden in der ersten
Verwirrung von den Wogen gepackt und fortgespült, andere
büßten das Leben ein bei der Bemühung, ein Boot klar zu
machen, und binnen kurzer Frist war die Brigg samt ihrer
Mannschaft vom Meer verschlungen.

Vielleicht ist es der ungewöhnliche Lebens- und Tatenwille,
gegen den selbst die Elemente machtlos sind, der solche
Männer wie Geronimo aus Gefahren rettet, die alle
Schwächeren rings um sie vernichten. Er wurde von einer
riesigen Welle durch einen Kanal zwischen den Riffen
geschleudert und ans Land gespült. Als er aus einer tiefen
Bewußtlosigkeit erwachte, sah er sich von seltsam
gekleideten Menschen umgeben. Einer gab ihm aus einem
kupfernen Gefäß zu trinken, ein anderer half ihm, sich
aufzurichten, und sie führten ihn zu einem großen Dorf.
Durch Geberden erkundigten sie sich nach seiner Herkunft;
er deutete nach Osten. Es traten feierlich schreitende
Personen auf ihn zu, die Priester sein mußten, und mit
Blumen und kostbaren Stoffen geschmückte, die er für
Häuptlinge halten durfte. In melodischen Lauten sprachen
sie ihn an. Er antwortete in der Zunge seiner Heimat, mit
ausdrucksvollen Gesten bald zum Himmel, bald auf das
Meer, bald auf seine abgerissenen Gewänder weisend. Am
andern Tag wurde er in eine Stadt gebracht, deren prächtige
Straßen und Märkte, Gärten, Paläste, Basteien und
Treppentürme sein Staunen erweckten. Er ward vor den
Thron eines jungen Fürsten oder Kaziken geleitet, der einen
weiß und blauen, mit Smaragden besäten Mantel und an
den Füßen goldverzierte Halbschuhe trug. Mit
Freundlichkeit sah er sich von diesem begrüßt und mit
kindlich anmutiger Neugier betrachtet. Was er vom Leben
und Treiben des Volkes wahrnahm, gab ihm die Vorstellung
gesitteter Zustände, des Reichtums und der Schönheit. Man
ließ ihn verstehen, daß man ihn nicht als einen Gefangenen,

sondern als einen Gast zu behandeln wünsche und führte ihn in ein neben dem Palast des Kaziken gelegenes Haus, wo er wohnen sollte.

Geronimo wußte natürlich nicht, daß er sich in dem ungeheuren Reich der Azteken befand, von dem jede Provinz, auch die, an deren Küste er Schiffbruch gelitten, ein Königreich für sich bildete, denn keines Europäers Fuß hatte vor ihm dieses Land betreten. Auch wußte er kaum, unter welchem Himmelsstrich er war, und bisweilen hatte er das Gefühl, auf einen andern Stern versetzt zu sein. Alles war ihm neu und fremd, die Luft, die er atmete und das Kleid, das sie ihm geschenkt hatten, jeder Baum und jedes Tier, jedes Auge, das auf ihm verweilte, jeder Laut, den er vernahm. Ganz zu schweigen von der tiefen Einsamkeit, der er sich preisgegeben sah, der Einsamkeit eines denkenden Menschen, so schien es ihm, unter Barbaren, zehrte die Qual an seinem Gemüt, durch unüberbrückbare Meere von der Heimat getrennt zu sein. Er umfing all das märchenhafte Leben und Weben mit der Gier des Eroberers, beschaute das Wunderland mit den Sinnen und Blicken von drüben, mit der selbstsüchtigen Genugtuung des zurückkehrenden Siegers. Für ihn allein war es nichts, ein Traum, ein Spottbild. Obschon er am Ziel war, trug ihm dies keine Früchte, und die Welt, die er gefunden, war so lang eine Chimäre, bis er seinen Landsleuten und seinem Kaiser davon Nachricht geben konnte. Er hielt sich für den rechtmäßigen Eigentümer von allem, was er ringsum sah, Volk und Fürst betrachtete er insgeheim als seine Sklaven, und das heimtückische Schicksal, im Besitz unermeßlicher Schätze tatenlos den Verlauf der köstlichen Zeit abwarten zu sollen, versetzte ihn in solche Verzweiflung, daß er sich ganze Nächte lang in ohnmächtiger Wut auf seinem Lager wälzte und Gebete zum Himmel schickte, die mehr Lästerungen als fromme Worte enthielten.

Bald nahm er wahr, daß unter den Eingeborenen ein Streit über seine Person herrschte. Bei aller Freundlichkeit, die man ihm erwies, sah er sich doch ohne Unterlaß belauert, und jeder Schritt, den er tat, wurde sorgsam überwacht. Aufmerksam, wie er war, und scharfsinnig geworden durch die Not, lernte er manches von der Sprache des Volks verstehen; ein paar Jünglinge, die zu seiner Bedienung bestellt waren, erleichterten ihm dies, und eines Tages entdeckte er, daß wunderliche Dinge im Werk waren und ein Verhängnis über ihm schwebte.

Es gab nämlich bei den Mexikanern eine altüberlieferte Weissagung, derzufolge ein Sohn der Sonne, ein Gott oder Halbgott also, dereinst von Osten kommen würde, um das Reich zu unterwerfen. Nun waren bei der Ankunft Geronimos viele aus dem Stamm des Glaubens gewesen, dieser Fremdling sei die langverkündete Erscheinung. Daher hatte er in manchen Mienen eine Furcht und scheue Demut bemerkt, die ihm mehr zu denken gegeben hätten, wenn ihn sein eigenes Unglück weniger beschäftigt hätte. Nur die Priester bekämpften die Meinung über den Schiffbrüchigen mit Heftigkeit, und ihr vornehmster Gegengrund war, daß der Sonnensohn in jedem Falle glänzender und feierlicher aufgetreten wäre als dieser hilflos Verlassene. Es wurde eingewandt, dies möge eine List des Göttlichen sein, um sie in Sicherheit zu wiegen, aber die Priester beharrten bei ihrer Ansicht, Geronimo sei der Angehörige eines unbekannten Volkes, von ausgezeichneter Bildung freilich und schönen Leibes, von dem man jedoch Verrat befürchten müsse, von dessen Stammesbrüdern Gefahr drohe, und sie forderten, daß der Mann geopfert und sein Herz auf dem Jaspisblock zu Ehren des Kriegsgottes verbrannt werde.

Der Fürst und seine Edlen widersetzten sich schon im Gefühl verpflichtender Gastfreundschaft dem Ratschluß ihrer Priester, und der Streit währte so lang, bis der Kazike eine Anzahl von denen, die in seinem Machtbezirk Rang und Stimme hatten, zu sich rief und folgendermaßen sprach: »Wir wollen über den Fremdling nicht mit Ungerechtigkeit richten. Ist er von göttlicher Herkunft, so muß er auch imstande sein, uns ein Zeichen seiner Göttlichkeit zu geben. Was aber, denkt ihr, zeugt am meisten für die Eigenschaften eines Gottes? Ich denke, die Kraft ist es, womit er dem gegenüber unempfindlich bleibt, was uns Menschliche alle unterwirft, die Liebe zum Weib, die Verführung der Sinne. Prüfen wir ihn; fällt er in der Versuchung, so sollen die Priester Recht behalten, bewährt er sich, so laßt ihn friedlich bei uns wohnen.«

Mit dieser Rede des sanften und klugen Fürsten erklärten sich alle einverstanden, und sie waren überzeugt, daß er sein Vorhaben aufs Verständigste ausführen würde. Geronimo, obgleich er nicht erfahren konnte, was man mit ihm anstellen wollte, ahnte wie gesagt ein Unheil und seine Schlauheit gab ihm ein, an den Kaziken ein Verlangen zu richten, um aus der Antwort irgend einen Hinweis zu erhalten. Er warf sich also dem Fürsten zu Füßen und bat in den spärlichen Worten, deren er mächtig war, ein Schiff bauen zu dürfen. Er wußte, daß dies fast unmöglich war, da die Mexikaner nicht die geringste Kunde vom Schiffsbauwesen hatten, obwohl sie mit ihren unvollkommenen Werkzeugen aus Obsidian und Feuerstein in anderer Weise wahre Wunder zu stande brachten. Aber in seiner gesteigerten Ungeduld und Pein dachte Geronimo doch bisweilen daran, mit einem, wenn auch noch so gebrechlichen Boot eine der neuspanischen Inseln zu erreichen.

»Wozu willst du ein Schiff haben, Malinche?« fragte der Fürst heiter und vertraut. Malinche war der Schmeichelname, den die Mexikaner für den düstern Fremdling erfunden hatten, und den sie späterhin, freilich oft flehend und bekümmert, den spanischen Heerführern gegenüber gebrauchten. – »Um in meine Heimat zu fahren«, antwortete Geronimo. – »Ein solches Schiff können wir nicht machen, das dich so weit trägt«, sagte der junge Herrscher. – »Befiehl nur deinen Zimmerleuten, daß sie tun, was ich sie lehre, und das Schiff wird gebaut werden«, gab Geronimo, bleich vor Erregung, zu verstehen. – »Vielleicht, wenn der Mond sich erneut«, entgegnete der Fürst rätselvoll und mit seiner mädchenhaften Liebenswürdigkeit; »heute nicht, aber vielleicht, wenn der Mond sich erneut.«

Daraus entnahm Geronimo von ungefähr die Frist, die ihm verstattet war, denn der Mond stand jetzt in seinem Anfang. Er bereitete sich zu unablässiger Wachsamkeit vor, aber wer weiß, wie es ihm trotzdem ergangen wäre, wenn er nicht eines Tages, als er mit zweien der ihn bewachenden Diener durch die Gärten des Königs ging, einen Knaben aus den Klauen eines Puma errettet hätte. Das Tier war ausgebrochen und hatte den Knaben, der schon aus vielen Wunden blutete, überfallen. Mutig stürzte Geronimo hinzu, ermunterte seine Begleiter, ihre Waffen zu gebrauchen und vertrieb den Puma durch sein Geschrei. Am andern Tag kam der Vater des Knaben, ein alter und sehr kostbar gekleideter Mann, in sein Haus, dankte ihm bewegt, sah ihn tief und lange an, neigte sich plötzlich zu seinem Ohr und flüsterte: »Wenn du ein Weib berührst, Fremdling, bist du verloren.« Nachdem der Greis den also gewarnten Geronimo verlassen hatte, gab er sich selbst den Tod, weil er das Bewußtsein nicht ertragen konnte, seinen Fürsten verraten zu haben. Einige Tage später kam ein Abgesandter des Kaziken und fragte den Geronimo im Namen seines Herrn, ob er sich nicht mit einer von den Töchtern des Landes verbinden wollte. Geronimo machte eine tiefe Verbeugung und als Antwort schüttelte er nur ernst und verneinend den Kopf. Wenige Stunden hernach stellte sich ein zweiter Sendbote

70

ein und verkündete, das schönste und reichste Mädchen, edelgeboren und von reinen Sitten, begehre, von ihm zum Weib genommen zu werden; der Fürst werde sicherlich erzürnt sein, wenn er diese Ehre ausschlage. Durch die offenbare Absichtlichkeit und Beharrlichkeit doppelt zur Vorsicht gemahnt, wiederholte Geronimo seine Weigerung in gleicher Form.

Als er in der nächsten Nacht vom Schlaf erwachte, war er nicht wenig erstaunt, sich in einem andern Raum zu finden als der war, worin er sich zur Ruhe begeben. Es war ein von oben matt erhellter Saal, voll von einer bläulichen Dämmerung. Der Fußboden und die Wände waren von einem Teppich lebendiger Blumen bedeckt. Der Geruch, den diese Blumen ausströmten, hatte die eigentümliche Folge für Geronimo, daß er seine Gedanken lähmte und zugleich eine fieberische Begehrlichkeit in ihm aufregte. Die Mexikaner besaßen eine der Magie verwandte Kunst in der Vermischung der Blumendüfte, und sie brachten damit Wirkungen hervor, die sonst nur von Giften und narkotischen Getränken erzeugt werden. Auch liebten sie die Blumen über alles, und sie veranstalteten besondere Blumenfeste, wo Männer, Weiber und Kinder, mit Blumen geschmückt, in Prozessionen durch die Landschaft zogen.

Geronimo erblickte sechzehn Jünglinge, die durch das geweitete Portal schritten und sich ihm näherten. Sie trugen schöne Gegenstände in den Händen: goldgewirkte Stoffe, goldgestickte Schuhe, Waffen, die reich verziert waren, ein Gefäß voll farbiger Edelsteine, ein anderes, das mit Perlen gefüllt war, ferner wunderbare Figürchen aus Achat und aus Silber, eine goldene indianische Ähre, von breiten silbernen Blättern umgeben, und die beiden letzten stellten einen Springbrunnen vor ihn hin, der einen funkelnden Goldstrahl emporwarf, während Tiere und kleine Vögel, ebenfalls aus Gold, an seinem Rand saßen. In atemlosem

Staunen betrachtete Geronimo diese Dinge, und als ihm der älteste der Schätzebringer bedeutete, daß alles ihm gehöre, sagte er sich, daß man mit solchen Herrlichkeiten eine ganze spanische Provinz reich machen könne. Dennoch verzog er keine Miene; er hielt die geballten Fäuste auf der Brust und spürte ahnungsvoll die verborgene Gefahr. Nach einer Weile erhob er die Augen und sah an der Längswand des Raumes zwölf junge Mädchen mit ebenholzschwarzen Haaren; je zu dreien gesellt, kauerten sie auf dem Boden, und ihre Hände waren in flinker Arbeit geschäftig; dabei lächelten sie, als ob ihr Tun nur auf eine Täuschung ziele. Es waren drei Korbflechterinnen, drei Kranzwinderinnen, drei Stoffwirkerinnen und drei Perlenputzerinnen. Bisweilen stand eine auf und tanzte lautlos umher, entblößte die olivenfarbige Brust, und die andern schauten mit falschem, lockendem Lächeln zu. Dann sangen sie im Chor beinahe flüsternd eine dumpfe Melodie, bei der sie im Wechsel den Namen Tochrua gellend und sehnsüchtig hinausschrieen. Plötzlich schwiegen sie, die ganze Schar kauerte sich dicht zusammen und kroch wie ein einziger Körper zu seinem Lager her und sie streckten schmeichlerisch die Arme aus und zwölf Lippenpaare öffneten sich in einer sinnlichen Weise, und die Leiber schienen sich den Gewändern wie einer neblig trüben Flüssigkeit zu entwinden, das Fleisch leuchtete in sattem Karmin und strömte einen rosenartigen Geruch aus, und sie girrten wie die Tauben und drängten sich immer enger aneinander und fingen leise zu lachen an, als ob sie gekitzelt würden, und ihre Hände berührten ihn wie weiche kleine Tiere, da schloß er die Augen, wandte sich ab und wühlte das Gesicht in die Kissen. So wollte er bleiben, was auch kommen mochte, und da es nun ruhig ward, verfiel er in Schlaf. Als der Morgen kam, lag er wieder im Gemach seines Hauses. Er fühlte sich matt und zerschlagen und suchte der Schwäche dadurch Herr zu werden, daß er seine Gedanken hartnäckig über den Ozean in die Heimat schickte.

In der folgenden Nacht erwachte er abermals in jenem
Blumensaal. Er begriff nicht, wie es zuging, und vermutete,
daß sie ihm betäubende Mittel in die Speisen oder ins Wasser
mischten. Während die Blumenwände gestern hauptsächlich
aus blauen und weißen Blüten bestanden hatten, waren es
heute dunkelrote, aus denen wie Augen vereinzelte gelbe
Dolden blickten. Er vernahm ein Geräusch, ähnlich fernem
Trommelwirbel, dann erschallten die hellen Klänge eines
Beckens, dann aufregende Lustschreie, dann ein Gelächter,
dann ein gezogener Flötenton, alles in der Finsternis, denn
das Dämmerlicht von oben war erloschen. Geronimo
grübelte, wie er es anstellen könnte, sich zu schützen, da
wurde es hell, und fünf zierliche Mädchen traten an sein
Lager. Jedes trug einen Smaragd von märchenhafter Größe
und unvergleichlichem Glanz. Der erste Smaragd hatte die
Form einer Schnecke, der zweite die eines Horns, der dritte
stellte einen Fisch mit goldenen Augen dar, der vierte war
höchst kunstvoll zu einem Reif verarbeitet, der fünfte und
schönste bildete eine Schale mit goldenen Füßen. Diese fünf
Edelsteine boten sie ihm knieend dar und sagten mit
Zikadenstimmen: »Das schenkt dir Tochrua, und das, und
das, und das, und das.« Jetzt schritt durch ihren Kreis eine
in purpurne Schleier gehüllte Frauengestalt. »Tochrua!«
riefen ihr die Mädchen zu, und sie grüßte die Knieenden mit
einer bezaubernden Stimme voll Metall und an den
Endungen der Worte austönend wie in einem Schluchzen.
Um den Hals und um die Brüste hatte sie Perlenketten
geschlungen, die durch den Flor schimmerten, und sie kam
nahe heran und sagte zu Geronimo: »Malinche, nimm mich
zu dir.« Geronimo verstand es wohl, aber er antwortete
nicht, auch regte er sich nicht. Sie breitete die Arme aus und
die Mädchen zogen ihr liebkosend den Schleier vom Haupt,
da gewahrte Geronimo, daß sie schön war wie ein Wunder,

rot wie Zedernholz die Haut, die Augen schwermütig flehend, der Mund wie ein aufgeschnittener Pfirsich. »Malinche, nimm mich zu dir,« sagte sie, und immer wieder, in immer neuer Musik der Stimme.

Geronimo kehrte sich erbleichend hinweg, doch jetzt drang dumpfer Gesang von allen Seiten, von unten, von oben an sein Ohr. Er suchte sich abzulenken mit Bildern, die ihm seine Wünsche vorgaukelten, mit den Bildern seiner Heimkehr und seines endlichen Triumphes, aber vergeblich kämpfte der gebundene Wille gegen das Blutfieber. Das wieder abnehmende Licht des Raumes zeigte ihm Tochrua als einen Schatten, jede ihrer langsamen Geberden erweckte eine quälende Neugier in ihm, und fast verlor er unter den rätselhaften Lauten, die aus der Dunkelheit drangen, Erinnerung und Besinnung. Der Morgen fand ihn auf seinem gewöhnlichen Lager erschöpft, beunruhigt und traurig. Faul schlich der Tag dahin, niemand besuchte ihn, schweigend eilten die Diener durch das Haus, Markt- und Straßenlärm erstickten auf der Schwelle, stets glaubte er Tochruas Augen auf sich geheftet, und ein Verlangen, das von Angst begleitet war, brannte unstillbar in seiner Brust. Als es Abend wurde, kam ein weißhaariger, magerer und finsterer Priester in sein Gemach, starrte ihm eine Weile forschend ins Gesicht und sagte: »Merk auf, Fremdling! Tochrua muß sterben, wenn du sie verschmähst.« Damit entfernte er sich und überließ Geronimo seiner Bestürzung.

In der folgenden und in der zweitfolgenden Nacht geschah nichts. Geronimo wurde dessen nicht froh, er erkannte die tiefe List darin, und seine Ohnmacht verurteilte ihn zur Geduld. In der dritten Nacht erwachte er unter einer hochgewölbten Kuppel, und sein erster Blick fiel auf ein Liebespaar, das ganz oben zu schweben schien und sich umschlungen hielt. Die Kuppel stand auf Säulen in einem von blauen Flämmchen geisterhaft erleuchteten Garten, von

74

dem man nur schwarze Laubmauern sah, und im Laub drinnen kauerten weiße stille Vögel, während auf den Wegen kupferfarbene Schlangen krochen oder auch stille dalagen. Geronimo gewahrte eine Frauenschulter, ein herauf- und hinabtauchendes Gesicht, das gleichsam mitten aus einer Verzückung geflohen war, dann nackte flüchtige Körper, die vorüberwirbelten wie Fackeln. Nichts mehr als dies, und es war eine stundenlang dauernde Pein. Seine Adern glühten, eine seltsame Vergessenheit überfiel ihn, er wünschte, daß Tochrua käme, rings um sein Lager häuften unsichtbare Hände Reichtümer über Reichtümer, die Luft war voll von Seufzern, aus der Tiefe streckten sich zahllose Arme nach ihm, Tänzerinnen schwebten mit schwalbenhaftem Zwitschern vorbei, Jünglinge huschten um die lautlos sich ergebenden, und die Ungreifbarkeit und schwüle Hast des ganzen Treibens versetzte Geronimo in feurigen Schrecken. Es fruchtete nicht, daß er die Lider zudrückte, er spürte die Gestalten durch die Haut, er atmete den verführenden Dunst, ihre Tritte raschelten, ihre Gewänder knisterten, auch ertönten karge Saiteninstrumente, seine Fantasie kam der Wirklichkeit zuvor, er zitterte vor Grauen und Begier, und so schaute er denn.

Da war ein Kranz zuckender Figuren, Haupt an Haupt, Lende an Lende, ungenügendes Licht machte sie wesenloser, und auf einmal erschien vor den hold Zurückweichenden Tochrua gewandlos und marmorhaft. Geronimo richtete sich empor; es war, als ob nichts mehr ihn verhindern könne, die herrliche Gestalt an sich zu reißen, doch wunderlich, ihr Antlitz war ernst und betrübt; ein aufrichtiges Gefühl und edle Teilnahme war in ihren Mienen und verkündeten dem erlahmenden Geronimo das nicht abwendbare Verhängnis: Tod für ihn, wenn er sie nahm, Tod für sie, wenn er sie ließ. Da wurde er in letztem

Zusammenraffen der Gefahr inne, schlug die Hände vors Gesicht, sank aufs Lager zurück und verblieb regungslos. Als die Nacht zu Ende ging und er noch einmal mit erleichtertem Sinn zu schauen sich entschloß, wandelte ein Zug von Mädchen und Knaben in weißen Gewändern, weiße Blumen in den Haaren, durch den Raum. Nicht zu mißkennen, daß es ein Trauergeleite war, auch sangen sie eine Weise, die einem Totenlied ähnelte, und klagende Stimmen riefen: »O Malinche! O Malinche!«

Der unglückliche Geronimo sah sich dem Grenzenlosen preisgegeben, und der aufgereizte Zustand seines Innern verwandelte sich in eisige Erstarrung, als sie in der nächsten Nacht, diesmal hatten sie ihn in seinem Haus gelassen, den Leichnam der schönen Tochrua hereintrugen. Ein Sklave hielt auf einer Schüssel aus blauem Stein Tochruas Herz, das noch zu schlagen schien, und frisch leuchtete das Blut auf dem glänzenden Mineral. Kaum gespürte Tränen flossen über Geronimos Wangen, und es war ihm, als ob alle Triebe seines leidenschaftlichen Willens plötzlich gebrochen wären. Jede Wollust schwand aus seiner Brust, auch die Wollust des Ehrgeizes, und er empfand Gleichgiltigkeit gegen alles, was ihm bisher erstrebenswert geschienen. Es kam ihm vor, als sei er nur ein Ding, fern vom Leben und vom Tod. Es wurde ihm bewußt, daß er durch die vergangenen Tage und Jahre wie ein Mensch ohne Seele gerast war, und daß er nichts auf der Welt besessen, weil er nichts auf der Welt geliebt. Und welche Künste sie von nun ab ersannen, ob ihre biegsamen Körper durch den duftenden Opalschatten des Gemachs schwammen wie Fische in lauer Flut, ob sie lautlos oder singend ihre elfenhaft lockenden Tänze ausführten, es erregte mit nichten seine Begierde, weil der Tod sich in das beziehungsvolle Spiel gemengt, und auch deshalb, weil sie alle so lieblich waren, Männer und Frauen, und das reine Wohlgefallen den Brand der Sinne auslöschte.

In einer Nacht weckten ihn Jünglinge und führten ihn ins Freie. Alsbald stand er am Fuß eines Treppenturmes, dessen breit ansteigende Stufen sich erst im dunklen Äther zu verlieren schienen. Geronimo stieg hinan, und wie er so die balsamische Nacht mit sich in die Höhe trug und sein befreites Auge weitum schweifen ließ, da hatte er das Gefühl, von einer schweren Krankheit genesen zu sein, und das berückende Schauspiel, das sich ihm bot, verwandelte vollends sein Herz.

Nun müßt ihr euch eine mexikanische Nacht vorstellen: einen Himmel von überwältigender Sternenpracht, den Horizont beglüht vom Feuer der Vulkane, in geahnter Nähe das Meer, Palmen, aus der Dunkelheit strebend, den blaugrünen Schimmer des Kaktusgestrüpps, Feuerfliegen und Feuerkäfer durch die Zweige des Mangodickichts schwirrend, aus den Wäldern die Stimmen kreischender Vögel, das heisere Kläffen des Tukans, den Schrei des Baumpanthers und von den Tiefen der Selvas Töne kommend, die selbst den Eingeborenen fremdartig klingen. Als ihm auf der Plattform des Turmes vor einem Tempel zwei Priester entgegentraten und sich vor ihm, zum Zeichen, daß er die Probe bestanden, zur Erde beugten, da war es unumstößlicher Beschluß in Geronimo, nichts zu unternehmen, was den Europäern Kunde von diesem Land geben konnte.

Wer durfte ihn zur Rechenschaft fordern? In der Heimat mußte man glauben, daß ihn das Meer verschlungen habe, und Jahrzehnte, Jahrhunderte mochte es dauern, so dachte er, bis ein anderer Seefahrer an diese Küste verschlagen wurde. Wie sonderbar! Einer entdeckt ein neues Land und faßt den Plan, seine Entdeckung zu verheimlichen, als ob es sich um einen Gegenstand handle, den man im Schrank verschließen kann. Geronimo glich einem Mann, der, zur Ehe mit einer ungeliebten Frau gezwungen, plötzlich

Vorzüge des Geistes und des Körpers an ihr findet, die ihn veranlassen, eine geheimnisvolle Abgeschiedenheit mit ihr aufzusuchen, um sein unerwartetes Glück eifersüchtig zu verbergen. Nun liebte er diese blühende Erde, diesen indigoblauen Himmel mit einer nie gekannten Inbrunst; er liebte die Berge, die aus gelbem Marmor gebaut schienen, die undurchdringlichen Urwälder, den Bananenbaum, den Heuschreckenbaum, den Armadill, das Jaguarrohr, das über vierzig Fuß hoch wächst, und die Lianen, die ihre Ranken von Wipfel zu Wipfel schlingen. Die Unschuld der Eingeborenen rührte ihn umso tiefer, wenn er sie mit der Lasterhaftigkeit seiner Landsleute verglich, ihr anmutiges Schreiten, ihre Freundlichkeit und all das Triebhafte, das zwischen Tier und Engel ist, mit der stolzen Verdrossenheit und zweckbeladenen Schwere, die er in der Heimat gewohnt war zu sehen. Er erinnerte sich der Unbill, die er von Jugend auf in einem durch Neid, Ohnmacht und Haß verschlungenen Gewebe der Existenzen hatte ertragen müssen; und daß er dorthin hatte zurückkehren wollen, wo eine wunderlose Zeit und Natur ihre Geschöpfe aus Krampf und Fieber zeugte und zu unbeseeltem Halbleben verdammte, dünkte ihn kaum noch begreiflich.

Der Fürst und seine Edlen, die nun die göttliche Art des Fremdlings nicht mehr bezweifelten, überhäuften ihn mit Geschenken, und Geronimo hinwiederum zeigte sich durch sinnreiche Ratschläge und allerlei Unterweisungen des Rufes würdig, den er als eine ungewöhnliche Erscheinung unter ihnen genoß. So vergingen Monate und Jahre, in denen Geronimo fast jedes Andenken an sein früheres Leben austilgte, als eines Tages das Gerücht eintraf, es seien an einem fernen Punkt der Küste viele große Schiffe gelandet und Männer mit feuerspeienden Waffen, auf grauenhaften Untieren sitzend, zögen der Hauptstadt des Kaisers zu. Geronimo erschrak, und eine tiefe Traurigkeit bemächtigte sich seiner. Er beschwor den Kaziken, ein Heer auszurüsten und die Eindringlinge zu bekämpfen. »Ich danke dir für deinen Rat, Malinche,« sagte der Fürst, »aber nun künde uns doch, ob diese Fremden deine Brüder, ob sie gleichfalls Söhne der Sonne sind, und was es für Tiere sein mögen, mit denen sie verwachsen scheinen.«

Den Mexikanern waren nämlich die Pferde unbekannt, und besonders die Reiter darauf erregten ihr Entsetzen. Geronimo beruhigte sie nach Kräften, aber es war ihm klar bewußt, daß sie allesamt Verlorene waren, diese lieblichen, ängstlichen und abergläubischen Kinder, die bis jetzt in einer Verborgenheit gewohnt, welche der Gartenheimat des Menschengeschlechts glich. Acht Tage später überschritt er mit dem Heer des Kaziken den Gebirgshochpaß, der sie noch von dem Tal trennte, in dem die Spanier lagerten. Inzwischen hatte der Anführer der kleinen spanischen Schar, Don Fernando Cortez, von einigen Mexikanern, die seine Bundesgenossen waren, die Nachricht erhalten, daß einer seiner Landsleute bei dem Kaziken weilte, ob als ein Gefangener oder als Gast konnte er der Mitteilung nicht entnehmen. Er sandte Botschaft und ließ dem Fürsten ein Lösegeld bieten. Da sagte Geronimo zu seinen Freunden, sie möchten ihn ziehen lassen, er wolle die Spanier in ihre Gewalt geben. Im spanischen Lager angelangt, wurde er vor das Zelt des Fernando Cortez gebracht, und dieser selbst trat auf ihn zu, ein mächtig anzuschauender Mann, blond von Haar und Bart und mit Augen, in denen jeder begegnende Blick zerbrach. Geronimo war erschüttert, sich wieder bei den Seinen zu finden, und der Anblick der stolzen und trotzigen Erscheinung ihm gegenüber benahm ihm den Mut. Er wußte nicht, wie ihm geschah, plötzlich beugte er sich in seinem mexikanischen Kleid nieder und begrüßte seinen Landsmann so, wie es die mit ihm gekommenen Eingeborenen taten, indem er mit der Hand den Erdboden und darnach die Stirn berührte. Hierauf wandte er sich ab und weinte. Cortez umarmte ihn huldvoll, viele von den Rittern sprachen ihm kameradschaftlich zu, aber was sein eigentliches Herzleid ausmachte, konnten sie natürlich nicht wissen; für einen Zwiespalt wie den in seiner Brust gab es keine Heilung mehr.

Da er die Muttersprache fast vergessen hatte, vermochte er seine merkwürdigen Erlebnisse anfangs nur stockend zu berichten. Um nicht das Ziel des Neides zu werden, schenkte er den neuen Gefährten vieles von seinen mitgebrachten Reichtümern, indessen stachelte er damit doch nur ihre Habsucht an, auch Cortez sagte sich wohl: wo Datteln verschenkt werden, sind die Palmen nicht weit. Deshalb lieh er den Einflüsterungen Geronimos ein williges Ohr und zog mit seiner Mannschaft über das Gebirge. Nun war er nebst allem andern ein Meister des listigen Wortes und der umgarnenden Rede, und während er erwog, wie er das Heer des Kaziken, das ihm den Weg nach der Hauptstadt verlegte, unschädlich machen könnte, wußte er unter der Maske des Wohlwollens für den jungen Fürsten Geronimo dahin zu beschwatzen, daß dieser sich bereit erklärte, den Kaziken bei Zusicherung freien Geleites und ehrenvollen Empfangs in das spanische Lager zu führen. Geronimo ließ sich täuschen. Er schmeichelte sich mit der Hoffnung, daß Cortez, wenn er die Feinde in ihrer Übermacht erblickte, der Vernunft gehorchen und umkehren würde und daß ihm selbst die Verschuldung eines Blutbades und mörderischen Anschlags am Ende erspart blieb. So ging er also zu den Mexikanern, und seinem beteuernden Zuspruch, wobei er die eigene Person als Geisel anbot, gelang es, den zögernden Fürsten von der Gefahrlosigkeit und Nützlichkeit eines solchen Schrittes zu überzeugen. Kaum jedoch war der Fürst bei den Spaniern, so enthüllte sich der Betrug. Sein Zelt wurde mit Wachen umgeben, und niemand durfte ihm nahen außer Cortez und Geronimo, der bei den Gesprächen als Dolmetscher dienen mußte. Aufs äußerste bestürzt, konnte sich Geronimo nicht entschließen, an so viel Heimtücke zu glauben, auch versicherte ihm Cortez immer wieder, daß es nur eine einschüchternde Maßregel sei, um die Barbaren im Zaum zu halten. In der Tat wagten die Mexikaner nichts zu unternehmen, solange ihr Herr in der Gewalt des Spaniers war.

Eines Abends zu später Stunde ging Geronimo heimlich in das Zelt des Kaziken, den er wie einen Bruder liebte. Der junge Fürst kauerte auf dem Boden; seit zwei Tagen aß und sprach er nicht mehr, und als ihn Geronimo ermuntern wollte, schaute er ihn nur kummervoll an wie ein Reh, wenn der Winter kommt. »Rede doch, Malinche, deinem Gebieter zu, daß er mir die Freiheit gibt,« sagte er endlich, »ich will ihm alle Schätze meines Palastes dafür ausliefern.« Trotz der vorgerückten Stunde suchte Geronimo noch den Befehlshaber auf und fand ihn zu seinem Erstaunen völlig geharnischt und zur Schlacht gerüstet. Er teilte ihm die Worte des Gefangenen mit und flehte dringlich, Cortez möge den Fürsten entlassen. »Eine solche Bitte ist ein Verrat an Ihrem Vaterland, Don Aguilar,« erwiderte Cortez hart. Da schwieg Geronimo betroffen. Verräter hier, Verräter dort; kein Ausweg. So war er denn verloren und verdammt. Zum zweiten Mal ging er in das Zelt des Kaziken und warf sich vor ihm nieder. Der unglückliche Fürst wußte nun genug. »Sieh, Malinche,« sagte er sanft und düster, indem er sein Kleid auftat und seine nackte Haut sehen ließ, »ich bin doch nur ein Mensch, was könntet ihr billig verlangen, ihr Göttlichen, von uns, die wir bloß Menschen sind?«

In diesem Augenblick erscholl die spanische Schlachttrompete; Geronimo eilte hinaus, schon waren die Ritter hingestürmt gegen das aztekische Lager. Auf eine nächtliche Überrumpelung nicht gefaßt und durch das

Schnauben, Wiehern und Galoppieren der Pferde in den ungeheuersten Schrecken versetzt, flohen die Mexikaner ordnungslos und wurden von den Verfolgern zu Tausenden niedergemacht. Als Geronimo zur Walstatt kam, war alles schon entschieden, und die Ritter sammelten auf, was sie an Gold und Kleinodien erraffen konnten. Die Erde troff von Blut, die Leichen der Erschlagenen waren nur so ineinandergewühlt und Geronimo, von einem leidenschaftlichen Gram überwältigt, verwünschte sich und sein ganzes Leben. Als er aber ins spanische Lager zurückkehrte und das Zelt des gefangenen Fürsten betrat, da lag dieser tot auf einem Teppich hingebreitet; ein langer Dolch hatte sein Herz durchbohrt.

Cortez stellte sich sehr erzürnt über diese Tat, doch Geronimo durchschaute die Heuchelei und, vor Schmerz zitternd, warf er ihm einen Blick zu, vor dem sich selbst dieser Eherne verfärbte. Er fing an, dem Geronimo zu mißtrauen, und hätte ihn gern aus seiner Nähe entfernt. Nun erfuhr Geronimo, daß Cortez den Plan hegte, Leute nach Westen zu senden, die in möglichster Heimlichkeit und Stille das Land durchziehen sollten, um das Ufer des jenseitigen Meeres zu suchen, von dem ihm dunkle Kunde geworden war. Geronimo machte sich erbötig, die schwierige Aufgabe durchzuführen, Cortez ging mit Freuden auf seinen Vorschlag ein und bestimmte drei Söldner zu seiner Begleitung. Am Tag vor seiner Abreise verteilte Geronimo alles, was er noch an Schätzen besaß, unter seine Kameraden. Einem gewissen Pedro de Alvarez aber, einem ritterlichen Mann, vertraute er einen Edelstein im Wert von mehr als zwanzigtausend Pesetas an und sprach: »Wenn ihr nach Spanien kommt, so gebt dies Kleinod dem Grafen Callinjos in Cordova. Sagt ihm, daß er keinen Undankbaren gewählt hat. Sagt ihm, daß ich kein Verräter bin, wie unser Führer argwöhnt. Sagt ihm, daß ich dieses wunderbare Land als erster Spanier betreten habe, aber daß ich auf den Ruhm verzichte, der eine solche Tat sonst krönt. Ja, ich verachte den Ruhm, da er nichts weiter ist als die Einbildung und Qual eines lieblosen Herzens.«

Diese Botschaft gelangte nicht an ihr Ziel. Don Alvarez fand in den Kämpfen der sogenannten traurigen Nacht den Tod, und der Graf Callinjos lag längst unter der Erde. Indessen zog Geronimo mit seinen Begleitern unverdrossen durch das Land nach Westen, über Bäche, Flüsse und Gebirge. Sie wanderten nur des Nachts und schliefen bei Tag an schwer zugänglichen Orten. Geronimo war stets schweigsam, und die Soldaten begannen ihn dieser Schweigsamkeit wegen und weil er auf keinen ihrer rohen Scherze, keine ihrer Prahlereien und Lügen einging, zu hassen, so wie sie ihrerseits ihm so tief verächtlich wurden, daß er sich weit fort von ihnen wünschte. Ihre Gesichter, Worte und Geberden erweckten ihm Ekel und Widerwillen, die andachtslose, augenlose Art, wie sie durch die zauberischen Gegenden schritten, umdüsterte sein Gemüt. Als sie nun nach vielen Wochen an die Küste eines neuen, ungeheuren Meeres kamen, da faßte Geronimo einen seltsamen Entschluß, den er mit großer Vorsicht ausführte. Gegen Abend, als seine Gefährten noch schliefen, stand er heimlich auf, ging ans Meeresufer, wo eine Siedlung von Fischern war, löste ein Kanu los, belud es mit einem wassergefüllten Kürbis und einem Säckchen voll Datteln, stieg hinein, schlug das brandende Wasser kräftig mit den Rudern und fuhr hinaus.

Als die drei Spanier erwachten, sahen sie, daß er fort war. Während sie sich noch verwunderten, gewahrte einer das Boot, das höchstens eine Meile entfernt war und auf den von der untergehenden Sonne geröteten Wellen tanzte. Sie eilten an den Rand des Wassers und riefen so laut sie konnten. »Geronimo!« riefen sie wohl ein dutzendmal,

»Geronimo!« Er hörte nicht und antwortete nicht. Bald wurde es dunkel, und sie fragten einander mürrisch und bestürzt: »Was mag das sein? wohin mag er steuern?«

Ja, wohin mochte er steuern? Nach einem andern unentdeckten Land? nach einer glücklichen Insel? Oder nur ziellos in die Nacht und ins Unbekannte? Er fuhr gegen Westen, der Sonne nach, ganz allein auf dem einsamen Ozean. Wie lange und wie weit er gefahren ist, das weiß niemand.

Von Helden und ihrem Widerspiel

Ein langes Schweigen, die vor Spannung größer
gewordenen Augen der Freunde und die vor Mitgefühl
feuchten Franziskas belohnten den Erzähler.

»Die Geschichte hat mir viel Vergnügen bereitet«, sagte
endlich Georg Vinzenz. »Außerdem habe ich eine Vorliebe
für alles, was von Schiffbrüchigen und von Reisen handelt.
Man versetzt sich gern in die Zeit zurück, wo für den
Seefahrer die Länder jenseits des Ozeans noch traumhafte
Gebilde waren. Ich beneide einen Magelhaens um die
Empfindung, als er nach den Bemühungen eines halben
Lebens das südliche Amerika umsegeln konnte und endlich
den Ozean jenseits des Kontinents erblickte. Welches
Staunen, welche Freude, welche mystische Furcht! Oder wie
mag dem Kapitän Cook zumute gewesen sein, als er zum
erstenmal eine der herrlichen Inseln Polynesiens betrat! Wie
riesenhaft geweitet muß diesen Männern das Bild der Erde
erschienen sein, und wie seltsam muß sich Ahnung und
Gegenwart in ihrer Phantasie verwoben haben.«

Hadwiger schüttelte den Kopf. »Ich glaube, Sie täuschen
sich«, antwortete er. »Man tut gut daran, wenn man derart
sachlichen Naturen, sachlich im schlimmsten wie im besten
Sinn, so wenig wie möglich poetische Erregung zutraut.
Wer in einer Arbeit steckt, für den gibt es keinen Märchen-
oder Schönheitsreiz, davon wissen bloß die Zuschauer und
die Dilettanten zu reden. Das wird bei den Entdeckern so
sein wie bei den Ingenieuren und bei den Künstlern.«

»Trotzdem denk' ich mir manchmal«, entgegnete Cajetan, »ob nicht Christoph Columbus eine ähnliche Verwandlung erlitten haben kann wie dieser Geronimo de Aguilar; müde und angeekelt von seiner Heimatwelt, satt der Kriege, des Blutvergießens, der wucherischen Geschäfte, der Ränke und Lügen, war er vielleicht dem Entschluß nahe, die herrlichen westindischen Länder seinem König vorzuenthalten und zu verheimlichen. In einer tropisch kühlen Mondnacht seh ich ihn entzückt und schuldbewußt unter Basileen und Thalien und Heliconien am Meeresstrand schreiten. Er ahnt alle Folge, Zerstörung und Gewalttat; auch weiß er, daß seine Leute, die vom Milchglanz der Perlen und vom Feuer des Goldes geblendet sind, ihn zur Rückkehr zwingen werden. Doch über dem gemeinen Muß der Stunde erkennt er noch eine höhere Notwendigkeit, und indem er der Pflicht gehorcht, hört er auf, ein glücklicher Mensch zu sein. Von Ferdinand Cortez wird berichtet, daß ihn auf seinem Totenbett das böse Gewissen über die Gräuel, die er verursacht, beinahe wahnsinnig gemacht habe. So geschah es dem Columbus vielleicht, als er in Spanien im Kerker und in Ketten schmachtete.«

»Eine etwas eigenwillige Idee von Columbus«, bemerkte Borsati. »Empfindsame Fälschung historischer Fakten; sehr zeitgemäß. Man nennt es Auffassung, scheint mir.«

»Sie sind ein Naturalist, lieber Rudolf; alle Ärzte sind Naturalisten«, versetzte Cajetan eifrig. »Ich laß' es mir nicht ausreden, daß die meisten Tatmenschen heimliche Schwärmer waren. Betrachtet doch einen Kerl wie den Franzesco Pizarro! Mit einer handvoll Leute, dem Abschaum der damaligen Welt, zieht er aus, um das mächtige Reich der Inkas zu erobern. Wenn das nicht Schwärmerei ist, was sonst?«

»Es ist ihm gelungen, damit hört es auf, Schwärmerei zu

sein«, warf Hadwiger hin.

»Auch deswegen gelungen, weil jenes Volk dem Untergang geweiht war«, sagte Lamberg. »Was für Bilder belasten das Gedächtnis der Menschheit! Gibt es eine Seelenwanderung, so bin ich in irgend einer Gestalt Zeuge gewesen, wie der meuchlerisch überwältigte Inka in einem alten Haus gefangen saß, stumm in sein unbegreifliches Unglück ergeben, und wie er wartet, bis seine Untertanen als Lösegeld für ihn eine ganze Halle mit Schätzen angefüllt haben. Die Peruaner schleppten herbei, was an edlem Metall im Lande zu finden war: goldne Ziegel und Platten aus den Palästen, Becher, Wasserkannen, Kredenzteller, Zieraten, die man von den Tempeln gerissen hatte, und so wurde das Leben eines großen Fürsten wie auf einer Wage abgewogen. Als nun der Saal gefüllt war, da sagten sich die Spanier: was liegt an diesem Leben noch viel? Und der Inka wurde hingerichtet.«

»Wäre nicht das schöne Vergessen«, meinte Franziska, »wäre uns immer gegenwärtig, was vor uns geschehen ist und was jetzt geschieht, jetzt, während wir sprechen, niemand könnte vor Gram und Herzeleid alt werden«.

»Immerhin war Pizarro der Sendling seines Monarchen«, nahm Borsati das Wort, »und dadurch wurde seine Tat für die Nachwelt sakrifiziert. Nichts anderes kann der Grund der offiziellen Unsterblichkeit sein, ich vermöchte sonst nicht einzusehen, warum der Flibustierführer Henry Morgan nicht ebenso unsterblich ist, der um das Jahr 1685 an der Spitze von fünf- oder sechshundert Seeräubern das ganze spanische Mittelamerika samt der befestigten Stadt Panama erobert hat; ein Unternehmen, das an Kraft und Kühnheit seinesgleichen sucht.«

»Das Gefühl der Legitimität hat oft etwas Geheimnisvolles«, erwiderte Lamberg. »Wo es verloren geht, tritt das Chaos ein. Die moralische Ordnung ist offenbar ein Teil unseres Organismus, der erkranken und zusammenbrechen muß ohne ihre stützende Macht. Dafür scheint mir eine Geschichte bedeutungsvoll, die sich zu jener Zeit ereignet hat, als England in seinen Kämpfen gegen Frankreich sich auch der gesetzlich verschleierten Freibeuterei bediente. Ein mit Kaperbriefen, also mit der Erlaubnis zum Seeraub versehenes Schiff, das nach Barbados segelte, griff im karibischen Meer einen französischen Kauffahrer an. Dieser Kauffahrer trug eine Fracht von siebenhunderttausend Gulden in barem Gold. Besatzung und Passagiere wurden gefangen genommen und später bei Trinidad ans Land gesetzt; die Schiffsprise, die zu beschädigt war, um in einen heimatlichen Hafen gebracht werden zu können, ward in den Grund gebohrt. Nun befanden sich die Matrosen des Kaperschoners wegen der grausamen Behandlung, die sie durch ihren Kapitän erlitten, längst in aufrührerischer Stimmung, der ungeheure Reichtum, den sie an Bord wußten, bestärkte sie in ihren meuterischen Plänen, und eines Nachts ermordeten sie, vom Hochbootsmann angeführt, den Kapitän und die Offiziere. Sie teilten das Gold unter sich auf und überließen sich wüsten Ausschweifungen der Trunkenheit, indes ihr kaum gesteuertes Schiff ziellos durch die Meere fuhr und endlich an einer unbewohnten Insel scheiterte. Mit ihrem Gold bepackt, vermochten sich alle zu retten, aber auf der Insel trafen sie keinerlei Anstalten, ein Floß zu bauen oder ihr Leben erträglich einzurichten, sondern der verbrecherisch erworbene Besitz nährte in einem jeden schleichendes Mißtrauen gegen den andern, und trotzdem das Gold in ihrer Lage nicht den geringsten Wert oder Nutzen für sie hatte, waren sie nur darauf bedacht, es vor dem Neid und der Habgier zu bewahren. Keiner wollte allein sein; keiner fühlte sich aber auch in der Gesellschaft eines Gefährten sicher. Scheinbar bewährte Freunde, die jahrzehntelang auf demselben Schiff gedient und in Not und Gefahr einander beigestanden hatten, verwandelten sich in unversöhnliche Hasser. Sie wagten nicht zu schlafen; an abgelegenen Orten wie in gegenseitiger Nähe fürchteten sie überfallen zu werden. Die Entbehrungen verringerten wohl ihre Kräfte, hatten aber keinen sänftigenden Einfluß auf das Fieber ihres Argwohns; aus bösen Blicken entstand Streit, aus gereizten Worten blutiger Kampf, die Toten lagen unbegraben an der Küste, die Überlebenden, weit entfernt, an friedliche Übereinkunft zu denken, rasten nur um so wilder gegeneinander, und endlich waren nur noch zwei übrig. Nach Stunden des Lauerns und der Verfolgung traten sie zum Kampf an, und der Schwächere fiel. Ohne Hilfsmittel, ohne genügende Nahrung, einsam, hoffnungslos und verstört, lebte nun der letzte, der Sieger über alle, auf dem weltentlegenen Eiland wie ein Tier. Er vergrub das ganze Gold unter einer Palme, deren Stamm er durch ein Kreuzeszeichen kenntlich machte und nachdem er die toten Körper seiner Gefährten dem Meer übergeben, wanderte er unablässig am Ufer entlang, auch quer durch das Land. In dieser Verlassenheit begann ihn ein Gefühl zu quälen, das er vorher nie kennen gelernt; er sehnte sich mit wachsender Gewalt nach einem Menschen, nach einem Menschengesicht, einer Menschenstimme. Er hatte Halluzinationen, in denen die Hingemordeten ihm begegneten und ihn freundlich anblickten, und seine Träume waren voll vom Lärmen, Lachen und den Zurufen seiner ehemaligen Kameraden. Als nach vielen Monaten ein Schiff anlief, das seine Wasserfässer füllen wollte, stürzte er vor die Matrosen hin und küßte ihnen die Hände. Von seinem Reichtum ließ er, aus Furcht, zur Verantwortung gezogen zu werden, nichts verlauten, auch hatte zu dieser Zeit das Gold nichts Wirkliches mehr für ihn. Erst als er in die Heimat kam, erwachte das

Verlangen, doch wenn er hin und wieder scheu und versuchend von dem unter einer Palme vergrabenen Schatz redete, glich es dem Stammeln eines Halbverrückten. So schleppte er den Rest seines Daseins in Armut dahin, besaß etwas, was er nicht erreichen konnte und haderte ohnmächtig gegen eine grauenhafte Erinnerung und gegen ein gebrochenes Versprechen des Glücks.«

»Seltsam«, sagte Borsati, »wie hier trotz Roheit und Bestialität die Leidenschaft zum Gold, gerade weil Gold so wertlos wird, mit der Macht einer Idee wirkt. Die meisten Menschen sind leere Gefäße; wie mit der niedrigsten Gier kann man sie unter Umständen auch mit dem Feuer für eine große Sache erfüllen.«

»Das ist ja eine Hölle!« rief Franziska. »Da wird mir der Schauder noch verständlicher, den die Mexikaner vor den europäischen Herrschaften gehabt haben. Wo bleibt denn aber bei solchen Gelegenheiten die berühmte Kultur, von der doch bei uns immerfort die Rede ist?«

»Was wir Kultur nennen«, erwiderte Cajetan, »konnte dort keine Geltung erlangen, wo eine natürliche Ordnung die Tugenden und Kenntnisse, die ihren Ursprung zumeist einer Not verdanken, überflüssig erscheinen ließ. Daß man den Feind mit einer Bleikugel statt mit einem Pfeil tötet, gibt keinen Vorrang des Geistes; das Wortchristentum, mit dem die Eroberer ihre Raublust maskierten, drängte edlere Einflüsse dauernd zurück, und worauf wir uns sonst noch viel zu gute tun, Bequemlichkeit, Luxus, Kunst, Glätte der Sitten, wirkt nicht so, wie es sich uns zeigt, nicht als Fortschritt und Erleichterung, sondern als Verwirrung und Bedrängnis. Dies wird durch die Geschichte einer Tahitierin bestätigt, die von einem Fregattenkapitän unter der Regierungszeit des vierten Georg nach England gebracht wurde.«

»Vortrefflich«, sagte Georg Vinzenz mit Behagen; »man gebe uns Beispiele und wir verzichten auf alle Argumente.«

»Die Tahitierin war ein Mädchen von ausnehmender Schönheit der Gesichts- und Körperbildung«, fuhr Cajetan fort, und seine Stimme verlor den schrillen Klang und wurde tieftönig, wie stets, wenn er ruhig erzählte. »Der Kapitän kleidete sie nach Art der Modedamen, richtete ihr ein Haus ein und ganz London wollte die Fremde sehen. Ihr Beschützer liebte sie, er hielt sie in ihrer neuen Umgebung für glücklich, denn in ihrer Heimat hatte sie zu den Ärmsten des Volkes gehört. Er gab ihr den Namen Anima und war nicht wenig stolz auf ihre Bescheidenheit und den seelenvollen Adel ihres Betragens. Anima ehrte ihn wie eine Sklavin, willfahrte seinen Wünschen, küßte den Damen der Aristokratie die Hände und als sie eines Tages an den Hof geführt wurde, bewegte sie Männer und Frauen, auch den König, indem sie beim Anblick der prachtvollen Säle, der geschmückten Menge, des Lichterglanzes und unter dem Eindruck der italienischen Musik lebhaft zu zittern begann und in Tränen ausbrach. Obwohl sie die Sprache erlernt hatte, konnte niemand erfahren, was in ihrem Innern vorging. Ein scharfsinniger Freund des Kapitäns meinte, sie werde durch Schauen verzehrt; Häuser, Monumente, Straßen, Fuhrwerke, Menschen, alles war in ihren Augen wie tausend Bilder in einem zu engen Schrein, und oft ging sie mit steif auswärtsgedrehten Handflächen vor sich hin, als wolle sie die Dinge von sich wegschieben. In einer Nacht kam der Kapitän zu ihr und fand sie auf dem Teppich des Zimmers hockend; eine Kerze brannte vor ihren gekreuzten Beinen auf der Erde, und sie schnitt sich das lange braune Haar mit einer Scheere vom Haupt. Zornig fragte der

Kapitän, weshalb sie dies täte, sie antwortete mit weher Miene, der Kopf sei ihr zu schwer, sie könne ihn sonst nicht mehr tragen. Er schlug sie, und am andern Tag ließ er eine Perücke für sie anfertigen und drohte, sie noch empfindlicher zu züchtigen, wenn sie sich ohne Perücke den Leuten zeigte. Kurz darauf mußte der Kapitän zum Küstenadmiral nach Portsmouth reisen. Er nahm Anima mit, und während sie am Hafen spazieren gingen, deutete er auf ein großes Schiff und sagte: dieses Schiff fährt morgen nach Otahiti, Anima. Da drückte das Mädchen die Hände vor die Brust, stieß plötzlich den Schrei einer Wilden aus, lief zur Böschung, entledigte sich mit unglaublicher Geschwindigkeit aller Gewänder und des falschen Haares und sprang ins Wasser, um bis zu jenem Schiff zu schwimmen. Der Kapitän rief Leute herbei, ein Boot verfolgte die Flüchtlingin und brachte sie wieder ans Land. Unter dem Gelächter eines elenden Pöbels wurde Anima nackt über die Gasse getrieben, und der wütende Kapitän trug ihre schönen Kleider und falschen Haare hinterdrein. In einer nahegelegenen Schenke schleppte er sie in eine dunkle Kammer, warf die Kleider hin, trat das Mädchen mit den Füßen, dann sperrte er die Türe zu und nahm den Schlüssel mit. Nach mehreren Stunden kehrte er zurück; streng rief er ihren Namen, und als sie still blieb, wurde seine Stimme zärtlicher. Aber es regte sich nichts. Er fuhr fort, ihr zu schmeicheln und sie zu locken, da kam sie endlich, noch immer unbekleidet, auf allen Vieren herangekrochen wie ein Hund. Was ist mit dir geschehen, Anima? rief der Kapitän ahnungsvoll, und da er sie in der Dämmerung kaum gewahren konnte, schrie er die Treppe hinunter, der Wirt möge Licht bringen. Sie stürzten mit Laternen herauf, und nun erwies es sich, daß die Tahitierin keine Augen mehr besaß. Vielleicht hatte sie in der Dunkelheit drinnen eine so schmerzliche und beseligende Vision der schönen Insel erblickt, auf der sie geboren war, daß sie mittelst der Vernichtung ihres Augenlichts, wozu ihr die Nadel eines Schmuckstücks gedient hatte, dieses Bild für immer festhalten zu können glaubte. Der Kapitän fühlte Reue und schickte sie mit dem im Hafen liegenden Schiff nach ihrer südlichen Heimat.«

»Ich verstehe«, flüsterte Franziska hingenommen, »wie man das eigene Herz hassen kann, so auch die eigenen Augen. Aber was für ein Mensch war der Kapitän? Du sagst, er hätte das Mädchen geliebt? Wie man eine Rarität liebt, meinst du? Oder einen Papagei? Geliebt? Unsinn.«

»Es ist möglich, daß er zuerst ein echtes Gefühl für sie hegte«, antwortete Cajetan, »und daß er später, als sie von vielen Menschen betrachtet und angestaunt wurde, nur noch eitel war. Er hatte sie vielleicht erziehen wollen und bemerkte dann, daß die Wildheit und Fremdheit ihr stärkster Zauber war. So bot er sie andern Augen feil, und die Neugier der Welt entseelte sie. In derselben Weise ist ja Caspar Hauser für seine uneigennützigsten Freunde gleichsam entseelt worden.«

»Männer, die ein Weib erziehen wollen, sind mir immer verdächtig«, sagte Franziska. »Als ob ein Geschöpf nicht alles schon wäre, was es wird! Als ob die Erfahrung besser und reiner machen könnte! Klüger höchstens. Und wer klüger wird, der welkt bereits. Unsern himmlischen Teil wissen die Männer nicht zu nehmen, das steht einmal fest.«

»Solche Versuche, Vorsehung zu spielen, beruhen meist auf einem Mißverständnis der menschlichen Natur«, entgegnete Borsati. »Ihr habt ja alle den jungen Möllenhoff gekannt. Er war ein sogenannter Idealist, das heißt, er glaubte an die Existenz des Guten in jedem Individuum, und da er durch Frauen vielfach enttäuscht worden war, verfiel er auf die

Marotte, sich eine Gattin und Lebensgefährtin aufzuziehen. Er adoptierte ein zehnjähriges Mädchen von geringer Herkunft, hielt es in ländlicher Abgeschiedenheit, unterließ nichts, was die körperliche und geistige Bildung des Kindes fördern konnte, und er glaubte allen Anlaß zur Zufriedenheit zu haben. Er hatte seine Zukunft, die ganze Stimmung seines Daseins auf das Gelingen dieses Planes gesetzt, aber als seine Schutzbefohlene neunzehn Jahre alt war, entdeckte er, daß sie mit einem Gärtnerburschen und zugleich mit einem Klavierlehrer in sehr unzweifelhaften Beziehungen stand. Er erholte sich nicht mehr von dem Schlag und ist seitdem der gründlichste Menschenhasser geworden, den man treffen kann.«

»Menschenhasser zu sein, ist stets ein wenig médiocre«, bemerkte Lamberg.

»Sie haben vorhin das richtige Wort gesagt, Rudolf«, äußerte sich Cajetan. »Vorsehung spielen! Dieses Unterfangen wird in jedem Fall mit der härtesten Strafe bedacht. Dafür bietet eine Geschichte, die ich erzählen will, eine recht eindringliche Lehre.

Frau von M., erlaubt mir, daß ich den Namen verschweige, hatte nach zehnjähriger Ehe ihren Gatten verloren und lebte mit ihrem einzigen Sohn auf einem Landgut am Rhein. Sie hatte die außerordentlichsten Eigenschaften als Frau sowohl wie als Mutter. Sie war schön; sie war sehr stolz; sie war belesen, sie hatte viel Blick, viel Geduld, eine reiche innere Erfahrung und eine imponierende Überlegenheit als Gebieterin wie als Weltdame. Sie behütete das Kind wie ihren Augapfel, und es war, als ob die leidenschaftliche Liebe, die sie zu ihrem Mann gehegt, sich mit verdoppelter Kraft und in reiner Form auf den Sohn übertragen hätte. Sie unterrichtete ihn selbst, sie las jedes Buch mit ihm, sie erforschte und kannte seine heimlichsten Gedanken, sie beschäftigte sich gründlich mit Medizin, um, wenn er krank würde, sorgfältiger als jeder Arzt die Heilung überwachen zu können, und betrieb sportliche Übungen, um auch bei diesen in seiner Nähe zu sein. Der aufwachsende Jüngling verehrte seine Mutter schwärmerisch; er brachte ihr ein grenzenloses Vertrauen entgegen; je mehr ein geistiges Bewußtsein in ihm erstarkte, je mehr wurde er, und bis in die Träume hinein, von ihr ergriffen. Bei der zarten Empfänglichkeit seines Gemüts fesselte ihn die Kunst frühzeitig; er malte und dichtete. Aber welche Gestalt er auch immer auf die Leinwand setzte, welches Antlitz immer, es war Gestalt und Antlitz seiner Mutter. In seinen Versen, die von schwermütigen Todesahnungen erfüllt waren, und in denen sich Welt und Menschen nur geisterhaft fern spiegelten, war ebenfalls die Mutter Gleichnis und Figur. Doch als er achtzehn Jahre alt geworden war, zeigte sich an ihm eine ungewöhnliche Zerstreutheit und Unruhe. Frau von M. wußte diesen Zustand wohl zu deuten und ging tief mit sich zu Rate. Im vergeblichen Schmachten sah sie das Schädliche, es war ein Suchen in der Finsternis. Trauernd mußte sie eine Gewalt anerkennen, die Körper und Geist auch des Edelsten unterwirft und unabwendbar ist wie der Frühlingssturm. Sie fürchtete für den Sohn die schmerzlichen Regungen einer Sehnsucht, die von Scham begleitet ist; das trübgestimmte Wesen verlangte nach einem reinigenden Feuer, wenn es nicht die Lauterkeit des Herzens vernichten sollte. Hier war zu handeln schwer, den Dingen ihren Lauf zu lassen noch schwerer. Irgend eine Frau, eine Fremde, Ungeprüfte, Undurchschaubare in den Bezirk dieses vergötterten Lebens treten zu sehen, konnte kaum in der Vorstellung ertragen werden, es zu wünschen oder zu befördern, schien ein Verbrechen. So führte Frau von M. einen jungen Menschen ins Haus, dessen Familie sie kannte, und dessen Eigenschaften ihr gerühmt worden waren. Seine

Offenheit und Herzlichkeit gefielen ihr, und der junge
Robert schloß sich ihm sogleich mit rückhaltloser
Freundschaft an. Damit glaubte Frau von M. die Gefahr
einstweilen beseitigt zu haben. Sie erfuhr die Genugtuung,
daß Robert immer wieder zu ihr zurückkehrte; den Grund
wußte sie freilich nicht, er sagte ihr nicht, daß er enttäuscht
sei, daß er sich unter einer Freundschaft etwas viel
Hinreißenderes gedacht, daß er erschüttert sein wollte, wo
er bloß beschäftigt, begeistert, wo er bloß verbunden war.
Gleichwohl begann Frau von M. zu spüren, daß dieser
Mensch ein für allemal zur Enttäuschung verdammt sei,
denn am Eingang seines Lebens stand eine Erfüllung und
eine Harmonie, die sich in keiner Form seiner künftigen
Existenz je wieder finden mochte. Er kehrte zu ihr zurück,
das ist wahr; aber dumpfer, schweigsamer als vordem. Er
sah den weiten Riß, der zwischen ihm und der Welt klaffte,
vermochte er doch kaum mit den Menschen zu sprechen;
Gewöhnung an Schönheit und Frieden, an Dichterwerke
und inneres Schauen ließ ihn die breite, satte, lärmende
Häßlichkeit des Alltags über jedes Maß zornig empfinden,
und wenn er Frauen, wenn er junge Mädchen sah, deren
Blick und Stimme und Antlitz sein Herz erzittern machte,
wenn in den Nächten das Blut aufrauschte und jugendliche
Begierde im Unbewußten wühlte, so klammerte sich sein
Geist an die Gestalt der Mutter, und übertriebene Erwartung
und überfeinerte Scheu hielten ihn in zwieträchtiger
Schwebe zwischen Weltflucht und Weltsucht, zwischen
Sinnenqual und Herzenspflicht. Es geschah eines Tages im
Vorfrühjahr, daß er in das Haus seines Freundes kam, und
daß er nur dessen Schwester antraf; der Freund selbst, seine
Eltern, sogar die Dienstleute waren in die nahe Stadt
gegangen, um einen Karnevalsfestzug zu sehen, und das
junge Mädchen war daheim geblieben, weil eine Verletzung
am Fuß ihr das Gehen lästig machte. Sie war siebzehn Jahre
alt, eher dumpfen Gemüts als aufgeweckt, von vielen

entgegenstrebenden Neigungen berückt und fast verstört, eigenwillig und seltsam. Robert hatte ihr nie sonderliche Beachtung geschenkt, und sie hatte ihn bloß angeschaut wie einen, den man erraten will, wartend und mit schwankender Meinung. Er wollte sich entfernen, doch etwas an ihrem Wesen bannte ihn. Sie saßen einander gegenüber, ohne zu sprechen, sie näherten einander, ohne es zu wollen, als es dämmerte, schlugen ihre Pulse heftig, es war, wie wenn die Natur in ihnen den gewaltigsten Magnetismus entfesselt hätte, und sie waren zusammengeschmiedet, ohne einander zu kennen, ohne einander zu lieben, ohne einander etwas zu sein. Unglücklich, ein Geschändeter, ein Verzweifelter, entfloh der Jüngling, und nachdem er sich viele Stunden lang am Strom und in den kahlen Weinbergen herumgetrieben hatte, betrat er spät in der Nacht das Zimmer, in welchem seine Mutter voll Beunruhigung auf ihn gewartet hatte. Sie lag auf einem Sessel und schlief; ein Buch, in dem sie gelesen, war ihrer Hand entfallen, ihre noch immer dunklen Haare umrahmten das noch immer schöne, äußerst bleiche Gesicht, verräterische Feuchtigkeit schimmerte auf den zuckenden Wimpern, und der schmale, zarte Körper war wie hineingehaucht in das mitternächtige Halblicht des Raums. So erblickte er sie. Er schauderte. Er starrte sie an wie einen Engel, der Vergeltung zu üben noch zögert. Er fühlte sich wertlos werden und sie über alles Irdische erhoben. Ihrem lebendigen, aus dem Schlummer erwachten Auge noch einmal begegnen zu sollen, war ein Gedanke, den er nicht ertrug. Er kniete nieder und küßte den Saum ihres Kleides; noch kniend riß er ein Blatt aus seinem Taschenbuch und schrieb: »Mutter! oder wie darf ich dich nennen! Alle meine Wege waren von deiner Liebe vorgezeichnet, und keinen konnte ich gehen, ohne Reue auf mich zu laden. So wähle ich den, wohin mir dein Gedächtnis versöhnt folgen wird. Leb wohl«. Ich brauche nicht die Raserei der Frau zu schildern, als sie an der Leiche ihres Sohnes stand. Hier endet die Pflicht des Erzählers.«

»Menschen wie dieser Robert haben etwas Schattenhaftes«, sagte Borsati sinnend, »die Konflikte, in denen sie sich bewegen, sind wie aus der Geistersphäre. Solche tragische Verdünnung des Handelns und Aufnehmens ist nur in unserer Zeit möglich. Kinder, die in Furcht geboren und in Furcht erzogen werden, sind dem Tod von Jugend auf verschwistert. Wir atmen eine unheroische Luft, Freunde.«

Er erhob sich und öffnete das Fenster. Der Regen flutete in lärmenden Strömen herab, auch blitzte es und ferner Donner rollte. Man mußte trotz der vorgerückten Stunde noch verweilen. »Bitte, schließ das Fenster, Rudolf«, rief Franziska, »ich bin wirklich nicht heroisch genug für die Kälte.« Hadwiger nahm seinen Stuhl, trug ihn durch das Zimmer und setzte sich dicht neben sie. Da er es mit der ihm eigenen mürrischen Ostentation tat, konnte niemand ein Lächeln unterdrücken.

»Ich habe eine Frau gekannt«, begann Borsati wieder, »die zwei abgöttisch geliebte Kinder besaß. So glücklich sie auch war, so sehr wurde sie von der Angst um das Leben dieser Kinder gequält. Sie litt am Bazillenwahn und hatte sich ein vollkommenes System wissenschaftlichen Aberglaubens zurechtgemacht, worin die Bazillen ungefähr die Rollen der Teufel und Hexen aus früheren Jahrhunderten übernommen hatten. Ihr Mann, ein kräftiger und sicherer Charakter, wünschte ihr bessere Einsichten zu geben, doch sein Widerstand und seine Belehrungen blieben fruchtlos, und das Verhängnis wollte es, daß sie auf eine schreckliche Art gegen ihn ins Recht gesetzt wurde. Er bekam eine Halsentzündung, und die Frau verbot ihm, den Kindern zu nahen, was ohne Frage eine verständige Maßregel war. Aber der Mann, schon eingesponnen in Hader und Unzufriedenheit, lehnte sich auf gegen die Gespensterfurcht, wie er es spottend nannte. Er behauptete, daß sein Übel durchaus nicht auf ein Kind übertragen werden müsse, er forderte das Schicksal heraus, ein Verdikt gegen die Frau zu fällen und ohne zu erwägen, daß seine Tat auch vor einem höheren Forum nicht für beweisend gelten konnte, wenn sie folgenlos blieb, eilte er im Eifer des Wortstreits an das Bett eines der schlafenden Knaben und küßte ihn, ehe die Frau es zu verhindern vermochte. Es kam, wie es kommen muß, wenn die Entscheidung den tückischen Mächten statt den wohlwollenden zufällt. Das Kind wurde angesteckt und erlag der Krankheit. So eng verkettet werden dem Menschen Ursache und Wirkung nur gezeigt, nachdem er ihren Zusammenhang hochmütig geleugnet hat, und beruft er sich auf die Erfahrung, so muß unter Umständen auch ein Wunder dazu dienen, ihn von seiner Nichtigkeit zu überzeugen.«

»Es ist wie beim Roulette«, sagte Cajetan; »man setzt auf Rot, und Schwarz gewinnt.«

»Nur kann man den grünen Tisch fliehen«, fügte Lamberg hinzu, »und wenn nicht, setzen soviel man Lust hat; hier muß man verweilen, und der Bankhalter diktiert die Einsätze.«

Alle sahen still bewegt vor sich hin, und es war, als blickten sie auf einen gemalten Vorhang, auf dem das Leben und Geschehen, welches sie für vergängliche Minuten in Worte gezaubert, zu Bild und Figur geworden war. Franziska schien am weitesten entrückt; auf dem dunklen Schal lagen ihre weißen Hände gekreuzt; ihre Lippen waren streng geschlossen, und die Augen, oben unter den Lidern schwimmend, schauten gleichsam über die Stirn hinaus und zurück, nicht anders als bäume sie sich gegen einen körperlichen Schmerz.

Cajetan war der erste, der zum Aufbruch drängte. Er war ein wenig pedantisch in bezug auf die Schlafensstunde.

Der Tempel von Apamea

»Du gefällst mir nicht, Heinrich,« sagte Franziska am andern Vormittag zu Hadwiger, als dieser allein in die Villa kam. »Warum sperrst du dich so zu? Aus Trotz? Oder weißt du nichts zu erzählen? Wenn du stumm bleibst, wirst du den Spiegel nicht bekommen.«

»Ich wußt' es gleich, daß ich ihn nicht bekommen kann«, antwortete er.

»Du gibst dir nach und gefällst dir als Aschenbrödel«, meinte Franziska.

»Ich bin nicht frei genug«, versicherte Hadwiger, »ich kann die Dinge weder zusammen- noch auseinander halten, mir sitzt alles auf der Brust, und es gibt keine andre Wahl für mich als zu schweigen oder zu beichten.«

»Zu beichten? Wie meinst du das?«

»Wie es gesagt ist. Ja, ich müßte einmal aufräumen in mir; von Jahren sprechen, die dahinten liegen, weit dahinten, an die ich aber nicht denken kann, ohne daß mich eine Gänsehaut überläuft.«

Franziska blickte ihn mütterlich verstehend an.

»Verkleiden kann ichs nicht«, fuhr er grüblerisch fort, »und schlankweg das furchtbar Wahre sagen? Nein. Es paßt nicht her. Hier ist alles so rund, nur ich bin eckig, alle sind urban, nur ich bin störrisch. Gegen die Überlegenheit hilft nichts als sich unterzuordnen, sonst wird man sich und andern

101

unbequem.«

»Ich begreife dich«, erwiderte Franziska. »Es drückt einem das Herz ab, und doch macht es reich, davon zu wissen, und arm, davon zu reden.«

»Wenn einer da wäre, um es für mich zu tun, hätt' ich nichts dagegen, und ich könnte mich wenigstens aus dem Zimmer schleichen.«

»Vielleicht zwingt es dich einmal«, sagte Franziska.

»Vielleicht. Oder wenn du reden wolltest«, stieß er plötzlich hervor, unfähig, ein glühendes Gefühl länger zu beherrschen, »du, Franzi, dann wollte ich –« Er brach ab, denn Franziska heftete einen bösen Blick auf ihn, und eine Wolke von Düsterkeit verbreitete sich über ihre Züge. Sie wollte aufstehen, doch Hadwiger schaute sie so flehend an, daß sie verblieb, die Arme auf die Kniee und den Kopf in die Hände stützte. Um sie abzulenken, berichtete Hadwiger zaghaft, daß die Freunde, in Sorge über ihre Ermattungszustände, davon gesprochen hätten, einen Spezialarzt aus der Stadt kommen zu lassen. Franziska schüttelte unmutig den Kopf; ehe sie antworten konnte, kam Lamberg mit dem Affen herein. Ihnen folgte Emil, der einen Teller mit Äpfeln trug.

Quäcola hatte sich schon einen Apfel zugeeignet und verspeiste ihn mit Behagen. Neckend reichte ihm Hadwiger die offene Hand hin; das Tier guckte ganz nahe darauf, aber da es nichts entdecken konnte, feilte es ärgerlich. Dies erregte Heiterkeit, worüber Quäcolas Ärger wuchs, und er spuckte auf die Erde, was er von dem Apfel noch im Maul hatte. Lamberg wurde zornig und beschimpfte ihn, und während Emil das verdrießliche Geschäft des Aufräumens verrichtete, sagte er: »Gnädiger Herr, es kommen jetzt im Hause viele Sachen abhanden. Der Köchin fehlt eine

Gürtelschnalle, mir selbst fehlen ein Dutzend Emailknöpfe und ein paar alte Münzen.« – »Ach, Sie sammeln Münzen,« erwiderte Lamberg scheinbar anerkennend, »Münzen und Emailknöpfe? und wen haben Sie im Verdacht?« – »Man kann da nur ein einziges Individuum im Verdacht haben«, sagte der vornehm sprechende Diener. »Ich brauche mich ja nicht näher auszudrücken. Sehen Sie, gnädiger Herr, jetzt hat er wieder die Antike zwischen den Pfoten. Er hat eine Vorliebe für das Glänzende und verrät sich selber.«

In der Tat hatte der Affe den goldenen Spiegel genommen und starrte mit ernsthaft gefalteter Stirn auf die Platte, indem er offensichtlich Lambergs prüfende Kennermiene nachahmte. Er kniff die Augen zusammen, schob den Kopf zurück, streckte den Bauch vor und spitzte das Maul kritisch und besitzerstolz. Nach und nach gelangte die tierische Natur wieder zur Macht, er betastete argwöhnisch die metallene Schildkröte, – vielleicht erwachten bei deren Anblick Erinnerungen an seinen heimischen Inselstrand, – dann stellte er den Spiegel zur Erde, ließ sich auf alle Viere nieder und mit einer einfältigen, verschlafenen, komisch-traurigen Miene schien er sich zu fragen, was mit einem solchen Gerät anzufangen sei und wie man sich in möglichst ausgiebiger Art daran ergötzen könne. Als nun Emil bemerkte, daß die Herrschaften an dem Benehmen des Affen ihr Vergnügen hatten, malte sich in seinem Gesicht neben einem erhabenen Staunen über diese unbegreifliche menschliche Verirrung auch die lebendigste Eifersucht, und es war ihm anzusehen, daß er sich in seinem höheren Bewußtsein schmählich zurückgesetzt fühlte.

»Quäcola!« rief Lamberg. Der Affe erhob sich, blinzelte und hüpfte heran.

»Hast du gestohlen, Quäcola?« fragte Lamberg streng.

Quäcola richtete sich empor und grinste freundlich. »Er hat

nicht gestohlen, Emil«, entschied Lamberg kurz.

»Also gilt ein Vieh mehr als ein Mensch?« erwiderte der Diener gepreßt.

»Ein Vieh kann vielleicht stehlen, aber es kann nicht lügen«, sprach Lamberg salomonisch tief. Er holte den Spiegel, hielt ihn dem Schimpansen dicht vor die Nase und sagte: »Wenn du darnach noch einmal greifst, mein lieber Quäcola, wirst du drei Tage in deinen Käfig gesperrt, und Emil soll dich durchpeitschen. Merk dir's.«

Der Affe murmelte vor sich hin, doch Emil rief beschwörend: »Er versteht Sie nicht, gnädiger Herr! er tut nur so, ich kann Ihnen die Versicherung geben, daß er Sie nicht versteht.«

»Das macht nichts«, entgegnete Lamberg mild, »dafür verstehe ich ihn.« Es war ein Glück, daß der larmoyante Emil das Zimmer verließ, denn Franziska und Hadwiger konnten ihre Lachlust nicht mehr bezähmen. »Mir ist immer, als sei Emil Quäcola eine einzige Person,« sagte Franziska, »und ich weiß nicht mehr, ob der Diener oder der Affe so heißt.«

Es hatte die ganze Nacht hindurch geregnet und es regnete auch jetzt noch. Der Abfluß des Sees war zum Strom geworden, alles Erdreich war gelockert, in allen Rinnen schäumten die Sturzbäche, und die verspäteten Sommergäste hatten die Flucht ergriffen. Der Ort war leer. Franziska äußerte ein Bedürfnis nach Blumen, und Lamberg ließ ganze Körbe voll Alpenrosen ins Haus bringen. Den Nachmittag über ruhte sie, als gegen fünf Uhr Cajetan von der Gräfin Seewald kam, unterhielt er sie mit allerlei Gesellschaftsklatsch und fand sie leidlich munter. »Mir kommt die Welt wie gefroren vor«, sagte sie; »trotzdem ist mir nicht kalt. Nur wenn ich allein bin, wird mir kalt.«

Sie erkundigte sich nicht nach dem Fürsten, und Cajetan sprach nicht von ihm. Nach Tisch gab Borsati seiner Verwunderung über die vielen Alpenrosen Ausdruck und sagte zu Franziska: »Du hast wohl durch die Geschichte des Geronimo Lust auf Blumen bekommen?«

»Hast du vergessen, daß ich darin den Mexikanern nie etwas nachgegeben habe?« antwortete sie. »Schade, daß die Alpenrosen so wenig riechen. Und doch vertrag ich eigentlich für längere Dauer nur den Geruch von Veilchen. Heute Nacht habe ich im Traum fortwährend Veilchen gerochen.«

»Angenehm«, murmelte Borsati.

»Wer von euch könnte mit Worten beschreiben, wie Veilchen riechen?« fuhr das junge Weib fort.

»Nun, – süß«, sagte Hadwiger, worauf Franziska unzufrieden den Kopf schüttelte.

Lamberg besann sich und meinte dann: »Es ist ein lauer, kühler, erdig-keuscher Geruch.«

»Ja, das trifft ungefähr«, rief Franziska.

Borsati, der Hadwigers eifersüchtige Miene beobachtete, lachte plötzlich und sagte: »Mir hat heute Nacht von Hadwiger geträumt. Ich fuhr mit ihm nach Sibirien. Wir verloren uns in der Steppe, auf einmal traf ich ihn wieder, er saß in einem Wirtshaus, ich frage ihn, warum er so finster und unglücklich sei, da antwortet er mit seiner mürrischen Bestimmtheit: Jeder Mensch hat seine drei Hasen. Ich war sehr betroffen über diesen Ausspruch, und während ich nachdenke, steht Lamberg vor uns, starrt Hadwiger durchbohrend an und donnert ihm triumphierend zu: Das werden Sie mir beweisen! Hadwiger zuckt gleichgiltig die Achseln und erwidert: Es ist leider so. Ich allerdings habe nur einen Hasen. Die andern zwei hat der Zar von Rußland. Bei diesem Diktum bin ich vor Erstaunen aufgewacht.«

»Gottvoll ist diese Paradoxie der Träume, die doch an irgend einem Punkt eine greifbare Wahrheit hat«, sagte Cajetan, nachdem die allgemeine Heiterkeit sich gelegt hatte. »Wenn uns ein Mensch, den wir kennen, im Traum erscheint, ist es manchmal, wie wenn durch ein Wort oder eine Geste sein moralisches Knochengerüst entblößt würde. Außer den Träumen dichtet nur noch Shakespeare so. Die drei Hasen sind köstlich; das haben Sie brav gemacht, Heinrich«, schloß er und klopfte Hadwiger anerkennend auf die Schulter. Dieser schmunzelte verlegen.

»Neulich träumte mir Folgendes«, begann Borsati wieder; »ich liege in einem Zimmer über einem gewaltigen Hammerwerk. Ich höre und spüre die Hammerschläge, ich höre und spüre sie wie eine Drohung. Es erschallen gellende Schreie: zu Hilfe, zu Hilfe. Es wird ein Mädchen mit zerschmetterten Gliedern hereingetragen, aber ich kann die Leute nicht gewahren, ich sehe auch das Mädchen nicht, ich weiß nur, daß sie tot ist, und mich durchdringt eine atembeklemmende, sinnliche Liebe zu der Toten. Da scheint es mir, als ob sie lebendig würde, und zu gleicher Zeit dehnt sich das Zimmer aus wie ein Ballon, der mit Gas gefüllt wird. Ich will mit dem Mädchen sprechen, stehe auf und schließe nacheinander die Türen. Es zeigen sich mir immer mehr und mehr Türen, und während ich eine zumache, öffnen sich beständig andere von selbst. Vor Ungeduld bin ich dem Weinen nahe, plötzlich hält mich die weibliche Gestalt mit ihren Händen fest, und voll Abscheu erkenne ich einen Jüngling in ihr, der mich mit verderbten Blicken anstarrt.«

»Mir träumte vom Weltuntergang«, erzählte Franziska; »der Himmel war voller Feuer, ich war mit einer großen

Menschenmasse in einer engen Straße, und alles drängt zu einer herrlichen Bronzetür an einem dunkelbraunen Marmorgebäude. Ich wundere mich, daß die Menschen mehr neugierig als erschrocken sind, ich wundere mich, daß sie so geduldig warten, bis die Bronzetür aufgemacht wird, und indes glühende Steine von oben herunterstürzen, frage ich: warum geht man denn nicht hinein? Darauf antwortet mir ein eleganter Herr sehr höflich: ja, es wird erst um zwölf Uhr geöffnet, und es fehlen noch fünf Minuten.«

»Das Gefühl der Verwunderung ist überhaupt charakteristisch für Träume«, sagte Lamberg. »Verwunderung, Angst und Ungeduld. Besonders Ungeduld; Ungeduld ist Wollust.«

»Ich ging einmal mit einer Frau, die ich liebte, auf einer von beiden Seiten durch Mauern abgeschlossenen Chaussee«, berichtete Cajetan. »Da stürmt eine Herde von weißen und braunen Pferden geisterhaft flüchtig wie Schmetterlinge vorüber. Sie fliehen, daran ist kein Zweifel, und in einiger Ferne machen sie auf dem Abhang eines Hügels halt und kehrt. Ich sage zu der Frau: diese Pferde sind unsere verzauberten Leidenschaften, sieh nur, wie traurig sie herüberschauen. Plötzlich springt in ungeheuern Sätzen ein Tier auf uns zu, das ich kaum beschreiben kann, ein Mittelding zwischen Reptil und Fleischerhund, gelb, feist und widerlich boshaft. Im selben Augenblick kommen zwei von den Pferden zurück, ein weißes und ein braunes. Sie laufen mit fabelhafter Geschwindigkeit, beide dicht nebeneinander, und wiehern stolz. Sie stellen sich dem Ungeheuer in den Weg und zwingen es in einer herrlich plastischen Stellung, beide Köpfe gegen den Hals des Scheusals gepreßt, stille zu stehen. Wir haben uns in eine Mauernische geflüchtet, und ich weiß, daß in der nächsten Minute mein Kopf abgebissen sein wird. Ich überlege, wie ich es anfangen könnte, mich ritterlich zu benehmen, und ich habe die deutliche Empfindung, daß meine Liebe für die Frau zu Ende ist, weil es ihr ganz selbstverständlich scheint, daß ich mich für sie opfere. So heftig wird meine Erbitterung, daß ich darüber erwache.«

»Ich sah im Traum eine Frau«, nahm Borsati wieder das Wort, »sie ist sehr schön, nur ihre Hände sind aus Terracotta. Ich frage: warum sind deine Hände aus Terracotta? Sie antwortet: daran sind deine Brüder schuld. Ich versichere ihr, daß ich keine Brüder habe, darauf nennt sie mich einen meineidigen Verschwender. Dieses Wort grämt mich so, daß ich plötzlich graue Haare bekomme, denn ich kann mich zugleich von außen sehen. Sie führt mich auf einen Weg, und wir kommen zu einem Spiegel. Da ist dein ältester Bruder, sagte sie. Nein, ich bin es selbst, erwidre ich. Sie lacht und wir gehen durch den Spiegel durch, und ich befinde mich in einer Versammlung zahlreicher Menschen. Da sind deine andern Brüder, sagte die Frau, und ich bemerke, daß alle diese Menschen mir ähnlich sehen. Ich hatte eine grauenhafte Empfindung von Verlassenheit unter ihnen, mir war, als ob ich unsichtbar würde, und als ich erwachte, war meine erste instinktive Handlung, daß ich einen Wandspiegel herabnahm, um mich zu betrachten.«

»Ich träumte einmal eine Landschaft«, erzählte nun auch Georg Vinzenz, »eine purpurrote Landschaft mit einem meergrünen Himmel darüber, und in der Mitte eine zu unermeßlicher Höhe ansteigende Felsenstraße, die sich zwischen blauen Eisfeldern verlor. Beim Erwachen konnte ich nicht glauben, daß dies ein Traum gewesen sei, und mir schien, diese Landschaft sei ein mit meinem Geschick tief verbundenes Erlebnis. Ich suchte die Verknüpfungen, die zeitlich vor dem Traum lagen, und konnte nicht fassen, daß ich etwas so wahr und mit so vertrautem Auge Gesehenes erst seit dem Traum kennen sollte. Ich wurde mir selber fremd und mißtraute meiner Wahrnehmung in einer Weise, die nah an Wahnsinn grenzt.«

»Wie meisterhaft sich oft Menschen im Traum selbst zeichnen«, sagte Borsati, »davon lieferte mir unlängst einer meiner Patienten den Beweis. Er ist ein sehr beschränkter, sehr geiziger und sehr neugieriger Mann, dies das Thema zu der Traum-Variation. Er erzählte mir, er habe geträumt, daß er ins Theater gegangen sei, obwohl er sich nicht leicht hätte entschließen können, einen Sitz zu kaufen. Er läßt sich nieder, jedoch eine kolossal dicke Dame versperrt ihm den Ausblick. Er geht auf einen andern Platz, da ragt eine Säule vor ihm auf. In den Traumtheatern ist den Menschen offenbar eine ungehemmte Bewegungsfreiheit gestattet, auch müssen sie so hoch sein wie die Wolkenkratzer, denn er steigt in den vierten, in den fünften, in den sechsten Stock, aber nirgends lassen ihn die Menschen durch. Ha, denkt er, ich will euch zeigen, daß ich mich nicht lumpen lasse und daß ich auch wer bin, geht an den Schalter und kauft sich eine Loge, die er freudestrahlend betritt, dabei aber immerfort nachdenkt, ob ihn der Billetteur nicht beim Geldwechseln übervorteilt habe. In dem Augenblick jedoch, wo er sich endlich dem Genuß des Schauspiels hingeben will, fällt der Vorhang und das Stück ist aus. Entzückend war in seiner Schilderung der Ärger, den ihm die vergebliche Geldausgabe im Traum verursacht hatte. Ich bin überzeugt, er hat sich noch im Wachen geärgert. Auch hat es einen eigenen Tiefsinn, daß er trotz seiner Neugier das Stück nicht zu sehen bekam.«

»Es gibt wirkliche Erlebnisse, die fast wie Träume sind«, ließ sich Cajetan vernehmen. »Vor ein paar Jahren hatte ich einen Winter hindurch ungewöhnlich viel unter Menschen verkehrt, und Beziehungen allerlei Art wuchsen mir über den Kopf. Ich war müde des Redens und begab mich am Anfang des Sommers ins Hochgebirge. Der Ort war ziemlich entlegen, aber ich traf doch Bekannte, und da ich schon erregt wurde, wenn ich aus einem Nebenzimmer oder auf einem Spazierweg die Stimmen von Menschen vernahm, entschloß ich mich, mit dem Rucksack ein paar Tage lang auf die Berge zu wandern. In einer Mondnacht brach ich auf und marschierte stundenlang wie in Schlafesruhe. Als der Osten sich lichtete, sah ich den Gipfel vor mir, aber das Herz stockte mir vor Enttäuschung, als ich von weitem eine Schar von Leuten erblickte, die wie Schattenrisse gegen den geröteten Himmel gestellt waren und sich eifrig zu unterhalten schienen. In der ersehnten Einsamkeit wieder das unvermeidliche Geschwätz hören zu sollen, kränkte mich bitter, und da ich vom Pfad nicht abweichen konnte, schickte ich mich an, rasch vorüberzueilen. Ich kam näher, gewahrte ihre lebhaften Gesten, hörte aber keinen Laut. Sie bewegten die Arme, ihre Mienen waren beredt, ihre Augen glänzten, und alles war totenstill. Mir gruselte, als ich unter sie trat, und ich hatte das Gefühl, als ob mein Zorn, mein Haß sie der Zunge beraubt hätte. Es war eine Gesellschaft von Taubstummen.«

»Das hat allerdings etwas Traumhaftes«, bestätigte Lamberg, »aber vieles, was mit uns geschieht, und das meiste von dem, was in der Welt geschieht, hat, für mich wenigstens, denselben Charakter. Je bildhafter und sinnlich wahrer mir Dinge oder Menschen werden, die außerhalb meiner Erfahrung stehen, je mehr nähern sie sich zugleich dem Traum. Ich kannte eine Frau, die so selbstverständlich von ihren Träumen sprach wie wir von unsern Eindrücken bei einem Spaziergang oder in einem Museum sprechen. Man braucht sich niemals eines Traumes zu erinnern, und man ist doch voll von Träumen, ja, was man Seele nennt, ist vielleicht nur das Spiel der Träume in uns, und ein Mensch ist um so seelenvoller, je dünner die Wand ist, die ihn von seinen Träumen scheidet. Gestalt und Farbe und Handlung der Träume sind dabei von geringem Belang. Der tiefste und mächtigste Traum mag nur ein Chaos sein, eine schwarze, schwere Flut, die durch die Unterwelten unserer Bewußtlosigkeit zieht.«

»Schön gesagt, und ich verkenne nicht die Wahrheit dieser Bemerkung«, versetzte Cajetan. »Auch was Sie von dem Traumhaften der Weltbegebenheiten andeuten, scheint mir richtig. Ich entsinne mich der Erzählung eines englischen Diplomaten, wie die Kaiserin von China und ihr Sohn nach dem letzten Aufstand, der die Dynastie erschüttert und das Land in unheilvolle Parteiungen zerrissen hatte, einander gegenüber traten, um sich zu versöhnen. Möglich, daß er es gar nicht so geschildert hat, wie ich es dann sah und jetzt noch sehe, aber das Bild hat sich mir mit einer wundersamen Unverlöschlichkeit eingeprägt, und wenn ich daran denke, tue ich es wie an einen unverlöschlichen Traum. Sie gehen durch verschiedene Türen in ein Zimmer des Palastes; die Mutter wie auch der Sohn, beide haben an diesem Morgen unwissend ein tödliches Gift zu sich genommen, das in den Tee gemischt worden war; die Mutter hat den Sohn, der Sohn hat die Mutter vergiften lassen, ein jedes auf Drängen und Anstiften der Höflinge, von denen sie umgeben sind, weil die Zwietracht eine Gefahr für Monarchie und Staatsform zu werden drohte. So sehen sie sich denn, und der junge Kaiser wie die alte Kaiserin sind von Ehrfurcht gegeneinander erfüllt. Sie sind ermattet vom Kampf um die Herrschaft, und es ist, als habe es nur des Aug' in Augschauens bedurft, um eine langverhaltene, vielleicht nie zuvor geäußerte menschliche Regung in ihnen zu wecken und das Andenken an Feindschaft, an Ehrgeiz, an Neid und an Verleumdungen zu ersticken. Sie sprechen nicht, sie blicken wie über einen Abgrund, der sich langsam schließt, zu einander hinüber, sie fühlen sich dem Lärm in eine Stille entronnen, die ihr Blut entzündet, und nur noch schüchtern glimmt die Furcht in den sehnsüchtigen Mienen, denn ein Herrscher von China ist das einsamste Wesen auf der Welt. Und nun bückt sich der junge Kaiser zum Kotau, bückt sich zur Erde und kann sich nicht mehr erheben, so plötzlich und mit solcher Gewalt beginnt das Gift zu wirken. Die Kaiserin-Mutter kniet neben ihm nieder, auch sie wird von der körperlichen Qual ergriffen. Sie umarmt ihren Sohn, sie bricht in Tränen aus, er umschlingt sie gleichfalls weinend, und sie liegen Arm in Arm, bis sie beide sterben.«

»Unbedingt eine Szene von großer Art und wie aus einer Mythe«, bemerkte Borsati; »ich bin sicher, hier war schon ein stärkerer Genius an der Arbeit als die Wirklichkeit einer ist.«

»Als ob die Wirklichkeit nicht alle Erfindungen überträfe!« rief Franziska.

»Das wohl, aber sie kann nicht dargestellt werden, sie ist kaum faßbar, und indem man ihr Sinn und Bedeutung unterschiebt, wird sie schon Geschichte oder Gedicht.«

Franziska, die eine Wendung des Gesprächs ins theoretisch Nüchterne fürchtete, wollte wissen, ob nicht die rätselhaften Fälle von Doppelexistenz eines Menschen auf den Einfluß der Träume zurückzuführen sei. »Ich hatte eine Kollegin,« erzählte sie, »ein junges Ding noch und keineswegs extravagant. Sie lebte bei ihren Eltern, aber in jedem Monat war sie drei bis vier Tage lang spurlos verschwunden. Alle Nachforschungen wußte sie mit einer Geschicklichkeit zu vereiteln, die man ihr kaum zutrauen wollte, und Fragen an sie zu richten war gefährlich, denn sie versank dann in eine Lethargie, aus der sie stundenlang nicht zu befreien war. Endlich stellte sich heraus, daß sie an den geheimnisvollen Melusinentagen in einem Elendsviertel der Stadt verschwand; dort ging sie zu einer Herbergsmutter, legte zerrissene und schmutzige Kleider an, nahm einen kranken Säugling auf den Arm und postierte sich als Bettlerin vor eine Kirchentüre. Wenn sie am Abend nicht genug Geld in die Herberge brachte, wurde sie von einem rohen Kerl geschlagen, und nachdem sie mehrere Tage und Nächte in solcher Weise gelebt hatte, erwachte sie aus ihrem dunklen Zustand, vergaß ihn vollständig und kehrte in ihre Häuslichkeit zurück.«

»Das erinnert mich an die nicht so tragisch zugespitzte, aber recht merkwürdige Geschichte des alten Sinzenheim«, sagte Lamberg. »Dieser Sinzenheim war Kaufmann gewesen und hatte bei vorgerückten Jahren sein Geschäft einem Neffen überlassen. Die Rente, die er bezog, gestattete ihm, mit Anstand zu leben. Er hatte immer noble Passionen gehabt, doch nur in der Stille, jetzt ging er daran, seine Wünsche zu verwirklichen. Er kleidete sich wie ein Kavalier, und seine hagere, nicht unansehnliche Gestalt wie auch eine gewisse hochmütige Gleichgültigkeit, die er eingeübt, waren ihm behilflich, einen Kavalier vorzustellen. Einige aristokratische Bekanntschaften waren bald gemacht, und der Umstand, daß er Jude war und in seinem Judentum ein Hindernis auf dem Weg zur großen Gesellschaft fand, wurde durch eine bigotte alte Gräfin beseitigt, die ihn zur christlichen Religion bekehrte und Freudentränen vergoß, wenn sie ihn jeden Sonntag in der Kirche sah. Bald zeigte sich ein großes Übel; seine bürgerlichen Verhältnisse erlaubten ihm nicht, in dem eroberten Bezirk dauernd so zu leben, wie man um des Respekts willen dort leben muß, wenn man bloß ein Eindringling ist. Da er ein guter Rechner war, und eine tiefgewurzelte Abneigung gegen finanzielle Mißwirtschaft hegte, so beschloß er, seine Existenz in zwei Teile zu teilen. In den ersten sechs Monaten des Jahres hauste er in einer Mansarde am äußersten Rand der Vorstadt. Er kochte sein Frühstück selbst, briet sich mittags ein paar Äpfel und ging nur des Abends aus, um in einer elenden Kneipe warm zu essen. Um unkenntlich zu sein, ließ er sich den Bart wachsen, sein Anzug war schäbig, sein Gang schlotterig, sein Wesen voll Bescheidenheit. Was ihn aufrecht erhielt, beschäftigte und zerstreute, war die Erwartung der Zeit des Glanzes, das Ausspinnen luxuriöser Pläne, die Sehnsucht nach seinem aristokratischen Ich. Genau am ersten Juli begann die Wiedergeburt. Er rasierte sich, schob zwei Reisekoffer aus dem Winkel, kleidete sich in heiterer Laune um, fuhr im Wagen vor das elegante Hotel, wo er als Grandseigneur zu wohnen pflegte, tauchte plötzlich wieder auf den Rennplätzen und im Theater auf, reiste in teure und vornehme Badeorte und erzählte allen, die es hören wollten, von Erlebnissen in Biarritz, an der Riviera und in Ägypten, wo er während jener sechs Monate gewesen zu sein vorgab. Die Mansarde vertrug viel Geographie, von Madrid angefangen bis nach London und Petersburg, und das Studium verläßlicher Handbücher war belehrender als Wirklichkeit und Augenschein. So trieb er es eine lange Reihe von Jahren, bis er sich eines Tages während der Bettlerperiode ernstlich krank fühlte. Ein großer Schreck erfaßte ihn, daß er inmitten der künstlichen Armseligkeit sterben könne. Er bot seine ganze Willenskraft auf, nahm noch einmal die Verwandlung vor, begab sich in sein Hotel, mietete einen Diener und eine Pflegerin und schickte nach allen Richtungen der Windrose Einladungen, damit seine vermeintlichen Freunde ihn besuchen sollten. Es kam aber niemand außer dem Arzt, den er bezahlte, und einem ruinierten Lebemann, dessen ehrwürdiges Wappen er durch kleine Geldbeträge hin und wieder aufgeputzt hatte. Die alte Gräfin, die für sein Seelenheil besorgt war, erschien erst kurz vor seinem Tod. Sie brachte ihr Enkelkind mit, einen vierzehnjährigen, verschmitzt aussehenden Knaben, der eben die Kommunion erhalten hatte, und den sie infolgedessen für so sündenrein hielt, daß sie sich von

114

seinem Gebet eine erlösende Wirkung auf den ehemaligen Juden versprach.«

»Kein übler Narr«, sagte Borsati, »und kein unwahrscheinlicher. Ich kannte einen Baron Rümling, einen achtzigjährigen Greis, aus herabgekommenem Geschlecht, der in den dürftigsten Verhältnissen lebte. Sein wertvollster Besitz war eine Lakaienlivree, die er viele Jahre hindurch wie eine Reliquie aufbewahrte und zu Anfang jedes Herbstes und Ende jedes Frühjahrs einmal anzog, um in den Häusern vornehmer Familien, als sein eigener Diener maskiert, seine Namenskarte abzugeben.«

Man sprach noch über ähnliche Marotten, und Cajetan erzählte eine Episode aus dem Leben der verwitweten Gräfin Siraly, Schloßherrin von Tarjan. »Die Gräfin war eine sehr sittenstrenge Dame, und alle weiblichen Dienstboten mußten ihr einen Eid leisten, daß sie keine Liebesverhältnisse eingehen würden. So nachsichtig und mütterlich sie diejenigen behandelte, die sich ihren tugendhaften Forderungen fügten, so erbarmungslos verfuhr sie mit den Wortbrüchigen, und einmal sperrte sie ein junges Geschöpf, das sich vergessen hatte, drei Wochen lang in ein unterirdisches Verließ. Das geschah nicht etwa vor hundert Jahren, sondern vor einem oder zwei. Einst beschloß sie, ihren Mädchen eine Freude zu machen, mit ihnen in die Hauptstadt zu reisen und sie ins Theater zu führen. Sie kamen eines Sonntags in die Stadt, und die imponierend und entschlossen aussehende Gräfin marschierte zum Erstaunen der Bevölkerung an der Spitze eines Dutzends hübscher, festlich gekleideter junger Frauenzimmer durch die Straßen. Wie eine Henne auf die Küchlein, achtete sie sorgsam darauf, daß alle hübsch beisammen blieben und keine einen Schritt vom Wege tat. In dem Garten eines Restaurants nahmen sie ihr Mittagsmahl ein, und die Gräfin war fortwährend beschäftigt, das zudringliche Gaffen junger und alter Herren durch eine Kanonade von gebieterischen und niederschmetternden Blicken zu erwidern. Wahrscheinlich erweckte sie dadurch doppelten Argwohn; plötzlich trat ein polizeilicher Funktionär an den Tisch und fragte, was die Dame mit den Mädchen vorhabe. Die Gräfin wurde grob, weigerte sich, ihren Namen anzugeben, der Funktionär zeigte sich in der Hoheit seines Amtes, die wütende Gräfin mußte dem Ordnungsmann auf die Wachtstube folgen, und sämtliche Dienerinnen wie auch ein Haufen Volks zogen hinterdrein. Die Gräfin befahl ihren Mädchen, sie zu erwarten, aber es dauerte geraume Zeit, bis der höhere Beamte erschien, dem die Angelegenheit übergeben worden war. Dieser erklärte der Gräfin kalt, daß sie im Verdacht stehe, Mädchenhandel zu treiben. Ich bin die Gräfin Siraly! schrie die zornige Frau. Der Beamte zuckte die Achseln und meinte, das sei erst zu beweisen. Beweisen? brüllte die Gräfin, deren Feudalbewußtsein sich bäumte, ich werde dir die Zähne in den Hals treten, du bissiger Spitzbube, ist das Beweis genug? Nein, Madame, war die Antwort. Endlich mäßigte sie ihren Grimm soweit, daß sie einen Vetter herbeiholen ließ, der ein hoher Offizier war und ihre Identität glaubhaft bezeugte, worauf man die Racheschnaubende unter vielen devoten Entschuldigungen entließ; sie führte auch nachher eine Reihe von Prozessen, konnte jedoch nichts ausrichten. Zunächst wollte sie sich ihrer Schutzbefohlenen versichern, aber denen war die Zeit lang geworden, die ganze Gesellschaft hatte das Weite gesucht und in der Meinung, die Frau Gräfin werde die Nacht über in Gefangenschaft bleiben müssen, in ein Tanzlokal begeben, um ihrer sündhaften Jugendlust zu fröhnen. Dabei hatte es nicht sein Bewenden, es war Frühling, die klösterlichen Rücksichten hielten fern vom Auge der Herrin nicht Stand, und das Unheil nahm seinen Lauf. Die Gräfin, nachdem sie bis zum Abend vergebliche Nachforschungen angestellt, fuhr in finsterer Laune auf das Schloß zurück, und andern Tags kamen auch die zerknirschten Flüchtlinge mit mehr Ausreden und Lügen als Gewissensbissen nach Hause. Sie waren alle recht bleich und müde, von dem ungewohnten Pflaster in der Stadt, wie sie sagten; und einige blieben auch bleich und müde, obwohl ihr körperlicher Umfang in einer auffallenden Weise zunahm, bis nach neun Monaten, oder auch etwas darüber, Schloß Tarjan um vier oder um fünf oder vielleicht auch um mehr Insassen, ich weiß es nicht genau, bereichert wurde. Die Gräfin erlitt eine Gemütsstörung und mußte sich zur Heilung ihrer Nerven in ein Seebad begeben.«

»Ich habe diese Wendung erwartet und bin deshalb ein wenig enttäuscht«, sagte Lamberg. »Die Wirklichkeit bleibt gewöhnlich um eine Pointe zurück, oder sie ist uns um eine voraus. Stimmt die Gleichung, so ist das in mathematischer Hinsicht erfreulich, in bezug auf Lebensdinge macht es stutzig.«

»Ich kann Ihnen nicht helfen, Georg, die Sache hat sich so zugetragen«, antwortete Cajetan. »Sie würden manchmal gut daran tun, die Spitze nicht zu überspitzen und das Stumpfe stumpf zu lassen«, fügte er etwas ärgerlich hinzu.

»Also wünschen Sie meinen Tod?« fragte Lamberg mit entwaffnender Heiterkeit.

»Georg will uns beschämen«, fiel Franziska ein, »er strahlt von Geringschätzung des Alltäglichen. Er kehrt zu den Träumen zurück.«

»Er wird uns die höhere Wahrheit von Wunder und Magie verkünden«, sagte Cajetan versöhnt und zugleich herausfordernd. »Er liebt es, ferne Zeiten aufzusuchen, und ich nehme mir die Freiheit, ihn mit einem Fechtmeister zu vergleichen, dem zwischen vier Wänden zu eng wird für seine Kunst. Stimmt die Gleichung?«

»Also ein Wunder, Georg, erzähl' uns von einem Wunder!« rief Franziska.

Lamberg lachte. »Das nenn' ich einen Übermütigen aufs Glatteis führen«, entgegnete er. »Ihr habt den Faden abgeschnitten, und ich soll die Enden wieder verknoten, damit ihr mich dran ziehen könnt, wohin ihr wollt. Wie ist es möglich, euch zufrieden zu stellen, da ihr Ansprüche erhebt? Ein Wunder? Gut, es sei, ich will von einem Wunder erzählen.«

Unter der Regierung der Söhne Constantins wurde allenthalben im römischen Reich, namentlich aber in Syrien und Kleinasien, das Heidentum nach Kräften ausgerottet. Es lebte damals in der Stadt Epiphaneia ein Jüngling mit Namen Chariton. Er stand allein in der Welt; sein Vater, seine Mutter und seine drei Brüder waren in einem blutigen Gemetzel von den Christen erschlagen worden. Er war noch ein Knabe gewesen, als sich dies ereignet hatte; ein nazarenischer Priester hatte ihn gerettet und mit der heiligen Taufe versehen. Als er heranwuchs, neigte sich sein Herz mehr und mehr den Göttern seiner Vorfahren zu, und während er die Regeln des aufgedrungenen Glaubens dem Scheine nach befolgte, war er im Geheimen von Schmerz erfüllt über die Schändung und Zerstörung der Tempel. Nicht als Haß konnte man bezeichnen, was er gegen die Religion des Heilands empfand, nicht als Frömmigkeit, was ihn trieb, unablässig im Lande herumzuwandern und die alten geweihten Stätten aufzusuchen; er war kein Held, kein Krieger, er hatte nichts von einem Fanatiker, nichts von einem Prediger, er war ein einfacher Mensch, schön allerdings wie ein Apoll, aber das Besondere an ihm war, daß seine Seele gleichsam im innersten Kern der Natur

118

wohnte. Der Wind sprach zu ihm mit Stimmen; das Wasser war ein Wesen, der Baum ein fühlendes Geschöpf, die Nacht hatte ein Gesicht für ihn, und was seit tausenden von Jahren die Phantasie der Ahnen, die Träume der Hirten und Dichter an genienhaften Gestalten erzeugt, das war für ihn wirklich, das lebte in Busch und Fels, in den Blumen und in den Wolken. Sein liebster Aufenthalt war der Zypressenhain, in welchem der Tempel von Apamea lag; tausende von Adern des reinsten Wassers, die von jedem Berg niederrieselten, bewahrten das Grün der Erde und die Frische der Luft, und ein Strom von Prophezeiung, an Ruhm und Untrüglichkeit mit dem delphischen Orakel wetteifernd, entsprang der kastalischen Quelle der Daphne. Der Tempel, obwohl längst verlassen und beraubt, war eines der herrlichsten Gebilde des götterfrohen Griechenvolkes, zart trotz seiner Größe, von zauberischer Harmonie der Formen und seltsam gelenkig, ja anscheinend belebt, dank jener erlauchten Imagination und Schöpferkraft, die eine Steinmasse in einen Organismus zu verwandeln wußte. Eines Tages nun zog eine Horde von mehr als fünfhundert Mönchen von Antiochia heran, in Vernichtungswut versetzt durch ihren Anführer, der sich Bruder Simeon nannte, und der sie in einer ekstatischen Rede aufgefordert hatte, den altberühmten Tempel von Apamea der Erde gleich zu machen. Es waren Zönobiten und Anachoreten, jene frommen und rasenden Schwärmer, deren Ehrgeiz es war, den Menschenleib in den Zustand des Tieres herabzuwürdigen, deren Glieder unter martervollen Gewichten von Kreuzen und Ketten abstarben, und deren Sinne betäubt waren durch Wahnbilder, denn sie glaubten die Luft von unsichtbaren Feinden, von verzweifelten Dämonen bevölkert. Scheu blickten sie an den schimmernden Marmorsäulen empor, um deren Kapitäle kleine Vögel in lautloser Ängstlichkeit schwirrten. Architrav und Fries waren einer riesigen Stirn ähnlich, über die ein

Schatten olympischen Unmuts zu schweben schien; die
Rinnen zwischen den Metopen sahen aus wie Zornfalten,
und eine von der Abenddämmerung umflossene Statue im
Portikus schaute verächtlich nieder auf den Haufen
verhungerter, bleicher, hohläugiger, halbnackter Männer.
Diese legten nach kurzer Beratung Feuer in die Cella; das
Dachgebälk und alles was den Flammen sonst Nahrung bot,
verbrannte während der Nacht, und am Morgen war der
Marmor der Säulen und Kranzleisten an vielen Stellen
geschwärzt, aber der ganze Bau stand noch in gleicher
triumphierender Wucht. Die Mönche zerhieben und
zerschmetterten alles, was sie noch an Statuen, Opfergeräten
und beweglichem Zierat fanden, dann fällten sie die
Zypressen und benutzten sie als Prellbäume, um die
vierundsechzig Säulen zu stürzen. Es war umsonst; keine
der Säulen zitterte auch nur unter ihren leidenschaftlichen
Bemühungen, vergeblich waren ihre Bannflüche, ihre
Gebete, das Schlagen mit den Äxten, – es war, als ob Ratten
eine Festungsmauer niederwerfen wollten. In der Nacht kam
Chariton mit seiner Flöte vom Gestade des Meeres her. Er
hatte in einem Dorf den Fischern gesagt, sie sollten in dieser
Nacht zu Hause bleiben, denn es drohe ihnen der sichere
Untergang, wenn sie in ihren Booten aufs Meer führen. Die
Fischer hatten ihn zuerst verhöhnt, aber die prophetische
Glut seiner Rede bewog sie schließlich, seiner Warnung
Gehör zu schenken. Schon aus weiter Ferne vernahm er das
Geschrei der Mönche und den Lärm ihrer Werkzeuge. Seit
vielen Tagen war seine Seele von Bangigkeit beladen, der
Schlaf hatte ihn geflohen, er spürte, daß sich im Schoß der
Erde geheimnisvolle Kräfte sammelten, aber jetzt, während
er dahinging, schien es ihm, als ob er diese Kräfte zwingen
könne, als harrten sie nur seines Willens und seines Wortes.
Dieses Bewußtsein rief eine stumme Verzückung in ihm
hervor, und er war von dem Glauben durchdrungen, daß
ihn die Götter mit der überirdischen Fähigkeit ausgestattet,

um dem Zustand einer Welt ein Ende zu machen, die sich nur noch im Leiden gefiel. Wie Prometheus einst das Feuer zu den Menschen getragen hat, so will ich es wieder zu euch zurückbringen, ihr Götter, betete er, und sein ganzer Körper zuckte unter dem Einfluß der dumpfempfundenen Gewalten, von denen der Raum zwischen Himmel und Erde erfüllt war. Doch regte sich kein Blatt, kein Gras, keine Wolke, selbst die Mönche waren still geworden, als er sich genaht und kauerten unheimlich um den Tempel. Chariton trat lautlos unter die Säulen; es war ihm bekannt, daß eine unter ihnen hohl war, auch der Zugang war ihm vertraut; er hob eine Platte und verschwand unter dem Boden, dann stieg er eine Treppe im Innern der Säule empor, bis er zu einer Öffnung gelangte, die von außen nicht sichtbar war, und die als Schalloch diente. Nun fing er an, seine Flöte zu blasen; die Mönche, von denen viele bereits schliefen, erhoben sich und folgten den Tönen, die lockend und traurig waren. Es war ihnen unerklärlich, woher die Musik kam, nicht einmal über die Richtung vermochten sie einig zu werden, immer mehr strömten herzu, sie bekreuzten sich, viele weinten und sanken auf die Kniee, und plötzlich wurde die Dunkelheit zur tiefsten Finsternis, das Firmament schien zu bersten, die Säulen schwankten, ein furchtbarer Schrei brach aus hunderten von Kehlen, Quader um Quader löste sich, die Blöcke polterten krachend herab, und ein Steinmeer begrub sie alle, die gekommen waren, um für den Gekreuzigten gegen einen Tempel zu streiten. Jahrzehnte-, jahrhundertelang betrat kein menschlicher Fuß diese Trümmerstätte, auch meilenweit im Umkreis war das Land wie verzaubert. Die Wanderer, die in der Nacht vorüberzogen, hörten Flötentöne aus den Ruinen dringen, eine sanfte, melodische Klage, bei der sie schauderten, und die nur die Tiere mit rätselhafter Gewalt anzog, den Wolf, den Schakal, die Antilope und die wilde Katze. Und über den gebrochenen Säulen entstand ein üppig wucherndes

Pflanzenleben, dergleichen man nie zuvor und an keinem andern Ort gefunden, und zu jeder Zeit des Jahres blühten die Rosen in solcher Fülle, daß von dem Marmor nichts mehr zu sehen war und die Hand, die ihn hätte entblößen wollen, von den Dornen zerfleischt worden wäre.

»Ein schönes Märchen«, sagte Cajetan, »aber am schönsten sind die Rosen, die schließlich alles überdecken. Die Geschichte ist übrigens dem Geist einer andern Welt nicht fremd, in der ein Heerführer der Sonne gebieten konnte, still zu stehn.«

»Und dem Mond im Tale Askalon«, fügte Lamberg hinzu.

»Mir bedeuten diese Wunder nichts,« ließ sich Borsati vernehmen, »sie kommen mir grobschlächtig und ausgerechnet vor gegen die Wunder der täglichen Erfahrung. Das Natürliche bleibt immer das größte Wunder. Ein Forschungsreisender berichtet, daß er in Australien von den Ameisen sehr belästigt wurde, die seine wertvollen Präparate zu zerstören drohten. Um sich ihrer zu entledigen, wußte er sich nicht anders zu helfen, als daß er auf den Ameisenhaufen, der sich unfern vom Lager befand, einen Brocken Zyankali warf, und er war überzeugt, daß die Tiere dadurch allesamt zugrunde gehn würden. Am andern Morgen hielt er Nachschau, und was war geschehen? Das giftige Mineral, das für die Ameisen ungefähr dieselbe Größe hatte wie der griechische Tempel für die Mönche, lag acht oder zehn Meter weit von dem Bau entfernt, und dazwischen war das Erdreich besät mit hunderttausenden von Leichen der Insekten. Sie hatten immer die toten Körper als Bollwerke benutzt, um den Stein weiter zu schieben, und unzählbare Individuen hatten sich geopfert, um den Staat zu retten. Dies, scheint mir, ist ein unfaßbares Wunder.«

»Laßt uns nicht pedantisch an den Worten kleben«, antwortete Cajetan. »Ohne Wunder und Verwunderung entsteht kein tieferes Leben der Seele. Nennt ihr die Erfahrung, so nenn' ich die Halluzination und das Leben in Bildern, die wie aus einer früheren Existenz aufsteigen. Ich komme in einer Vorfrühlingsnacht nach Hause, und die Tastatur eines offenen Klaviers grinst mir entgegen wie die Zähne eines großen schwarzen Totenschädels. Ich bin traurig, weil die Luft so lau und ahnungsvoll ist, und weil ich unnütze Stunden in langweiliger Gesellschaft verbracht habe. Da sehe ich plötzlich, ich seh es vor mir, wie der Ritter Kunz von der Rosen in der Finsternis über das Wasser des Burggrabens von Brügge schwimmt und wie er von vierzig Schwänen zur Umkehr gezwungen wird. Dies erregt mich nachhaltig und bis zur Trunkenheit, und ich verstehe auf einmal die Dichter, ich verstehe das geisterhaft Fremde und zugleich mir Zugehörige des Gedichts und der Vision. Ich glaube, solche Stunden kennt jeder von euch, in denen man sich auflösen möchte in allem was geschieht und das Bewußtsein über die Grenzen schwillt, die ihm die Natur gesetzt hat.«

Borsati hatte sich erhoben und ging sinnend auf und ab. »Ihre Worte erinnern mich an eine seltsame Geschichte, die ich erzählen will«, sagte er stehenbleibend; »es ist darin von Dichtern die Rede und was sie ans Leben bindet und vom Leben trennt; sie zeigt auch, wie gewisse Wünsche, die wir hegen, vom Schicksal in gar zu freigebiger Weise erfüllt werden können, und daß es in unserer sozialen Welt Verkettungen gibt, die erst Wirklichkeit gewinnen mußten, um wahrscheinlich zu sein. Wie ihr vielleicht wißt, stammen meine Eltern aus Franken. Mein Vater hatte einstmals Lust, das Land wieder zu sehen und nahm mich auf die Reise mit; ich war noch ein ganz junger Mensch. Eines Tages, als wir von Würzburg aus am Main hinauffuhren, kamen wir zur Plassenburg; ich erfuhr bei dieser Gelegenheit, daß einer unserer Vorfahren in der markgräfischen Zeit Archivar auf der Plassenburg gewesen war. Erst als das Gebiet an Bayern fiel, wurde die Veste in das berüchtigte Sträflingshaus umgewandelt. Am andern Morgen besichtigten wir die Burg, und da erzählte mir mein Vater die Geschichte, die ich wiederzugeben versuchen will.«

»Einen Augenblick Geduld,« rief Lamberg, »ehe Sie beginnen, soll Emil Feuer machen; Franziska friert.«

Während Emil die Scheite in den Ofen legte, wußte er zu melden, daß sich die Bauern am Fluß in großer Angst vor einem Wehrbruch befänden. Der See stehe gefährlich hoch, und wenn es noch einen Tag weiter regne, sei das Schlimmste zu fürchten. Am Abhang bei der Mühle sei schon ein ganzes Haus herabgestürzt und von den Fluten der Traun fortgetragen worden.

Es wurden einige Erfrischungen gereicht, dann fing Borsati seine Erzählung an.

Die Gefangenen auf der Plassenburg

Noch heute bietet die Plassenburg mit ihren zyklopischen Mauern, schönen Toren, mächtigen Türmen, zierlichen Erkern und Rundbögen einen stolzen Anblick. Es hausten in ihr die Grafen von Andechs, die Herzoge von Meran und das berühmte Geschlecht derer von Orlamünde; hier spann Markgraf Johann, der Alchimist, seine goldsucherischen Träume, verübte Friedrich der Unsinnige seine Greuel, versammelte der wilde Albrecht Alkibiades seine Söldnerscharen, hielt sich die Sachsenkönigin Eberhardine auf der Flucht vor dem schwedischen Karl versteckt, und von den Hussiten- und Bauernkriegen bis zur Leipziger Völkerschlacht hatten kaiserliche, nordische, preußische und französische Generale ihr Quartier in den fürstlichen Gemächern. Und plötzlich, nach all den Grafen und Baronen und Feldherren mit Dienertroß, Kutschen, Pferden und Jagdhunden, nach den prächtigen Gewändern, Puderperücken und goldenen Degen, zogen ganz andere Leute ein, verzweifelte Leute, entehrte Leute, enterbte Leute, arme Teufel, die zwischen den Kiefern des Schicksals zermalmt worden waren, Verführte, Beleidigte, Besessene, Abenteurer, Schwachköpfe, Bösewichter, und das Haus wurde zu einem Behälter des Elends, der Schande, der Wut, der Reue und der Hoffnungslosigkeit. Die Prunkräume sind zu zahllosen kleinen Zellen verbaut, und wo man vordem gescherzt, geschmaust, getanzt und pokuliert hatte, da ist jetzt eine Heimat der Seufzer und eine Stätte des Schweigens.

126

Vor allem eine Stätte des Schweigens. Denn für die Häftlinge der Plassenburg bestand eine eigentümliche und furchtbare Strafverschärfung: es war ihnen aufs strengste verboten, miteinander zu sprechen. Sowohl im Arbeitssaal, als auch während des Aufenthalts im Hof hatten die Wärter hauptsächlich darauf zu achten, daß kein Gefangener an den andern das Wort richtete, und daß selbst durch Zeichen keinerlei Verständigung vor sich gehe. Auch in den Einzelzellen war es verboten, zu sprechen, und ein beständiger Wachdienst auf den Gängen hatte sich von der Einhaltung des Verbotes zu vergewissern. Wenn ein Sträfling eine wichtige Meldung zu erstatten hatte, etwa inbezug auf sein Verbrechen oder falls er sich krank fühlte, so genügte dem Wärter gegenüber das Aufheben der Hand; er wurde dann in die Kanzlei geführt, und zeigte es sich, daß er von dem Vorrecht in mutwilliger Weise Gebrauch gemacht, so unterlag er derselben Ahndung, wie wenn er unter seinen Genossen geredet hätte: der Kettenstrafe beim ersten Mal, der Auspeitschung bis zu hundert Streichen bei wiederholtem Vergehen. Daß in einem gebildeten Jahrhundert eine so unmenschliche Maßregel zu Recht bestand, ist kaum zu fassen; unter ihrem höllischen Druck sammelte sich die Verzweiflung wie ein Explosivstoff an, in den nur ein Funke zu fallen brauchte, um verderblich zu zünden. Dies geschah in der Zeit, von der ich erzählen will, in der freilich ein allgemein empörerischer Geist dem besondern Irrwesen zu Hilfe kam.

An einem Märznachmittag des Jahres 1848 marschierten zwei wohlgekleidete junge Leute auf der Straße von Bayreuth nach Kulmbach. Sie hatten in ersterer Stadt ihr Gepäck mit dem Postwagen vorausgeschickt und benutzten das schöne Vorfrühlingswetter zu einer willkommenen Wanderung. Sie waren beide Schlesier, und beide waren sie oder gaben sie sich für Poeten, doch sonst hatten sie wenig

Ähnlichkeit miteinander. Der eine, Alexander von Lobsien, war ein kleiner, blonder, blasser, schüchterner Jüngling, der andere, Peter Maritz mit Namen, war dick, breit, brünett, sehr rotbackig und äußerst lebhaft. Sie kamen von Breslau, hatten Wien und Prag besucht, wollten nach Weimar und von dort an den Rhein. Peter Maritz, ein ruheloser Kopf, hegte den Plan, nach England zu fahren, die damalige Zuflucht vieler Unzufriedener und Umstürzler, sein Gefährte besaß in Düsseldorf Verwandte, bei denen er zu Gast geladen war.

Land und Leute kennen zu lernen, war bei ihrer Reise nur die vorgespiegelte Absicht; im Grunde waren sie, wie alle Jugend jener Tage, von dem Drang nach Tat und Betätigung erfüllt. In ihrer Heimat hatten sie sich der Geheimbündelei schuldig gemacht, das Pflaster war ihnen zu heiß geworden, und sie hatten das Weite gesucht, als gerade die Obrigkeit damit umging, sich ihrer zu versichern. Man war ihrer Zuvorkommenheit froh und ließ sie ungeschoren. An der Grenze von Böhmen hatten sie durch Zeitungsdepeschen von den Berliner Barrikadenkämpfen erfahren, und ihre gehobene Stimmung wurde nur durch das Bedauern getrübt, daß sie nicht hatten dabei sein dürfen, als das Volk nach langem Schmachten in Tyrannenfesseln – ich bediene mich der zeitgemäßen Ausdrucksweise, – sich endlich anschickte, für seine Rechte in die Schranken zu treten. Auch in West und Süd erhob sich alles, was nach Freiheit seufzte, und so war es denn schmerzlich, besonders für den hitzköpfigen Peter Maritz, so weit vom Spiel zu sein. Er redete fortwährend, lief seinem Genossen stets um fünf Schritte voraus, blieb dann stehen, perorierte und fuchtelte mit den Händen wie ein Tribünenredner. Ich sehe, ihr kennt ihn schon; er erscheint euch als ein harmloser Schwarmgeist, dessen Idealismus von etwas schulmeisterlichem Zuschnitt und dessen Berserkerwut gegen Fürsten und Pfaffen je unschädlicher ist, je geräuschvoller sie sich gebärdet; aber damals waren auch die Fantasten, die aus wohlbewußter Ferne ihre Pfeile gegen Thron und Altar abschossen, gefürchtet und verfemt. Peter Maritz zeichnete sich vorzüglich durch seine Eloquenz aus, die etwas Blutdürstiges und Henkermäßiges hatte; ob er jedoch nicht ein wenig feig war, ein wenig Prahler wie viele korpulente und rotbackige Menschen, das will ich unentschieden lassen. Auch den Nimbus eines Dichters hatte er sich ziemlich wohlfeil verschafft, indem er bei jeder Gelegenheit von seinen himmelstürmenden Entwürfen sprach, diejenigen, die mitunter etwas Fertiges sehen wollten, als elende Philister brandmarkte, und alles, was die Gleichstrebenden hervorbrachten, entweder mit kritischem Hohn verfolgte oder durch den Hinweis auf unerreichbare Vorbilder verkleinerte.

Und wie es oft geht, daß ein Stiller und Berufener, der an sich zweifelt, einem Hansdampf, der von sich überzeugt ist, unbegrenzte Freundschaft entgegenbringt, war es auch mit Alexander von Lobsien der Fall. Er erblickte in Peter Maritz die Vollendung dessen, was er, sich selbst beargwöhnend, nicht erreichen zu können fürchtete. In seiner Rockbrust stak ein Manuskript; es waren Lieder und Gedichte, in denen mit jugendlichem Feuer die Revolution besungen wurde. Er hatte mit seinem Gefährten noch nie davon gesprochen und hielt die Poesien ängstlich verborgen, obwohl er innig wünschte, daß Peter Maritz sie kennen möchte. Aber ihm bangte vor der Mißbilligung des Freundes, dessen Urteil und unerbittliche Strenge seinen Ehrgeiz entflammten und ihm mehr bedeuteten als der Beifall der ganzen übrigen Welt.

Die wohlgehaltene Straße, auf der sie wanderten, bot ihnen bei jeder Wendung einen neuen Ausblick auf das in schönen Spätnachmittagsfarben glänzende Land, und von einer

hügeligen Erhebung über dem Main gewahrten sie in der
nördlichen Ferne die Plassenburg und die Türme von
Kulmbach. Versonnen schaute Alexander hinüber und
sagte: »Überall da wohnen Menschen, und wir wissen
nichts von ihnen.« – »Das ist richtig«, antwortete Peter
Maritz; »alles das ist Botukudenland für uns. Und warum
wissen wir nichts von ihnen? Weil wir vom Leben
überhaupt zu wenig wissen. Ha, ich möchte mich einmal
hineinstürzen, so ganz zum Ertrinken tief hineinstürzen,
und wenn ich dann wieder auftauchte, wollt' ich Dinge
machen, Dinge, sag ich dir, daß der alte Goethe mit seinem
Faust alle viere von sich strecken müßte. Gerade dir, mein
lieber Alexander, würd' ich so eine Schwimmtour kräftigst
anraten. Du verspinnst und verwebst dich in dir selber, das
ist gefährlich, du läßt dich von deinen Träumen betrügen,
das Leben fehlt dir, das echte, rasende, rüttelnde Leben.«

Alexander, von diesem Vorwurf schmerzlich getroffen,
senkte den Kopf. »Was weißt du vom Volk?« fuhr Peter
Maritz begeistert fort. »Was weißt du von den Millionen, die
da unten in der Finsternis sich krümmen, während du an
deinem Schreibtisch sitzest und den Federkiel kaust? Du
wohnst bei den Schatten, sieh dich nur vor, daß du die
Sonne nicht verschläfst. Wie es rund um mich nach Mark
und Blut riecht, wie ich das Menschheitsfieber spüre, wie
mich verlangt, die Fäuste in den gärenden Teig zu stemmen!
Ei, Freund, das wird eine Lust werden, wenn ich von
England aus die Peitsche über die dummen deutschen Köpfe
sausen lasse! Erleben will ich's, das Ungetüm von Welt,
erleben!«

»Erleben? Ist nicht jede Stunde ein Erleben von besonderer
Art?« erwiderte Alexander zaghaft; »alles was das Auge hält,
der Gedanke berührt, Sehnsucht und Liebe, Wolke und
Wind, Bild und Gesicht, ist das nicht Erleben? Aber du
magst recht haben, ich bin wie der Zuschauer im Zirkus,

und auch mich drängt es, den wilden Renner selbst zu reiten. Schlimm, wenn ein Poet in der Luft hängt, ein Schmuckstück bloß für die tätige Nation und sein Geschaffenes zur schönen Figur erstarrt. Ja, du hast Recht und Aberrecht, Peter, es ist ein trübseliges Schleichen um den Brei, seit langem spür ich's, und mich zieht's hinunter zu den Dunklen und Unbekannten, nicht um zu schauen, genug ist geschaut, genug gedacht. Mit ihnen möcht ich sein, umstrickt von ihnen, verloren in ihnen.«

»Es läßt sich nicht zwingen, mein Lieber«, entgegnete Maritz mit der Fertigkeit dessen, dem Widerspruch Gesetz ist. »Wenn es dein Fatum ist, geschieht's. Doch es ist dein Fatum nicht. Deine Natur ruht auf der Kontemplation. Unverwandelt mußt du bleiben, und wenn die Tyrannen Hackfleisch aus ihren Völkern machen, du hast ewig nur deine Feder gegen sie, und nicht das Schwert.« – »Und du?« fragte Alexander. – »Ich? Ja, bei mir, siehst du, ist es doch ein wenig anders. Ich, wie soll ich dir das sagen, ich hab die Epoche in meinen Adern, ich platze vor Gegenwart. Da wälz' ich seit Monaten einen Stoff in mir herum, Mensch! wenn ich dir den erzähle, da kniest du einfach.«

Und Peter Maritz entwickelte in derselben hochtrabenden Suada seinen Stoff. Es handelte sich um einen hamletisch gestimmten Fürstensohn, der, mit seinem Herzen ganz beim Volk, zähneknirschend, doch tatenlos, Zeuge der Bedrückung eines despotischen Regiments ist. Während eines noch zu erfindenden Vorgangs voll Ungerechtigkeit und Felonie kommt es wie ein Rausch über ihn, er tötet den Vater, reißt die Gewalt an sich und verkündet seinen Untertanen die Menschenrechte. Bald zeigt es sich, daß er zu schwach ist, um die Folgen seiner Handlungen zu ertragen, ein jedes Gute, das er schafft, schlägt ihm zum Verderben aus, er vermag die Kräfte nicht zu bändigen, die er entfesselt hat und am Ende töten ihn die, denen er die Luft zum

Atmen erst gegeben.

»Was denkst du darüber?« triumphierte Peter Maritz; »das ist ein Stöffchen, wie es nicht bei jedem Literaturkrämer zu haben ist.« Alexander fand das Motiv sehr bedeutend; aber er wagte den Einwand, daß der Vatermord keineswegs notwendig sei, im Gegenteil, der alte König müsse zum Mitspieler bei der Niederlage des Sohnes werden. Peter Maritz war außer sich; er raufte sich die Haare; er erklärte dies für die größte Tölpelei, die ihm überhaupt je ins Gesicht hinein gesagt worden sei. Nichtsdestoweniger blieb der sanfte Alexander bei seiner Meinung, und streitend rückten sie in Kulmbach ein. Ihr Reisegepäck befand sich schon in der Torhalle des Kronengasthofs, der starkbeleibte Wirt begrüßte sie mit einem Mißtrauen, das den bei Dunkelheit eintreffenden Fußgängern nicht erspart bleiben konnte. Sein Mondgesicht erhellte sich rasch, als sie sich Eigentümer der beiden Koffer nannten, besonders da auf dem Deckel des einen der Adelscharakter seines Besitzers angedeutet war. Er wies ihnen die besten Zimmer an und führte die Hungrigen hierauf in ein Honoratiorenstübchen, das neben dem allgemeinen Gastraum lag. Peter Maritz hatte sich nach frischen Zeitungen erkundigt, der Wirt hatte mit respektvollem Witz erwidert, er könne nur mit frischem Bier dienen, echtem und berühmtem Kulmbacher. Ohne eine Kraftprobe ließ es aber Peter Maritz keinen Frieden, und mit Fanfarenstimme schmetterte er durch die offene Tür ins Gastzimmer: »bei der Kronen will ich nicht wohnen, nur im Freiheitsschein kredenzt mir den deutschen Wein!« worüber ein paar ehrsame Beamte, die dort zum Abendschoppen versammelt saßen, ein heftiger Schreck erfaßte, denn bis jetzt war ihre Stadt von allem Aufrührertum verschont geblieben. Flüsternd steckten sie die Köpfe gegeneinander.

Eine Weile unterhielten sich die beiden Freunde ruhig, jedoch beim Käse schlug Peter Maritz ungestüm auf den

Tisch und rief: »Ich kann mir nicht helfen, Alexander, aber es wurmt mich, daß dir mein Plan nicht besser einleuchtet. Wenn der Alte, der ein Tyrann vom reinsten Wasser ist, nicht umgebracht wird, ist der Zusammenbruch des Prinzen nicht erhaben genug. Wozu das ganze Brimborium, wenn alles ausgehn soll wie das Hornberger Schießen? Eine Revolution muß mit Fürstenblut begossen werden, sonst ist kein wahrer Ernst dahinter.«

»Tu mit dem König, was du willst,« entgegnete Alexander maßvoll, »aber daß ihn der eigene Sohn töten soll, das wird den Prinzen in den Augen des Volks nicht ins beste Licht setzen, fürchte ich.«

»Das ist eine Tat, damit rechtfertigt er sich und dadurch wird er schuldig«, schrie Peter Maritz. »Gerade er muß ihn ermorden; wie könnte ich besser die Sklaverei veranschaulichen, unter der das Land keucht? Kann deine empfindsame Seele nicht begreifen, was für eine grandiose Katastrophe das gibt?«

Draußen in der Gaststube war es totenstill geworden. Der Lehrer, der Apotheker, der Schrannen-Inspektor, der Kreisphysikus, sie schauten verstört vor sich hin, der Busen zitterte ihnen unter der Hemdbrust, sie wagten nicht mehr, von ihrem Glas zu nippen. Der entsetzt lauschende Wirt machte mit den Armen flinke beschwichtigende Gesten gegen die heimische Kundschaft und verließ auf den Zehenspitzen das Zimmer. Ein paar Häuser entfernt war die Polizeiwache, und es dauerte nicht lange, so erschienen drei raupenhelmgeschmückte, bis an die Zähne bewaffnete Stadtsergeanten und begaben sich im Gänsemarsch in das Stübchen, wo die beiden Poeten noch immer um das Schicksal einer erdichteten Person rauften. Auch die Bürger und der Wirt drängten sich neugierig und schlotternd gegen die Schwelle. Das Donnerwort: verhaftet im Namen des Königs! brachte eine verschiedene Wirkung auf die Ahnungslosen hervor. Alexander lächelte. Peter Maritz zeigte gebieterischen Unwillen, fragte nach Sinn und Grund, pochte auf die ordnungsgemäß visierten Pässe. Der Hinweis auf den mit seinem Kumpan geführten, von Mord und Aufruhr qualmenden Disput fand ihn von humoristischer Überlegenheit weit entfernt. Er tobte und unterließ nichts, um die guten Leute in ihrem Argwohn zu befestigen. Endlich fielen die drei Gesetzesgewaltigen über ihn her und legten ihm Handschellen an.

Jetzt hörte Alexander zu lächeln auf. Was er für Scherz und Mißverständnis gehalten, sah er ins Schlimme sich wenden. Sein bescheidenes Zureden, erst dem Freund, dann der Obrigkeit, fruchtete nicht. »Wir haben über eine Dichtung beraten«, sagte er höflich zu dem Apotheker, der sich am eifrigsten als Hüter des Vaterlands geberdete. »Nichts da, solche Vögel verstehen wir schon festzuhalten«, war die grobe Antwort. Er ergab sich, überzeugt, daß die Folge alles aufklären würde. Eine Unzahl Menschen füllte nun das Wirtshaus; Rede und Widerrede floß leidenschaftlich. Auf der Straße verbreitete sich das Gerücht, man habe zwei Königsmörder gefangen. Das Echo aufwühlender Ereignisse war auch zu dieser stillen Insel gelangt, Nachrichten von Fürstenabdankung, Bürgerschlachten und Soldatenmeutereien; so wurde man also, abends vor dem Schlafengehen, in den Wirbelsturm gerissen und was Beine hatte, lief herzu.

Peter Maritz knirschte in seinen wilden Bart, auf dem mädchenhaften Glattgesicht Alexanders zeigte sich Betrübnis und Verwunderung. Der Gang zum Polizeihaus war der schaudernd-gaffenden Menge ein willkommenes Spektakel. Ein leidlich humaner Aktuar, den man aus dem Hirschengasthof geholt hatte, und der ein wenig angenebelt war, führte das erste Verhör. Er schien nicht übel Lust zu haben, die beiden Leute für harmlos zu erklären; da traten zwei gewichtige Magistratspersonen auf, die der Meinung waren, daß eine Haft im Polizeigefängnis, das in voriger Woche zur Hälfte abgebrannt war, ungenügende Sicherheit gebe, sowohl gegen die Mordbuben, wie sie sich ausdrückten, als auch gegen den Ansturm des entrüsteten Volks. Peter Maritz rief ihnen mit einem gellenden Demagogen-Gelächter zu: »Nur frisch drauf los! schließlich wird man auch in Krähwinkel Genugtuung finden für die Niedertracht und die Dummheit einer verrotteten Beamtenwirtschaft.« Das war zu viel. Der Aktuar wiegte sein Köpflein; mit Hmhm und Soso und Eiei bekehrte er sich zu der Ansicht, daß man derart gesinnte Individuen doch auf der Plassenburg internieren müsse, bis man der Regierung den Sachverhalt dargelegt und Befehle eingefordert habe.

Eine Leibesdurchsuchung endete mit der Konfiskation eines Revolvers aus der Tasche von Peter Maritz. Alexander war froh, daß man sein dünnes Manuskriptheftchen, das er im Innenfutter des Gilets trug, nicht entdeckt hatte und daß man mit der willigen Ablieferung seines Kofferschlüssels zufrieden war. Allerdings beunruhigte ihn der Gedanke, daß unter seinen und des Freundes Habseligkeiten sich mancherlei Druckschriften befanden, die nicht dazu dienen konnten, ihre verdrießliche Lage rasch zu bessern.

Der Transport auf die zum funkelnden Himmel getürmte, umwaldete Burg glich einem Volksfest. Peter Maritz schimpfte und fluchte unablässig, aber als sie beim Schein eines Öllämpchens vor dem aktenbeladenen Tisch des Wachoffiziers standen, entschloß er sich, durch Beredsamkeit ein Letztes zu versuchen. Es fing an wie eine Rapsodie und endete wie ein Pater peccavi. Alles war umsonst; der kümmerliche und verschlafene Herr hatte keine Ohren für einen Burschen mit Handschellen. »Zimmer

Numero sechzig.« Das war die einzige Antwort.

Also wenigstens ein Zimmer und keine Zelle; wenigstens zu zweien und nicht allein. Peter Maritz wurde seiner Fessel entledigt. Der Wärter sagte ihnen, daß das Gebot des Schweigens, das hier waltete, für sie nicht giltig sei, da sie noch nicht Verurteilte waren, doch müßten sie sich hüten, einen der Gefangenen anzusprechen. So erfuhren sie zum erstenmal von diesem sonderbaren Umstand, und beiden lief ein gelindes Zagen über die Haut. Durch hallende Korridore, an eisernen Türen vorbei kamen sie in den Raum, der für ihre Haft bestimmt war: vier nackte Wände, zwei Pritschen und ein vergittertes Fenster. Der Schlüsselträger, selbst zur Gewohnheit des Schweigens verpflichtet, deutete auf den Wasserkrug, dann schnappte das Schloß und sie waren im Finstern. »Ach was«, seufzte Alexander, »eine Nacht ist kurz.« – »Jawohl, wenn sie vorüber ist«, brummte Peter Maritz, der etwas kleinlaut zu werden begann. – »Na, findest du noch immer, daß dein alter König umgebracht werden muß?« stichelte Alexander mit einem scherzhaften Ton, der echt klang. – »Laß mich in Frieden«, wetterte der Dramatiker, »verdammter Einfall, verdammtes Land.« – »Nur ruhig Blut«, mahnte Alexander aus der Dunkelheit; »sollte das, was uns passiert ist, nicht auch zu dem großen Leben gehören, das du mir so gepriesen hast?« – »Mensch, ich glaube, du spottest meiner«, rief Peter Maritz wütend. – »Mit nichten, Freund. Ich denke eben darüber nach, wer wohl die übrigen Schloßbewohner hier sein mögen, und von wem uns diese Mauern rechts und links scheiden. Ich komme mir vor wie in die tiefste Tiefe des Menschengeschlechts entrückt, und wenn ich mir gegenwärtig halte, wie viel Herzen rings um uns mit aller Blut- und Pulseskraft nach Freiheit schmachten, dann will mich unser Unglück nicht mehr so groß dünken.« – »Der Geschmack ist verschieden, sagte der Hund, als er die Katze

136

ins Teerfaß springen sah. Das Zeugs, worauf ich liege, ist steinhart, trotzdem will ich schlafen, weil ich sonst verrückt werden müßte vor Wut.«

Kurze Zeit nach dieser übellaunigen Replik schnarchte Peter Maritz schon. Alexander jedoch, mit dem Gefühl des Neides und mit dem andern Gefühl leiser, fast noch wohlwollender Geringschätzung gegen den Freund, überließ sich seinen Gedanken. Er war eine jener geborenen Poetennaturen, denen Welt und Menschen im Guten wie im Bösen eigentlich nie ganz nahe kommen können, als ob ein Abgrund des Erstaunens dazwischen bliebe. Nur das Schauen gibt ihnen Leidenschaft, nur die Teilnahme über den Abgrund hinüber gibt ihnen Schicksal; zu leben wie die andern, von Welle zu Welle gewirbelt, würde sie zerreißen und entseelen. Deshalb vermochte er mit neugieriger Ruhe auf das Kommende zu blicken, das sich seiner Ahnung mehr als seiner Vernunft vorverkündigte.

Welche Phantasie wäre auch imstande gewesen, eine Wirklichkeit wie die hinter diesen Mauern zu malen, ohne daß leibliche Augen gesehen hatten, ohne zu wissen und empfunden zu haben, was das Schweigen hier bedeutete? Die fünfzig oder sechzig Sträflinge, die zur Stunde in der Veste waren, hatten beinahe vergessen, den Verlust der Freiheit zu beklagen, hatten die Übeltaten vergessen, durch die sie die Gemeinschaft mit freien Menschen eingebüßt, und jeden erfüllte nur ein einziger Wunsch: reden zu dürfen. Nichts weiter als dies: reden zu dürfen. Darin unterschied sich der Jüngling nicht vom Greis, der Phlegmatische nicht vom Hitzigen, der Einfältige nicht vom Klugen, der wortkarg Veranlagte nicht vom Schwätzer, der Trotzige nicht vom Bereuenden. Der Neuling ertrug es noch; im Anfang schien es manchem leicht; um ihn war die Luft noch von gesprochenen Worten voll, Gehörtes und Gesagtes tönte noch in ihm. Drei Tage, zehn Tage, zwanzig Tage vergingen; was er zuerst kaum bedacht, dann nur als lästig empfunden, war noch immer nicht Qual; die Stille entwirrte seinen Geist, Erinnerungen stellten sich ein, ein Laut der Liebe, das mächtige Wort eines Richters, die Mahnung eines Priesters, die Bitte eines Opfers, all das gab dem Nachdenken Stoff, der Dunkelheit einiges Licht.

Aber da wurde er gewahr, im Arbeitssaal etwa, oder beim Gottesdienst in der Kapelle, was in den Zügen der Jährlinge wühlte. Das Zusammensein mit den Genossen regte eine Frage auf; er durfte nicht fragen. Ein Geräusch im Haus, Stimmen aus dem Wald, Tierschreie drangen an sein Ohr; er durfte nicht fragen. Der Unvorsichtige sühnte schwer, wenn er sich vergaß. Die nicht gesprochenen Worte belasteten das Gedächtnis; wenn einer den andern anschaute, bewegten sie die Finger, hauchten in die Luft, scharrten mit den Füßen, strafften oder runzelten die Stirn, blinzelten oder schlossen die Augen, und diese Merkmale der Ungeduld bildeten eine Sprache für sich. Lief eine Maus über den Boden des Arbeitsraumes, so zitterten sie; die Lippen des einen rundeten sich zum Ruf, die des andern zum Lachen, Arme streckten sich aus, eine ungeheure Spannung war in ihnen, bis die Aufseher mit ihren Stäben auf die Tische schlugen und mit Blicken die Zungen bändigten, die sich regen wollten.

In der Zelle für sich ganz leise hinzusprechen, ins leere Nichts zu murmeln, machte das Verbotene nur fühlbarer und befriedigte so wenig wie den Durstigen die Feuchtigkeit des eigenen Gaumens labt. Mit dem Fingernagel oder mit einem Holzspan Worte, Hieroglyphen, Köpfe in den Kalk der Mauern zu ritzen, steigerte das Verlangen nach dem Schall. Es überwand oft jedes Bedenken, jede Furcht, und mancher meldete sich zu einer Mitteilung. Gefragt, was es sei, erwiderten sie, vom bloßen Klang der Sprache entzückt, sie hätten ein neues Geständnis zu machen und bezichtigten sich einer Untat, die sie nie begangen hatten, nannten erfundene Namen, schilderten Umstände und Verwicklungen, die jeder Wahrscheinlichkeit entbehrten. Man war darauf gefaßt; das Abenteuerliche wurde schnell durchschaut, dem Ungereimten weiter nicht nachgeforscht und der Lügner ertrug die Strafe, froh, daß er hatte sprechen dürfen, daß er Worte gehört, daß man ihn verstanden, ihm geantwortet hatte.

Aber in der Folge, im Verlauf der stummen Tage, Wochen und Monate erschien ihm seine Zunge wie ein verdorrtes Blatt, und alles rings um ihn wurde grauenhaft lebendig. Dies aufgezwungene Schweigen machte die Dinge laut; die Einsamkeit wäre den Zellenhäftlingen erträglich gewesen, wenn das mitteilende Wort sie an Raum und Zeit und Zeitverlauf gebunden hätte; nun war sie ein Schrecken. Wer kann es aushalten, immer bei sich selbst zu weilen? Der Sinnvollste, der Gesegnetste nicht. Was im Menschen innen ist, strebt nach außen, und äußere Welt soll doch nur Gleichnis sein. Diesen Gefangenen aber, alt und jung, schuldig oder minder schuldig, böse oder mißleitet, wurde alles Leben zu einem Draußen, einem Losgetrennten, Gespensterhaften und Geheimnisvollen, auch ihre Laster und ihre Wünsche, ihre Verbrechen und die Wege dazu.

So dachte sich der eine den Wald, durch den er täglich vom Dorf zur Ziegelbrennerei gegangen war, wie eine finstere Höhle, erinnerte sich, obwohl Jahre seitdem verflossen waren, an gewisse Bäume, glattrindige, mit ausgebreiteten Wipfeln, und Gräben und Löcher im Pfad waren wie Furchen in einem Antlitz. Andern war ein Pferd, auf dem sie geritten, ein Hund, den sie abgerichtet, ein Vogelbauer vorm Fenster, eine Tabakspfeife, die sie besessen, ein Becher aus dem sie getrunken, der Winkel an einer Stadtmauer, ein Binsendickicht am Fluß, ein Kirchturm, ein schmutziges Kartenspiel zu beständig redendem Bild geworden, worin sie sich verspannen, das ihnen Brücken schlug zum ungehörten Wort. Sie versetzten sich in Räume, sahen mit verwunderlicher Genauigkeit alle Gegenstände in den Zimmern der Bürger, in Häusern, an denen sie nur vorübergewandert: Ofen und Spind, Sofa und Pendeluhr, Tisch und Bücherbrett, und alles hatte Stimme, all das erzählte, all dem antworteten sie, jedes Dinges Form da draußen, in fern und naher Vergangenheit, war Wort und Sprache.

Unter diesem Mantel des Schweigens hatte die Reue keine Kraft mehr. Deshalb dachten sie in verbissenem Haß der Umstände, die sie einst überführt. Den einen hatte eine Fußspur verraten, den andern ein Knopf, den dritten ein Schlüssel, den vierten ein Blatt Papier, den fünften ein Geldstück, den sechsten ein Kind, den siebenten der Schnaps. Nun beschäftigte er sich tage- und nächtelang mit diesem Einzelnen, zog es zur Rechenschaft, fluchte ihm, sah alle Gedanken davon regiert, erblickte es in jedem Traum. Und die Träume waren angefüllt mit Gesagtem, ein Chor von Stimmen tobte darin, und sie tönten von nievernommenen Worten. Die Träume waren für sie was einem Kaufmann seine Unternehmungen, einem Seefahrer seine Reisen, einem Gärtner seine Blumen sind. Brach dann für einen, der seine Strafe abgesessen, die Stunde an, die ihn der menschlichen Gesellschaft wiedergeben sollte, so taumelte er schweigend hinaus zum geöffneten Tor, die Gewalt des Eigenlebens, das er plötzlich zu verantworten hatte, erdrückte Hirn und Brust; die Luftsäule, die Sonne, die Wolken brausten in seinen Ohren, es wirbelte ihn nur so hin, er mußte in die nächste Kneipe flüchten und trinken, und es soll sich ereignet haben, daß einige ihrem Leben freiwillig ein Ende bereiteten, nur darum, weil sie nicht gleich einen Gefährten fanden, um zu reden.

In eine solche Welt also waren, durch Mißgeschick

halbkomischer Art, die beiden jungen Männer verschlagen worden. Als Peter Maritz am Morgen erwachte, schlief Alexander noch, denn er hatte erst spät den Schlummer finden können. Peter rüttelte ihn, äußerte sich spöttisch über die Langschläferei und behauptete, er habe kein Auge schließen können. Hiezu schwieg Alexander. Nach einigem Herumschauen machte er den Freund lächelnd auf einen Spruch aufmerksam, der neben dem Fenster an die Mauer geschrieben war. Er lautete: »Bis hierher tat der Herr mich hilfreich leiten, er wird mich auch einmal vom Galgen schneiden.« Darunter hatte eine ungeübte Hand gekritzelt: »Wenn ich einen Galgen seh, tut mir gleich die Gurgel weh.« An einer anderen Stelle war ein Beil gezeichnet, mit den Worten: »Der Teufel hol die Hacke.« Neben der eisernen Tür war folgender Reim zu lesen: »Herr Gott, in deinem Scheine, laß mich nicht so alleine, und gib mir Gnade zu fressen, doch nicht so schmal bemessen wie du dem Sünder gibst, den du so innig liebst.«

»Das nenn ich ein erbauliches Gemüt«, sagte Peter Maritz, »und es ist immerhin tröstlich zu wissen, daß wir uns unter Kollegen befinden.« Erst nach einer Stunde erschien der Wärter, fragte, ob sie ihre Kost bezahlen wollten, und nachdem sie sich dazu verstanden, besorgte er Brot, Fleisch und Wein. Peter Maritz forderte ungestüm, vor den Richter geführt zu werden; er erhielt keine Antwort. Ein neuer Wutanfall packte ihn, als die Tür wieder versperrt wurde; es dauerte lange, bis Alexander ihn beschwichtigt hatte, und dann zeigte er sich sehr niedergeschlagen. Alexander begab sich an das vergitterte Fenster, das einen Ausblick auf den Burghof verstattete, und er sah eine lautlose Kolonne von Sträflingen, die von einem halben Dutzend bewaffneter Aufseher geführt, paarweise mit langsamen Schritten über das Steinpflaster wandelten.

Nie zuvor hatte er eine solche Schar wüster und trauriger

Gestalten erblickt; bleiche, grauhäutige Männer, mit tiefen Kerben um die Mundwinkel, mit rauhen Haarstoppeln am Kinn, oder auch langbärtig, oder auch ganz glatt, wie es die geborenen Verbrecher oft sind. Die Köpfe waren geschoren, die Hälse meist auffallend hoch und dünn, Arme und Beine schlenkerten kurios. Ein Bursche ragte um Haupteshöhe über die andern; er schien kaum zu atmen, seine Augen waren zugekniffen, der Mund stand offen und hatte einen Zug von diabolischer Gemeinheit. Neben ihm ging ein Mensch mit einem Gesicht, das einer Schinkenkeule glich, roh, gedunsen, tierisch. Ein Schmalbrüstiger, Hinkender fletschte die Zähne, ein Rothaariger lachte stumm, ein bäurisch Ungeschlachter hatte einen Ausdruck idiotischer Schwermut, ein schlanker Kerl lächelte süß und infam. Einer sah aus wie ein Matrose, stämmig, weitblickig, breitgängerisch, ein anderer wie ein Soldat, ein dritter wie ein Geistlicher, ein vierter wie ein verkommener Roué, ein fünfter wie ein Schneider, doch alle nur wie Schattenbilder davon, trübsinnig und geisterhaft, ins Innere versunken wie in einen Schacht und nach außen hin nur lauschend gleich Hunden, die sich schlafend stellen und schon bei einem Windstoß die Ohren spitzen. Das Geräusch ihrer Schritte schien ihnen wohltuend; als eine Krähe schnarrend über ihren Häuptern hinzog, schreckten die einen zusammen, die andern hefteten starr und finster die Blicke empor.

Alexander rief den Freund und deutete hinaus. Peter Maritz runzelte die Brauen und meinte, das sei eine schöne Sammlung von Charakterköpfen. Das Fenster war offen, die zuletzt Vorbeiziehenden hörten sprechen, ihre Gesichter wandten sich den zweien zu, unermeßlich erstaunt, dann drohend, grinsend, begierig und wild. Die Aufseher ballten drohend die Faust hinauf und winkten, Alexander und Peter traten bestürzt zurück. Lebhaft bewegt, schlug

Alexander die Hände zusammen. »Was für Menschen«, murmelte er, »und doch Menschen!« – »Dich dauern sie wohl?« fragte Peter zynisch. »Spar dein Mitleid, es macht dich dort zum Schuldner, wo du nicht handeln kannst. Handle, reiß ihnen die Herzen auf! Treib' sie gegen das Philisterpack! Freilich, da ziehst du den Schwanz ein, du Dichterjüngling, weil du träg bist und keine Rage in dir hast.«

Alexander bebte, er griff nach seinem Manuskript, seine Augen brannten und mit einer Geberde schönen Zorns warf er Peter Maritz die Blätter vor die Füße. Ruhig bückte sich der andre darnach, ruhig fing er an zu lesen, schüttelte hie und da den Kopf, machte ein zweifelndes, ein gnädiges, ein überlegenes, ein prüfendes, ein unbestechliches Gesicht, und schließlich, dem Harrenden glühten schon die Sohlen, er schämte sich, bereute schon, schließlich sagte Peter Maritz: »Ganz hübsch. Recht artig. Eine gewandte Metrik und nicht ohne Originalität in der Metapher. Aber was sollen Verse, mein Lieber? Das ist für die Frauenzimmer. Wenn du ehrlich bist, mußt du zugeben, daß du ein schlechtes Gewissen dabei hast.« Alexander hätte weinen mögen; er verbiß seinen Schmerz, entgegnete aber nichts. Das Heftchen steckte er wieder in die Tasche, reicher an Erfahrung und um ein Gefühl ärmer, als er vor einer Stunde gewesen. Mit hoffnungsloser Miene grübelte er vor sich hin, während Peters Ungeduld beständig wuchs.

Wenn man in der Stadt nicht der eintreffenden Revolutionsnachrichten aus dem Reich halber in Angst und Aufregung geraten wäre, hätte sich wohl unter den Beamten und Gerichtspersonen ein besonnener Mann gefunden, den die Verhaftung der beiden Reisenden bedenklich gemacht hätte. Trotz der verbotenen Bücher, die man in ihren Koffern entdeckt hatte, ließ der Aktuar den Wunsch verlauten, sie in eine minder entwürdigende

Umgebung zu bringen. Der Beschluß darüber wurde aber vertagt, und so kam es, daß die unrechtmäßig Eingekerkerten in die Ereignisse der folgenden Nacht verwickelt wurden.

Es war am Morgen ein neuer Sträfling angelangt, ein Friseur namens Wengiersky, der wegen Kuppelei zu zwei Jahren verurteilt war. Er hatte sich schon bei der Kopfschur ungeberdig benommen, und als die Hausordnung verlesen wurde, insonderheit der Paragraph vom Schweiggebot, lachte er verächtlich. Im Arbeitssaal musterte er die Kameraden mit flackernden Blicken, stand eine Weile mürrisch und untätig, rührte sich erst nach dem dreimaligen Befehl des Aufsehers, plötzlich aber schrie er in die Todenstille des Raums mit einer gellenden Stimme: »Brüder! wißt ihr auch, daß man im ganzen Land die Fürsten und Herren massakriert? Eine große Zeit bricht an. Es lebe die Freiheit!« Weiter kam er nicht, drei Aufseher stürzten sich auf ihn, und obgleich er nur ein schmächtiges Männchen war, hatten sie Mühe, ihn zu überwältigen. Er wurde sofort in Eisen gelegt.

Die Sträflinge zitterten an allen Gliedern und sahen aus wie Verhungernde, an denen eine duftende Schüssel vorübergetragen wird. Erst allmählich wirkte das gehörte Wort; es gab also diese Möglichkeit, die bisher nur wie Fantasmagorie und Wahnsinn in den verborgensten Winkeln ihres Geistes gewohnt hatte? Und wenn es die Möglichkeit gab, dann konnte sie erfüllt werden. Sie konnte nicht nur, sie mußte. Es ging eine furchtbare Verständigung von Blick zu Blick vor sich. Es war fünf Uhr nachmittags; um halb sechs sollten sie in die Zellen zurückkehren. Die Wärter, den nahenden Aufruhr mehr spürend, als seiner gewiß, beschlossen, die Arbeitsstunde zu kürzen; auf das erste Kommando wurden die Werkstücke niedergelegt: Putzlappen, Nadel, Zwirn, Korbrohr, Hobel, Sackleinwand, auf das zweite zum Antreten, stieß auf einmal der Riese, Hennecke war sein Name, einen heiseren Ruf aus, warf sich über den ersten Aufseher, umschlang ihn und schleuderte ihn zu Boden. Im Nu folgten die Gefährten seinem Beispiel; keuchend und dumpf jauchzend schlugen sie ihre Peiniger nieder, banden sie mit Baststricken, stopften ihnen Knebel zwischen die Zähne, dann setzte sich Hennecke an die Spitze des Haufens und drang in den Korridor. Sie waren dreiunddreißig; vierundzwanzig befanden sich in den Zellen, fünf in Dunkelhaft. Die Schar teilte sich; die größere Anzahl unter dem Befehl Woltrichs, eines blatternarbigen Diebes, zog zur Kanzlei und zum Wachthaus, um die Schreiber, die Nachtaufseher, den Posten am Tor, die Wache selbst zu überrumpeln und unschädlich zu machen. Ein Unteroffizier, der verzweifelt Widerstand leistete, wurde getötet. Der Gewehre hatten sich die Meuterer mit umsichtiger Schnelligkeit versichert; das Haupttor wurde zugeschlagen und von innen abgesperrt, und die Gefesselten wurden in einen Keller hinuntergeschleift. Inzwischen hatte Hennecke sämtliche Zellen geöffnet und auch die Kettensträflinge befreit. Die ganze Horde wälzte sich aus dem dunklen Eingang in den Schloßhof. Hennecke fragte, ob einer von den Muffmaffs, wie sie die Obrigkeits- und Aufsichtsorgane nannten, entkommen sei, worauf der mit dem Schinkenkeulengesicht erwiderte, er habe einen Soldaten den Berg hinabrennen sehen. Es wurde beschlossen, eine Wache auszustellen, und Hennecke kommandierte einen Alten auf die Mauerbrüstung. Widerwillig gehorchte der, weil er sich ungern von den Brotlaiben, Würsten und Bierfässern trennte, welche die Genossen aus der Kantine herzuschleppten.

Auch Peter Maritz und Alexander Lobsien waren befreit worden. Sie traten unter den Letzten in den Hof und duckten sich scheu in einen Winkel. Am liebsten hätten sie sich unsichtbar gemacht; in ihrer Zelle hätten sie sich wohler befunden. Das Heldenherz von Peter Maritz schrumpfte zusammen; er erwog die Annehmlichkeit von Gesetz und Polizei; es ist eine mißliche Sache mit Ideen, die in Tat umgesetzt werden, wenn man gerade dabei ist und mitspielen soll. Alexander hingegen war so kalt, wie es die Leute von Fantasie nicht selten werden, wenn sie ernstlich in Gefahr geraten. War doch so viel vom Leben schwadroniert worden; er sagte sich, daß wirkliches Erleben nur zu finden ist, wo das Leben abgewehrt, nicht wo es aufgesucht wird. Hier drang Geschehen und Leiden, Schicksal auf Schicksal gegen ihn ein wie Lichtstrahlen durch eine zersprengte Tür.

Die anbrechende Nacht wurde den Meuterern unbequem. Ein gewisser Hahn, Buchbinder seines Zeichens und wegen seines Pergamentgesichts der gelbe Hahn geheißen, schlug vor, den Holzstoß neben dem Wachthaus anzuzünden. Die Scheite wurden in die Mitte des Lagers geschafft, bald flammte das Feuer auf und beleuchtete die ruhelosen Gestalten, die verwitterten Züge, kahlen Köpfe, grauen Kittel und ununterbrochen sprechenden Mäuler mit schwarzen, schiefen, einschichtigen oder gelbblitzenden Zähnen. Denn jetzt brach ein fieberhafter Redesturm los. Manche fanden nur allmählich den Mut; erst nippten sie wie glückselige Trinker, dann kam über alle der Rausch. Sie schrieen und gellten durcheinander, lachten und tobten grundlos, räkelten sich auf der Erde, patschten in die Hände, johlten unflätige Lieder oder auch ein kindisches Eiapopeia, umarmten einander, zerschlugen Gläser und Töpfe, rauften, fluchten, meckerten, weinten, pfiffen, tranken und stopften faustgroße Bissen in den Rachen.

Der Alte auf der Mauerbrüstung, ein vielfach abgestrafter Wildfrevler, sang fortwährend ein und dieselbe Strophe: »Wie wir leben, so halten wir Haus, morgen ziehn wir zum

Land hinaus,« immer in derselben schläfrigen und langgezogenen Tonart, nur um am allgemeinen Lärm teilzunehmen. Woltrich zählte an den Fingern auf, was er bei seinem letzten großen Fang gestohlen hatte: neunzig Silbergulden, zwei Armbänder, eine Elfenbeinkassette, ein Dutzend goldene Schaumünzen und vierzehn Uhren. Und strahlend rief er: vierzehn Uhren! vierzehn Uhren! als ob sie noch in seinem Besitz wären. Ein Mensch mit einer winzigen Nase, der heitere Konrad genannt, redete mit Entzücken von der Brandstiftung, die er begangen und wie er sich dadurch an einem wucherischen Bauern gerächt. Der mit dem infamen Lächeln hieß Gutschmied und war ein zu sechs Jahren verurteilter Hochstapler. Er war viel in der Welt herumgekommen, war immer vierspännig gefahren, wie er versicherte, und trug noch einen Rest von noblen Manieren und gravitätischem Benehmen zur Schau. Er kannte alle Hehler der großen Städte, verachtete die Juden und liebte den Kaviar. Er hatte dem Herzog von Nassau eine Mätresse abspenstig gemacht und einen Reichshofrat um zehntausend Taler betrogen. Er verstand sich auf Edelsteine und beklagte es, daß er einmal, um nicht erwischt zu werden, einen kostbaren Sternsaphir verschluckt habe, der nie mehr zum Vorschein gekommen sei.

Ihn überschrie mit Kastratenstimme einer, der seiner Geliebten Gift in den Salat gemengt hatte. Er behauptete, nicht er habe das Weibsbild geschwängert, sondern der Ortsschulze; auch sei kein Gift im Salat gewesen, sondern Glasscherben, und gestorben sei sie, weil sie dreißig Jahre lang an Kolik gelitten. Ein anderer, der Sohn eines Schäfers, hatte ein ganzes Dorf betrogen durch die Vorspiegelung eines unter Ruinen vergrabenen Schatzes; den Ärmsten hatte er ihre Ersparnisse mit der geheimnisvollen Phrase entlockt, er müsse die bösen Geister des Schatzes besänftigen, und durch nächtliche Beschwörungen und feierlichen Hokuspokus hatte er die einfältigen Leute in eine wahre Hysterie der Habsucht versetzt. Und da war Hennecke, der einer umgehauenen Buche wegen gemordet, im Jähzorn den Nachbar erschlagen hatte; seine Gedanken hafteten noch immer an dem Baum, dessen Wipfel das Gemüsebeet hinter seinem Haus zerstört hatte. Wie ein aus Eisen gegossener Riese stand er, kalt und wild. Da war ein Müller, der den Knecht erstochen hatte, weil er die Frau verführt und der nicht müde wurde, zu schildern, wie er vom Wirtshaus zu früherer Stunde als sonst heimgekehrt und die Treppe hinaufgeschlichen und wie das ehebrecherische Weib ihm entgegengestürzt und wie das Kind geweint und wie der Schuft entfliehen gewollt und wie er den Leichnam in den Bach geworfen und wie er in den Wäldern herumgeirrt, sein winselndes Knäblein an der Hand. »Da griffen sie mich,« sagte er, »da griffen sie mich, und der Bub hatte solchen Hunger, daß er den Mehlstaub von meinen Ärmeln leckte.« Der gelbe Hahn erzählte von einer Erbschaft, die ihm hätte zukommen sollen und die sein Schwager an sich gerissen. Da hatte er Briefe gefälscht und Zeugen der Sterbestunde zum Meineid beredet. Wehmütig klang seine Trauer um das verlorene Erbe, Gold und Scheine zählte er auf und schwärmte, wie er damit hätte genießen können, wie er ein schuldenfreier Mann geworden wäre, den Sohn hätte er Theologie studieren lassen. Die zwei Bauern, die für ihn den falschen Eid geschworen, waren auch zugegen, frömmelnde und scheinheilige Gestalten; sie leierten Gesangbuchverse und tranken Schnaps. Peckatel, ein Totengräber aus dem Spessart, hatte einem durchreisenden Fremden den Hals abgeschnitten, und das war so zugegangen: er hatte zugleich den Beruf eines Barbiers versehen; da er aber meist Leichname rasierte, so konnte er dies Geschäft an den Lebendigen nur verrichten, wenn sie auf dem Rücken lagen wie Tote; als er nun den Fremden vor sich liegen sah, dachte er: was für einen schönen, glatten Hals der Mann hat, und so schnitt er den verführerischen Hals durch und bemächtigte sich der gefüllten Geldkatze seines Opfers, nur um des schönen, glatten Halses willen.

Betrüger, Diebe, Straßenräuber, Erbschwindler, Kuppler, Meineidige, Bankrottierer und Fälscher, sie alle redeten vom Geld, priesen oder verfluchten das Geld, das sie bezaubert, berauscht und verraten hatte.

Fern vom Feuerkreis, einsam auf einem Holzblock gekauert, saß Christian Eßwein, ein Mann von fünfzig Jahren, mit langem grauem Bart, durch Blick und Geberde eine stille Gewalt ausübend. Welch ein Dasein! Im Strom der bürgerlichen Existenz tauchen manchmal Figuren von heroischer Prägung auf, deren Weg nur darum zum Abgrund führt, weil ihnen die tragische Lebenshöhe fehlt; Gemeinsamkeit bindet ans Gemeine.

Er hatte alles probiert, was ein Mann probieren kann, um sich und den Seinen Brot zu verschaffen. Er war Schmelzer, Seifensieder, Oblatenbäcker, Handschuhmacher, Wirt, Gärtner, Knecht, Kleinkrämer und Händler gewesen, aber was er auch beginnen mochte, das Unglück war stets hinterher. War die Wirtschaft gerade im Aufblühen, so brach die Cholera in der Stadt aus; hatte er zweitausend Oblaten gebacken, so kamen die neuen Blättchen mit der Namenschiffre in Mode, und sein Vorrat wurde wertlos; kaufte er Schweine für den Winter ein, weil sie billig waren, da der Bauer kein Futter hatte und verkaufen mußte, so hatten die Händler ebenfalls viele Schweine erworben und verdarben ihm die Preise; bewahrte er Schinken und Würste für den Sommer, so trat eine entsetzliche Hitze ein und verdarb alles; waren einmal Ersparnisse im Haus, so erkrankte die Frau und Arzt und Apotheker verschlangen das bißchen Geld. Er arbeitete Tag und Nacht, aber die

Arbeit trug keinen Segen; es war als ob er von schattenhaften Feinden umstellt sei, und endlich lähmte ihn die Furcht vor dem Verhängnis dermaßen, daß er bei jedem Beginnen schon des üblen Ausgangs gewärtig war. Er war nicht beliebt; er verscherzte es mit der Kundschaft durch ein kurzes und allzu sachliches Wesen. Sein stolz verschlossener Sinn konnte von den Mitbürgern nicht gewürdigt werden. In seiner Familie war niemals Zwist. Am Abend saß er entweder beim Schachbrett, in die Lösung von Problemen vertieft, oder er las schöne Bücher vor, am liebsten die Lebensbeschreibungen seiner Helden Abd el Kader, Ibrahim Pascha und Napoleon. Eines Tages kaufte er ein Klassenlos, und in einer Anwandlung froher Laune versprach er seiner Schwägerin, die dabei war, die Hälfte des Gewinns, wenn das Los gezogen würde. Das Los kam mit zweihundert Talern heraus. Er schickte die jüngere Tochter, um das Geld abzuholen; sie verlor es unterwegs; es waren Staatsscheine, das Geld war hin. Kein Wort des Vorwurfs kam aus seinem Mund; nicht nur, daß er das Mädchen tröstete, sondern er bezahlte auch unter den schwersten Opfern, weil das Gewinnerglück bekannt geworden war und man den Verlust als schnöde Ausrede betrachtet hätte, seinem Versprechen gemäß hundert Taler an die Schwägerin.

Seine beiden Töchter liebte er über alle Maßen. Er hatte sie nie zur Schule geschickt, sondern beide selbst unterrichtet. In ihnen verkörperte sich seine Lebens- und Schicksalsangst, für sie zitterte er vor der Zukunft. Es war Weihnachten vorüber, und nur noch ein einziger preußischer Taler war im Haus. Die Uhr der Jahre schien abgelaufen, die Zeit selber still zu stehn, Hoffnungslosigkeit verrammelte alle Wege. Eßwein war müd und mürb; der ewige nutzlose Kampf hatte ihn verworren und verzweifelt gemacht, seine Gedanken gehorchten ihm nicht mehr, böse Ahnungen verfinsterten seinen Geist. Am ersten Januar mußte die Miete für das Häuschen bezahlt werden, am ersten Januar war ein Wechsel fällig, der Viehhändler verlangte sein Geld für gelieferte Schweine. Frau und Töchter wollten leben; wovon? Das Geschäft war so gut wie vernichtet, alle Vorräte weg, und Eßweins Erwägungen kreisten bang um den einzigen Taler, den letzten Schutz vor dem Bettlertum. Er zergrübelte sich das Hirn nach einem Aushilfsmittel; umsonst. Eine schlaflose Nacht folgte der andern, und nun lagen noch drei Tage da, der Sonntag, der Montag und der Dienstag. Allein aus der Welt gehen durfte er nicht. Die Frauen preisgegeben! der Armut, der Schande, der Bosheit, dem Laster verfallen, hingestreckt vor dem ungerührten Schicksal, beleidigt, besudelt, zertreten! Vielleicht, daß die Mutter ehrenhaft ihr Brot finden konnte, aber die Töchter nicht; Jungfrauen, unschuldige, vertrauende Geschöpfe. Die eine, schön und stolz, schwermütig und weich, mit ihren zwanzig Jahren noch des Lebens Fülle erwartend; die fünfzehnjährige, vor der Zeit erblüht, heiter und anmutig, ohne Falsch, ohne Wissen von der Welt, was sollte aus ihnen werden? Sie werden ihre Käufer finden, sagte sich Eßwein, sie werden sich der Reinheit entwöhnen, sie werden die Hand beschmutzen, niedergeschleudert von der Gewalt des Elends. Wenn es Knaben gewesen wären; aber Töchter! Töchter! Es gibt einen Punkt, wo das Gefühl eines Vaters tyrannischer wird als das eines Verliebten, noch angstvoller erregt von den Drohungen des Geschicks. Ein Kind ist Eigentum, trotzte Eßwein, eigen Fleisch, eigen Blut; seine Ehre ist meine Ehre, seine Schmach die meine. So gab ihm die Liebe Kraft zu der furchtbaren Tat. Er schickte sein Weib mit einem Auftrag in das nächste Dorf, wo sie auch übernachten sollte. In wunderlichen Gesprächen verbrachte er mit den Töchtern den Abend; er war eine Art Philosoph und hatte sich vieles von den Lehren der alten Mystiker zu eigen gemacht. Die beiden Mädchen gingen zur Ruhe, für die Ewigkeit zur

Ruhe. Kein lüsterner Geck soll euch nahen, rief ihnen
Eßwein im Geiste zu, kein Unwürdiger eure keusche Brust
öffnen; der Verrat nicht zu euch dringen, Notdurft euch
nicht peinigen, die Kälte der Herzen euch nicht frieren
machen. Wenn auch nur der entfernteste Hoffnungsstrahl
geleuchtet hätte, und wenn es nicht ein Werk der Liebe
gewesen wäre, so hätte ihm sicherlich der Mut gefehlt, als er
mit der Schußwaffe an das Lager der Jüngsten trat, um sie
noch einmal zu küssen, bevor er sie der Menschheit
entwand. Und nun hinüber, schmerzlos hinüber, auch die
andere, nicht minder geliebte hinüber, dann zum Ende mit
dem eigenen Dasein. Aber die Kugel traf das Herz nicht. Er
sank nieder, er atmete noch, er lebte weiter; du stirbst nicht,
du kannst nicht sterben, das Schicksal läßt dich nicht aus
seiner Faust, schrie es in ihm. Das Auftauchen von
Menschen, die Wochen der Heilung; Haft, Gericht, Verhör,
das alles war ein einziger schwarzer Traum, bis endlich das
ersehnte Todesurteil verkündet wurde. Schuldig konnte er
sich nicht finden, aber den Tod wünschte er mit allen
Kräften seiner Seele herbei. Und »das Schicksal läßt mich
nicht!« schluchzte er erschüttert, als ihm der Richter die
Begnadigung des Königs vorlas. »Am Leben bleiben!« rief
er; »gezüchtigt durch Zuchthaus für eine solche Tat, die dem
Himmel selber abgerungen war! Eingekerkert mit dem
Abschaum der Kreaturen!« Er wollte sich durch Verhungern
töten, aber die körperlichen Erniedrigungen, denen er sich
dadurch aussetzte, zwangen ihn, dieser Absicht zu
entsagen.

Jetzt, hervorgezerrt aus dem Frieden seiner Zelle, trug er die
ganze Beschwer und Finsternis der Vergangenheit um sich,
und während die andern gegeneinander sprachen, redete es
in ihm. Es war etwas Aufgerissenes in seinem Gesicht; es
wehte Todesluft um ihn. Vielleicht fühlte er in dieser Stunde,
daß er ein Verbrechen begangen, erkannte das Einzige,

Einmalige, Unwiederbringliche und Heilige des Lebens und daß er kein Recht besessen, den Fügungen Gottes vorzugreifen. Die Sträflinge beachteten ihn kaum; sie wichen ihm in Wort und Blick aus. In Alexanders Nähe erzählte Wengiersky einem gewissen Deininger, der wegen Kurpfuscherei verurteilt war, Eßweins Geschichte so verzerrt und böse, wie eben der seelenlose Klatsch berichtet, denn er war aus derselben Stadt wie Eßwein und hatte alles sozusagen miterlebt.

Alexander bedurfte der Auslegung nicht und spürte die Wahrheit hinter dem Gehechel. Schicksale haben ihren Geruch wie Leiber. War er denn nicht dazu da, sie zu empfinden? Nannte sich Dichter als einer, der schaut, mit tiefen Augen? Die Elenden schauen, ihren Krampf, ihre Not, ihre zum Häßlichen entstellte Sehnsucht, ihre Schreie von unten auf hören, ihr unterirdisches Dasein wissen? Und was sie scheidet von den Oberen, nennt es Verbrechen, diesen Zufall einer Stunde, diese unlösbare Verworrenheit eines dunklen Geistes und armen Herzens, nennt so den Trotz der Verfolgten, den Zwang der Besessenen, den Irrtum der Gewaltsamen; was sie niedergeworfen hat, ist auch in mir, wächst, will und seufzt in mir, umflutet mir den Traum, lemurisch groß. O, wie sie leben, dachte Alexander versunken; und wie ich sie alle gewahre, diese und hinter ihnen andre, ihre Brüder und Schwestern, ihre Ahnen und ihre Kinder, diese und die draußen, den Landmann am Pflug, den Drechsler an seiner Bank, den Schuster vor der Wasserkugel, den Schmied am Windbalg, den Maurer an der Mörtelgrube, den Bergknappen im Schacht, den Uhrmacher, die Lupe am Aug' und auf die Rädchen lugend, den Schlächter und sein Beil, den Holzfäller im Wald, den Boten, der Briefe bringt, den Drucker am Setzkasten, den Fischer auf dem Meer, den Hirten bei der Herde; die vielen Schweigsamen, die keine Worte haben, alle die unten sind, weil sie keine Worte haben, und die nach den Oberen verlangen, nach den Mächtigen, die mächtig sind, weil sie Worte haben, ihnen deswegen dienen, weil sie Worte haben, sie deshalb zu vernichten trachten, weil sie Worte haben. Denn Worte haben bedeutet: Wissen, Schätze, Ehre, Kraft und Sieg haben. Worte bedeuten Leben. Und diese haben keine Worte, fuhr der junge Dichter zu grübeln fort, ich aber besitze die Worte und bin ihnen das Begehrte und die Gefahr zugleich. Doch nur fern von ihnen besitze ich die Worte, mitten unter ihnen bin ich stumm; was sie reden, ist Stummheit für mich, was ich rede, Stummheit für sie. Verstünden wir einander, es wäre der Schrecken aller Schrecken; sie würden mir aus der Brust zu reißen suchen, was Gott ihnen versagt hat, sie würden mich zermalmen in ihrer Wut. Ich muß fern von ihnen bleiben, um nicht zermalmt zu werden. Wirklich leben, heißt zermalmt werden von denen, die stumm sind.

Indessen war die Aufregung der Meuterer beständig gewachsen. Der Lärm war ohrenzerreißend. Offenbar ahnten sie, daß die Herrlichkeit nicht lange dauern könne, und wiewohl ihnen Wengiersky immer von neuem versichert hatte, im deutschen Reich gehe jetzt alles drunter und drüber, auch das Militär sei rebellisch, war ihnen keineswegs geheuer zumut, und sie entfesselten sich mit doppelter Gier. In einen Ruf war ein Erlebnis gepreßt; einer berauschte sich am Außersichsein des Andern; Prahlerei klang wie Beichte, Hohn wie Reue; sie brüsteten sich mit Roheiten und schlechtes Gewissen schimmerte wie fahle Haut durch einen zerfetzten Rock. Daß sie gehungert, damit schmückten sie sich; daß sie hinterm Busch gelegen mit einem Mädchen, war heldenhaft; daß sie den Richter belogen, gezahlte Arbeit nicht vollendet, daß ein niedriger Schurkenstreich nie ans Licht gekommen, darüber lachten sie sich toll. Der eine schwärmte von einem Kalbsbraten, den er auf der Kirmes verzehrt, der andre von Wohlleben und Jungferieren, der dritte plätscherte förmlich in Unflätigkeiten; einer hüpfte mit beiden Füßen und gluckste nach Hennenart; zwei, die schon betrunken waren, hatten einander umhalst und wimmerten dabei; ein krüppelhafter Bursche stieß Gotteslästerungen aus; Hennecke erzählte, daß er einst einen Bocksbart, in die Haut eines schwarzen Katers gewickelt, am Hals getragen, um sich stich- und schußfest zu machen; der Schatzgräber sprach von der Zauberblume Efdamanila, mit der man alles Gold in der Erde finden könne; der Hochstapler, dessen Hirn ein Sammelsurium geschwollener Romanfloskeln war, schilderte ein Liebesabenteuer mit einer Fürstin, der er dann die Diamanten gestohlen hatte. Der heitere Konrad fragte vielleicht zwanzigmal, ob jemand die Geschichte des Majors Knatterich kenne, der sich in Sachsen für den russischen Kaiser ausgegeben. Dazwischen hörte man Worte, wie: »ich wills ihm schon geben, wie Johannes dem Herodes will ichs ihm eintränken«; oder: »dem Amtmann hab ich einen glupischen Streich angetan, der dreht sich im Sarg noch 'rum, wenn er meinen Namen hört.« Unmöglich, dies Höllenwesen zu beschreiben; Alexander Lobsien gefror das Mark in den Knochen, und schaudernd dachte er: das alles enthältst du, Leben, du Nußschale, du ungeheures Meer! Peter Maritz zitterte wie Espenlaub; mit leiser Stimme sprach ihm Alexander Mut zu. Er erwiderte: »Ein Hundsfott hat Mut. Ein Kerl, der auf sich hält, kann hier keinen Mut haben. Es ist des Teufels mit der bürgerlichen Gesellschaft, daß ihr solche Geschwüre am Körper wachsen. Mut, wo mirs an die Nieren geht? Ein Hundsfott hat Mut.«

Auf einmal stürzte ein gewisser Jamnitzer, seines Zeichens Friseur wie Wengiersky, ein schwerer Verbrecher, ein Mörder, der die Manie gehabt, seine Opfer zu frisieren, wenn sie tot vor ihm lagen, und der nur deshalb, als kranker

155

Geist, dem Strick entgangen war, dieser Jamnitzer also stürzte aus dem Tor des Gefängnishauses und wies mit Geberden voll Entsetzen zurück ins Finstere. »Der Eßwein,« keuchte er, »der Eßwein.«

Urplötzlich ward es stille. Nur der Alte auf der Mauerbrüstung leierte seinen blöden Gesang weiter. Dann schwieg auch der. Die Sträflinge erhoben sich und drängten sich zusammen. Haupt um Haupt stieg aus dem Feuerkreis, und die vielen feuchtglitzernden Augen fragten angstvoll, was geschehen sei. Jamnitzer deutete mit beiden Armen in die Halle; der Adamsapfel an seinem hohlen Hals bebte schluckend auf und ab.

Sie ahnten; der Unheimliche, war er nun endlich zu seinen Töchtern entronnen? Er, dem auch die Freiheit Gefangenschaft war, der die Worte verschmähte, dem keine Mitteilung mehr hatte dienen können? Alexander, als er die wilden, tiergleichen Menschengesichter lauschend und feuerglühend dicht nebeneinander sah, verlor allen inneren Halt, er taumelte gegen das offene Tor, und ein Schrei entrang sich seiner Kehle. Peter Maritz packte ihn und preßte die Hand um seinen Arm, aber es war schon zu spät; sechzig Augenpaare veränderten die Richtung ihres Blicks und hefteten die Aufmerksamkeit gegen die beiden, die sie auf einmal als Fremde erkannten; Furcht, Mißtrauen und Haß sprühten aus ihren Mienen. »Es sind Spitzel;« »es sind Spione;« »wer sind sie?« »wo kommen sie her?« So wurde gekündet und gefragt. Die Vordersten schoben sich gegen sie hin. »Wer seid ihr?« gellte eine drohende Stimme aus dem Haufen. – »Ja, wer seid ihr?« wiederholte der Riese Hennecke; »Eier- und Käsebettler vielleicht? Muttersöhne und Milchmäuler?« – »Die wollen Hasauf spielen,« schrie Gutschmied. – »Die kommen aus einer guten Küche,« ein dritter. – »Die sind weich wie Papier, wenns im Wasser liegt,« ein vierter. »Heraus mit der Sprache, ihr Schweiger!«

rief Hennecke und ballte die Faust.

Alexander stotterte eine Erklärung, doch sie verstanden ihn nicht. Ein abscheuliches Durcheinanderschreien begann, voller Wut drängten alle näher, da trat ihnen Peter Maritz in seiner Herzensangst entgegen und brüllte mit Donnerstimme: »Ruhig, Brüder! Wir gehören zu euch! Wir sind Revolutionsleute! Wir sinds, die euch frei gemacht haben! Wir haben Lieder gedichtet, die den Tyrannen in die Fenster geflogen sind, verderblicher als Kanonenkugeln.« – »Hurrah!« heulten die Meuterer. »Her mit den Liedern! Zeigt uns die Lieder! Singt uns eure Lieder! Heraus damit!«

Peter Maritz blickte seinen Gefährten flehend an. Alexanders Miene war verstört. Der Atem der auf ihn Eindringenden verursachte ihm Übelkeit. Sie forderten stürmischer, ihr argwöhnischer Haß war nicht vermindert, Alexander schämte sich für den Freund und fürchtete doch auch für sich, mechanisch zog er sein Gedichtheft aus der Tasche, schlug das erste Blatt um und fing an zu lesen. Die Worte widerten ihn an. Trotz jäh eingetretener Stille vermochte ihn keiner zu hören; die hintersten drängten sich wütend vor, noch war der allgemeine Grimm im Wachsen, da entriß Peter Maritz das Manuskript aus Alexanders Hand, stellte sich in große Positur und las mit schmetternder Stimme:

Ich richt euch einen Scheiterhaufen,
auf dem das Herz der Zeit erglüht,
mein Volk will ich im Blute taufen,
das sich umsonst im Staube müht.
Ich will euch Freiheitsbrücken zeigen
und Kronen, die der Rost zerfraß,
euch müssen sich die Fürsten neigen
und wer im Gold sich frech vermaß.

So öffnet denn die dunklen Kammern
und strömt hervor wie Gottes Schar,
es soll mich heute nicht mehr jammern,
daß gestern Nacht und Grausen war.
Auf denn, ihr Armen und Geschmähten,
du seufzend hingestrecktes Land,
genug der ungehörten Reden,
setzt nur das alte Haus in Brand.

Zerschlagt, was mürb und morsch im Staate,
von eurer Not klagt Dorf und Flur,
den stolzen Henkern keine Gnade,
zerschmettert Höfling und Pandur.
Der Feige mag vergebens zittern,
der Held macht seine Brüder kühn,
und aus zerbrochnen Kerkergittern
wird neue Welt und Zeit erblühn.

Eine andächtige Stille folgte. Wie Schulkinder am Lehrer, der
zum erstenmal vom Evangelium spricht, sahen sie empor,
die Zuchtlosen, die Gemeinen, die Verräter am Eigentum, am
Leben, an sich selbst und an der Menschheit. Nachdem sie
eine Weile wie atemlos geblieben, brach jählings ein
Begeisterungsjubel von einer Vehemenz los, daß die Mauern
der Burg davon erschüttert schienen. »Wer hat das
gemacht?« »Eine tüchtige Chose.« »Ein wackeres Stück.«

»Das geht wie Trompetenschmalz.« »Geschrieben hat er's?«
»Auf Papier steht's geschrieben?« »Der Dicke hat's gemacht?«
»Nein, der Kleine.« »Wer? der Kleene?« »Der Kloane?« »Der
Schmächtige?« »Tausendsassah.« So johlte, schrie, gellte,
fragte, antwortete es in allen Dialekten durcheinander.

Peter Maritz, auf einem leeren Faß stehend, schaute mit
triumphierender Miene herab, denn schon hatte er sich mit
Würde in seine Tyrtäos-Rolle gefunden, und es war ihm
etwas unbequem, daß sich der Beifall des entflammten
Publikums an Alexander richtete. Doch erschrak er, als zwei
der aufgeregt tobenden Sträflinge den Freund emporhoben,
und ihn über den vom Feuer lohenden Platz gegen das
geschlossene Burgtor trugen. Die übrigen begriffen, was im
Werke war;

> »Zerschlagt, was mürb und morsch im Staate,
> von eurer Not klagt Dorf und Flur;
> den stolzen Henkern keine Gnade,
> zerschmettert Höfling und Pandur!«

sangen sie in einer Melodie, die sie irgend einem Vaganten-
oder Soldatenlied entnommen hatten. Fünf oder sechs Kerle
rissen den hölzernen Querriegel vom Tor, die Flügel taten
sich weit auseinander, und der berauschte, gefährliche
Haufe wälzte sich ins Freie.

Mit totenbleichem Gesicht hockte Alexander auf den
Schultern seiner Träger. Gedanken von einer absurden
Zerstücktheit schwirrten ihm durch das Hirn. Schon beim
Anhören seiner Verse war es ihm zumut gewesen als hätte
ihn Gott auf einer Lüge ertappt. Es ist alles nicht wahr,
schrie es in ihm, ich habe euch und mich selbst betrogen.
Jetzt weiß ich erst was ihr seid, und weiß was ich bin, aber
die falschen Worte werden mich und euch verderben. Trug
und Mißverständnis schienen ihm so ungeheuerlich, daß

ihm die Erde wie verkehrt war, wie wenn man Häuser auf die Dächer baut und Kirchen über ihre Türme stülpt. Zwischen Furcht und Begreifen, zwischen Menschenliebe und Menschenhaß, Dichtertraum und Erlebnisqual schwankte sein zerrissenes und nach Wahrheit schmachtendes Herz, und ihm wurde kalt wie im Fieber. Lüge, Lüge, Lüge, knirschte er, doch in einer letzten, herrlichen Vision erblickte er ein Bild des Lebens, das ihn in eine Wolke geisterhaften Schweigens hüllte und ihn vom Schmerz der Schuld und des Irrtums befreite.

Es war gelindes Wetter und Mondschein. Durch die Allee der blätterlosen Bäume funkelten die Lichter der Stadt herauf. Vom Hof der Plassenburg lohte das halbverbrannte Feuer den Davonziehenden nach, die plötzlich mitten in ihre aufrührerischen Gesänge hinein den Schall von Trommelwirbeln vernahmen. In der Raserei des Trotzes setzten sie ihren Weg fort. Peter Maritz, durch die Dunkelheit geschützt, war dem Sträflingshaufen vorausgeeilt, als er das militärische Signal gehört hatte. Ihm bangte um das Schicksal des Kameraden, und erleichtert seufzte er auf, als von fern die Helme und Bajonette aus der Nacht blitzten. Der Zusammenstoß erfolgte rascher als die Meuterer gedacht. Eine Kommandostimme befahl ihnen über einen Zwischenraum von zweihundert Schritten, sich zu ergeben. Sie antworteten mit einem Wolfsgeheul. Da prasselte die erste Gewehrsalve. Von einer Kugel durchbohrt, stürzte Alexander Lobsien lautlos von den Achseln seiner Träger auf das Schottergestein der Straße herab. Die Sträflinge wandten sich zur Flucht.

Zwei Stunden später saß Peter Maritz unten im Leichenhaus neben dem Körper seines toten Freundes. Seine Betrachtungen waren sehr ernsthaft und nicht ohne Reue und Selbstvorwurf. Kann man besser als durch den Tod bezeugen, daß man gelebt? Stand hier ein Wille über dem

160

Zufall, damit das versucherische Wort vom Schicksal erfüllt würde? War dies groß oder niedrig beschlossen? häßlich oder schön geendet? Es kommt nur auf das Auge an und den Sinn, der es faßt. Über den vergehenden Menschen bleibt die unendliche, aufgeblätterte Schönheit einer stummen Welt.

Paterner

Franziska hatte sich aufgerichtet und schaute Borsati, der zuletzt sehr schnell, sehr leidenschaftlich erzählt hatte, beinahe voll Angst ins Gesicht. »Ich habe in meinem ganzen Leben etwas dergleichen nie gehört«, murmelte sie, nachdem Borsati geendet. Cajetan sprang empor und sagte mit großer Lebhaftigkeit: »Außerordentlich! Es ist außerordentlich, wie hier ein entlegener Winkel des menschlichen Daseins in den Mittelpunkt der Dinge gerückt und gleichsam kosmisch beleuchtet ist. Selten war mir so tief bewußt, daß alles, was wir tun und treiben eine weitreichende Verantwortung nach vorwärts und nach rückwärts hat.« Lamberg, der mit raschen und wuchtigen Schritten umherging, wie stets, wenn er bewegt oder erregt war, sagte: »Laßt uns jetzt nicht darüber sprechen. Laßt uns dies aufbewahren, damit wir uns von dem Eindruck Rechenschaft geben können.«

»Findet ihr nicht, daß er eigentlich den Spiegel verdient?« fragte Franziska.

»Das werden wir morgen entscheiden«, gab Cajetan zur Antwort.

»Ich glaube, was den Spiegel betrifft, können wir jedenfalls noch warten«, fügte Lamberg hinzu. »Nicht, als ob ich eifersüchtig wäre«, wandte er sich lächelnd und mit ausgestreckter Hand an Borsati, die dieser freundschaftlich ergriff und drückte, »aber ich möchte uns andern doch nicht den Weg verrammelt sehen. Wer weiß, wohin uns dies Beispiel noch treiben kann. Anfeuern ist ein schönes Wort in unserer schönen Sprache. Es bedeutet Licht und es bedeutet Kraft. Und wenn ich nun mein Gefühl überprüfe, so muß ich eines jetzt schon gestehen –«

»Aha, nun kommt der kritische Pferdefuß zum Vorschein«, neckte Borsati.

»Nicht Kritik«, fuhr Lamberg fort, dessen Züge und Geberden äußerst edel waren, wenn er in ernstem Ton redete, »beileibe nicht Kritik, das würde unsere famose Symphonie abscheulich stören, ich meine nur, so hinreißend und aufwühlend die Geschehnisse auf der Plassenburg auch sind, warm wird einem dabei nicht. Es kann einem heiß werden, aber nicht warm. Es geht mehr an die Nerven als ans Gemüt.«

»Und der Mann sagt, er übe nicht Kritik«, antwortete Borsati ironisch. »Es ist also eine lobenswerte Handlung, wenn ich jemand unter Versicherung meiner Menschenfreundlichkeit erschlage?«

»Dennoch hat Georg so unrecht nicht«, mischte sich Franziska in den Streit.

»Solche Äußerungen haben etwas Gefährliches«, entschied Cajetan; »ja, ja, – es gibt Tränen und es gibt ein Schaudern, es gibt eine geistige und eine herzliche Ergriffenheit; machen wir uns nicht zu Splitterrichtern, indem wir wägen wollen, was gewichtlos und sondern, was unteilbar ist. Nerven! Was heißt das nicht alles heutzutage. Was wird nicht damit entschuldigt und was nicht herabgezerrt? Ich habe Nerven, nun ja! Und ich klinge, wenn man auf mir zu spielen versteht. Und ich versage, wenn man mich in pöbelhafter Weise berühren und rühren will. Ich halte nichts von der Sorte Gemüt, die sich ausbietet und billige Tränen einsammelt. Eine wahrhafte Erschütterung braucht kein Taschentuch zum Trocknen der Augen, und so fass' ich es auch auf, wenn Beethoven einmal wundervoll bemerkt: »Künstler weinen nicht, Künstler sind feurig.«

»Was mich an Rudolfs Erzählung gepackt hat«, ließ sich nun auch Hadwiger hören, »und was ich nicht sobald vergessen werde, ist das eine Wort: Wirklich leben heißt zermalmt werden von denen, die stumm sind. Mensch, wie wahr ist das! wie unbeschreiblich wahr!« Alle sahen nach ihm hin. Er war merklich blaß geworden, während er dies sagte, und Franziska, auf beide Ellbogen gestützt, beugte sich weit vornüber, wie um ihn näher zu betrachten, oder wie um ihn zu suchen, und in ihren Lippen, die geschlossen blieben, war eine seltsam zärtliche Regung, in ihren Augen eine schmerzliche Trauer. Borsati, der sie am besten kannte, glaubte zu ahnen, was in ihr vorging. Sie fühlte sich hinschwinden, und ihr ermüdeter Arm verlangte nach einem Halt. Dieses Herz, das so gern und so jubelnd geliebt, konnte sich auch in der Freundschaft zu einer Glut entzünden, die in der körperlichen Ohnmacht nur umso reiner strahlte. Oder befand er sich in einem Irrtum? War dies ein letztes Werben, ein letztes Vergessenwollen, ein letztes Anschmiegen, letzter Sturm und letzte Rast, bitter gemacht durch ein drohendes Zuspät und süß durch die Illusion einer Dauer?

Das eingetretene Schweigen wurde durch Emil unterbrochen. Er war bei der Brücke gewesen und »erlaubte sich zu melden«, daß es drunten schlimm aussehe; im Markt habe der Bürgermeister telegraphisch um Entsendung eines Pionierbataillons gebeten, auch stehe die Seevilla, das kleine Hotel, in welchem die Freunde logierten, schon unter Wasser. Bei dieser Nachricht rüsteten sich Cajetan, Borsati und Hadwiger erschrocken zum Aufbruch. Lamberg schickte sich an, sie zu begleiten. »Wenn ihr die Zimmer verlassen müßt«, sagte er, »könnt ihr euer Gepäck heraufschaffen; die Nacht über bleibt ihr dann jedenfalls hier

164

im Haus und morgen werden wir sehen, was zu tun ist. Sie gehen mit, Emil«, rief er dem Diener zu. Die Laternen wurden angezündet, und alsbald marschierten sie durch den Regen hinunter zum See. Wo eine Mulde im Wege war, stand das Wasser fußtief; flachgelegene Wiesenstücke waren überschwemmt; der Traunbach, sonst nur mit schwachem Brausen vernehmbar, erfüllte mit seinem Donner die ganze Landschaft.

An der Brücke hatten sich ziemlich viele Menschen angesammelt und blickten besorgt drein. Die Finsternis lastete wie ein Klotz auf der Erde, und der Schein schwacher Lichter machte sie vollends undurchdringlich. Bauern in hohen Wasserstiefeln und mit Fackeln in den Händen liefen am Ufer des furchtbaren Stroms hin und her und zogen allerlei schwimmendes Hausgerät, das sie erfassen konnten, ans Land. Die Freunde eilten auf einem Pfad, den hundert Rinnsale fast ungangbar gemacht hatten, zur Seevilla. Der Wirt mußte bestätigen, daß Gefahr im Verzug sei, in den Kellern sei das Wasser vier Fuß hoch gestiegen, doch befürchte er nichts Schlimmeres, als daß das Haus von dem Verkehr mit der Außenwelt abgeschnitten werde; die Wirkung eines Wehrbruchs werde sich erst an den Ufern der Traun äußern und am verderblichsten im Markt, wo sich die Abflüsse dreier Seen vereinigen.

Trotzdem es Lamberg widerriet, beschlossen die Freunde, bis zum andern Tag im Hotel zu bleiben. Sie gingen ruhig zu Bett, und die Nacht verlief ohne Störung. Am Morgen teilte ihnen der Wirt mit, daß er gezwungen sei, das Haus zu schließen; er deutete in den Garten, dessen Beete schon unter Wasser standen. Cajetan sprach in der ersten Bestürzung von Abreise. Der Wirt schüttelte den Kopf und erwiderte, die Chaussee zum Markt und zur Station sei nicht mehr passierbar, außerdem hätten die Eisenbahnzüge seit gestern zu verkehren aufgehört. »Demnach sind wir also richtig eingesperrt«, rief Borsati. – »Und wie steht es weiter oben? ist man in der Villa Lamberg sicher?« fragte Cajetan unruhig. – »Droben ist man sicher, wenn es nicht solange regnet, daß der Wald entwurzelt wird«, war die Antwort.

Mit vieler Mühe wurde ein Wagen aufgetrieben; die Freunde hatten unterdeß gepackt, und eine Stunde später plätscherten die Pferde mit der kofferbeladenen Kutsche durchs Wasser bis zum Weganstieg. Cajetan und Borsati fuhren zu Lamberg, Hadwiger begab sich zur Seeklause, um bei den Arbeiten am Wehr womöglich Hilfe zu leisten. Wie er vermutet hatte, fehlte es dort an einer sachgemäßen Führung, denn der vom Bezirkskommando abgeschickte Ingenieur war noch nicht eingetroffen, und die Pioniere konnten erst am folgenden Tag zur Stelle sein. Was die Bauern unternahmen, war zweckdienlich, aber die Leitung eines Fachmannes mußte ihr Beginnen wesentlich fördern. Unter den Zuschauern befand sich auch der Fürst Armansperg; seine Würde, sein Ansehen, seine dominierende Persönlichkeit verliehen ihm das Recht der Beaufsichtigung und des tätigen Anteils. Hadwiger stellte sich ihm vor; der Fürst kannte seinen Namen und war glücklich, die Unterstützung eines Berufenen zu gewinnen. Die Leute folgten Hadwigers Befehlen willig, ja, im Bewußtsein dessen, was auf dem Spiele stand, lasen sie ihm die Worte von den Augen ab. Gegen Mittag kam endlich der Regierungs-Ingenieur, der allenthalben die größten Schwierigkeiten gefunden hatte, um durch die überschwemmten Gebiete ans Ziel zu gelangen; er war sichtlich gekränkt, als er einen Kollegen am Werke traf, dank dessen Bemühungen die größte Gefahr einstweilen abgewendet worden war. Hadwiger kannte die Sorte und ihre enge Gesinnung, er lächelte nur heimlich vor sich hin. Der Fürst hatte ihn scharf beobachtet und zuckte kaum merklich die Achseln. Als Hadwiger ging, gesellte er sich an seine Seite. »Sie haben den gleichen Weg?« fragte er. Hadwiger erwiderte, daß er zur Villa Lamberg gehe und daß er von Freunden dort erwartet werde. Ein Schatten des Nachdenkens flog über das gelbliche Gesicht des Fürsten, und seine angespannte Miene verdüsterte sich für einen Augenblick. Er sprach dann von der Ungunst des Wetters und wies auf einige Gipfel, auf denen frischgefallener Schnee eine Wendung zum Bessern verkündete. Hadwiger brachte die Rede auf den See-Abfluß, erklärte die ganze Anlage für mangelhaft und hielt eine gründliche Erneuerung für unerläßlich. Der Fürst stimmte ihm bei. Als er sich an der Pfadkreuzung verabschiedete, drückte er ihm die Hand, dankte noch einmal, und etwas in seinen stahlgrauen Augen schien fragen zu wollen, die gleichgiltigen Worte, die gewechselt waren, verleugnen zu wollen. Doch war dies nur der Eindruck einer Sekunde, und vielleicht stützte er sich auf eine empfindsame Täuschung.

Lamberg hatte die Freunde in einem von der Villa nicht weit entfernten Bauernhause untergebracht, in welchem drei winzige Stübchen mit winzigen Betten zum Schlafen Raum genug boten. Beim gemeinschaftlichen Mittagessen erstattete Hadwiger Bericht über seine Begegnung mit dem Fürsten. Lamberg winkte ihm vergebens zu, Cajetan räusperte sich vergebens; da er nur auf Franziska acht hatte, übersah er die abmahnenden Zeichen; erst als der neben ihm sitzende Borsati ihm etwas unsanft auf den Fuß trat, hielt er inne, schaute sich verwundert um und errötete. Er bemerkte auch jetzt Franziskas veränderte Miene; sie legte Messer und Gabel hin, klemmte die Unterlippe zwischen die Zähne und sank förmlich in sich zusammen. Während Lamberg eilig das Thema zu wechseln versuchte, faßte sie sich rasch, und zu Hadwiger gewandt, sagte sie mit schwacher Stimme: »Du hast dich also da unten nützlich gemacht, Heinrich? Man

167

vergißt eigentlich ganz, daß du dazu auf der Welt bist, um die Elemente zu bändigen.« Alle atmeten schon erleichtert auf; plötzlich jedoch erhob sie sich und ging aus dem Zimmer. Hadwiger wollte ihr folgen, die Freunde hielten ihn zurück. Sie hatten Mitleid mit seiner Ratlosigkeit und zwangen sich über den Zwischenfall einige Scherze ab. Hadwiger aber sagte: »So kann dies nicht weiter gehen. Was verheimlicht sie uns? Warum verheimlicht sie es uns? Warum verpflichtet sie uns zu schweigen und so zu tun als wollten wir von nichts wissen? Weshalb soll der Fürst nicht erwähnt werden, den sie doch während des letzten Jahres nicht einmal gesehen hat? Liebt sie ihn? Keineswegs! Und wenn es bloß der Name ist, den sie nicht hören will, der Name eines Menschen, der ihr nahe gestanden ist, bevor das mir unbekannte Schreckliche geschah, weshalb erträgt sie dann uns, unsere Gesichter und die Erinnerungen, die ihr unser Anblick immerfort wachrufen muß? Ich verstehe nichts von alledem.«

Die Freunde antworteten nicht. Stumm blickten sie auf ihre Teller. Nur Borsati murmelte nach einer Weile: »Zeit, Zeit, Zeit.« Doch Hadwiger fuhr fort: »Wir müssen und müssen sie zum Sprechen bringen. Ich bin sicher, sie verachtet unsere Willfährigkeit, und was wir für Takt und Diskretion halten, erscheint ihr als Feigheit trotz der Forderung, die sie gestellt hat. Es bedrückt sie, sie will den Alp von der Brust gewälzt haben, und was sie uns sagt, ist nicht das, was sie wünscht. Wozu seid ihr denn so wortgewandt? so verschlagen, so zart, erfahren und mächtig in Worten? Da ist nichts unerreichbar, und wenn ihr wollt, so unternehm ich's selber; diese Spannung, diese Vorsicht, dieses Zaudern, das ist ihrer und unserer nicht würdig.«

»Nun, Heinrich, an Beredsamkeit fehlt es Ihnen wahrhaftig nicht«, entgegnete Borsati. »Dessenungeachtet warne ich Sie vor einem übereilten Schritt. Wir müssen Franziska schonen.« Er dämpfte seine Stimme zu einem Flüstern und schloß: »Ja, wir müssen sie schonen, denn ich habe Grund zu schlimmen, zu sehr schlimmen Befürchtungen. Genug jetzt davon. Das Leben dieser Frau gleicht einem Kunstwerk; freuen wir uns seiner, solang es möglich ist, und profanieren wir es nicht durch Mißlaune und Sorge. So faßt es Franziska selbst auf, glaubt es mir, und je heiterer, je unbefangener wir sind, je glücklicher wird sie sein, je dankbarer auch. Es schmeichelt ihr, in einem höhern Sinn, in einem Sinn von Reinheit, Schönheit und Schmerzlosigkeit.«

Die Andern schauten Borsati mit Blicken voll Achtung und Zustimmung an. Was so selten ist unter Männern, unter Menschen überhaupt, sie ließen sich von der besseren Einsicht überzeugen und vermochten demgemäß zu handeln. Hadwiger war jedoch kaum fähig, seine Trauer zu verbergen. Bald nachher nahm er Mantel und Hut und wanderte in die Wälder. Erst als es dunkelte, kehrte er zurück. Inzwischen hatte es endlich auch zu regnen aufgehört. Franziska weilte noch in ihrem Zimmer, und der Schimpanse leistete ihr Gesellschaft. Einigemal klang ihr sonores Lachen durch das ganze Haus. Schon gegen sieben Uhr kam sie herunter, im weißen Kimono, und nahm ihren gewohnten Platz auf der Ottomane ein. Sie zeigte eine freundlich-neugierige Miene und ließ eine Bernsteinkette, die sie um den Hals trug, wohlig durch die Finger gleiten. Hadwiger küßte ihr vor Freude die Hand, als er sie so frisch, so gegenwärtig sah.

Cajetan sagte, er könne die Plassenburger Leute nicht los werden. »Die Geschichte hat etwas Hinterhältiges«, meinte er, »das einen wie in Schuld verstrickt. Vor Jahren hörte ich einmal von einem Mörder, in dessen Zelle eine Schwalbe geflogen war. Er schloß eilig das Fenster, um das Tierchen am Fortfliegen zu hindern, fütterte es tagelang mit

Brotkrumen und faßte eine heftige Zuneigung zu dem verirrten Geschöpf, das sich seinerseits an den Menschen still zu gewöhnen schien und kein Verlangen äußerte, dem traurigen Aufenthaltsort zu entkommen. Tagelang behütete der Sträfling seinen kleinen Freund, wußte ihn vor den Augen des Wärters zu verbergen und wenn er die Schwalbe in der Hand hielt und unter den Federn ihr klopfendes Herz spürte, hatte er eine Empfindung, die der Frömmigkeit sehr ähnlich war. Eines Tages entdeckte der Aufseher den kleinen Zellengenossen; er packte die Schwalbe und tötete sie mit einem einzigen rohen Griff. Der Häftling schrie auf wie ein Rasender, stürzte sich blitzschnell auf den Mann und erdrosselte ihn. Diese Begebenheit verfolgte mich mit denselben Gefühlen von Schuld und Verantwortung.«

»Ein Zeichen, daß der Mensch kein vereinzeltes Wesen ist, auch wenn er sich so gibt, sondern daß er seiner Zugehörigkeit zum Welt- und Menschheitsganzen tief innerlich bewußt bleibt«, antwortete Borsati.

»Der lustige Irrtum, der für die zwei Literaten so übel ausfiel, erinnert mich an ein Abenteuer, das ein Vetter von mir in Brüssel hatte, eine Art Philosoph, ein ziemlich verträumter und weltfremder Mensch«, erzählte Lamberg. »Er hatte eine kleine Seereise vor und kaufte bei einem Hutmacher eine Sportmütze. Danach ging er in den Straßen spazieren, und es ist nicht nebensächlich zu erwähnen, daß er beim Gehen stets die Hände auf dem Rücken zu halten pflegte. Ins Hotel zurückgekehrt, legte er den Mantel ab und langte zuvor in die Tasche, um ein Schnupftuch herauszunehmen. Er riß Mund und Augen vor Erstaunen auf, als er erst die eine, dann die andre Manteltasche vollgepfropft fand mit Schmuck und Geldbörsen, mit Armbändern, goldnen Uhren, Broschen, Brillantnadeln, Halsketten, kurz, mit einer Reihe von Gegenständen, deren Wert er trotz seiner verwirrten Sinne auf fünfzig- bis sechzigtausend Franken anschlug. Er war nicht weit davon entfernt, an Zauberei zu glauben, und nachdem er sich der Sachen entledigt hatte, zog er den Mantel wieder an und eilte neuerdings auf die Straße, um dem Geheimnis auf die Spur zu kommen. Es war Abend, er mußte sich durch ein dichtes Menschengewühl drängen und gab dabei, so gut es seine Erregung zuließ, auf seine Taschen acht. Und siehe da, nach wenigen Minuten spürte er abermals Kleinodien, Portefeuilles und Spitzentücher drinnen. Ihm graute vor der Unheimlichkeit des Vorgangs, er rannte in sein Quartier, bemerkte aber nicht, daß ihm ein Detektiv folgte, dessen Aufmerksamkeit er durch sein Benehmen erweckt hatte, ihn vor der Türe seines Zimmers anrief, sich legitimierte und sogleich ein Verhör begann. Die Ratlosigkeit meines Vetters war jedoch so groß, daß an seiner Unschuld von vornherein nicht zu zweifeln war, und der kluge Polizist fand auch bald die Lösung des Rätsels. Jenem Hutmacher hatte ein unbekannter Besteller einen auffallend gemusterten Stoff gebracht, aus dem er ein Dutzend Mützen anfertigen sollte. Der Stoff hatte für dreizehn Mützen gereicht, zwölf waren abgeliefert worden und die dreizehnte wurde als Extraprofit dem ersten Besten verkauft, der eine Reisekappe zu erstehen wünschte. Der promenierte dann als Signalmann und unfreiwilliger Hehler einer Bande von Taschendieben auf den Boulevards. Hätte er sich weniger exaltiert benommen, so hätte er durch bloßes Spazierengehen in einer Woche Besitzer von unermeßlichen Schätzen werden können.«

»So macht Gewissen Memmen aus uns allen«, zitierte Borsati lachend. »Eine lehrreiche Anekdote, worin schlagend bewiesen wird, daß Kleider Leute machen.«

»Ich muß wieder von den beiden Plassenburger Dichtern reden«, sagte Cajetan; »sie beschäftigen mich. Es ist etwas sehr Bedeutsames in der Rivalität zwischen Alexander und dem Bramarbas Peter Maritz, wennschon die Farben ein

171

wenig gar zu dick aufgetragen sind. Die Szene, wie dieser Unfähige und wahrscheinlich auch Unfruchtbare die Verse deklamiert, die er vorher verworfen hat, und wie er, durch den Beifall berauscht, plötzlich sich selbst als den Schöpfer fühlt, enthält eine Wahrheit, die zugleich rührend und grausam ist. Wie wenig muß ein solcher Mensch der eigenen Kraft gewiß sein.«

»Die Macht der Selbsttäuschung ist eben unendlich«, entgegnete Lamberg. »Ich weiß nicht, ob ihr euch an den Fall jenes berühmten Schriftstellers erinnert, der das Buch eines Unbekannten und Namenlosen, welches ihm unter vielen Manuskripten zugesandt worden war, veröffentlichte und nicht nur die Welt betrog, sondern auch sich selbst, denn es war ihm zumute, als ob er das Werk geschaffen hätte, da es ganz aus der Stimmung seines Geistes war und auch unter seinen Freunden und Anhängern niemand eine Fremdartigkeit oder Verschiedenheit bemerkte. Jahre waren vergangen, da trat ihm der Verfasser des Buches gegenüber und forderte Rechenschaft. Dieser Mann war eine Hyäne und sein Talent eine der teuflischen Erfindungen der Natur, die unsern Glauben an die Zweckmäßigkeit des irdischen Getriebes erschüttern können. Der alternde Schriftsteller wurde sein Opfer. Er brandschatzte sein Vermögen, untergrub seine Arbeitsfreude, warf sich zum tyrannischen Kritiker und Bearbeiter seiner Bücher auf und trieb ihn schließlich zum Selbstmord. Über dem Grab des Unglücklichen brach das niedrigste Gezänk aus, bei welchem die Ehre und der Ruf des Toten für immer vernichtet wurden und die Früchte eines inhaltvollen Lebens gleichsam verfaulten.«

»Wie ihr wißt,« sagte Cajetan, »hat sich der unglückliche Chatterton das Leben genommen, weil er beschuldigt worden war, die von ihm veröffentlichten Balladen seien fremde Erzeugnisse, er habe die Handschriften in einem

Kloster gefunden und die Originale vernichtet. Später hat sich freilich herausgestellt, daß diese von Feinden und Neidern verbreitete Anklage unbegründet war und daß der junge, erst neunzehnjährige Poet mit erstaunlicher und genialer Sicherheit den Ton und Rhythmus der vergangenen Zeiten getroffen hatte. Aber er hatte keine Waffe gegen die falsche Beschuldigung. Er hatte keinen Beweis gegen sie. Denkt euch, eine schöne Frau reist allein in einem fremden fernen Land, und sie tritt mit einer Diamantkette um den Hals in eine Gesellschaft und man bezichtigt sie plötzlich, daß sie die Juwelen gestohlen hätte, und sie hat kein Mittel, sich dagegen zu wehren als ihr Wort, ihre Beteuerung, – so werdet ihr noch lange nicht in die Qual von Chattertons Lage versetzt sein, denn im Lauf der Zeit wird die Frau ja doch nachweisen können, daß der Schmuck ihr Eigentum ist. Chatterton konnte dieses nicht; seine Wahrheit galt für Lüge; wie hätte er die Welt überzeugen können? Der Jüngling brach zusammen unter den schmutzigen Wogen der Verleumdung. Sein inneres Feuer verlosch. Er war an der Menschheit und an sich selbst irre geworden. Vielleicht gab es eine Stunde vor seinem Tode, wo er so tief an sich zweifelte, daß ihm die eigene Schöpfung wirklich wie ein Trugbild vorkam und er sich genarrt dünkte wie einer, der nicht weiß, was er getan hat und was mit ihm geschehen ist. Vielleicht war ihm wie einem zu spät Geborenen oder wie einem jener sagenhaften Schläfer, die erst nach Jahrhunderten erwachen und keine Heimat mehr haben, nichts was sie an die Nation und an die Zeit kettet und die ihre Seele verlieren müssen, weil kein Bruderauge sie erkennt.«

»Es schadet nicht, wenn die Menschen hie und da Einblick in das Dämonische dieses Berufs gewinnen«, meinte Borsati. »Die großen Werke werden hingenommen, als ob der Himmel sie in einer freigebigen Laune gespendet hätte, und was an Schöpferschmerz dahinter steckt, ahnen nur wenige. Vielleicht soll es so sein, vielleicht ist es gut so, aber im allgemeinen nimmt man es doch zu seelenruhig hin, und wo ein außerordentlicher Mann persönlich auftritt, zeigt sich sofort das Element der frechen Gemütlichkeit, selbst in der Verehrung, die man ihm zollt. Bei Balzac heißt es einmal köstlich: der Kaufmann steht einem Schriftsteller immer mit gemischten Gefühlen gegenüber. Dieses instinktive Mißtrauen ist besonders dem Deutschen eigen.«

»Daran sind aber auch die Schriftsteller schuld«, antwortete Lamberg, »und nicht bloß die mittelmäßigen, deren Unzahl das Land allmählig in eine Ablagerungsstätte von Makulatur verwandelt, sondern auch die besseren Köpfe. Viele von ihnen, sobald sie ihren privaten Kreis verlassen, bieten dem Bürger das unerfreuliche Schauspiel einer schrullenhaften Lebensführung und überflüssiger Extravaganzen. In ihrem sozialen Dasein fehlt das Bindende und Verantwortliche, und da muß eben der Mann aus dem Publikum zutraulich werden, wenn er sich nicht feindselig stimmt. Ist euch der Name Hypolit Paterner im Gedächtnis? Ein Dichter. Man sagt damit heutzutage wenig, aber er war ein Dichter. Sein Name war dem Bildungspöbel geläufig, nicht wegen seiner Leistungen, sondern weil er in einer zynischen Opposition gegen alles Herkommen lebte und seine in Weinbutiken und auf Bierbänken verbrachte Existenz eine für lustig geltende Herausforderung an den Bürger war. Der Alkohol richtete ihn zu grunde. In einem italienischen Nest starb er eines elenden Todes. In seinem Testament war die Bestimmung enthalten, daß sein Kopf abgeschnitten und in Deutschland verbrannt werden sollte; der übrige Körper wurde an Ort und Stelle begraben. Seine Geliebte, eine tüchtige und entschlossene Frauensperson, die ihn bis zur letzten Stunde gepflegt hatte, verpackte den präparierten Kopf in einer Hutschachtel und fuhr damit zur nächsten Bahnstation. Dort mußte sie mehrere Stunden auf den Zug warten, und sie begab sich in eine Kneipe, um ihr Mittagessen einzunehmen. Die Schachtel und mehreres andre Reisegepäck hatte sie neben sich auf Stühle verstaut. Plötzlich kam ein Facchino und trieb sie zur Eile. In der Hast wurde die Schachtel vergessen. Nun saßen in der elenden Osteria einige Fuhrleute und Knechte, die konnten nicht recht schlüssig werden, was mit dem zurückgelassenen Ding anzufangen sei; indes sie eifrig dem Chianti zusprachen, gingen sie endlich daran, die Schachtel zu öffnen, und da zog ein junger Mensch das Haupt des Dichters bei den Haaren in die Höhe und ließ es dann schreckerstarrt auf die Tischplatte fallen. Alle sprangen empor und flohen in abergläubischem Entsetzen. Draußen drückten sie ihre Gesichter an die Fensterscheiben, Mädchen und Frauen und viel Volk aus der Umgebung strömte herzu und sie spürten ein verlockendes Grausen bei der Betrachtung des Schädels, auf dessen wachsbleichem und melancholischem Petroniusgesicht ein kaum bemerkbares Spottlächeln zu schweben schien.«

»Nein, nein, nein,« rief Franziska, »das will ich nicht hören, und wenn es passiert ist, erspart mir, darum zu wissen. Ach, wie machst du mich schaudern, Georg! Das ist wie ein Fieberbild.«

»Ein teuflisches Epigramm auf ein ganzes Leben,« sagte Cajetan, »und wenn sich auch unsere liebenswerte Dame entrüstet, hier ergreift mich etwas gleich einem Menetekel. Wie ja oft im Hintergrund dieser anscheinend schnurrigen und barocken Schicksale die tiefste Finsternis gähnt und eine Vergeltung sich erhebt, die keine menschliche Rachsucht hätte ersinnen können.«

»Derselbe Paterner ist es auch, dem die Geschichte mit dem Kometen Styriax zugeschrieben wird«, fuhr Lamberg fort, und seine heitere Miene versprach eine gutartige Wendung.

»Paterner wohnte einmal für ein paar Monate in einer kleinen deutschen Stadt, und zwar in einem sogenannten Familienhotel, eine Bezeichnung, die schon allein seinen Ärger und seinen Hohn wachrief. Er nahm sich vor, die Leutchen ein wenig durcheinanderzuschütteln, und eines Abends, während der gemeinschaftlichen Mahlzeit, erhob er sich von seinem Sessel und hielt mit dem Gesicht eines Totengräbers folgende ernste Rede: »Meine Herrschaften, ich habe soeben ein Telegramm meines Freundes, des Lord Lotterbeck in San Franzisko bekommen. Lord Lotterbeck ist, wie Sie wissen, der bedeutendste Astronom der Gegenwart und Teleskopist an der Licksternwarte. Hören Sie den Wortlaut des Telegramms: ›Komet Styriax seit dreiundzwanzig Stunden in Sicht. Unvermeidlicher Zusammenstoß mit unserem Erdball heute Nacht zwölf Uhr, sieben Minuten. Ordne deine Angelegenheiten, bereue deine Sünden, um zwölf Uhr acht Minuten bist du nur noch ein Liter Wasserdampf. Letzten Gruß vom festen Aggregatzustand, dein Cincinatti Lotterbeck.‹ Meine Herrschaften, es ist jetzt neun Uhr. Sie haben noch drei Stunden sieben Minuten zu leben. Füllen Sie die Galgenfrist mit dem kostbarsten Inhalt, denn mit Himmel und mit Hölle ist es jetzt vorbei, es erwartet Sie das Nichts.« Zuerst glaubten die erschrockenen Zuhörer natürlich an einen üblen Spaß; als aber zwei Herren, es waren Freunde und Mitverschworene Paterners, Schmierenschauspieler aus der Nachbarschaft, ins Zimmer stürzten, und mit dem Wehgeschrei: Styriax kommt, wir sind verloren! die Fenster aufrissen, die Arme in die Luft streckten und sich so weltuntergangsmäßig verzweifelt geberdeten, daß sie dafür auf dem Theater mit Beifall überschüttet worden wären, hatte es mit der Fassung der Gesellschaft ein Ende. Die Frauen begannen zu schluchzen, die Männer liefen unruhig auf die Straße und kehrten angstschlotternd zurück; indessen hatte Paterner Punsch bereitet, zum Leichenschmaus, wie er sagte, und verteilte die Portionen aus der gefüllten Terrine. Er verkündete, zwischen hundertachtzig Minuten und hundertachtzig Monaten sei vom Standpunkt der Philosophie kein Unterschied, da doch das ganze Leben nur eine Illusion wäre, die beiden Schauspieler wußten auf eine raffinierte Weise die trockenen Gemüter in Brand zu setzen, und nach kurzer Weile ging es ähnlich zu wie unter den Losgelassenen auf der Plassenburg. Aus stillen, tugendhaften Damen brach die Lebensgier hervor, ehrsame Beamte zeigten eine Verwilderung, vor der selbst ein Paterner schamrot wurde, wenngleich er alle schlimme Meinung dadurch bestätigt fand, die sich über die Geknechteten der sozialen Mittelschicht in ihm angesammelt hatte. Über der Stadt draußen lastete ein dumpfes Schweigen; es war eine Märznacht, der Mond war von zwei violetten Höfen umgeben; die betörten Menschen zitterten vor der Drohung der Natur, haltlos schwankten sie zwischen ihrem Jammer und dem tierischen Entzücken über den Besitz einer wenn auch noch so kargen Gegenwart. Die Szene wurde gefährlich; Hysterie und Furcht führen stets zum Taumel der Sinne und steigern sich durch sich selbst. Solche Zustände kann man bei allen geistigen Epidemien beobachten, im Kleinen wie im Großen. Es ist als ob die eingesperrte Bestie im Käfig nur darauf warte, daß die Stäbe gesprengt würden, um die Ohnmacht seiner Lehrer, seiner Prediger, seiner Bändiger zu beweisen. Paterner hatte genug gesehen. Auf so reiche Belehrung innerhalb einer Komödie war er nicht gefaßt gewesen, und bis zum äußersten wollte er es nicht treiben. Er erhob sein Glas und sprach: ›teure Erdgenossen! ich erfahre soeben, daß sich mein Freund Lotterbeck um ein Jahrtausend verrechnet hat. Ich erlaube mir, Ihnen zu diesem unerwarteten Glücksfall zu gratulieren. Verwenden Sie diese tausend Jahre so, wie Sie die drei Stunden verwendet haben würden. Ich wünsche eine angenehme Bettruhe.‹ Damit verbeugte er sich und verschwand. Die Gäste des Familienhotels sollen am andern Morgen nach allen vier Himmelsgegenden auseinandergestoben sein.«

»Das Histörchen ist nicht ohne Salz,« meinte Cajetan. »Aber ich muß doch gestehen, daß mir Figuren vom Schlag dieses Paterner unbehaglich sind. Ich unterschreibe alles, was Georg vorhin über das schrullenhafte solcher Leute geäußert hat. Das wirkt im einzelnen Fall amüsant, als Merkmal eines Lebensprinzips stimmt es mich herab. Man braucht deswegen nicht für sauertöpfisch zu gelten. Ich sage mir, so lang der Deutsche in seinen Künstlern immer noch Bohemiens sieht, ist auf eine edlere Geisteskultur nicht zu zählen. Der Bohemien ist nicht Mitkämpfer, er ist ein Ungesetzlicher, ein Freibeuter, ein Zufälliger. Wehe der Nation, die ihre Künstler nur als pflichtenlose Genießer einer gutmütig zugestandenen Ungebundenheit betrachtet. Die Deutschen haben keine Ahnung, daß der echte Künstler auch ein echter Arbeiter ist. Was für eine verlogene Vorstellung des Malers hat sich zum Beispiel in den meisten Köpfen erhalten? Freilich unter Beihilfe einer gewissen blümeranten Literatur, in der noch heute jeder Maler ein Sammetröckchen, eine fliegende Krawatte und einen Schlapphut trägt und auf seiner Palette das Blut zerrissener Frauenherzen in die Farben mischt. Nein, da ist nichts zu lachen; ich kenne Männer aus der Gesellschaft, die ganz insgeheim der Ansicht sind, die Kunst sei eigentlich doch nur eine Ausrede für Müßiggang und Donjuanerie. Welch ungeheure, ja tragische Konflikte gerade bei den bildenden Künstlern das Handwerk als solches ins Leben ruft, das kann ich am Schicksal zweier Maler darlegen. Ich habe den Bericht von einem genauen Freund des einen und glaube für seine Zuverlässigkeit bürgen zu können. Übrigens sprechen die Ereignisse für sich selbst.«

Alle setzten sich erwartungsvoll zurecht, und Cajetan erzählte die Geschichte der beiden Maler.

Nimführ und Willenius

Als Willenius seine erste Ausstellung im Propyläensaal veranstaltete, war er dem engen Kreis von Fachgenossen, die in der Stille das Urteil über einen Künstler prägen, längst kein Unbekannter mehr. Das Publikum blieb der neuen Größe gegenüber frostig, aber die vom Handwerk gerieten aus dem Häuschen und in den Künstlerkneipen wurde von nichts anderem geredet. So hatte noch niemand einen Baum, eine Wiese, die Luft einer sommerlichen Mittagsstunde, den Schritt eines Säers, die Bewegung eines Holzhackers gesehen und gemalt. Man wußte nicht, was mehr zu bestaunen sei, die Leidenschaftlichkeit der Anschauung oder die asketische Strenge der Technik, die gestaltende Kraft, die alle Erscheinung auf einfachste Linien zurückführte, oder die Kühnheit, mit der ein hundertfältiges Spiel des Lichtes und der Reflexe von einem festen, ja starren Kontur bezwungen wurde.

Jahrelang gehörte Willenius zu den täglichen Stammgästen eines kleinen Kaffeehauses hinter der Akademie; er hockte meist allein in einem Winkel, entweder mit dem Skizzenbuch beschäftigt oder stumm vor sich hinbrütend, wobei er aus einer englischen Pfeife rauchte. Er war ein langer, magerer Mensch mit bartlosem Gesicht, in welchem ein dünner, greisenhafter Mund und schwarze, fast glanzlose Augen saßen. In seinen Manieren war etwas Geschraubtes, und er grüßte die flüchtigsten Bekannten mit einer feierlichen Grandezza, die halb komisch, halb rührend war und auf viel erlittenes Elend schließen ließ. Eines Tages war er verschwunden, und erst geraume Zeit nachher erfuhr man, daß er sich irgendwo auf dem flachen Land niedergelassen habe. Dort lebte er mit den Bauern wie ein Bauer. Die Bedürfnisse dieses Mannes waren primitiv; er rechnete nicht darauf, mit seiner Arbeit mehr Geld zu verdienen als man unbedingt braucht, um zu vegetieren, schon deswegen nicht, weil ihm seine Bilder kein Vollendetes waren; sie galten ihm nur als Merkzeichen auf den Beginn eines ungeheuren Wegs, als Ahnungen, Versprechungen, Versuche, Fragmente, Visionen.

Er achtete sich nicht; er liebte sich nicht; er war sich selber nichts. Er war ein Sklave, der Sklave eines Idols, eines Begriffs; eines Dämons, der den Namen Kunst führt und der seine freien Triebe und Neigungen verschlang. Harmloser Genuß der Stunde, Atem und Herzschlag ohne die Tyrannei dieses Molochs war nicht zu denken, nicht einmal ein Traum, der sich seinem Bann entzog. Ein Impuls von geheimnisvollster Beschaffenheit, ohne Ruhmsucht, ohne Eitelkeit, ohne Hang nach äußeren Begünstigungen; eine ununterbrochene Kette von Leiden und Opfern, ein ununterbrochenes Bereitsein, eine beständige krampfhafte Spannung aller Nerven, das war die Existenz dieses Menschen.

Willenius malte seine Bilder nicht, er schleuderte sie aus sich heraus. Leichenblaß stand er vor der Staffelei; die Augen, gierig und angstvoll aufgerissen, erinnerten an die eines Sterbenden unterm Operationsmesser. Oft nahm er sich die Zeit nicht, die Farben auf die Palette zu bringen, sondern ließ sie aus der Tube gleich auf die Leinwand laufen, aus Furcht, daß die Lebendigkeit der innerlichen Vorstellung sich trüben könnte, bevor er den Ton getroffen, den er sah und fühlte. Dabei war er von geradezu fanatischer Ehrlichkeit gegen das Modell. Er hätte es vielleicht über sich gebracht, in eine Wohnung einzudringen und aus einem

Schrank bares Geld zu stehlen; aber, abgeschreckt durch die Schwierigkeit der Zeichnung und Komposition, einem Weidenstrunk statt der vier Krümmungen, die er hatte, nur drei zu geben, das war unmöglich; und darin lag auch die Wurzel des blutigen Ringens, denn sein Instinkt sagte ihm, daß in der Kunst das Unscheinbare das Zeugende sei und daß es ebensowohl das Zerstörende werden müsse, wenn es sich nicht an die Wahrheit der einmaligen Halluzination gebunden hielt. Entweder stimmte die Sache, oder sie stimmte nicht; dazwischen gabs nur eines, das Verworfenste von allem: den Dilettantismus.

Welche unsägliche Qual gewisse aufeinanderplatzende Valeurs von brennendrot und schmutzigbraun verursacht hatten, die nun so verwegen als selbstverständlich den tückisch verschleierten Halbtönen der Natur Einheit und Glaubhaftigkeit verliehen, davon begriffen diejenigen nichts, die von der Natur im Vorübergehen Kleinbild um Kleinbild empfingen und denen die sinnlose Zerstückelung als Reichtum erschien. Die nicht spürten, daß die sogenannte Natur ein Chaos ist, ein Sammelsurium, ein Wörterbuch, und daß jenes Schauen, welches dem Ungeformten eine Form abzwingt, der ungeistigen und toten Fülle durch Abbreviatur und Beseelung Leben schenkt, den Organismus tiefer und heißer in Anspruch nimmt als eine Liebesumarmung oder die Überwindung eines Feindes. Ja, Feind und Geliebte war die Natur; Feind und Geliebte war, was Wirklichkeit hieß, voller Finten und Schliche und Beirrungen, lügnerisch, schmeichlerisch, verführerisch und letzten Endes unbesiegbar. Das Auge mußte sich bis ins Innerste der Dinge bohren, und es durfte nicht die Epidermis beschädigen, während es das Geschäft des Anatomen betrieb.

Als Willenius dreieinhalb Jahre in jener dörflichen Abgeschiedenheit gehaust hatte, beschloß er, wieder in die

Stadt zu ziehen. Es hatte sich ein reicher Kunstfreund für seine Produkte interessiert, der Verkauf einiger Bilder sicherte ein mäßiges Auskommen, und er mietete ein geräumiges Atelier, wo er eine Anzahl seiner Studien auszuführen gedachte.

Es war im November. Schon in den ersten Tagen hörte Willenius von einer Ausstellung im Künstlerverein. Ein neuer Mann, Johannes Nimführ, hatte dort seine Arbeiten an die Öffentlichkeit gebracht. Man erzählte sich wunderliche Dinge von ihm; er habe acht Jahre lang auf einer Insel im Südmeer gelebt und mit den Eingeborenen wie mit seinesgleichen verkehrt; er sei unzugänglich wie der Dalailama und nähre sich bloß von Brot und Äpfeln. Einige Leute wollten sich halbtot gelacht haben über die bengalische Kleckserei, wie sie es nannten, die Kritiker taten persönlich beleidigt, selbst die von der Zunft schnitten bedenkliche Gesichter und nur ein paar waghalsige Sonderlinge verkündeten ihre Begeisterung.

Eines Nachmittags begab sich Willenius hin, um die Bilder anzuschauen. Erst schritt er langsam von Leinwand zu Leinwand, dann blieb er mit hängenden Armen stehen, die Fäuste geballt, den Rücken gebeugt, den Kopf gierig vorgestreckt, die Lippe zitternd.

Es waren Landschaften. Das Meer und ein Fischerboot; südliches Meer, und am Strand nackte wilde Frauen; Frauen hingelagert auf ein Fell, am Stamm einer Palme lehnend, zu einem silbernen Fisch sich bückend; Wiese, Fels und Himmel simpler als ein Kind sie zeichnen würde; alles Leben in der Farbe; Licht, Bewegung, Umriß, Leib, Seele und Symbol, alles in der Farbe; keine Wirklichkeit mehr, nur Traum, und alle Wirklichkeit hineingeschlüpft in den Traum, so daß es ein Spiel schien, die Wiedergeburt einer Welt ohne Kleinlichkeit, eine Anschauung des Inner-Innersten,

Zusammenfassung des Subtilsten, Stil ohne Manier, Erhabenheit ohne Finesse, die verwandelte und zur Ruhe gefrorene Natur, eine majestätische Synthese.

Und wie waren diese Dinge gemacht! Es war, um den Verstand zu verlieren. Nichts von Absicht auf Komposition und Wirkung, nirgends ein unreiner Strich, ein Überbleibsel der Hand; keine Aufdringlichkeit der Gegensätze, kein Schwindel und Notbehelf mit Punktation und Perspektive. Ja, es war hier ein einzigartiger, und fast erschreckender Verzicht auf Hintergrund und Raumverhältnis geschehen, so daß der ungewohnte Blick es lächerlich finden konnte und nur der unschuldige das Bild, schlechthin das Bild zu erfassen vermochte.

Willenius war wie von Krankheit befallen. Mehrere Nächte hindurch schlief er nicht. Er hatte nie den Wunsch gehabt, die Bekanntschaft irgend eines Menschen zu machen; Nimführ zu sehen und zu sprechen war jetzt sein ungestümstes Verlangen. Die Gelegenheit fand sich bald, da er täglich die Ausstellung besuchte. Nimführ, von einem jungen Maler auf Willenius aufmerksam gemacht, stellte sich ihm selbst vor. Er war ein hünenhaft gebauter Mann, sehnig wie ein Lastträger, mit langem gelblichem Gesicht, starken hohen Backenknochen und schütterem Haarwuchs.

Sie gerieten in ein Gespräch, das um halb fünf Uhr nachmittags begann und um drei Uhr nachts in einer öden Vorstadtgasse endigte. Es war ein zehnstündiges Einanderbelauern und -aushorchen. Die Sicherheit des jüngeren Mannes beunruhigte Willenius; sein Urteil über andere Künstler kam aus den höchsten Regionen, wo nur die Eingeweihten sich durch Geheimzeichen verstehen. Er kannte Willenius' Arbeiten; daß er sie schätzte, eröffnete er nur mittelbar, indem er eine berühmte Größe, die von der Menge bewundert, selbst von Kennern gepriesen wurde, verachtend daneben aufstellte wie einen Harlekin neben ein Monument. Nichts kam der überlegenen Ruhe gleich, mit der er seinen eigenen Mißerfolg behandelte. »Die Menschen sind dem Künstler zu nichts nutze«, sagte er, »Kunst ist das Einsamste, was es auf Erden gibt, und wo sie verstanden wird, muß man ihr schon mißtrauen.«

Bald war es so weit, daß die beiden Männer Tag für Tag einander trafen. Den Silvesterabend verbrachte Nimführ in Willenius' Atelier, und als es zwölf Uhr schlug, trank er Bruderschaft mit ihm. Ein zweites Atelier war im selben Hause frei, Nimführ bezog es. Er habe noch zwei Jahre ausführender Arbeit vor sich, äußerte er, dann wolle er nach Mexiko reisen. Willenius, vielfach angeregt durch die abendlichen Unterhaltungen mit dem Freund, malte täglich acht bis neun Stunden. Nimführ warnte ihn vor einem Mißbrauch seiner Kräfte. »Neue Einflüsse wollen gären, ehe sie sich in Gestalt umsetzen«, meinte er, »wer zu schnell verdaut, zehrt ab.«

Willenius horchte auf. Neue Einflüsse? Was sollte das heißen? Stützbalken an einem baufälligen Haus? Er war empfindlich wie alle in sich selbst Verstrickten. Seine Liebe zu Nimführ, von Bewunderung und Ehrfurcht gezeugt und von jener nahrhaften Sachlichkeit getragen, die bloß unter Bauern und Künstlern existiert, vermischte sich mit Angst und Abwehr. Freilich war es anspornend, ihn zu beobachten, der so herrisch frei in seinem Bezirk waltete. Ihm waren Hand und Auge eins; was er schuf, löste sich souverän vom Material; was er schaute, war sein Eigentum. Willenius hingegen mußte die Erde erst in Stücke reißen, bevor sich ihm ein Ganzes gab; sein Schaffen war ein heimlicher Raub; er mußte die Natur überlisten, beschleichen und verraten, denn sie gewährte ihm von selber nichts, und vom Auge zur Hand war der Weg so weit wie vom Paradies zur Hölle.

Nimführ erblickte darin einen Krampf. Voll höchsten Respektes vor dem Können des Freundes glaubte er helfen zu müssen. »Du richtest dich zu grund, Menschenskind«, sagte er eines Tages, »du verbeißt dich in die Leinwand und läßt dich von ihr fortschleppen wie von einem Raubtier. Schließlich erliegt dir ja die Bestie immer wieder, das ist wahr, aber so kann man nicht leben, dabei muß man verbluten. Und das macht einen Kerl von Genie klein, wenn er an den Dingen verblutet, die er schafft. Füttern sollen uns die Sachen, fett machen sollen sie uns, reicher machen, unterkriegen müssen wir sie.« Willenius sah den Freund mit seinen dumpfen Augen von unten herauf an und erwiderte: »Wenn der Hund zwei Flügel hätte, wär er ein Vogel, immerhin ein wunderlicher Vogel, aber er könnte fliegen. Über fundamentale Gattungsverschiedenheiten zu rechten, ist müßig. Laß mich nur laufen, laß mir meinen mühseligen Weg, und sei du froh, daß du fliegst.«

Es ließ aber Nimführ nicht; er wollte diesen unterirdischen Schmied aus seiner drangvollen Enge befreien. Sie kamen in Streit über die pastose Manier, in der eine sonnengrell beschienene Ziegelwand gemalt war; über den Eigensinn, der sich in der Durchführung eines Wolkenkonturs gefiel; über das lärmende Nebeneinander von Farbenflecken auf einer Herbstlandschaft. Nimführ wollte dergleichen bescheidener haben, er wollte es maßvoller haben, kurzum, er wollte es anders haben. »Siehst du, Paul«, rief er einmal spät in der Nacht, »das Persönliche ists, das uns Leuten, wie wir da sind, das Konzept verdirbt. Wir pressen uns jeden Gegenstand inbrünstig an die Brust, und vor lauter Verliebtheit vergessen wir die Haltung, die Götterhaltung, ohne die unser bestes Geschöpf keine bessere Rolle spielt als ein verzogenes Kind.«

Willenius runzelte die Stirn und schwieg. Haß zuckte in seinem Gesicht. Wer bist du und was wagst du? schien sein niedergeflammter Blick zu fragen. Stellst du ein Prinzip gegen meine Welt, so stell' ich mich selbst gegen dein anmaßendes Verdikt. »Hast du dein Bild heute fertig gemacht?« erkundigte er sich nach einer Weile; »du wolltest es mir noch zeigen.«

Als Willenius am nächsten Vormittag das Bild sah, überlief ihn ein Schauder. Es war ein nackter Knabe, an einen Felsblock gekauert, weiter nichts. Der Knabe war häßlich, der Felsblock häßlich, doch das Ganze war wie Seele eines Märchens, das enthüllte Geheimnis der Atlantis, ohne eine Spur des Pinsels hingehaucht. Willenius reichte Nimführ stumm die Hand. Nimführ lächelte ein bißchen geschmeichelt, und wenn er lächelte, hatte er Ähnlichkeit mit einer alten Frau. Dieses Lächeln durchbohrte Willenius wie ein Messer. Ihm war, als wolle Nimführ damit sagen: überspring die Kluft von einem Stern zum andern, von dir zu mir geht doch kein Pfad.

So regte sich die brennendste Eifersucht, die je ein Bruderherz zerwühlt hat; Eifersucht – Wetteifersucht. Vielleicht ist schon im Mythos von Kain und Abel etwas von der Sehnsucht und dem Haß, dem Schmerz und der Liebe enthalten, aus denen sich die Eifersucht zwischen Künstlern nährt, von jener Qual hauptsächlich, die eher das eigene Ungenügen als das Verdienst des Andern zerstörend fühlbar macht. Willenius spürte sich gewachsen, als er begriff, daß er aus dem Kreis des Versuchens und der Vorbereitung treten müsse, daß er endlich ein Werk schuldig sei, obwohl er erkannte, daß man, um ein Werk zu geben, schamlos sein müsse, schamlos und kalt.

Als es Sommer wurde, fing er an. Der Vorwurf war folgender: ein reifes Kornfeld; ein glutblauer Himmel wie an einem Tag nach Gewittern; hinter dem in der Fülle schwankenden Getreide zieht sich das weiße Band einer niedrigen Mauer, und hinter der Mauer schreitet straff eine junge Magd mit einem Wasserkrug auf dem Haupt. Der Vordergrund wird durch ein Beet roten Mohns gebildet, das die ganze Breite des Feldes besäumt. Es waren Gegensätze von überraschender Verwegenheit, ein Fünfklang von Blau, Gold, Weiß, Braun und Purpur, der von allen unreinen Zwischentönen befreit war. Wochen und Wochen hindurch stand Willenius täglich von sechs Uhr morgens bis zwei Uhr nachmittags draußen und entwarf über dreißig Skizzen. Der Eindruck, den die zunehmende Reife des Korns hervorrief, übertraf alle Erwartung und ließ frühere Entwürfe immer wieder verblassen. Wichtig war, den rasch abblühenden Mohn festzuhalten, der sich nur in einem genau fixierten Frühlicht so sammetartig glänzend darbot, wie ihn das Bild verlangte. Von der ungeheuern Anstrengung des Körpers und Geistes erschöpft, wurde Willenius Ende September krank und mußte für dritthalb Monate jeder Arbeit entsagen. Kaum genesen und nicht gewarnt durch den Zusammenbruch, stürzte er sich neuerdings in fieberhafte Tätigkeit. Den Sommer mit Ungeduld erwartend, verbrachte er den Rest des Frühjahrs mit den Studien zu der weißen Mauer und zu der tragenden Frau, die sich immer bedeutungsvoller als ein ernstes Zeichen menschlichen Daseins über der farbenherrlichen Landschaft erhob.

Aber nicht mit Freude erfand, gestaltete Willenius auch hier. Obwohl er wußte, daß dieses Werk sein Gipfel war, und daß mit wirklichem Können in äußerster Sammlung und Vertiefung das Innerste geben Meisterschaft und Vollendung heißen durfte, so verfinsterte ihn doch das Ringen um etwas, das gleichsam von einem Menschen stammte und nicht von Gott. Ein mißlungener Strich, ein Quadratmillimeter unbeseelter Fläche beschwor Anfälle von Melancholie und verzweifelte Skrupel über Endgültigkeit und Notwendigkeit des Einzelnen und des Ganzen. Daran war er gewöhnt; es wäre ihm nicht als Verhängnis erschienen. Aber vordem hatte er kein anderes Tribunal gekannt als sein erbarmungsloses Auge, seinen feurigen und schmerzhaften Drang, das Höchste zu leisten, was ja schon ein Imperativ von quälender und rätselhafter Art ist, der alles private Wesen austilgt, und den Menschen wie eine Magnetnadel unaufhörlich erschüttert sein und erzittern läßt. Nun war jedoch dieser Freund gekommen, dieser Feind; was sag ich, Freund, Feind, – dieser Antipode, dieser Aneiferer, Anstachler, dieser Unnahbare, Ungenügsame; das verkörperte böse Gewissen.

Willenius fürchtete Nimführ, dessen Existenz ihn ein Racheakt des Schicksals gegen die seine dünkte; die Sphäre, in der Nimführ webte, hatte etwas Mysteriöses für ihn, durch ihre Helligkeit und Ruhe Verdächtiges. Trotzdem fühlte er sich als subalterner Geist darin, und wenn er sich nicht eine Kugel durch den Kopf schießen wollte, so mußte er lieben, bewundern – und kämpfen.

Was Nimführ betrifft, so wußte er nichts von der Aufgewühltheit des Freundes. Hätte er darum gewußt, er hätte das Wesen mit einem Achselzucken, einem verwunderten Sarkasmus abgetan. Ihm war die Kunst eine gerechte Mutter vieler Kinder. Nebenbuhlerschaft war ihm unverständlich, wo er sie an andern spürte, konnte er zugeknöpft werden wie ein Geheimrat. Nur trübe gestimmt fand er sich bisweilen durch den Umgang mit Willenius; dies schreckte ihn ab, denn sich vor allen niederschlagenden und verzerrenden Einflüssen zu bewahren, war ein Gebot des Instinkts bei ihm, der sich selber in der Stille durch das Fegefeuer unreifer Zustände gerungen hatte.

Eines Nachmittags im Juli rief ihn Willenius in sein Atelier, wo das nahezu fertige Bild auf der Staffelei stand, gut belichtet und erstaunlich aus der Farblosigkeit des Raumes hervorbrennend. Nimführ schaute und schaute; sehr ernst. Zweimal irrte sein Blick zur Seite; er fing ihn wieder hinter verkniffenen Lidern. »Donnerwetter, das ist eine Leistung«, sagte er endlich in einem fast bestürzten Ton. Willenius atmete hoch auf; die Nässe schoß ihm in die Augen; dieses Wort erlöste ihn.

Abermals betrachtete Nimführ das Bild, trat näher, schritt zurück, neigte den Kopf, faltete die Stirn, nickte, zog die Lippen auseinander, lächelte, sagte »Teufel noch einmal«, drückte endlich dem Freund warm die Hand und ging. Willenius wurde stutzig. Warum geht er fort? dachte er voll Argwohn.

Am Abend kam Nimführ wie gewöhnlich herüber, stand wieder lange vor dem Bild, sprach dann über gleichgültige Dinge, plötzlich aber, während er eine Zigarre anzündete, meinte er obenhin: »Dein Mohn sieht garnicht aus wie Mohn, sondern wie Blut.« Willenius zuckte zusammen. »So?« sagte er kurz, »ich dächte doch.« Und als Nimführ schwieg, fuhr er mit rauher Stimme fort: »Rede nur von der Leber weg; du hast was gegen das Bild, ich hab's gleich gemerkt.«

Nimführ schüttelte mit einer Miene den Kopf, als ob er sagen wollte: Schwatzen hat keinen Zweck. So sehr er das Werk als Maler anerkennen mußte, so sehr ging es ihm in der Wirkung wider das Gefühl. Es war ihm zu nah und zu momentan, und weil seine Phantasie nicht ins Spiel kommen konnte, schloß er, daß Willenius keine Phantasie besitze und daß er diesen Mangel durch übergroße Deutlichkeit und die gierige Preisgebung aller Kräfte unbewußt verhülle. Er war des prostituierenden Treibens satt, denn alle und alles um sich her sah er davon angefault. Er war es satt, die Grenzen des Metiers verwischt zu sehen in diesen aus Verzweiflung, Wut und Gewaltsamkeit erzeugten Produkten, in denen ganze Farbenknoten zur Plastik drängten. Er wollte, er konnte sich nicht erklären, aber Willenius bedurfte der Erklärung nicht, er empfand sie in seiner frierenden Brust. Er ahnte, was es heißen sollte: der Mohn sähe aus wie Blut.

Mit großen Schritten ging er unaufhörlich hin und her. Die nach vorn gebogene Gestalt schwankte auf den langen Beinen, die stumpfen Brombeeraugen irrten ruhelos hinter den Lidern. Aus geschnürter Kehle fing er an zu sprechen. Vorwurf war das erste; Trotz, Herausforderung, Verdächtigung folgten unerbittlich. Nimführ antwortete kühl. Er appellierte an die Sache und bat um Sachlichkeit. Willenius, der wie alle schüchternen und verschlossenen Menschen im Zorn jedes Maß und jeden Halt verlor, schrie: »Ich pfeife auf deine Sachlichkeit. Sachlich bin ich, wenn ich arbeite. Jetzt fordere ich Rechenschaft von dir als Person. Ich bin dir im Wege; gestehs, daß ich dir im Wege bin.« Da versetzte Nimführ mit furchtbarer Gelassenheit: »Wie kannst du mir im Wege sein, da ich deinen Weg für verderblich halte, verderblicher als die Wege der Stümper –?«

Willenius griff sich ans Herz. Das Herz stand ihm still. Er sah sich verloren, zum Schafott verdammt; ein Leben voller Mühsal, Kampf und Entbehrung wertlos geworden. Die Feuchtigkeit vertrocknete in seinem Gaumen; unsäglicher Haß lenkte seinen Arm, als er das scharfgeschliffene Messer packte, das zum Spreiselschnitzen diente, und das auf dem Tische lag; mit flackernden Blicken, geduckt, eilte er auf Nimführ los. Dieser wurde kreideweiß. Zuerst wich er zurück, dann umschloß er mit eiserner Faust das Handgelenk des Rasenden, wand ihm mit der Rechten das Messer aus den Fingern, schleuderte es in einen Winkel, hierauf ging er und machte die Türe nicht lauter zu als sonst.

Willenius schlich an die Wand und genau dort, wohin das Messer gefallen war, kauerte er sich nieder. Eine halbe Stunde mochte verflossen sein, und er hockte immer noch da, regungslos wie ein verendendes Tier. Auf einmal jedoch rangen sich aus dem Tumult seines Innern die gellenden Worte los: »Zum Malen braucht man keine Ohren«, und blitzschnell hob er das Messer auf und schnitt sich damit zuerst das rechte, dann das linke Ohr vom Haupt. Auf die Wundflächen legte er Watte und verband sich dann mit einem großen roten Tuch. Er setzte eine Mütze auf, verlöschte die Lampe und begab sich auf die Straße. Bis zum Morgengrauen irrte er planlos durch die Stadt, dann begab er sich wieder ins Atelier, nahm Bild, Kasten und Staffelei und machte sich auf den Weg hinaus, wo der Acker war mit der Mauer und dem Mohnfeld. Er stellte die Leinwand auf und verglich. Er trat ins reife Korn und schritt langsam im Kreis herum. Als er zurückkehrte, um zu malen, verlor er die Mütze. Die Sonne, die schon hochgestiegen war, brannte auf seinen Kopf. Er malte einen Leichnam in den roten Mohn hinein. Die Augen gingen ihm über; nein, nicht einen Leichnam, es war der Tod selbst, fahl, bleiern und phantastisch, der Tod in einem Purpurbett. Mit jedem Pinselstrich verdarb er das herrliche Bild mehr; er malte die Zerstörung seiner eigenen Seele, den Wahnsinn, das Ende. Noch einmal leuchtete in seinem Blick der tiefe und strömende Glanz, der den Künstler bei der Arbeit bisweilen einem betenden Kind ähnlich macht, dann brach er in ein weitschallendes Gelächter aus, das einige Landleute herbeilockte. Diese führten ihn zur Stadt.

Ein paar Tage später besuchte ihn Nimführ in der Anstalt, in die er gebracht worden war. Welch ein Genie war das, dachte er schmerzlich versunken, als er in das kaum zu erkennende Antlitz des Freundes schaute. Willenius lag im Bett und rauchte seine Pfeife. Die Augen schienen Nimführ zurückzuweisen und nach ihm zu verlangen, sie schienen ihn zu grüßen wie zwei geheimnisvolle Flammen aus einem umwölkten Himmel.

»Wissen Sie etwas Näheres über den Anlaß, weshalb er sich so verstümmelt hat?« fragte der Arzt draußen.

Nimführ blickte zu Boden und erwiderte mit eigentümlicher Bitterkeit: »Dafür habe ich nur eine einzige Erklärung; er liebte die Kunst mit einer verbrecherischen Leidenschaft. Er liebte die Kunst und haßte seinen Körper. Er vergaß, daß man auch leben muß, wenn man schaffen will, leben, fühlen, träumen und gegen sich selbst barmherzig sein.«

Einen Monat darauf reiste Nimführ übers Meer, nach Ländern, wo es noch unschuldige Menschen und reine Farben gab.

Herr de Landa
und Peter Hannibal Meier

Es war Essenszeit geworden, und bei Tisch unterhielten sich die Freunde hauptsächlich über die Hochwassergefahr. »Schade, wenn wir gezwungenermaßen hier bleiben müßten, da wir es freiwillig doch so gerne tun,« meinte Cajetan; »doch bin ich mit meiner Bauernstube ganz zufrieden, und kommt jetzt die Sonne wieder, so wird uns zur Belohnung der schönste Herbstbrand aus den Wäldern leuchten.«

Erst nach Beendigung der Mahlzeit wurden die Eindrücke über die Geschichte von Nimführ und Willenius ausgetauscht. »Richtig ist«, sagte Borsati, »daß in den Romanen und Novellen solche Konflikte immer durch die Liebe verwässert werden. Es sind echte Malercharaktere, die beiden.«

»Ich finde hier einen Unterschied bestätigt, den ich schon oft konstatiert habe,« bemerkte Hadwiger, »den Unterschied zwischen Ding-Naturen und Idee-Naturen. Dieser Willenius ist eine Ding-Natur, trotz seines wunderbaren Talents. Ja, ich möchte ihn fast einen Fetischisten nennen. Ich habe mit Arbeitern zu tun gehabt, die ganz ähnlich veranlagt waren. Ich kannte einen, der vor Eifersucht Wutanfälle bekam, wenn ein Kamerad Zirkel und Winkelmaß von ihm borgen wollte. Das Verhältnis zum Ding geht oft ins Sonderbare. Ich kannte einen Lokomotivführer, der sich fest einbildete, seine Maschine scheue an einer bestimmten Stelle vor einem

Tunnel; er versah sich mit einer Peitsche und schlug sie wie man einen Esel schlägt, da parierte sie und lief ohne Stockung weiter.«

»Oft bin ich als Kind vor der Schmiede gestanden,« erzählte Franziska, »und war völlig hingenommen von der Vorstellung, das glühende Eisen, das sich unterm Hammer krümmte, sei ein lebendiges Wesen, und die Funken, die umhersprizten, schienen mir wie sichtbare Schmerzensseufzer.«

»Im Volk spielt das Feuer nicht selten die Rolle eines willensbegabten Geistes«, sagte Borsati. »Zu Grenchen in der Schweiz lebte ein Bauer, von dem behauptet wurde, er sei mit dem Feuer im Bund; dafür habe er sich verpflichtet, kein Weib zu berühren. Er konnte glühende Kohlen auf der Handfläche tragen, und eines Tags rettete er ein Mädchen aus einem lichterloh brennenden Haus, ohne daß ein Haar auf seinem Haupt versengt wurde. Da geschah es, daß er in der Johannisnacht eine hübsche Dirne küßte. Die Scheiterhaufen waren im Tal angezündet, er schritt über einen Felsgrat, um Reisig zu sammeln, plötzlich erfaßte ihn der Schwindel, er wankte, er stürzte herab, unterhalb der Steinwand brannte ein großes Feuer, er stürzte mitten in die Flammen und ging elend zugrunde.«

»Bisweilen ist mir, als ob die toten Dinge an unserer Existenz irgendwie teil hätten«, äußerte Cajetan. »Ist euch nie aufgefallen, wie rasch ein Zaun zerfällt oder eine Gartenmauer abbröckelt, wenn die Besitzer gestorben sind? und es war vordem durchaus keine Sorgfalt auf die Erhaltung verwendet worden. Es gibt Leute, die eine närrische Pietät für die Stiefel hegen, die sie getragen, und andere, die sich von einem verschossenen Filzhut nicht trennen können. Gewohnheit ist dafür nur ein Wort, das wenig besagt.«

Franziska versetzte: »In meiner Heimat lautet ein Sprichwort: verfallener Zaun und magerer Hund geben Kummer und Sorgen kund.«

»Na, mit den Hunden stimmt das nicht so ganz«, meinte Borsati lächelnd. »Einer meiner Bekannten hatte einen äußerst mageren Spitz. Eines Tages wurde der Mensch krank und bekam die Auszehrung. Von dieser Stunde ab wurde der Hund auf eine erstaunliche Weise fett und immer fetter, und als der Herr starb, glich das rätselhafte Tier eher einem Mastschwein als einem Hund.«

»Der Bauer in Grenchen erinnert mich an einen andern schweizerischen Bauern, für den ebenfalls das Feuer zum Verhängnis wurde«, ergriff Lamberg das Wort.

»Es war ein junger Knecht, der die Tochter eines reichen Gütlers liebte. Jahrelang warb er hoffnungslos, bis endlich bei der Heimkehr von einem Schützenfest, wo er den Preis errungen hatte, das stolze Mädchen sich ihm zuneigte. In der Nacht, während er in ihrer Kammer weilte, brach auf dem Hof, wo er bedienstet war, Feuer aus. Alle waren beim Löschen beteiligt, und er kam erst, als Scheune und Haus niedergebrannt waren. Sein verwirrtes, ja beinahe berauschtes Betragen bestärkte den Verdacht, den seine Abwesenheit erregt hatte, und er wurde beschuldigt, das Feuer gelegt zu haben. Hätte er sich entschließen können, anzugeben, wo er die Nacht über geweilt, so hätte niemand an seiner Unschuld gezweifelt. Aber er wollte den Ruf seiner Geliebten schonen, er wußte, wie sehr sie die üble Nachrede fürchtete und daß sie ihm den Verrat nicht verziehen hätte. Seine Beteuerungen waren umsonst, und da er die Auskunft darüber verweigerte, wo er sich aufgehalten während der Zeit, wo das Feuer entstanden war, so wurde er zu fünf Jahren Kerker verurteilt. Er konnte es kaum glauben, daß ihm dies geschehen, denn er war ein Mensch von angeborener Redlichkeit, und daß er einen männlichen und edlen Charakter besaß, leuchtet ja durch seine Handlungsweise ein. Er saß nun im Zuchthaus und wartete. Seine stärkste Hoffnung war, daß die Feuersbrunst auf eine natürliche Ursache werde zurückgeführt werden können. Dies geschah nicht. Sodann meinte er, der wahre Schuldige werde sich, vom bösen Gewissen angetrieben, melden. Dies geschah auch nicht. Und schließlich wagte er zu denken, daß die stolze Bauerntochter Mitleid verspüren würde, daß sie so viel Unheil nicht auf ihre Seele werde laden wollen, daß sie mutig sich zu ihm bekennen würde, aber dies geschah am allerwenigsten. Als nun die fünf Jahre um waren, kam er als gebrochener Mensch in das heimatliche Dorf und die erste Neuigkeit, die man ihm mitteilte, war, daß seine Geliebte unterdessen längst geheiratet und auch schon zwei Kinder habe. Da verwandelte sich sein stummer Gram in Haß und Zorn, eines Morgens machte er sich auf, betrat das Haus der Bäuerin und als er ihr gegenüberstand und sie ihn fragte, was er begehre, denn sie erkannte ihn nicht, da überwältigte es ihn und mit gehobenen Fäusten schritt er auf sie los. In dem Augenblick trat das älteste Kind, ein Knabe, zur Tür herein. Die Bäuerin war bleich gegen die Schwelle gewichen, jetzt wußte sie, wer er war; sie ergriff den Knaben, hob ihn ein wenig empor und sagte: schau ihn dir an. Und er sah, daß der Knabe ihm ähnlich war an Gesicht und Haar und Augen und daß er auf der Wange ein großes blutiges Feuermal hatte. Schweigend kehrte er um und verließ das Haus. Von der Stunde ab war es aber um die Ruhe der Bäuerin geschehen, sie konnte den Blick ihres ehemaligen Liebhabers nicht vergessen. Haus und Hof gerieten ihr in Unordnung, alles ging einen schiefen Weg, der ganze Besitz kam in Wuchererhände, der Bauer mußte sich entschließen auszuwandern und, nachdem ein Jahr vergangen war, lief von Brasilien aus ein Brief an die Gerichtsbehörde, worin die seltsame Frau nicht etwa ihr wirkliches Vergehen bekannte, sondern sich bezichtigte, daß sie die Brandstifterin gewesen sei und daß der Knecht keine Schuld trage. Sie gab die einzelnen Umstände ihrer Tat, die sie aus einem unsinnigen Trieb nach Licht und Erregung erklärte, mit solcher Genauigkeit an, daß man ihr Glauben schenken mußte, aber der Knecht, den man gern für die erlittene Unbill entschädigt hätte, war verschwunden, und sein Aufenthalt konnte durch keine Bemühung entdeckt werden.«

»Was für ein Weib!« rief Franziska verwundert. »Sie ist mir unverständlich. Nicht eine Regung von ihr begreife ich. Hat sie den Knecht geliebt? Konnte sie nur eine Nacht lang lieben? Schämte sie sich seiner? Und ist selbst dann eine solche Grausamkeit möglich? Unter Bauern ist man doch sonst nicht so furchtsam auf das Prestige der Tugend bedacht.«

»Im allgemeinen nicht,« antwortete Lamberg, »doch beobachtet man zuweilen, besonders in protestantischen Ländern, eine außerordentliche Strenge der Lebensführung auch unter Bauern. Da ist dann ein ehernes Festhalten an uralten Überlieferungen, ein Puritanismus geheiligter Formen, der keinem Gebot der Leidenschaft unterzuordnen ist, und es läßt sich wohl denken, daß ein derart erzogenes Mädchen, starr und konservativ bis zum Äußersten, wie eben nur Frauen zu sein vermögen, wenn sie einmal eine Überzeugung in sich tragen, daß ein solches Mädchen ihr Glück und ihr Herz eher preisgibt als jene Form. Ich zweifle nicht daran, daß sie den Knecht geliebt hat, so tief geliebt, daß sie ihm ihre Jungfräulichkeit zum Opfer brachte. Und darnach fand sie sich vielleicht so gedemütigt, so heruntergezerrt, daß ihr keine Sühne groß genug erschien für den Mann wie für sie selbst. Das Brandmal auf der Wange des Kindes verrät mir unerhörte Kämpfe in der Seele der Mutter.«

»Wenn du es so darstellst, Georg, fange ich an, die Frau anders zu betrachten,« versetzte Franziska sinnend. »Freilich kann man alles das aus den Geschehnissen heraushören, wir sind nur der Sparsamkeit entwöhnt und möchten das Deutliche gleich überdeutlich, – wir Frauen nämlich«, fügte sie entschuldigend hinzu.

»Es ist klar, daß der Ehemann von alldem nichts gewußt hat«, fuhr Lamberg fort, »und das Zusammenleben muß etwas Beängstigendes für ihn gehabt haben. In dieser Sphäre sprechen sich die Menschen schwer gegeneinander aus, und ihre Geheimnisse wie ihre Sorgen versteinern mit ihnen.«

»Andererseits ist eine zu große Freiheit des Aussprechens, wie sie unter Gebildeten zu herrschen pflegt, auch nicht geeignet, das Leben zu erleichtern«, wandte Cajetan ein. »Stillschweigen führt wenigstens zu Entscheidungen, das viele Reden stumpft die Impulse ab und begünstigt eine gewisse Frivolität, einen überflüssigen Trotz des Handelns. Dies ist eine der Hauptursachen, weshalb es so wenig glückliche Ehen gibt. Die Frauen spüren es nicht so, sie plätschern mit Vergnügen im Element des Wortes, im Mann ist Sehnsucht nach Stummheit.«

»Man sollte eben eine stumme und eine redende Frau haben,« sagte Franziska. »So hats der Graf von Gleichen gehalten, aber ich will darauf schwören, daß die stumme öfter gesprochen und die redende öfter geschwiegen hat als ihm lieb war.«

»Und doch muß es nicht so sein,« sagte Borsati; »zumindest

ist mir ein Fall bekannt, wo eine solche Doppelehe stattgefunden hat und im lautersten Frieden durch viele Jahre geführt wurde. Es ist eine Idylle eigener Art, und es mag selten vorkommen, daß das wirkliche Leben den Verlauf von Schicksalen gleichsam einer alten Legende nachzeichnet.

Herr de Landa, ein Mann von großem Reichtum, bewohnte in einem Villenort nahe der Stadt ein vornehmes Haus. Er war seit zehn Jahren verheiratet, die Ehe, aus der zwei Söhne entsprossen waren, konnte eine glückliche genannt werden, die Frau war ihm ergeben und hatte einen ruhigen, gleichmäßigen und heiteren Sinn. Eines Morgens ging Herr de Landa im Garten spazieren, und als er an das Gitter kam, das das Nachbargrundstück von dem seinen trennte, sah er drüben eine junge schöne Person, die seinem ehrerbietigen Gruß lächelnd dankte. Auf seine Erkundigung wurde ihm berichtet, daß in jenes Haus vor kurzem ein Witwer, ein pensionierter Oberst, ein Mann in vorgerücktem Alter eingezogen und daß das Mädchen seine Tochter sei. Herr de Landa wandelte nun täglich zu der Stelle, wo er das Fräulein zuerst gewahrt, es war Sommer, das schöne Geschöpf weilte tagelang im Garten, aus flüchtigen Grüßen wurden Gespräche, bald wandelte man gemeinsam über die Wege des Landaschen Parks, und ein stilles Pförtchen erleichterte die Zusammenkunft; Herr de Landa brachte Bücher, das Fräulein Josepha las sie, Herr de Landa bot sein Herz an, das Fräulein Josepha nahm es. Zu Anfang des Herbstes starb der Oberst, es stellte sich heraus, daß seine Vermögensumstände zerrüttet waren, und Josepha hätte sich einen Brotverdienst suchen müssen. Da erklärte ihr Herr de Landa, daß er seine Familie verlassen wolle, um ihr anzugehören. Das Mädchen war sehr bekümmert; nicht als ob sie das Gefühl des Mannes nicht erwidert hätte, im

200

Gegenteil, sie liebte ihn mit der ganzen Glut ihrer Jugend, obwohl er um fünfzehn Jahre älter war als sie; aber in ihrer Redlichkeit sträubte sie sich dagegen, die Zerstörerin seines häuslichen Glücks zu sein, der Frau den Gatten, den Kindern ihren Vater zu rauben. Ich will dir sein, was du von mir forderst, sagte sie, nur laß mich nicht zur Verbrecherin an dir und den Deinen werden. Herr de Landa war jedoch ein zu gerader Mensch, um das Zwieträchtige und Unbefriedigende eines solchen Verhältnisses dauernd ertragen zu können, ein jäher Entschluß beendete sein Schwanken, und er teilte seiner Frau mit, wie die Dinge stünden. Diese hatte natürlich längst geahnt, längst das Schlimme nahen gefühlt; sie schwieg eine Weile, endlich sagte sie zu ihm: scheiden lasse ich mich nicht von dir, das kann ich nicht, das wäre mein Tod; wenn du aber nicht ohne Josepha leben kannst, so nimm sie ins Haus, ich will mit meinen besten Kräften versuchen, mit ihr unter einem Dach zu wirtschaften. Herr de Landa war sehr überrascht von diesem Vorschlag, er verbarg seine Bewegung und ging ohne zu antworten hinweg. Seine Verwunderung wuchs, als Josepha durchaus nicht entrüstet oder verletzt war, als er ihr von dem sonderbaren Ansinnen erzählte; tapfer blickte sie dem Ungemeinen ins Auge, ehe noch der Tag verfloß, begab sie sich zu Frau de Landa, war betroffen von deren Güte und von einer Seelengröße erobert, der sie nur durch Nacheiferung danken zu können glaubte. Der Pakt war alsbald geschlossen. Die äußere Form machte geringe Schwierigkeit, – Josepha war die Vertrauensdame des Hauses, die Schlüsselbewahrerin, während sich Frau de Landa mehr der Erziehung der Söhne widmete. Es gibt keine Leidenschaft, über die sich nicht endlich das Grau der Alltäglichkeit breitete; was anfangs abenteuerlich, ja gefährlich erschienen war, wurde Gewohnheit, die Empfindung des Problematischen wurde durch stetige und herzliche Einigkeit verdrängt, und so friedensvoll fügten

201

sich die beiden Frauen in ihrem Wandel und in ihren Gepflogenheiten ineinander, daß sie Abend für Abend in demselben Zimmer an demselben Tisch saßen, Handarbeiten verfertigten, Wäsche ausbesserten, dabei von »ihm« sprachen, der in Gesellschaft gegangen war oder sich auf Reisen befand und den sie in all ihren Regungen, in Worten und Gedanken treu begleiteten. Auch die Söhne nahmen die Ordnung des Hauses als eine natürliche hin, sie dutzten Josepha und behandelten sie wie eine Freundin. Einundzwanzig Jahre waren verflossen, da starb Herr de Landa eines plötzlichen Todes. Als die schmerzlichen Tage der ersten Trauer vorüber waren und Frau de Landa eines Abends mit ihren Söhnen über deren Zukunft sprach, kam Josepha herein, trat auf den älteren Sohn zu, überreichte ihm die Schlüssel, die sie so lange im Besitz gehabt, und sagte, er möge nun nach seinem eigenen Ermessen darüber schalten, sie erwarte seine Befehle. Der junge Mann wußte nichts zu antworten, aber Frau de Landa nahm die Schlüssel aus seiner Hand und gab sie Josepha mit den Worten zurück: Nichts da, Josepha, es bleibt alles beim Alten. Und so führten die zwei Frauen ihr bisheriges Leben weiter, saßen wie vorher bei der abendlichen Lampe und unterhielten sich von »ihm«, der nun gestorben war, von seinen Tugenden und seinen Fehlern, von dem, was er getan und was er gesprochen und wie mancher Charakterzug in den Söhnen an ihn gemahne. Sie verstanden sich in jedem Blick und Laut, sie waren wie zwei Schwestern, die durch gemeinsam erprobte Liebe unverbrüchlich aneinander gebunden waren.«

Cajetan, entzückt von der Erzählung, sagte, er habe sich das Eheleben des historischen oder vielmehr sagenhaften Grafen von Gleichen ziemlich jammervoll gedacht. »Ich sehe zwölf oder fünfzehn Kinder, niemand kennt sich aus, welches die

Sprößlinge der Türkin und welches die der älteren Gemahlin sind, die zwei Frauen lassen kein gutes Haar aneinander, das Schloß wird für den Grafen der ungemütlichste Aufenthalt auf Erden und vielleicht wandert er als Greis noch einmal ins heilige Land, bloß um vor seiner Familie Ruhe zu finden. Aber Sie haben mich bekehrt, lieber Rudolf. Wenn die gräflichen Herrschaften so famose Leute waren wie diese de Landas, muß ich mich meiner Skepsis schämen.«

»Hätte die Josepha Kinder gehabt, wer weiß, ob nicht Frau de Landa doch eifersüchtig geworden wäre,« bemerkte Franziska. »Ich kann mich ja in keine der beiden Frauen versetzen, obwohl ich mir bewußt bin, daß die Lockung, die für euch Männer die wesentlichste in der Liebe ist, für uns viel geringer ist als ihr alle vermutet. Das gröbste Weib ist darin noch nicht so materiell wie der zarteste Mann.«

»Du lobst mir die Frauen zu sehr«, entgegnete Georg Vinzenz, »das läßt nur darauf schließen, daß du die Männer besser kennst. Ich gebe zu, daß der Mann die Sinnlichkeit sozusagen wörtlicher nimmt; umso tiefer befindet er sich im Einklang mit der Natur, der jede Aufbauschung und Verschnörkelung ihrer einfachen Triebe eigentlich lästig sein muß. Überhaupt, – die Männer, die Frauen, was heißt das? Ich kann mit den Generalbegriffen nach dem Muster französischer Maximen-Sammlungen nichts anfangen. Der Soundso, die Soundso, darüber läßt sich reden.«

»Erinnerst du dich, Rudolf«, wandte sich Franziska an Borsati, »an die Geschichte eines gewissen Meier, der auch mit zwei Frauen lebte und der so stolz auf seinen Sohn war, den er von der rechtmäßigen Frau hatte? Der Sohn aber war nicht von ihm, sondern von einem Vetter, und die Frau, ein wunderliches Gemisch von Heldin und Sklavin, hatte den Mann aus Liebe hintergangen. Erinnerst du dich? Wir hörten die Geschichte vor Jahren, als ich in Nürnberg gastierte und du mir nachgereist warst.«

Borsati nickte. »Ich erinnere mich«, antwortete er. »In der Gesellschaft, in der sie erzählt wurde, wollte jemand damit beweisen, daß der moralische Geist des gegenwärtigen deutschen Bürgertums gebrochen sei, und ich hatte beim besten Willen nichts anderes finden können als daß ein aufgeblasener Tropf vom Schicksal gebührend traktiert worden war.

Peter Hannibal Meier hieß der Mann; war ein Prahler und Besserwisser, unverträglich wie ein Hamster und boshaft wie ein Irrwisch. Er hatte einen wohlhabenden Vetter in der Stadt, den Vetter Julius, wie ich ihn ein für allemal nennen will, und dieser Vetter Julius war mit einem netten, obschon nicht sehr geistreichen Mädchen verlobt. Peter Hannibal Meier mißgönnte dem Vetter Julius das hübsche Frauenzimmer und entschloß sich, sie ihm wegzuschnappen. Die gute Cilly, das war der Name des Mädchens, wurde von den Eigenschaften des neuen Bewerbers geblendet und erhoffte sich mit ihm ein weit erhaberenes Los als an der Seite des biedern und bescheidenen Vetter Julius. Kurz nach der Hochzeit entwickelte Peter Hannibal der Frau sein Eheprogramm. Er erklärte ihr, daß er sich sieben Söhne wünsche. Jeden dieser Söhne hatte er schon zu einem Beruf bestimmt und es gab einen Offizier, einen Staatsmann, einen Gutsbesitzer, einen Schiffsreeder und einen Superintendenten darunter. »Wir gründen ein neues Geschlecht«, sagte er, »eine Dynastie Meier, und in dreißig oder vierzig Jahren wird es hier eine Exzellenz Meier, dort einen Baron Meier, hier einen General Meier, dort einen Regierungsrat Meier geben; also spute dich, Cilly; du mußt nur wollen; wenn man ernstlich will, kann einem nichts mißlingen.« Der Frau war es nicht recht behaglich zumut, sie erkannte, daß der schwierigere Teil der Aufgabe ihren Schultern zufiel, und sie meinte treuherzig, daß einem der liebe Gott anstatt eines Sohnes auch eine Tochter bescheren könne, ein Argument, das Peter Hannibal geringschätzig abtat. »Ich bin mir selber lieber Gott genug«, sagte er frech; »tue du deine Pflicht und laß den lieben Gott zufrieden.« Aber Peter Hannibal Meier wurde in seiner Zuversicht getäuscht. Frist auf Frist verstrich; er wunderte sich; er fand sich beleidigt und mißachtet; er höhnte; er fragte bitter, wann sich die Gnädige endlich zu entschließen gedenke, und als zwei Jahre um waren, verließ ihn die Geduld vollends, er jagte die alte häßliche Köchin, die im Haus war, eines Tages davon und machte ein frisches, dralles Mädchen vom Land ausfindig, die seine Favoritin wurde, während Cilly als Aschenbrödel das neue Flitterwochenglück durch ihre Dienstleistungen erhöhen mußte. Wieder vergingen viele Monate, ohne daß sich Peter Hannibals Hoffnung auf Nachwuchs erfüllte. Inzwischen faulenzte er und lief in die Bierkneipen, um mit Wut gegen Bismarck zu politisieren, dessen geschworener Feind er war, und auch sonst die Weltzustände kritisch zu beleuchten. Das Kaufmannsgeschäft, das er betrieb, brachte nichts ein, und er ging damit um, andere Quellen des Reichtums zu finden. So fiel er einem berüchtigten Bauspekulanten in die Hände, der ihm in den verlockendsten Tönen ein Grundstück anpries, in dessen Besitz man innerhalb kurzer Zeit ein Vermögen erwerben könne und das für einen Spottpreis zu haben sei. Doch Peter Hannibal Meier, so lecker er auf den Köder war, vermochte das Kapital nicht aufzubringen und da kein Mensch sonst gewillt war, ihm Kredit einzuräumen, richtete er sein Augenmerk auf den Vetter Julius. Er befahl seiner erschrockenen Frau, zu dem ehemaligen Verlobten zu gehen und ihn um das Geld zu bitten. Als sie sich weigerte, drohte er, sich von ihr scheiden zu lassen, und verfehlte nicht, ihr die schwere Unterlassungssünde vorzuwerfen, die sie ihm gegenüber auf dem Gewissen hatte. »Woher weißt du denn so genau, daß ich die Schuld trage?« fragte die geängstete und gekränkte Frau, die sich selbst darnach sehnte, Mutter zu werden. Sie verstummte jedoch demütig vor der Miene unermeßlichen Staunens in Peter Hannibals Gesicht. Die Verwegenheit eines solchen Zweifels stimmte ihn geradezu froh, und er trällerte sein Lieblingslied, den Jungfernkranz aus dem Freischütz. Cilly trat den sauern Gang an. Als es Abend wurde, brachte sie die gewünschten siebentausend Mark und warf sich ihrem vergötterten Peter Hannibal schluchzend an die Brust. Einige Wochen später teilte sie dem Gatten mit, daß sie einem freudigen Ereignis entgegensehe, und ehe das Jahr verflossen war, erblickte Karl Theodor, der erste Meier, das Licht der Welt. Peter Hannibal nahm die Glückwünsche seiner Bekannten als den Dankeszoll auf, der einem siegreichen Helden gebührt, und wandelte in der Stadt herum mit einer Miene, als ob noch nie zuvor ein Mann etwas so Wunderbares vollendet hätte. Die Magd verlor an Gunst, Peter Hannibal wurde nicht müde, ihr die Tugenden seiner Cilly zu rühmen, aber die Person, verärgert und neidisch, konnte einen bösen Argwohn nicht verhehlen und schlich durch das Haus wie Jemand, der die Ursache eines Brandgeruchs sucht. Peter Hannibal kaufte das Stück Land, ließ es einzäunen, spazierte jeden Tag stundenlang, in großartige Berechnungen vertieft, auf dem sandigen Boden umher und fühlte sich als Grundbesitzer ebenso stolz wie als Vater eines verheißungsvollen Sprößlings. Die junge Magd wob indessen ihre Pläne. Sie wußte Cilly, die seit der Geburt des Kindes immer häufigere Anfälle von Melancholie hatte, so geschickt zu umschmeicheln, daß sie aus Hindeutungen, verlorenen Worten, Belauschung des Schweigens und des Schlafes der Frau ihren Verdacht bald genug bestätigt fand.

Nun begann sie ihre Wissenschaft den Nachbarn anzuvertrauen, es wurde gemunkelt und geraunt, Scherzreden und Sticheleien schwirrten auf, aber Peter Hannibal steckte in seinem Dünkel und seiner Selbstverhimmelung wie in einem unverletzbaren Panzer, er hörte nichts und merkte nichts. Jetzt wurde zu dem giftigen Mittel gegriffen, das in der bürgerlichen Gesellschaft stets zur Anwendung gelangt, wenn Feigheit und Tücke sich verschwistern, zu anonymen Briefen. Peter Hannibal brauchte geraume Zeit, bis das Unfaßliche ihm bewußt wurde. Im ersten Ausbruch der Raserei zerschlug er in der Küche die Töpfe und Teller. Die Magd, unter dem Vorwand, ihn zu beruhigen, stachelte ihn noch mehr auf durch die Versicherung, daß Vetter Julius der Urheber der schimpflichen Gerüchte sei. Da zog der ergrimmte Mann seinen Sonntagsrock an, nahm eine Hundspeitsche und begab sich zu Vetter Julius. Geruhsam saß Vetter Julius auf seinem Kontorsessel, als Peter Hannibal über die Schwelle stürmte. Er war eine stattliche Erscheinung, hatte ein rundes, volles Gesicht mit einem aufgedrehten Schnurrbart, der wie ein gewichster Stiefel glänzte. Peter Hannibal vollführte einen mächtigen Lärm, und er fuchtelte dem Vetter mit der Peitsche so unbequem vor der Nase herum, daß dieser lammfromme Herr endlich etwas wie Zorn zu zeigen anfing. Es wäre ihm niemals eingefallen, die von ihm noch immer geliebte Cilly bloßzustellen; wie er aber diesen Menschen so vor sich stehen sah, dieses Sammelsurium von Prahlerei, Eigenlob, Ohnmacht und Selbstsicherheit, stieg ihm der Verdruß wie heißer Wein zu Kopf; er vergaß Rücksicht und geleistetes Versprechen, er erinnerte sich nur der niedergetretenen und besudelten Seele jenes Weibes, und in dürren Worten stellte er den Tatbestand fest; sodann verließ er das Zimmer. Peter Hannibal starrte wie geschlagen vor sich hin. Trotz des strömenden Regens wanderte er zu seinem Grundstück hinaus, und irrte dort die kreuz und quer gleich Timon, der von allen Freunden verraten in die Wildnis floh. Am nächsten Tag war er krank und lag monatelang darnieder, treu gepflegt von Cilly und der jungen Magd. Als er das Bett wieder verlassen konnte, zeigte er ein schweigsames und geheimnisvolles Betragen und erschien wie einer, der mit tiefem Bedacht wichtige Unternehmungen vorbereitet. Er fühlte sich als das Opfer eines Betrugs; es handelte sich gleichsam um die falsche Buchung auf einem Kontokorrent; ein Posten war auf Soll geschrieben worden, der von rechtswegen auf Haben stehen mußte. Lange erwog er das Projekt, nach Afrika zu reisen, um neue Diamantfelder zu entdecken; später beschäftigte er sich mit der Erfindung einer Maschine zum Melken der Kühe, zuletzt wollte er eine Zeitung gründen. Alle diese unruhigen Ideen hatten ein und dasselbe Ziel. Da ereignete es sich, daß eine Bahnbauanlage, deren Durchführung bisher nur von einigen im Zauber des Spekulantenwesens verstrickten Kleinbürgern ernst genommen worden, auf einmal im Landtag beschlossen wurde und daß Peter Hannibals Grundstück wider Erwarten im Werte stieg. Es handelte sich keineswegs um die fabelhafte Summe, die er einst geträumt, doch es war immerhin ein ansehnlicher Gewinn, den er löste. An einem strahlenden Sommertag trat er im Bratenrock mit weißer Kravatte, ein rundes Hütchen auf dem Kopf lächelnd aus seinem Haus und richtete den elastischen Schritt zur Wohnung des Vetters Julius. »Lieber Julius«, redete er den Vetter an, »du hast den traurigen Mut besessen, an der Legitimität meiner ehelichen und väterlichen Umstände Zweifel auszusprechen, die –« – »Zweifel?« unterbrach ihn Vetter Julius verwundert, »Zweifel waren es durchaus nicht –« – »Bitte schön«, fuhr Peter Hannibal schneidend fort, »du hast gezweifelt. Es ist dir aber nicht gelungen, meine felsenfeste Überzeugung zu erschüttern. Deine Argumente sind vor meinem nachprüfenden Urteil zerronnen wie Butter in der Pfanne.

Was kannst du mir abstreiten? was kannst du mir beweisen? Kannst du mir beweisen, daß in den Adern meines Sohnes anderes Blut fließt als das meine? Nein! Also Respekt vor dem Bewußtsein eines Vaters, mein lieber Julius! An der Vergangenheit hast du mich vorübergehend irre machen können, die Zukunft kannst du mir nicht rauben, die speist an meinem Tisch, die wohnt in meinem Haus. Aber ich bin nicht gekommen, um mit dir zu philosophieren, ich bin gekommen, um deine materiellen Ansprüche zu befriedigen und meine idealen gegen fernere Ränke sicher zu stellen.« Damit entnahm Peter Hannibal seiner Brieftasche sieben Tausendmarkscheine, legte sie auf das zwischen ihm und dem sprachlosen Vetter Julius befindliche Pult, machte eine spöttisch-artige Verbeugung und entfernte sich hocherhobenen Hauptes. Vetter Julius schaute ihm mit offenem Mund nach. Er ergriff einen der Scheine, hielt ihn gegen das Licht und schüttelte den Kopf. Plötzlich aber brach er in ein dröhnendes Gelächter aus, das ihm den Atem versetzte und ihn zwang, Weste und Hemdkragen aufzuknöpfen. Erst als er ein Glas mit Kognak vermischten Wassers getrunken hatte, milderte sich die erstickende Heiterkeit. Auch in den nächsten Tagen passierte es ihm noch zu öfteren Malen, daß sich, etwa während eines Spaziergangs, sein ernsthaftes Nußknackergesicht jäh verzerrte, wobei er, um nicht einem unwiderstehlichen Kitzel nachzugeben, den Knauf des Stockes zwischen die Zähne schob. Jedoch das Gelächter der Kleinen bildet den Stolz der Großen. Peter Hannibal spürte eine so wohltuende Wonne in seiner Brust, daß er in einem Fleischerladen ein frisch abgestochenes Ferkel erstand, das der Lehrling ausweidete und mit einem Lorbeergewinde um die Ohren dem Käufer überreichte. »Bravo«, sagte Peter Hannibal, »Lorbeer muß dabei sein; Schwein und Lorbeer, das gehört zusammen.« Mit seiner angenehmen Last kam er zum Tor des Hauses, wo der kleine Karl Theodor stand, ein spinöser

Bursche mit überlangen Armen und entzündeten Augen. Er
setzte ihm den Lorbeer auf den glattgeschornen Kopf und
erschien mit strahlendem Gesicht vor den beiden Frauen,
das Schwein in der Linken, den Sohn an der Rechten; Cilly
drückte ihm einen Kuß auf die Stirn, die Magd versorgte das
Ferkel, dann langte Peter Hannibal die Gitarre von der
Wand und sang mit empfindsam tremolierender Stimme das
Lied vom Jungfernkranz. »Ich fühle mich wie neugeboren«,
sagte er am Abend, bevor er schlafen ging; »ich habe die
Menschen kennen gelernt und habe sie traktiert wie sie es
verdienen. Peter Hannibal Meier braucht die Menschen
nicht, er ist sich selber genug.«

Begegnung

»Mir tut er doch leid, dieser Peter Hannibal«, meinte Franziska; »warum, kann ich eigentlich kaum erklären.«

»Ja, es hat etwas Rührendes, wenn die Verblendung dermaßen anwächst, daß sie die eigene Schwäche für Kraft erklärt und die Armseligkeit für Würde«, entgegnete Borsati.

»Ich sehe ihn vor mir,« sagte Georg Vinzenz; »er hat eine spitze Nase und einen Mund mit feuchten, schmatzenden Lippen. Er schlenkert beim Gehen die Füße nach auswärts, und seine Stimme kräht. Beim Frühschoppen schimpft er auf die Regierung, aber wenn ein Minister in die Stadt kommt, steht er am Bahnhof und schreit Hurra. Er trägt ein Wollhemd mit einer angebundenen Chemisette, und seine Großmannsucht verhindert ihn nicht, vor reichen Leuten zu scharwenzeln.«

»Trotzdem werde ich mich hüten, ihn für einen Typus gelten zu lassen,« fiel Cajetan ein, »das hieße dem deutschen Wesen Unrecht tun. Gerade Fleiß, Tüchtigkeit und selbstsichere Kraft sind es ja, die Deutschland haben so mächtig werden lassen.«

»Tüchtigkeit!« versetzte Lamberg rasch und bitter, »es weht eine Luft von Tüchtigkeit im gegenwärtigen Deutschland, die einem die Brust beklemmt. Man ist so stolz auf das Erworbene, so sicher des Besitzes, so fest in Meinungen, so beweglich in Grundsätzen, so unverblümt in Profitwirtschaft, so grausam in der Steuertaxe, so wachsam gegen die Malkontenten, daß mir Tüchtigkeit just das rechte

Wort dafür scheint. Ehemals konnte der Deutsche den Ruf eines Enthusiasten und eines Träumers genießen, jetzt begnügt er sich mit dem eines in allen Sätteln gerechten Praktikus. Nur ein innerlich freies Volk kann die Last nationaler Größe und die Pflicht bedeutender Repräsentation ohne Einbuße an innerlicher Arbeit tragen. Der Deutsche ist aber nicht frei; er ist in so mannigfacher Beziehung gebunden, daß selbst die wenigen großen Politiker, die die Nation hervorgebracht hat, eher als Rebellen wirkten oder als einsame Künstler denn als Führer und Vertreter einer Gesamtheit. Er ist so wenig frei, daß sein soziales Gefühl formlos, sein bürgerliches borniert und sein monarchisches servil wirkt. Bei einer feudalen Familie in der Provinz hatte sich vor Jahren ein hoher Herr als Gast angesagt. Die Leute verwendeten für die Instandsetzung des Schlosses und sonstige Vorbereitungen eine Summe von achtzigtausend Mark. Der hohe Herr kam, er ließ sichs wohl sein, er aß und trank, jagte und hielt Cercle, und beim Abschied, nachdem er der Hausfrau die Hand geküßt, äußerte er: ›Ich habe mich sehr behaglich bei Ihnen gefühlt, und was mich besonders erfreut hat, ist, daß alles so einfach war.‹ Dabei war die Familie durch die Ausgaben, die ihnen der fürstliche Besuch verursacht hatte, vollständig ruiniert. In England wäre dergleichen nicht denkbar. Dort weiß der Geringste im Volk, was ihm der Herrscher schuldet, und der Herrscher weiß, wie der Geringste lebt und wie er leben darf.«

»England hat eine Gesellschaft, das macht den Unterschied«, erwiderte Cajetan, »das gibt dem einzelnen Rückgrat und Figur, seinem Handeln Gewicht und Relief. Er ist sich stets und tief bewußt, einem Ganzen anzugehören, das verleiht ihm als Persönlichkeit eine außerordentliche Konzentration, und gerade diese Konzentration ist es, die wir oder die der Sprachgebrauch sonderbarerweise als exzentrisch bezeichnen. Was für köstliche Sonderlinge! Da ist Lord Cecil Baltimore, der mit acht Frauen durch ganz Europa zog und niemals aufhören wollte zu reisen, um den Ort nicht zu wissen, wo er begraben werden würde; er ernährte die mageren seiner Frauen nur mit Milchspeisen, die fetten nur mit Säuren. Ein Lord Sandys lachte in seinem Leben ein einziges Mal, nämlich als sein bester Freund den Schenkel brach. Ein Sir John Germain war so unwissend, daß er einem Geistlichen namens Mathäus Decker ein großes Legat vermachte, weil er glaubte, dieser habe das Evangelium Mathäi geschrieben. Ein Lord Mountford berechnete alles nach Wetten; als man ihn einst fragte, ob seine Tochter guter Hoffnung sei, entgegnete er: auf mein Wort, das weiß ich nicht, ich habe nicht darauf gewettet. Lord Lovat sperrte zwei Dienstboten, die ohne seine Bewilligung geheiratet hatten, mit den Worten: »ihr sollt aneinander genug bekommen,« drei Wochen lang in einen Brunnenschacht. Lord Thomas, der achte Graf Pembroke, hatte die Seltsamkeit, alles was ihm mißfiel, für ungeschehen zu halten. Sein Sohn, der schon geraume Zeit mündig war und seinen eignen Kopf hatte, fand oft für gut, nicht nach Hause zu kommen. Mochte er sich jedoch herumtreiben wo und so lange er wollte, der Vater betrachtete ihn stets als anwesend und befahl dem Kellermeister jeden Tag mit unbeweglichem Ernst, Lord Herbert zum Essen zu rufen. Seine dritte Gemahlin, die er mit fünfundsiebzig Jahren geheiratet hatte, hielt er in strenger Zucht. Abends durfte sie Besuche machen, allein unter keiner Bedingung eine Minute länger ausbleiben als bis zehn Uhr, der Stunde, wo er zur Nacht speiste. Einst geschah es, daß sie die Frist nicht einhielt. Als sie nach Mitternacht erschien und sich voll Angst entschuldigen wollte, unterbrach er sie ganz ruhig mit den Worten: »Sie irren sich, meine Teure, blicken Sie auf die Uhr dort, es ist genau zehn Uhr, setzen wir uns zu Tisch.« Unter den drakonischen Gesetzen, die in seinem Hause galten, wurde am nachdrücklichsten das eine ausgeübt, daß jeder Bediente, der sich betrank, sofort entlassen werden sollte. Ein alter Lakai, der schon viele Dienstjahre zählte, erlaubte sich nun zuweilen, ein Glas über den Durst zu trinken, indem er sich auf die Nachsicht verließ, die in gewissen Fällen vorhandene Dinge als nicht vorhanden ignorierte. Einmal hatte er des Guten gar zu viel getan, und als Mylord durch die Halle ging, mußte sein Blick auf James fallen, der nicht bloß bespitzt oder leicht benebelt war, sondern sich nicht mehr auf den Beinen halten konnte. Mylord näherte sich ihm und sagte: »Armer Bursche, was fehlt dir? Du scheinst sehr krank. Laß mich deinen Puls fühlen. Gott behüte, er hat ein hitziges Fieber, bringt ihn sogleich zu Bett und holt den Arzt.« Der Arzt kam, nicht um Rat zu erteilen, denn seine Herrlichkeit war im Haus oberste Medizinalbehörde, sondern um Befehle zu vollziehen. Er mußte dem Patienten reichlich zu Ader lassen, ihm ein gewaltiges und schmerzhaftes Pflaster auf den Rücken kleben und ein tüchtiges Purgirmittel einflößen. Als die Behandlung nach einigen Tagen gewirkt und der alte Sünder so bleich und mager zum Vorschein kam, wie wenn er die schwerste Krankheit überstanden hätte, rief ihm der Lord zu: »O, ehrlicher James, ich freue mich, dich am Leben zu sehen. Du kannst von Glück sagen, daß du so glimpflich davon gekommen bist. Wäre ich nicht zufällig vorbeigegangen und hätte deinen Zustand erkannt, so wärst du jetzt schon tot. Aber James! James!« fügte er mit dem Finger drohend hinzu, »kein solches Fieber mehr!« Erzählenswert ist auch eine Geschichte über den wunderlichen Lord Beckford. Lord Beckford empfing niemals Besuche und nahm keine Einladungen an. Die Tore seines Parks waren beständig abgesperrt, und in der Nachbarschaft wurden fabelhafte und die Neugier aufregende Dinge über den Luxus berichtet, mit dem sein Haus eingerichtet sei. Einen jungen Dandy plagte die

Neugier so sehr, daß er in der Nacht eine Leiter an die zwölf Fuß hohe Parkmauer legen ließ und so hinüberstieg. Er wurde entdeckt und vor den Lord gebracht, der ihn artig begrüßte, ihn überall herumführte und sich ihm beim Abschied auf das verbindlichste empfahl. Vergnügt wollte der junge Mann nach Hause eilen, fand aber im Garten alle Türen verschlossen und niemand war da, sie zu öffnen. Als er deshalb zurückkehren mußte und sich im Schloß Hilfe erbat, sagte man ihm, Lord Beckford ließe ihn ersuchen, so hinauszugehen wie er hereingekommen wäre. Kein Widerspruch half, er mußte sich bequemen, die Leiter wieder emporzuklettern und sie auf die andere Seite zu heben. Er verwünschte den boshaften Menschenfeind und hatte kein Verlangen mehr nach diesem verbotenen Paradies.«

»Es ist wahr, deutsch ist all das nicht,« sagte Borsati; »weder das Leidenschaftliche, noch das Problematische, noch das Weltmännische sind deutsch. Dagegen zeichnet sich das deutsche Wesen durch einen Reichtum an Gemütsbeziehungen aus, der keinem andern Volk eigen ist. Auch lebten unter den Deutschen zu jeder Zeit Charaktere, denen nur die Glücksgunst fehlte, um in weiterem Kreis Vortreffliches zu wirken. Irgendwie haftet der Deutsche noch in verstörter Welt und bildloser Finsternis und der tätige, in Heiterkeit gebundene Geist ist wie durch Ahnenfluch an seiner Wiege erwürgt worden.«

»Wenn man von deutschen Charakteren spricht,« versetzte Lamberg, »muß man vorzüglich unter den Edelleuten des achtzehnten Jahrhunderts Umschau halten. Wie in einem verwilderten Garten oft zauberhafte Blumen stehen, sind da Menschen emporgewachsen, die unter anderen Verhältnissen, in einem zuträglichen Geistesklima Außerordentliches geleistet hätten. Darin stimme ich Ihnen bei, Rudolf. Aber vielleicht ruht gerade im Leben der Dunklen und Halbdunklen die Kraft eines Volkes. Ihre Not

215

und ihre Kämpfe, führen sie auch zu keinem sichtbaren Ziel, bereiten die Entscheidungsschlachten vor, die am hellen Tag der Geschichte geschlagen werden, und ihr geheimnishaftes Einzelweben ist voll von der Bestimmung des Ganzen, so wie jeder Wassertropfen den Ozean enthält und erklärt. Man kann nicht von deutschen Charakteren sprechen, ohne aus Gräbern die Schatten der Toten zu beschwören, heute, wo jede Zwiebel für eine Ananas gelten will und das Herzgold unter den Füßen des Pöbels zertrampelt wird.«

»Ich hoffe, Georg, daß wir dies für eine Art Prolog nehmen dürfen, ich wünsche sehr, daß Sie uns das Bild zum Kommentar zeigen«, sagte Cajetan.

»Ich habe über eine bestimmte Persönlichkeit eine Reihe von Notizen gesammelt,« gab Lamberg zu; »ich muß sie aber erst noch ordnen, und morgen bin ich bereit, Ihren Wunsch zu erfüllen. Heut wäre es ohnehin zu spät.«

Franziska nickte. Der tiefdunkelblaue Glanz ihrer Augen verriet keine Müdigkeit, aber ihre Züge waren abgespannt. Borsati, Hadwiger und Cajetan brachen nach ihrer bäuerlichen Behausung auf. Draußen im Freien jubelten sie, – der Mond leuchtete durch zerrissene Wolkenflöre. Freilich war die Luft feucht und der Boden schwammweich, doch strahlte wieder einmal ein Gestirn am Himmelsgewölbe, und traumhaft funkelte der Neuschnee von den Häuptern der Berge.

Hadwiger hatte sich von Franziska die Erlaubnis erbeten, sie am folgenden Morgen zu einem Spazierweg abholen zu dürfen, falls es nicht regnete. Zwar blieb der Himmel neblig trüb, es war ein schwermütig-ahnungsvoller Tag, aber Franziska wollte gehen, und Hadwiger führte sie zum Fluß hinab. Sie beschauten die Stätten der Zerstörung, die überschwemmten Straßen, entwurzelten Bäume, verlassenen Häuser und Hütten und konnten sich lange nicht von dem Anblick der braungelb hinstürzenden Fluten losreißen, auf denen Stämme und Büsche schwammen, Balken und Bretter, Hausrat und tote Tiere. Als sie umkehrten, lehnte sich Franziska matt auf Hadwigers Arm. Er sprach leise; er sprach von der Liebe, die er für sie hegte. Sie lächelte; sie schüttelte den Kopf; sie sah ihn voll Bewegung an. »Wie du mich hier siehst, bin ich ohne Nein und ohne Ja,« sagte sie; »du bist mir viel; wie viel, das will ich nicht ergründen. Ich kann es nicht ergründen, weiß ich doch nicht, wo ich stehe und wohin ich gehe. Mit mir kann man keine Verträge, keine Abmachungen mehr schließen, Heinrich. Es macht mich glücklich, daß ich dich habe, das darfst du mir glauben.« Er schwieg, und er schwieg so, daß Franziska seine Hand ergriff und küßte.

Plötzlich blieb sie stehen. Purpurne Glut flammte über ihr Gesicht. Fürst Armansperg kam ihnen entgegen. Erst sahen seine Augen ohne Teilnahme und ohne Ziel in die Ferne, dann erkannte er Franziska, und über seine an Beherrschung sicherlich gewöhnten Züge verbreitete sich eine Fassungslosigkeit, die Mitleid erwecken mußte. Fünf, sechs endlose Sekunden standen sie einander stumm gegenüber. Hierauf sagte Franziska rasch, daß sie seit einigen Tagen hier sei, daß sie ihm schreiben gewollt, daß es aber bei dem Vorsatz geblieben sei, vielleicht des schlechten Wetters wegen, das sie zu jedem Entschluß unlustig gemacht habe. Mit sichtlicher Anstrengung gelang es ihr zu plaudern, aber schließlich fand sie freieren Ton, die gemessene, höfliche und gütige Weise des Fürsten unterstützte sie darin, bald ging er an ihrer Rechten, und es entwickelte sich ein lebhaftes Gespräch, dem niemand hätte anhören können, daß es eine Brücke über eine Kluft war. Hadwiger verwunderte sich im stillen; für ihn klang dies alles wie Schauspielerei; maskierte Zustände ertrug er nicht; zwischen Offenheit und Verstellung kannte er kein Mittleres,

217

weil es ihm an Erziehung und an Milde gebrach. Auch war es ihm, als solle er Franziska verlieren, als beginne sie schon jetzt in eine fremde Region zu schreiten; er hätte sie auf die Arme heben und forttragen mögen.

Der Fürst ging bis zur Villa mit und gerade als sie dort anlangten, verließen Lamberg, Borsati und Cajetan das Haus. Cajetan eilte auf den Fürsten zu, um ihn zu begrüßen, die beiden andern wurden von Franziska vorgestellt. Sie hatte eben von den täglichen Unterhaltungen erzählt, die sie pflogen, und Fürst Siegmund drückte seinen Wunsch aus, den zum Preis gesetzten Spiegel sehen zu dürfen. Lamberg führte ihn ins Zimmer und vor den goldenen Spiegel, den der Fürst lang und voll Bewunderung anschaute. Ehe er sich verabschiedete, lud ihn Georg Vinzenz für nachmittags zum Tee ein, und er gab erfreut seine Zusage.

Lamberg hatte häuslichen Ärger gehabt; Emil, dessen Eifersucht gegen Quäcola nicht mehr zu zügeln war, hatte den Dienst aufgekündigt. Er oder ich, hatte Emil ausgerufen, und Lamberg hatte wider alle Gebote der Menschenliebe erwidert: er, denn einen Affen konnte man doch nicht in die rauhe Welt stoßen. Quäcola hockte auf dem Balkon und schnappte nach Fliegen. Er trug rote Hosen und eine blaue Jacke mit silbernen Knöpfen, an denen er beständig zerrte. In der Küche fand indessen zwischen Diener und Köchin folgender Dialog statt: Die Köchin: Das Vieh müßte man mit Arsenik vergeben. Emil: Hilft nichts. Es ist ein Zauberer. Es hat den Herrn verhext. Die Köchin: Passen Sie auf, es wird noch ein schlechtes Ende nehmen. Emil: Jede Nacht träum ich von ihm; es sitzt mir auf dem Kopf und frißt mir die Haare weg, als ob's Gras wäre. Na, ich gehe eben, man hat seine Würde. Die Köchin: Ach Gott! Daß es so weit mit den Menschen gekommen ist. Ich bleib auch nicht in einem Haus, wo ein Affe das

Regiment führt. Wer weiß, was einem da zustößt. Emil, mit weissagender Miene: Die Menschheit befindet sich auf einer schiefen Ebene, und so deut ich auch die Sintflut, die jetzt angebrochen ist.

Um fünf Uhr kam der Fürst. Lamberg ließ den Tee in einem der oberen Zimmer servieren. Der Fürst hatte durchaus nicht jene kühle Geschmeidigkeit, die sonst bei solchen Leuten befremdend und vorsichtig stimmt. Seltsam, daß man keinen Augenblick das Gefühl hatte, mit einem alten Mann zu sprechen; er hatte etwas Scheues und Zartes, jedes seiner Worte schien von einer gefühlvollen Achtsamkeit beseelt, und die Galanterie, die er gegen Franziska an den Tag legte, war ohne alle Phrase, herzlich und delikat. Schon dies gewann ihm die Zuneigung der Freunde, und im Innern leisteten sie Franziska für manchen früheren Zweifel und Tadel Abbitte. Sogar Hadwiger schloß sich auf, und von seiner Stirne schwand die Wolke der Mißbilligung und Unruhe.

Quäcola durfte seine Kunststücke zeigen; er ging auf den Hinterfüßen, eitel und seriös; er nahm ein Buch und las, wobei seine Miene die kritische Besorgnis zeigte, die er seinem Herrn abgeguckt; er fing Nüsse, die ihm zugeworfen wurden, und heuchelte Zorn, wenn sie zur Erde fielen. Als das Repertorium erschöpft war, sagte Franziska, Georg möge doch die Geschichte erzählen, die er gestern Abend verheißen, sie verspreche sich etwas Besonderes davon. Lamberg sah etwas verlegen drein, aber da die Freunde ihn ebenfalls darum ersuchten und der Fürst sich in bescheidener Erwartung schon zurechtsetzte, holte er ein Heft mit losen Blättern aus dem Nebenzimmer und sagte: »Einiges habe ich mir aufgeschrieben und werde es lesen; es ist wie eine Chronik zu betrachten. Was ich aus dem Gedächtnis erzähle, ist nur die Verbindung zwischen diesen Teilen.«

Und er begann.

Die Geschichte
des Grafen Erdmann Promnitz

Als der große Friedrich von Preußen zum erstenmal um Schlesien stritt, blühte dortselbst noch das alte und angesehene Geschlecht derer von Promnitz. Seit jenem Balthasar Promnitz, dem Fürstbischof von Breslau, der außer Pleß, der größten schlesischen Standesherrschaft, auch Sorau und Triebel in der Niederlausitz erworben hatte, gehörte die Familie zum höchstbegüterten Adel des Landes, und späterhin, als sie schon ein Haupthort des Protestantismus war, besaß sie auch Peterswalde, Kreppelhof, Drehna und Wetschau, lauter große Gemarkungen mit umfangreichem Ackerland und ausgedehnten Wäldern.

Graf Erdmann, der letzte Sproß der Promnitze, galt als Kind für einen ausgemachten Tölpel. Zu Sorau, wo sein Vater, der sächsische Kabinettsminister, einen förmlichen Hof hielt mit Jagdpagen, Kammerhusaren, Zwergen und einer Leibgarde von hundert bärenmützigen Riesen, gab er die denkbar schlechteste Figur ab. Er war mißtrauisch, verstockt, gefräßig und faul. Wegen seiner Streitsucht hielt es kein Spielgenosse bei ihm aus.

Eines schönen Tages machte er in Begleitung des Hoffräuleins Collobella und seines herrnhutischen Erziehers von Wrech einen Ausflug nach dem ländlichen und entlegenen Peterswalde. Die Collobella war eine immer noch muntere Italienerin, die der regierende Graf vor dreißig

Jahren aus Florenz mitgebracht hatte und die aus Liebe zur Familie Promnitz evangelisch geworden war. Ihr war das heimliche und heimtückische Gemüt des Knaben ein Greuel, und sie ging ihm bei jeder Gelegenheit mit Vorwürfen und entrüsteten Predigten zu Leibe. Währenddem starrte der zwölfjährige Erdmann böse in einen Winkel, und so oft die Collobella einen ihrer frivolen Witze losließ, zuckte er zusammen wie ein Fisch, wenn man mit dem Stock ins Wasser fährt. Aus den gröberen Redensarten machte er sich wenig, und wenn sie ihm ein schlimmes Ende prophezeite, lachte er ihr ins Gesicht. Was Herrn von Wrech anbelangt, so huldigte er wohl äußerlich den Grundsätzen seiner Sekte, doch trug er das Herrnhuter Gewand mit der unverpflichtenden Sachlichkeit, mit der etwa Monsieur de Rohan den römischen Kardinalshut trug. Eigentlich war er ein Genüßling und erwartete sehnsüchtig den Tag, wo er mit seinem Zögling die übliche europäische Tournee antreten durfte.

In einem Seitenflügel des Peterswalder Schlosses befand sich eine kleine Kapelle. Indes die Italienerin und Herr von Wrech Siesta hielten, streunte Erdmann durch die verödeten und vernachlässigten Räume und gelangte schließlich in jenes Kapellchen, in dem ein Bild, welches über dem Altar hing, seine Aufmerksamkeit fesselte. Es war kaum darnach angetan, kirchliche Empfindungen zu wecken; wahrscheinlich hatte ein übereifriger Verwalter es aus einem der Säle hierherbringen lassen. Es stellte Adam und Eva vor dem Sündenfall dar, beide natürlich splitternackt, das Weib mächtig dick, den Apfel hinhaltend, und Adam halb weggewendet, als lausche er, zwischen beiden die Schlange, die sich vom Baum herunterringelte, und hinter dem grünen Wipfel ein kobaltblauer Himmel. Es war keine üble Arbeit und mochte die Kopie nach dem guten Werk eines süddeutschen Meisters sein.

Graf Erdmann ward davon anders getroffen als ein gewöhnlicher und harmloser Beschauer. Zunächst schämte er sich vor der unanständigen Nacktheit der beiden Personagen derart, daß ihm der Schweiß bei den Haarwurzeln herausbrach. Nachdem sich sein Auge daran gewöhnt hatte, kam es wie eine Erleuchtung über ihn. Mit finsterem Triumph schaute er in das Gesicht der Eva und auf den Apfel in ihrer Hand, und er sagte zu sich selber: von daher stammt also das ganze Elend; deswegen ist mir so schnöde zumut in dieser schuldbeladenen Welt; deswegen hab' ich immer ein schlechtes Gewissen, wenn ich eine reichliche Mahlzeit verzehrt habe. Ich merke schon, worauf das hinauswill mit den Zweien, dachte er voll Haß; dieses fette Frauenzimmer will das einfältige Mannsbild beschwatzen; jetzt begreif ich erst, was die Bibel meint, jetzt weiß ich, was das ist: der Sündenfall. Was bist du für ein Narr und Dummkopf gewesen, du Menschenvater Adam!

Diese letzten Worte rief er ziemlich laut vor sich hin. Da erschallte ein klirrendes Spottgelächter hinter ihm. Es war die Collobella. Wütend schritt er auf sie zu und fuhr sie an: »Geht nur allein zurück nach Sorau, ihr beiden, ich will hier auf Peterswalde bleiben. Ich mag das Luderleben nicht mehr mit ansehen, daß man dorten führt. Meine Mutter ist unglücklich, das weiß ich längst; längst weiß ich, daß mein Vater sie mit Huren betrügt. Mein Vater hätte mich nicht auf die Welt setzen sollen, denn was ich von dieser Welt erfahre, ekelt mich an. Insonderheit die Weiber ekeln mich an, drum fort mit dir, du welscher Haubenstock.«

Die Dame Collobella lief schreiend davon und holte Herrn von Wrech zur Hilfe herbei. Aber Erdmann war schon wieder in seine Schweigsamkeit versunken. Nur weigerte er sich heharrlich, Peterswalde zu verlassen. Der Herrnhuter verbarg seinen Ärger. Potz Wetter überlegte er im Stillen, wenn mich der idiotische Teufel hier festhält, so gibts ein

Leben, wogegen das des heiligen Antonius eine babylonische Orgie war. Und er beschloß, der Sache von innen her beizukommen.

Dem Grafen Promnitz fiel ein Stein vom Herzen, als er vernahm, sein unfroher Sprößling wolle nicht mehr an den Hof zurück. »Laßt nur den Hamster«, sagte er zur Collobella, »der wird schon wieder nach unserer besetzten Tafel jappen.« Darin täuschte sich der Graf. Junker Erdmann kam nicht mehr nach Sorau, und seine Mutter mußte zu ihm fahren, wenn sie ihn sehen wollte. Allmählich wandelte die Gräfin auch ihre eigenen, nicht sehr erbaulichen Wege. Junker Erdmann erfuhr dies in ungeschminkter Weise durch Herrn von Zech, einen Emporkömmling, der es vom Schreiber zum geheimen Rat gebracht hatte und jeden Monat einmal in Peterswalde erschien, um die Wirtschaftsbücher zu inspizieren. Er schweifwedelte vor dem Vater und speichelleckte vor dem Sohn, weshalb ein Witzbold von ihm bemerkte, er hätte beständig hinten und vorne zu tun, und obwohl er sich mit dem herrnhutischen Präzeptor nicht vertrug, erlitt dieser die Unbill, daß am Sorauer Hof das Verslein in Umlauf gebracht wurde: Herr von Wrech und Herr von Zech schmarotzen all zwo beim Junker Pech. Junker Pech war der Spottname für Erdmann, erstlich wegen der schwarzen Kleidung, die er zu tragen pflegte, und dann wegen seines schwarzen Geistes.

Der gute Wrech hörte allmählich auf, den Junker für blöde zu nehmen, da in diesem eckigen Schädel im Verfluß der Jahre ein paar Augen erwachten, welche die Glut eines Jakobiners und die Melancholie einer Nonne enthielten. Er ließ sich mit ihm in profunde theologische Disputationen ein, bemühte sich aber unter dem Mantel einer scheinheiligen Duldung, ihm die Welt lecker zu machen.

Umsonst; der einsiedlerische Jüngling fürchtete die

Fallstricke des Lasters. Nach seiner Meinung konnte die einzelne Kreatur keines Glückes teilhaftig werden, da sie von Adam und Evas Zeit an verdammt war, dürfe auch das Glück garnicht genießen, weil sie damit die Leiden der Andern genau um jene Summe vermehrte, der sie sich freventlich entzog. Eine so rabulistische Sünden-Arithmetik verdroß den Herrnhuter, und er berief sich auf das Erlösungswerk Jesu Christi. Da aber fuhr er schlecht; der Junker bewies ihm haarklein, daß das Sündenregister der Menschheit seit siebzehnhundertsoundsoviel Jahren dermaßen in die Länge gewachsen sei, daß eine demnächst zu erwartende Abrechnung nur mit einem allgemeinen Untergang enden könne. Herr von Wrech ließ sich nicht beirren; halb näselnd, halb singend rezitierte er das Lied Numero eintausendundachtzehn:

»Wenn es sollt der Welt nach gehn, blieb kein
      Christ auf Erden stehn,
Alles würd' von ihr verderbt, was das Lamm am
      Kreuz vererbt.
Doch weil Jesus bleibt der Herr, wird es täglich
      herrlicher,
Weil der Herr zur Rechten sitzt, ist die Sache
      auch beschützt.«

Damit brach er listig ab; jedoch Junker Erdmann fügte
triumphierend den Schluß hinzu:

»Aber wenn sie diesen Mann erst herabgerissen
      han,
Dann wirds bös mit uns aussehn, übel wird es
      mit uns gehn.«

Es war ein ergötzlicher Anblick, wie die beiden sich rauften,
der glatte Epikuräer, der sich nur gerade soviel hinter der
Frömmigkeit verschanzte, daß seine heimliche Verräterei
nicht zu merken war, und der plumpe Jüngling mit dem
dünngespaltenen Mund und dem zurücktretenden Profil
eines traurigen Schafes.

Graf Erdmann hatte einen Farbenkasten, und in müßigen
Stunden beschäftigte er sich mit Malereien. Immer lief es
darauf hinaus, daß er eine Eva malte; diese Eva trug ein
züchtiges Gewand; sie streckte den Arm lüstern nach den
Äpfeln aus, die an den Zweigen eines Baumes hingen, und
eine giftgrüne Schlange züngelte gegen das von sträflichen
Begierden erfüllte Weib.

Nun ereignete sich in der Familie Promnitz ein Vorfall, der
darnach angetan war, das Gemüt des jungen Grafen, der
jetzt zwanzig Jahre alt geworden war, vollends zu
verdüstern. Die Gräfin Callenberg, seine Tante, eine

sechzigjährige Messalina, die die Gesellschaft der Mannsleute noch immer nicht entbehren mochte, weil sie bei ihnen mehr Gründliches fand, wie sie sagte, als bei Personen ihres Geschlechts, hatte ihren letzten Liebhaber, einen Franzosen namens Lefevre, aus gemeiner Eifersucht bei Wasser und Brot in einem Verließ ihres Schlosses eingemauert. Preußische Soldaten entdeckten ihn verhungert, mit langem Bart und irrsinnig; er starb wenige Tage nach seiner Befreiung. Die entrüsteten Untertanen der Gräfin überfielen sie im Bett, banden sie mit Stricken, warfen sie auf einen Leiterwagen und brachten sie nach Neiße, wo sie vor Verdruß und Zorn alsbald der Schlag rührte.

Graf Erdmann verfiel bei der Kunde des Geschehnisses in solche Trübsal, daß Herr von Wrech um seine Gesundheit besorgt wurde; dazu kam, daß auch seine Mutter um jene Zeit aus Herzenskummer starb. Herr von Wrech konnte es nicht mehr mit ansehen, wenn der Jüngling jeden Morgen und jeden Abend auf die Knie stürzte und in tiefer Schwermut ausrief: »O Gott, laß mich ohne Schuld! bewahre mich vor Sündenschuld! Ersticke meine Gelüste und gib mir Frieden!« Herr von Wrech machte sich auf und gab dem gräflichen Vater zu verstehen, daß er seinen Sohn auf Reisen senden müsse, wenn er ihn vor verderblicher Geistesfäulnis zu bewahren wünsche. Der Graf war's zufrieden und befahl, daß Erdmann in Begleitung des Herrnhuters nach Paris aufbrechen solle. Dagegen war kein Widerpart möglich. Graf Erdmann fügte sich mit unerwarteter Sanftmut. »Ich will doch sehen«, sagte er, »ob eure große Welt wirklich so groß ist. Es soll nicht heißen, daß ein Promnitz hinterm Ofen sitzen bleibt, weil er sich klüger dünkt als die Weitgereisten. Mich gelüstet nach einem andern Himmel, denn unserer drückt mir den Kopf wie das Dach einer Köhlerhütte und nach andern Menschen, denn unsere sind mir so wohlbekannt, wie die Verba auf mi. Aber

ich fürchte, lieber Wrech, die Welt hat früher ein Ende, als
ihr alle glaubt, wennschon es weit ist bis zu den Mongolen.
Gefangen sind wir, und können nicht aus noch ein.«

Herr von Wrech war entzückt über die Aussicht, so bald
nach dem galanten Paris reisen zu dürfen. »Ihr seid ein
genialischer Kopf, Junker«, antwortete er; »entweder werdet
ihr ein großer General wie Prinz Eugen, oder ihr sterbt
philosophisch wie Diogenes in einem Faß.«

Drei Wochen später befand sich der Graf mit seinem Erzieher
und Reisemarschall in dem Seinebabel, wie man sich damals
ausdrückte, und wo es allerwegen hoch herging mit
Maskenbällen, Assembleen, Glücksspielen, königlichen
Levers, Spazierfahrten, Jagden und amorosen Abenteuern.
Erdmann beschaute sich das glänzende Getriebe; er gab mit
Anstand sein Geld aus und wußte Rede zu stehen. Doch
benahm er sich oft recht sonderbar, und sein Wesen erregte
die Spottlust der französischen Herren und Damen. Eines
Tages wurde ein italienisches Ehepaar namens Concini, das
der Spionage überführt und vom Gericht zum Tod verurteilt
worden war, auf dem Greveplatz hingerichtet. Sie hatten
einen dreizehnjährigen Sohn, der gut gestaltet war, einen
liebenswürdigen Charakter besaß und trotz seiner Jugend
als ausgezeichneter Tänzer auf dem Theater Furore gemacht
hatte. Ich bin auf der Welt, um für den Übermut meines
Vaters zu büßen, sagte der arme Knabe zu denen, die ihn
ermahnten, seine schreckliche Lage in Geduld zu tragen.
Dieses Wort kam dem Grafen Erdmann zu Ohren, und da er
hörte, daß der Knabe den Tag der Hinrichtung seiner Eltern
bei Frau von Hautfort verbringen würde, ließ er sich bei der
Dame einführen und erschien gerade, als man dem Knaben
Hut und Mantel abnahm und ihm zu essen und zu trinken
bot. Nach kurzer Weile trat eine Prinzessin vom Hof ein,
und als man ihr sagte, der junge Concini sei anwesend,
forderte sie ihn auf zu tanzen. Der Knabe war in

Verzweiflung, aber dem Wunsch der mächtigen Persönlichkeit mußte willfahrt werden, und so tanzte Jean Concini, ein jammervolles Schauspiel, während das Blut seines Vaters und seiner Mutter noch floß. Dies empörte den Grafen Erdmann; er nahm den Jüngling beiseite, unterhielt sich mit ihm, fand ihn aufgeweckt, ja wissensdurstig, und es berührte ihn eigentümlich, als ihm der Knabe im Verlauf des Gesprächs bebend gestand, seine höchste Begierde sei, die Astronomie zu studieren. Graf Erdmann überlegte sich die Sache, wandte sich an einen Hallenser Kaufherrn, der von Paris nach Hause reiste, und bat, er solle den Knaben zu einem dortigen Professor geben und ihn auf seine Kosten für die Universität vorbereiten lassen. In seinen Briefen an den Knaben nannte er ihn von da ab, halb in eigenwilliger Verballhornung seines ursprünglichen Namens, halb in kaustischer Anspielung auf den erstrebten Beruf, nur noch Hans Kosmisch, und dieser Name verblieb dem jungen Menschen, dem es beschieden war, dereinst in ungeahnter Weise in das Leben seines Beschützers einzugreifen.

Die Frau von Hautfort hatte an der edlen Handlung des deutschen Grafen Gefallen, und sie zeigte ihm recht offensichtlich, daß es ihr nicht unwillkommen sei, wenn er dieses Gefallen zu benutzen verstünde. Eines Abends behielt sie ihn verräterisch lange in ihrem Boudoir. Zuerst lachte sie sich toll beim Anhören seiner moralischen Predigten, denn er glaubte sie zur Tugend bekehren zu sollen, endlich wurde sie des salbungsvollen Geschwätzes satt. Da schlüpfte eine Zofe ins Gemach und überreichte der Herrin einen Brief. Diese erblaßte, als sie das Billett gelesen hatte, und steckte es rasch in ihren Busen, der sehr schön war und zu ihren vorzüglichsten Reizen gehörte. »Was gibt es denn?« fragte Graf Erdmann, dessen Sinne sich langsam zu umnebeln begannen, und da er sich nicht getraute, das Billett mit der bloßen Hand aus seinem hübschen Asyl zu ziehen, nahm er vom Kamin die silberne Zange, mit der man das Holz ins Feuer tat, und wollte sich auf solche Art des Papiers versichern. Die Dame schrie auf und schickte ihn halb lachend, halb zornig von dannen. Indes er durch den matterhellten Flur zum Haustor schritt, trat wie aus der Erde gestiegen ein reichgekleideter Fant auf ihn zu, das Gesicht maskiert, die Faust am Degengriff, und verstellte ihm mit Woher, Wohin, wes Namens und Zwecks den Weg. Graf Erdmann blieb die Antworten nicht schuldig; zwei Worte, zwei Beschimpfungen, man zog vom Leder, kreuzte die Degen, ein Ausfall, ein Sprung, ein Schrei, ein Seufzer, und der Unbekannte krampfte sich am Boden. Im Nu war das Haus lebendig, Mägde, Diener, Kammerfrauen polterten die Stiegen herab, und das ganze Unglück wurde erst offenbar, als die Maske vom Antlitz des Getöteten fiel; es war einer der zahlreichen natürlichen Prinzen Frankreichs aus königlichem Geblüt. Frau von Hautfort erschien selbst, und in ihrer Angst beschwor sie den Grafen, auf der Stelle zu fliehen, denn diese Tat werde schrecklich bestraft.

Aber Erdmann Promnitz war wie versteinert. Welche zierliche Gestalt, dachte er, den Toten anstarrend, welch anmutige Züge! Das Blut, langsam fließend wie Oel, benetzte seine weißen Schuhe. Die Wache kam, er wurde abgeführt, und am andern Morgen saß er in der Bastille.

Als ein reicher Herr, obwohl vom Ausland, fanden sich Verbündete und Freunde genug, um eine nicht gar zu wachsame Behörde zu hintergehen. Mit Hülfe eines bestochenen Aufsehers wurde der Gefangene von einem waghalsigen Fluchtplan unterrichtet. Ein Kaminfeger drang durch den Schlot zu Erdmann, befestigte einen Strick um seinen Leib und zerrte ihn durch den Schornstein aufs Dach. Von hier war der Weg vorbereitet; an einer Straßenecke warteten die Postpferde. Nun wollte es das Verhängnis, daß zur selben Zeit, wo der Junker, vom

Emporklettern erschöpft, neben dem Rauchfang ausruhend kauerte, unten ein feierlicher Leichenzug vorüberging. Erdmann fragte den Schlotfeger, wer da begraben würde, und die Antwort war, es sei der junge Prinz, der vor drei Tagen im Duell erstochen worden. Sei es, daß das Widerspiel der schwarzen Kavalkade und seiner und seines Führers rußgeschwärzter Erscheinung auf dem Dach ihm ein Gefühl grausiger Komik erweckte, sei es, daß die beengte und schuldbewußte Brust sich ihres Druckes nicht anders zu entledigen wußte, genug, Junker Erdmann brach in ein schallendes Gelächter aus, das auf keine Weise zu hemmen war. Drunten wurden die Leute aufmerksam. Um die Gefahr abzuwenden, packte der athletisch starke Schornsteinfeger den Grafen, den der Lachkrampf überdies wehr- und willenlos machte, hob ihn wie ein Kleiderbündel auf, stopfte ihn wieder in den Kamin hinein und ließ ihn am Seil hinunterrutschen. Da mußte der Junker, ob er mochte oder nicht, Arme und Beine spreizen, und er gelangte neuerdings in sein Gefängnis. Er streckte sich aufs Lager und blieb still und entgeistert. Er weigerte sich, Besuche zu empfangen oder Briefe zu lesen. Erst am achten Tag ließ er den Herrnhuter vor, der ihm mitteilte, man habe sich an den König August gewandt, damit er bei der Majestät von Frankreich Fürbitte tue, auch erwarte man einen Abgesandten seines Vaters zu Paris, der mit Gold die Befreiung aus der Bastille erwirken werde.

»Es kann mich keiner mehr befreien,« murmelte Graf Erdmann trübsinnig.

»Wie das, Euer Gnaden?« fragte Herr von Wrech erstaunt. Der Graf antwortete nicht.

Was vorausgesagt war, geschah; ein Diplomat sprach bei Hofe vor, das Blut des Prinzen war vertrocknet, die Sache schon in Vergessenheit, Promnitzsches Geld tat ein übriges, und zu Ende Mai reiste Erdmann heim nach Peterswalde. Er führte dortselbst das allerwunderlichste Leben. Tagelang ritt er auf seinem Roß in den tiefen Wäldern herum und tötete alles Getier, das ihm vor die Flinte kam. Als eine Art von Raubschütze zog er weit über die Grenzen seines Gebiets, und er durfte von Glück sagen, daß die Förster und Hüter, die den unheimlichen Jäger nicht kannten, ihn mit dem Tod verschonten. Später liefen dann in Sorau große Rechnungen ein, und der alte Graf mußte die Wildschäden ersetzen.

Niemand begriff solchen Treibens Kern und Ziel, bis Herr von Wrech, der sich die betrübtesten Gedanken machte, den Junker zur Rede stellte. Da setzte Graf Erdmann dem Herrnhuter auseinander, daß nach seiner Überzeugung alle Tiere einmal Menschen gewesen und zur Strafe für begangene Sünden also verwandelt worden seien. »Und ich,« fügte er düster hinzu, »ich erlöse sie durch den Tod.«

Herr von Wrech schluckte seinen Unmut über die verrückte Antwort hinunter und erwiderte mit Augenbrauen, so hoch wie gotische Spitzbögen: »Verzeiht, Euer Gnaden, aber es dünkt mich ein lästerliches Vermessen, daß Ihr, wenn auch bloß dem lieben Vieh gegenüber, den Erlöser spielen wollt.«

»Verachtet Ihr die Tierheit am Ende?« fragte Erdmann; »so seid Ihr wie ein Windhund, der keine Spur halten kann. Was er aus dem Auge verliert, ist dahin.« Und wie aus einem geheimnisvollen Traum heraus fuhr der Graf fort, mehr für sich redend als für den Andern: »Und ist eine Seele sündenlos geworden, so brech' ich den Zauber. Denn es könnte sein, daß eine dahinirret und irret, unschuldig und herzensrein, eine Verlassene, eine Himmelsstumme, eine Gefährtin. Die will ich finden, die will ich erjagen.« Bei diesen sonderbaren Worten stahl sich der erschrockene Herr von Wrech schaudernd aus dem Zimmer und bekreuzigte sich, als er vor der Türe war.

Eines Morgens, da der Graf wieder auf seinem Roß durch die Wälder stürmte, wurde er eines Hirsches ansichtig, den er meilenweit verfolgte. Plötzlich tat sich eine Lichtung auf, in deren Mitte ein dunkelgrüner Weiher lag. Er erblickte ein wunderbar liebliches Mädchen, das gerade aus dem Bad gestiegen war und im leichten Badekleid, den schwarzseidenen Mantel darüber, von einer Dienerin begleitet, nach dem Waldhaus am Rande der Lichtung schritt. Da brach der Hirsch aus dem Gehölz; sehr ermattet, trabte er auf die beiden Frauen zu, stutzte und, den Verfolger im Rücken wissend, machte er Miene, die Wehrlosen anzugreifen. Das schöne Mädchen schrie angstvoll auf, bei der Flucht verwickelte sich ihr Fuß in Wurzelwerk und kniend streckte sie die Arme gegen das nahende Tier, das in seiner Verzweiflung gefährlich war. Da krachte ein Schuß, Erdmann hatte gut gezielt, der Hirsch brach zusammen. Der Graf stieg vom Pferd, und als er bei dem Mädchen angelangt war, sank sie dem schwermütigen blassen Retter, vor Erregung schluchzend, an die Brust.

Es erwies sich, daß Graf Erdmann auf die Standesherrschaft Beuthen geraten war, die dem Grafen Carolath gehörte; das Mädchen war die junge Gräfin Caroline, Erbin und einzige Tochter. Nach Peterswalde heimgekehrt, erschoß Junker Erdmann das Pferd, das ihn gen Beuthen geführt, nachdem er es zuvor mit Lilien bekränzt hatte. Es fröstelte ihn in seiner Einsamkeit; er kam zu öfteren Malen nach Beuthen, er wurde mit der jungen Gräfin vertraut, ehe sie es mit Worten waren. Worte sagten nichts, Erdmanns Augen sagten nichts, sein Herz schien mit der Leidenschaft zu ringen, er schloß sich zu, wo er konnte, scheinbar widerwillig gab er sich, scheinbar widerwillig ließ er sich lieben, scheinbar mit Angst sah er den Bund besiegelt, für jede Liebkosung glaubte er sühnen zu müssen. Als man zu

233

Sorau vernahm, was im Werke war, beeilte sich der alte Graf, den Freiwerber zu machen, und schon im Herbst wurde eine prachtvolle Hochzeit gefeiert.

Kurz darauf ereignete es sich, daß der alte Graf Promnitz eines Abends allein auf abgehetztem Gaul auf sein Gut Triebel geritten kam, in die Vorhalle stürzte, die Türen verrammeln ließ und sich zitternd in den oberen Gemächern verbarg. Es dauerte nicht lange, so erscholl drunten das Geklirr zerbrochener Fenster, und fünf österreichische Husaren drangen ins Haus, geführt von einem racheschnaubenden Lakaien des Grafen, dessen junges Weib der lüsterne Alte tags zuvor entehrt hatte. Die wilde Horde eilte die Treppe hinauf, zertrümmerte die Tür des gräflichen Schlafzimmers, und mit flachen Säbeln bläuten sie so unbarmherzig auf seiner Gnaden herum, daß Höchstderselbe an den Folgen der erlittenen Verletzungen starb.

Erst zwei Monate später fanden die Exequien statt, wegen denen Graf Erdmann die Chroniken zur Hand genommen hatte; er las sonst nur Kochbücher und hatte davon eine große Sammlung, in Maroquin gebunden und mit Goldschnitt, zu seiner Magenerbauung, wie er sagte, doch vielleicht mehr, um die Menschen, alle, die mit ihm lebten, über seinen Gemütszustand zu täuschen.

Er übernahm nun die Regentschaft, aber in Wahrheit hatte das Promnitzsche Land von dem Tag ab keinen Herrn mehr. War Erdmann nicht mit der Kraft versehen, über so viele tausend Untertanen und ihre Verhältnisse, ja, nur über die Schafe und Rinder sich jene Gewalt anzumaßen, die bloß die herzliche Neigung für Gottes Welt einem Manne verleiht? Oder begriffen die Menschen ihn nicht als Herrn, weil sie seiner nicht zu bedürfen fest überzeugt waren? Und er, begriff er bei der Huldigung, daß so viele ihn bedürfen sollten, als deren Vertreter die Beamten in respektvoller Haltung und mit glühenden Gesichtern um ihn standen: der Hofrat, der Kanzler, der Oberhofprediger und Plebanus, die Diakonen, die Steuereinnehmer, die Aktuarien beim Konsistorio, die geheimen und offenbaren Schreiber, die Amtspfänder, Stallmeister, Rendanten, Küchenverweser, Förster, Jagdpagen, Bürgermeister, Stadtrichter, Senatoren, Schatzmeister und alles, was dem Herrn dient –?

Er begriff sie nicht, es waren lauter Fordernde, und er war doch der große Bettelmann aller, Bettler vor Himmel und Erde, Sühnebettler, Liebesbettler. Und wieder täuschte er, indem er sein wahres Wesen durch Habsucht verhüllte und auf nichts anderes erpicht schien als auf den reinen Ertrag. Darum mochten sich so viele schinden, darum mochten die Hammerschmiede am Kupferhammer stehen, die Heideläufer sich die Füße wund laufen, die wilden Schweine den Fronbauern die Ernte verwüsten, – er war der Herr des reinen Ertrags, und der reine Ertrag war der Schild für seinen Kummer um ein Weib, um die, die er »entzaubert und erjagt« hatte, und die ihm zu irdisch war, zu ergründbar, zu menschenhaft.

Die Gräfin Caroline sah wohl, wie schlimm es mit ihrem Gemahl beschaffen war. Als ein lebenslustiges Geschöpf war sie in die Ehe getreten und hing an dem Mann mit großer Liebe. Er aber schien es darauf abgesehen zu haben, sie zu demütigen. Er untergrub den Respekt, den sie bei den Dienstleuten gewärtigen mußte, sowohl durch Spott wie durch widerrufende Verordnungen. Freilich hatte sie wenig Talent zur Hauswirtin, besser verstand sie sich auf Geselligkeit und heitre Gespräche, auf Unterhaltung mit gebildeten Männern, aber redliche Bemühung ersetzte die Gabe, und unter ihren fleißigen Händen war stets alles wohlbestellt. Dieses mochte der Graf nicht anerkennen; er beleidigte Caroline, wenn sie nur den kleinsten Fehler beging, und ihre Schwächen bauschte er zu Lastern auf. Er würdigte ihr Gefühl nicht, er stieß die Seele, die sich ihm opferte, zurück. Einstmals schrieb Caroline an eine vertraute Freundin dies: »Seit dem Fackelgeleit in die Hochzeitskammer, was hab ich vom Leben und Lieben, vom Mann und vom Weib gelernt und gelitten! Wie oft bin ich mir inwendig zum Traum verschwunden! Aber wenn ich die Augen aufschlug, war ich wieder ein Weib, sein Weib! und liebte ihn! und wurde verachtet! und sah seine Gier nach Erlösung und sah, daß er sich hätte erlösen können, wenn sein Herz zurückschenkte, was man ihm gab. Gott, wie viel mögen die tausend und abertausend Frauen verschweigen, verweinen, verschmerzen! Was ist nur in ihm? weshalb ruht sein Blick oft so fremd und fragend auf mir? als wartete er, etwas zu empfangen, was ich nicht besitze. Er ist immer in Eile und niemand weiß, warum. Er ist immer in Gedanken und niemand weiß, was er denkt. Er ist immer umwölkt, immer in Groll, immer in Melancholie, immer mißtrauisch, immer verzagt und hat kein Auge, um die zu sehen, die für ihn zittert. Hab ich noch einmal im Leben eine bessere Zeit, dann sollst du von mir hören, jetzt stille.«

Es kam keine bessere Zeit. Die Ehe war kinderlos, und Graf Erdmann erblickte darin einen Fingerzeig des Schicksals. Bittere Worte flogen hin und her, sie gruben einander die Brust auf, denn was so die rechte Zwietracht und mißverstehender Haß zwischen Eheleuten ist, die beständig einander nahe sind, einander atmen, das ist ärger als die Hölle. Der Graf wollte einige von seinem Vorfahr der Stadt und den Dörfern verliehenen Rechte wieder einziehen und setzte zum Verdruß der Bürger einen ungerechten Bierprozeß fort, den sein Vater begonnen. Darein mischte sich die Gräfin, und es entstand Streit. Caroline haßte den duckmäuserischen Herrnhuter, der noch immer im Hause weilte und durch Flur und Gemächer schlich wie der lautlose Unfried; auch darüber wuchs der Streit. Erdmann lud Kavaliere zu sich auf Jagden und Feste ein, und wenn sie kamen, war er fortgeritten oder gar betrunken, so daß die Gräfin vor Scham nicht wußte, was sie sagen oder tun sollte. Sie machte ihm Vorwürfe, erst sanft, dann leidenschaftlich; seine Ungerechtigkeit gegen sie rührte sie bis zu Tränen auf, es zerriß ihr das Gemüt, daß all ihre Liebe verschwendet sein sollte, denn geben, geben und immer geben, wer hat so viel, wer, der kein Engel ist? Welche Frau ertrüge es, daß ein Mann sich zum Herrn und Verächter der Menschheit aufwirft und den Willen Gottes erkannt zu haben meint und daß er dabei mit rohem Fuß ein anschmiegendes Herz zertritt?

Er aber hatte einen Engel in ihr zu erringen geglaubt, das war es. Einen Engel glauben, und nur die Eva finden, die Listige, die Überlisterin, das hübschgestaltete Fleisch, von schlauer Grazie bewegt, das wurmte ihn, verfinsterte ihn, und er ward in seinen Handlungen gegen die Frau seiner wahren Empfindung nicht mehr inne. Was er ihr zufügte, fügte er sich selber zu, aber er ward dessen nicht inne. Einst bei der Mittagstafel beschimpfte er die Frau gröblich, weil eine Speise, die gereicht wurde, verdorben war. Zwei Fremde waren zugegen, die peinlich erstaunt vor sich hinblickten, und Herr von Wrech, der eine demütige Fassung zur Schau trug. Caroline erhob sich und verließ das Gemach; an der Schwelle konnte sie sich nicht mehr halten und weinte laut. Die Gäste verabschiedeten sich bald, Graf Erdmann trieb sich in finstrer Laune in den Wäldern herum; als es Nacht war, kehrte er heim, nahm eine Bibel und versuchte zu lesen. Jedoch die im Schloß herrschende Stille wühlte ihn noch tiefer auf, das Wort der Schrift brannte wie Feuer in seinem Geist und ungefähr gegen Mitternacht begab er sich, ein Lämpchen in der Hand tragend, in das Zimmer der

Gräfin. Sie lag auf ihrem Bett und schlief, und lange schaute er sie an. Sie schlief ruhig wie ein Kind, ihre Wangen waren gerötet, und in den dunklen Augenspalten glänzte Feuchtigkeit. Da beugte sich Erdmann und berührte mit seinen Lippen ihren Mund; und kaum daß dies geschehen war, erwachte Caroline und blickte das Antlitz dicht vor sich voll geisterhaftem Schrecken an. Dieser Ausdruck, die unerwartete Wiederkehr ihres Bewußtseins, sein seltsam heimliches Beginnen, der Argwohn, als hätte ihn die Frau nur fangen und ertappen wollen, all das erhitzte ihn, er erschien sich gehöhnt, genarrt und verraten, er packte sie an den Haaren und riß sie aus dem Bett, er schleifte die Wimmernde durch die Säle, und im Flur des Hauses ließ er sie, preßte sich keuchend an die Wand und schlug im Dunkeln ein Kreuz. Caroline aber, schaudernd vor Entsetzen, erhob sich und flüchtete gegen die Tür des Hauses, rannte in den Hof, wo die Hunde anschlugen, und weiter lief sie, so weit ihre Füße sie trugen. Da machte sich Graf Erdmann auf und verfolgte sie in der Finsternis, koppelte die Hunde los und fand ihre Spur, und als er sie im Hemde, wie sie war, ohnmächtig neben einer Kotlache liegen sah, kauerte er sich nieder und blieb bei der Regungslosen, bis der Morgen graute, dann trug er sie ins Haus zurück. Ihr Blut erwärmte ihn, zärtlich schmiegte sich ihr Haar um seinen Hals, ihre Arme hingen schlaff, ihr Herz klopfte wie ein Mahner gegen seines, das von Finsternis, von Irrung und von unbegreiflichem Schmerz erfüllt war.

Wenige Wochen darauf setzte der Bruder der Gräfin die Scheidung durch, Erdmann tat, als ob er damit zufrieden sei, und das Gericht zu Oppeln bestätigte sie wegen unversöhnlicher Feindschaft, »samt dem was anhängig«. Bis zu ihrem Tod lebte die Gräfin Caroline wie eine Klosterfrau, und so ist sie, reizend und wehmütig, noch heutigen Tags auf dem Schlosse zu Carolath im Bilde zu sehen. Erdmann

Promnitz aber wurde von der Stunde ab, wo sich die Gräfin von ihm trennte, immer unruhiger und wilder. Es umgaben ihn Schmeichler, Schmauser, Schmarotzer und lauernde Erben. Das viele Geld vom reinen Ertrag war kaum hinreichend, den Verschwendungen stand zu halten, und fragte ihn einer seiner Vettern, was er treibe, so antwortete er, scharf skandierend: »Essen, trinken, schlafen, sehen und hören.« Schreckliche Träume zerrütteten sein Gemüt; war es Reue, was so tief sich einfraß, daß er den Wurm gleichsam im Innersten der Brust spürte? Als man eines Morgens Herrn von Wrech tot in seinem Bett fand, – er hatte von der Tafel einen halben Fisch in seine Kammer mitgenommen, war des Nachts hungrig aufgewacht, hatte ihn ohne Licht verzehrt und war an einer Gräte erstickt, – da beschloß der Graf, in die Fremde zu ziehen, wo er fremd sein und Jedermann mit Ehren fremd bleiben konnte. Gegen eine Leibrente von zwölftausend Talern vergab er all seinen Besitz an verwandte Geschlechter, und nachdem er einen im Schloßkeller von Sorau vergrabenen Schatz von hunderttausend Gulden an sich gebracht, zog er in die weite Welt, in des Herrgotts Gefängnis, wie er sagte.

Zu Halle sah er nun seinen Schützling wieder, jenen Hans Kosmisch, den er aus dem Pariser Lasterpfuhl gerettet hatte und der inzwischen ein höchst gelehrter junger Mann geworden war, bei welchem das Promnitzsche Geld einmal fruchtbaren Boden gefunden. Hans Kosmisch lag seinem Gönner an, ihn nach England zu dem großen Astronomen Herschel zu schicken. Dies gewährte der Graf, stattete ihn reichlich aus und versprach zudem, daß er ihm nach seiner Rückkehr auf dem Schloßturm von Peterswalde eine Sternwarte einrichten wollte, denn das Gut Peterswalde hatte er sich als Reservat ausbedungen, mit freiem Tisch, sechs Schüsseln zu Mittag, freier Equipage und freier Jagd.

Zweimal unternahm er den Versuch, die Gräfin Caroline

wiederzusehen, die in der Nähe der Stadt Merseburg lebte. Die Gräfin weigerte sich, ihn zu empfangen. Er fuhr in den Norden und begab sich auf ein Schiff, und das Schiff scheiterte an der irischen Küste, und er kehrte zurück und eines Abends im Herbst stand er wieder vor dem Haus, in dem die Gräfin Caroline wohnte, und schaute lange zu den Fenstern empor, und ging endlich hinein und erfuhr von einem alten Weibe, daß Caroline gestorben war und daß man sie am Allerseelentag begraben hatte. Da lag Erdmann Promnitz über sieben Wochen im Bette, fast ohne sich zu rühren. Sodann ging er in den Merseburger Ratskeller und trank dreiundeinhalb Tage lang ununterbrochen Burgunderwein. In seiner Trunkenheit sah er einen bleichen Schatten neben sich, und ingrimmig begann er das Verslied Numero eintausendachtzehn zu singen:

»Wenn es sollt der Welt nachgehn, bebe! blieb
     kein Christ auf Erden stehn, bibi!
alles würd' von ihr verderbt, bebe! was das
     Lamm am Kreuz ererbt, bibi!«

Da ängstete den Wirt das blasphemische Gebaren, und er ließ den hochgebornen Herrn in aller Devotion auf die Straße setzen.

Bald darauf wanderte er außer Landes und schlug seine Residenz zuerst in Kehl, dann in Straßburg auf. Er war allen Menschen unheimlich; in einer Nacht wurde er in Begleitung mehrerer Herren von fünf wegelagernden Strolchen überfallen; mit wahrer Berserkerwut und -kraft schlug er die ganze Bande in die Flucht. Einer der Herren fragte ihn, warum er, der doch so stark sei, immer furchtsam und gedrückt scheine. Er erwiderte: »So ist es nun einmal. Ich kann mich und euch gegen jedermann in Schutz nehmen, nur nicht gegen mich selbst.«

Er reiste nach Paris. Dort erinnerten sich noch einige Leute seines Namens, und sie verbreiteten das Gerücht, der finstere und ausschweifende deutsche Graf werde von der Erinnerung an eine Übeltat gequält. Als er davon erfuhr, lachte er und sagte: »Man unterschätzt mich; ein Körnchen Kaviar gibt noch keine Mahlzeit.« Er suchte die Gesellschaft berühmter Philosophen, und stets brachte er das Gespräch auf Schuld und Sünde und moralische Verantwortung, aber wenn sie sich dann nach ihrer Weise geäußert hatten, ging er unzufrieden von ihnen hinweg, setzte sich eine Nacht lang in eine Spelunke, sang anstößige Lieder und machte sich mit allerlei wüstem Volk vertraut. Zwei Jahre hielt es ihn in Paris, dann pilgerte er über die Pyrenäen nach Spanien. Zu Valladolid sprach er mit den Gelehrten der Universität lateinisch, und in Escurial unterhielt er sich mit den Granden von hoher Politik, und in Cadix hockte er in Matrosenkneipen am Hafen, und dann fuhr er übers Meer nach Afrika, fand nicht Ruhe in der Wüste, nicht in den bunten Städten der Mauren, reiste nach Malta, lebte in Syrakus, dann in Rom, durchwanderte die Schweiz, war heute geizig mit Gold, warf morgen einem Bettler zwei Dukaten in den Hut, las einmal in den Schriften des Professors Kant und des Herrn von Voltaire, ein andermal im heiligen Augustinus oder in einem seiner Kochbücher. Grübelnd saß er an Bord der Schiffe, den Blick ins Wasser geheftet, schweigend und träumend schritt er durch die vielen Städte, und mit wunderbarer Eile ließ er seine Kutsche über die Landstraße donnern, als ob der Teufel hinter ihm her wäre. Bei Tag wünschte er, daß es Nacht sein möge, im Frühling wünschte er den Herbst. Dabei ward sein Kopf grau, sein Gesicht verfaltet, seine Gestalt gebückt, nur sein Auge nahm an Glut der Rastlosigkeit noch zu. Zehn Jahre, fünfzehn Jahre, zwanzig Jahre, fünfundzwanzig Jahre, wenn das Alter kommt, rollen die Tage, Monate und Jahre wie große und kleine Kugeln in beschleunigtem Fall den Berg hinunter und dem Abgrund des Todes zu, aber sie greifen auf, was am Wege liegt, und nehmen alles mit: Gram und Reue und Sehnsucht und schlechtes Gewissen.

Es wird erzählt, daß der Ostgote Theoderich durch einen großen Fischkopf, der vor ihm auf der Tafel stand, an das verzogene Antlitz des hingerichteten Symmachus erinnert wurde. Die Augen starrten greulich, die Lippe war dem Schreckbild in die Zähne gekniffen. Den König überkam das Fieber, er eilte in sein Schlafgemach, ließ sich mit Decken verhüllen, beweinte den Frevel und starb kurz darauf in tiefem Schmerz. Für den Grafen Erdmann war jegliches Ding zu jeglicher Zeit ein solcher Fischkopf. In gewissen stillen Nächten des Südens stieg ihm ein schlankes Frauenfigürchen vor Augen, ein sanftes Gesicht, so daß er hätte fragen mögen: »Du bist so bleich um die Nase, bist du bei Leichen gelegen?«

In Basel erhielt der Graf einen Brief von Hans Kosmisch, der nun über sechzehn Jahre zu Peterswalde hauste. Nachdem er von England zurückgekehrt war, hatte ihm sein Beschützer fünftausend Dukaten für den Ankauf eines Teleskops geschenkt, trotz seines Geizes, nur um diesem sonderbar geliebten, durch eine Laune des Schicksals ihm zugeworfenen Menschenkind zu willen zu sein und damit einer Wissenschaft zu dienen, die ihm unverständlich war wie das Hebräische und gespensterhaft wie das Grauen auf dem Kirchhof. Hans Kosmisch hatte einen neuen Kometen entdeckt und teilte dies seiner gräflichen Gnaden voll stolzer Genugtuung mit. Ha, dachte der Graf, da vergnügt sich einer am Feuerwerk der Sphären wie ein Kind am Fackelzug; mit dem Manne muß ich reden.

Es war wohl auch Heimweh, was den Grafen nach Peterswalde zog. Eines Nachmittags im Juni polterte sein Reisewagen durch die halbverfallene Schloßpforte. Die

Hühner stoben von dannen, Fasanen flogen auf, ein müder Hofhund umschlich Rosse und Räder. Nach geraumer Weile erschien Hans Kosmisch, im braunen spitzenbesetzten Jabot, doch ohne Perücke. Er war ein kleiner Mann, der ungeachtet der herannahenden Fünfzig noch immer knabenhaft aussah, noch immer den leichten Gang eines Tänzers hatte; sein Gesicht war seltsam weiß und glatt, mit durchsichtigen Augen, die Haare weiß wie Mehl. Als er seinen Herrn und Gönner gewahrte, so abgerissen, wüst und fahl, zwei Orden auf der Brust, den Anzug ausgefranst, mit suchenden Blicken die Wehmut und Rührung der Heimkehr verhehlend, da lief ein Schüttern über seine Züge, jedoch verbeugte er sich tief.

Bei kärglichem Plaudern wurde eine frugale Abendmahlzeit genommen, und als es dämmerte, verließen sie die Stube und setzten sich auf eine uralte Steinbank im Garten. »Es wird eine schöne Nacht heute«, sagte Hans Kosmisch. Wie dann der Graf immer stiller und stiller wurde, machte er ihm den Vorschlag, das Observatorium zu besuchen. Der Alte willigte schweigend ein, Hans Kosmisch nahm eine Handlaterne, und sie stiegen die Wendeltreppe des Turmes empor. Von der Studier- und Wohnstube des Astronomen führte eine geländerlose Leiter auf die Plattform; in einem rundlichen Bretterhaus daselbst befand sich das Teleskop.

»Seht, Euer Gnaden, wie feierlich das Firmament sich bestirnt hat«, sagte Hans Kosmisch emporweisend, »Euch zu Ehren, wie mir scheint.«

Erdmann Promnitz blickte um sich, dann hinauf. Er ließ sich auf ein Sesselchen nieder und beugte Rumpf und Haupt zurück. Es war ein Ausruhen in dieser Bewegung, und sie schien unwillkürlich, gleichwohl gehorchte er damit dem Hinweis des Astronomen. Aber wie sein Auge das überflammte Himmelsgewölbe traf, seufzte er plötzlich, und ein Schauder der Überraschung durchrieselte seinen Körper. Es fügt sich oft, daß ein Mensch erst vor einem zufälligen Schauspiel, das seine zerstückte Aufmerksamkeit zur Sammlung zwingt, eines Weges, eines Willens, eines Traumes, ja endlich des bedeutsamen Sinnes schwebender Rätsel inne wird. Es gibt Menschen, die niemals in einer reinen Nacht den Blick nach oben gelenkt haben, und die erst einen hinaufzeigenden Arm brauchen, um sich von der verworrenen Fülle irdischer Visionen abzukehren. Dieses sind die Zeitgefangenen, die Fliehenden, die Gerichteten, die Knechte des Herrn, die Ewiggeplagten, die Erdmänner.

Ein gleichsam von fernher gleitender Strahl umleuchtete das Herz des Grafen. »Gott grüß dich, Hans Kosmisch«, sagte er endlich. »Was für einem kuriosem Metier hast du dich da verschrieben! Sitzest Nacht für Nacht und beguckst den lebendigen Teppich. Muß auf die Dauer ein wenig ennuyant sein, dünkt mich.« Der alte Spott, durch Trauer glitzernd wie das Lächeln eines Kranken, wenn der Arzt auf die Schwelle tritt.

»Ist niemals ennuyant, Euer Gnaden,« versicherte Hans Kosmisch; »ist auch nicht gar so bequem. Das Begucken allein tuts nicht. Da heißt es rechnen und aberrechnen, die Mathematik quält Euch um den Schlaf, die Zahlen tyrannisieren den Kopf.«

»Und du hast Aare gesättiget, während ich in der Mühle die Mägde küßte, wie die Altvordern sagten,« murmelte der Graf gedankenvoll vor sich hin. »Und was ist das für ein Ding, der Komet, den du entdeckt? Wie hast du ihn zur Strecke gebracht? Findet man Gestirne wie neue Inseln im Südmeer, oder fängt man sie ein wie Füchse in der Falle? Zeig ihn mir, deinen Kometen.«

»Ihr könnt ihn mit bloßem Auge nicht gewahren,« entgegnete der Astronom mit seiner italienisch runden

Stimme, »auch erscheint er erst zwischen zwei und drei Uhr nachts im Bild der Kassiopeia.«

»Und so mußt du auf ihn warten wie eine Ehefrau auf ihren schläfrigen Mann? Wenn das nicht Ennui heißt, will ich Trübsal benannt werden.«

»Er kommt nur alle siebenundzwanzig Jahre der Menschheit zu Gesicht«, fuhr Hans Kosmisch mit unerschütterlichem Lehrernst fort.

»Larifari, Hans Kosmisch, wie willst du das so genau wissen?«

»Es läßt sich alles berechnen, Euer Gnaden. Was Euch Willkür scheint, läßt sich berechnen, und durch das Teleskop läßt sich vieles sehen, was in der Himmelsschwärze versunken ist.« Der Astronom wies auf das Fernrohr, und als der Graf sich erhoben hatte, richtete er die Schrauben für das Auge des Laien und zielte mit dem Rohr auf das Mondhorn, das gerade zwischen zwei Baumwipfeln eines fernen Waldes tief gegen den Horizont sank. Der Graf schaute hinein, fuhr aber gleich wieder zurück.

»Es blendet Euer Gnaden,« meinte Hans Kosmisch versöhnlich, »doch Ihr werdet Euch bald gewöhnen.«

Der Graf schaute wieder ins Rohr. »Verteufelte Zauberei«, sagte er; »oder sind es wahrhaftige Berge, die ich da sehe?«

»Wahrhaftige Berge, Euer Gnaden, erloschene Vulkane, eine gestorbene Welt, eine Zwillingserde. Das Licht, das Ihr wahrnehmt, ist Sonnenlicht, die Schatten sind Sonnenschatten –«

»So hat mich das Diebsgesicht des Monds bisher getäuscht? Und was ist das für ein dunkler Fleck, seitlich vom hellen, grau wie Katzenfell –?«

»Es ist die Nacht des unbeleuchteten Planeten. Unser Erdball wirft die umgrenzte Finsternis dorthin.«

»Unser Erdball, sagst du ... Ball! Wie das klingt. Es ist also keine leere Fabel? Die Welt, auf der ich stehe, mit ihren Ländern und Meeren und Flüssen und Städten und Kirchen und Menschen ist wirklich nur so eine schwimmende Kugel wie die dort?«

»Wie die dort und wie viele, eine kleine nur unter den kleinen, Euer Gnaden. Seht, alles was so wie Leuchtwurmgetier am Himmelsbogen funkelt, das ist jedes für sich ein Einzelnes und Gestaltetes, und könntet Ihr auf einem von den Sternen weilen, so würden die andern und unser irdischer dazu auch wieder nur als feuriges Gesprüh euer Auge ergötzen. Das geschliffene Glas da löst euch den weißen Strom der Milchstraße zu Punkten auf, und jeder Punkt ist eine Sonne, und um jede Sonne kreisen Erden, und jeder hält den andern im Raum, und alle fliehen durch den Raum, nach geheimnisvollen Gesetzen. Ihr schaut empor, und zur selben Frist entstehen Welten und vergehen Welten, schwingen sich Monde um ihre Muttergestirne, stürzen Meteore aus der Bahn, rasen Kometen durch eine Unendlichkeit, für die der Menschengeist keine Begriffe hat. Richtet Euer Augenmerk gnädigst auf den grünlich funkelnden Stern zwei Hand breit von der Deichsel des Wagens. Dieses Sternes Licht braucht dreitausend Jahre, um zu Euch zu gelangen.«

»Dreitausend Jahre«, wiederholte der Graf, flüsternd wie ein Kind, dem es gruselt.

»Indem Ihr sein Feuer seht, seht Ihr in Wahrheit etwas, das vor dreitausend Jahren war, und wäret Ihr imstande, hinaufzufliegen, so könntet Ihr, auf die Erde rückschauend, mit sonderlich begabtem Auge von Folge zu Folge alles wahrnehmen, was sich seit dreitausend Jahren dahier begeben hat.«

Graf Erdmann stierte den Astronomen entsetzt an. »Wenn
dem so ist,« antwortete er stotternd, »wenn dem so ist, so
kann ja nichts verborgen bleiben. Dann ist jedes meiner
Worte und jede Tat, die ich getan, aufbewahrt. Ist es dann
nicht ein Irrtum zu glauben, das Jetzt sei ein Jetzt? Dann
wird ja alles so ungeheuer, dann muß doch die Schöpfung
älter sein als die sechsthalbtausend Jahre der Juden...«

»Euer Gnaden darf sich nicht verwirren,« fiel Hans
Kosmisch mit listig-mildem Lächeln ein; »was Euch Religion
und Bibel an Maßen geben, sind Verkürzungen
symbolischer Art. Der Geist will die Seele nicht betrügen, er
macht sie nur den göttlichen Geheimnissen doppelt
verschuldet.«

Der Graf hatte sich wieder auf sein Sesselchen begeben und
blickte empor. »Das alles über mir ist Raum,« begann er
wieder, und seine Greisenstimme klang erschüttert; »so
groß, so endlos frei und herrlich weit, daß die Zeit, die ich
gelernt, mir wie ein Bild erscheint und mein Name wie ein
Gleichnis; und meine Qual und Sünde schrumpft mir
zusammen, denn was sind meine sechzig Winter und
Sommer unter den Millionen, und wie könnte der Herr über
eine solche Großwelt es fertig bringen, Gut und Böse
krämerhaft zu wägen?«

Hans Kosmisch antwortete nichts, auch der Graf schwieg
lange Zeit. Plötzlich rollten ihm zwei große Zähren über die
verwitterten Backen, und er sagte dumpf und langsam vor
sich hin: »Sie hatte kornblondes Haar und Augen wie das
Reh; ihr Mund war sanft und ihre Hand war zärtlich. Sie
hat mich geliebt, und sie ist tot. Wo sie auch weilen mag da
oben im Raum, ich bin bei ihr, und was ich als Schuld gegen
sie trage, bleibt Schuld. Sündenschuld – Liebesschuld. Aber
wie denkst du dirs, Hans Kosmisch,« rief er auf einmal laut

und schlug beide Hände vor die Brust, »wird mirs noch gelingen, einen Tod zu sterben, der dem Herrn der Sterne wohlgefällig ist?«

Hans Kosmisch senkte still den Kopf. Für Gespräche so intimer Art fehlten ihm Mut und Lust. Er sah die Menschen nur von fern, nur von einer nächtlichen Warte aus, und Gefühle kundzugeben war ihm versagt seit den Pariser Zeiten. »Geleit mich hinunter aus deinem Sphärenpalast,« fuhr Graf Erdmann fort, »und leuchte mir in die Kammer. Heut will ich einmal geruhig schlafen und ohne böse Träume.«

Der Graf verließ wenige Tage später Peterswalde und begab sich nach Osnabrück, wo er seines Zipperleins halber einen dort sässigen bekannten Arzt zu Rate zog. Er war ein anderer Mann geworden, ein gefügiger, milder, heiterer, obwohl auch fernerhin einsamer Mann. Ein mysteriöses Werk beschäftigte ihn die meiste Zeit des Tages, und in sternenhellen Nächten stieg er auf den Turm des Münsters, den er seinen wunderbaren stummen Professor nannte. Nach einem halben Jahr, im tiefen Winter, kehrte er nach Peterswalde zurück und lebte da friedsam weiter, ganz und gar mit seinem mysteriösen Werk beschäftigt. Sehr mit Grund ist bei alten Menschen der März als Todbringer verrufen. Eines Morgens im Mittmärz betrat Hans Kosmisch die Stube seines Herrn und fand ihn entseelt im Bette liegen. Auf dem Tische aber, gleichwie der ganzen Welt zur Schau, war das endlich vollendete Werk ausgebreitet.

Es war ein gemaltes Bild, nicht wie von einem, der die Kunst versteht, sondern von einem, der mit unbeholfener und doch sicherer Hand eine Traumvision festzuhalten bemüht ist, – ein über alle Worte erhaben schönes Antlitz, ein Kopf, ja nichts als ein Gesicht mit großen, reinen, unaussprechlich gütigen Augen, aus denen die ergebenste Liebe quoll. Es fehlten nicht die Grübchen in den Wangen, die von weichem Haupthaar umflossen waren, und das Kinn umstand ein voller, breiter, lockiger Bart, der in einer Spitze endete, nicht in zweien wie ein Jesusbild. Dieses überirdisch göttliche Gesicht, das trotz des Bartes die genaueste Ähnlichkeit hatte mit dem der verstorbenen Gräfin Caroline, umrahmte über den Scheitel hinweg, an den Haaren herab und unter dem Bart sich schließend, ein Kranz von bekannten und unbekannten Blumen. Alles dies war ganz in Blau und Gold gemalt, und nun waren in der Weise punktierter Kupferstiche die Augenbrauen, die Augäpfel, die Stirne, die Lippen, der Bart und die Locken der Haare lauter Sternbilder, Nebelflecken, Kometen und Monde; in der Verschlingung einer Winde fand sich die Sonne und als winziger Goldpunkt die Erde. Es war als ob ein träumender Mensch, irgendwo im Raume ruhend, das Weltall als Gesicht begriffen hätte und als ob Sonne, Mond und Sterne im Innern seiner Seele zu einer geschauten und geheimnisvollen Einheit gelangt wären. Über dem Bildnis aber prangten die triumphierenden Worte:

Ad astra.

Franziskas Erzählung

Die Teilnahme, mit der die Freunde und Fürst Siegmund der Geschichte von dem wunderlichen Edelmann gelauscht, hatte sie nicht verhindert, die Erregung zu bemerken, von der Franziska mehr und mehr ergriffen schien. Beim Verlesen des Briefes, den die Gräfin Caroline an eine Vertraute geschrieben, hatte sie sich emporgerichtet, und unablässig hingen dann ihre Augen an den Lippen Georg Vinzenz Lambergs. Und als dieser geendet, warf sie sich mit dem Gesicht gegen das Polster, und das Beben der schlanken Gestalt verriet, daß sie mit bemitleidenswerter Anstrengung ihr Weinen zu ersticken suchte.

Der Fürst ging zu ihr, setzte sich neben sie und faßte ihre Hand. Er schwieg. Borsati aber sagte: »Kann Erdmann Promnitz deinen Schmerz lösen, Franzi, warum sollten wir es nicht können?«

Fürst Siegmund beugte sich ein wenig zu ihr herab und bat, sie möge ihn anschauen. Sie schüttelte den Kopf. »Keiner unter uns wünscht, daß du eine Wunde aufreißen sollst,« sagte der Fürst gütig und ruhig, »und mich selbst verlangt es nur, dich wieder so zu sehen, wie du ehedem warst. Ist es dir nicht möglich zu vergessen, so dünkt es mich doch gefährlich, wenn dich fremde Geschicke immer wieder mahnend in die eigene Vergangenheit zerren, und deinen Freunden hier sind diese Tränen vielleicht ein unverdienter Vorwurf. Was aber auch an Bewahrung oder Stolz im Schweigen liegt, das eine glaub mir als altem Lebensmenschen: es ist nicht fruchtbar, und es ist nicht fromm. Es verengert das Herz.«

Da kehrte sich Franziska um, ließ den Blick sinnend über alle schweifen, und mit blassem Gesicht antwortete sie: »Ihr sollt es wissen. Was mich an der Geschichte vom Grafen Erdmann so getroffen hat, das kann ich kaum erklären. Nicht die Frau ist es und was sie hat ertragen müssen, dergleichen ist ja häufig, es bestätigt nur die Erfahrungen und wühlt nicht so unerwartet auf. Es ist etwas Anderes; es ist da eine Luft, ein Ton, eine Folge, etwas wie dumpfaufschlagende Steine, ich vermag es euch kaum anzudeuten, etwas über die Wahrheit der Worte hinaus, etwas, was wie Musik wahr ist. Und dann die Sterne! und dieser Tod! Und das Bildnis zuletzt! Auch ich habe von einem Bildnis zu erzählen, von nichts anderem eigentlich.«

»Aber wie soll ich sprechen?« fuhr sie hastiger fort, betrachtete die aufmerksamen Gesichter der Freunde und ließ das Haupt auf die stützende Hand sinken, »wie soll ich das Unglaubliche schildern, euch, die ihr mich so gut kennt und doch nicht kennt? Vielleicht war ich damals müde; ja, in jeder Hinsicht müde. Ich hielt nichts mehr von mir, mein Körper war mir eine Last, mein Talent eine Grimasse, mein Dasein kam mir erbitternd nutzlos vor, ich erschien mir unsagbar einsam, und die Gleichgültigkeit, die einen erfüllt, wenn man stets getragen wurde und nie gegangen ist, war das Schlimmste. Mich verlangte nach einem Sturz, oder nach einem Widerstand, denn trotzdem ich kraftlos war, war ich zugleich verwildert. Nein, ihr habt nichts von mir gewußt; ihr wart zu klug, zu vornehm, zu sparsam, zu beiläufig.«

Sie seufzte, und nach einer bedrückenden Pause begann sie die Ereignisse zu erzählen, auf die sie in so ungewöhnlicher Weise vorbereitet hatte, die aber mit ihren eigenen Worten nicht gut wiedergegeben werden können, weil das Heftige

251

und Sprunghafte des Vortrags die Faßlichkeit beeinträchtigen würde.

Eines Tages erhielt sie einen Brief von einer Freundin, die acht oder neun Jahre zuvor vom Theater weg eine glänzende aristokratische Heirat gemacht hatte und deren Mann im Ausland gestorben war. Die Zurückgekehrte wünschte Franziska zu sehen. Sie bewohnte einen kleinen Palast in der Metastasio-Gasse, und als die Beiden in einem rondellartigen Raum einander gegenüber saßen, erblickte Franziska ein Porträt, von dem sie aufs Wunderbarste berührt wurde. Sie konnte die Augen nicht von dem Gemälde losreißen, und da bisher Bilder nie tiefer auf sie gewirkt hatten als etwa schöne Stoffe oder Teppiche oder Geschmeide, geriet sie selbst in Bestürzung über den Eindruck. Auch die Freundin erstaunte, als Franziska sie um die Erlaubnis bat, öfter hier sitzen zu dürfen, um das Bild betrachten zu können. Franziska kam von da ab jeden Tag. Anfangs leistete ihr die Baronin Gesellschaft, dann ließ sie sie häufig allein. Sie war der Ansicht, daß eine trübe Erinnerung oder ein kürzlich erlittener Seelenschmerz Ursache des sonderbaren Benehmens sei, und vielleicht um Franziska auszuforschen, vielleicht um sie zu zerstreuen, teilte sie ihr nach einiger Zeit mit, sie habe unter den Papieren ihres Gatten Aufzeichnungen über die Persönlichkeit des Porträtierten gefunden; es sei ein schottischer Edelmann gewesen, der für den Gemahl einer von ihm hoffnungslos geliebten Dame sein Leben geopfert habe; dieser nämlich war wegen Rebellion gegen das königliche Haus zum Tod verurteilt worden; um die angebetete Frau vor dem schrecklichen Verlust zu bewahren, hatte sich der Liebende des Nachts, eine Stunde vor der Exekution, Eingang in die Zelle verschafft, hatte die Kleider mit dem Delinquenten getauscht und sich hinrichten lassen, ohne daß weder die Richter noch die Henker den Betrug

252

merkten.

Dies Tatsächliche oder Sagenhafte ging Franziska anscheinend nicht nahe. Es war sogar, als hätte sie eine Abneigung dagegen. Zu wirklich war es und als Wirkliches zu fern. Sie war in einem Fieber, in dem man weder sieht noch denkt, nur tastet. Das Bild war so unlöslich in das rätselhafte Weben ihrer Seele versenkt, daß es immer gegenwärtiger und wahrer wurde, je öfter sie es sah. Niemals kam ihr der furchtbare Gedanke, daß sie sich an ein Gespenst verliere, daß ihr Gemüt außerhalb der Ordnung der Dinge sei; es war ein Rausch, nicht zu wissen, nicht zu deuten, nicht umzukehren; auch ein Bewußtsein von Folge war darin, – als ob der Schatten zur Gestalt werden oder sie selbst zu einem Schatten hindorren müsse.

Er wurde zur Gestalt.

Herr von H., der um jene Zeit von seinem Botschafterposten zurücktrat, gab eine Abendgesellschaft, zu der Franziska eine Einladung erhielt. Obwohl sie seit Wochen solche Festlichkeiten zu besuchen vermieden hatte, folgte sie diesmal der Aufforderung, ohne eine Absage nur zu erwägen. Als sie in den Salon getreten war, sah sie bloß ein einziges Gesicht unter den zahlreichen; es war dasselbe Gesicht wie auf dem Bild. Es war, sie zweifelte nicht daran, dasselbe weiße, glatte, schmale, ruhige und vollkommene Antlitz mit Augen wie aus grünem Eis; es waren dieselben verächtlich und schmerzlich geschwungenen Lippen, es war dieselbe Entschlossenheit der Miene, derselbe phosphoreszierende Glanz auf der Stirn, dieselbe feine Knabenhand, sogar mit demselben Smaragd am Finger.

Er ging auf Franziska zu. Hinkend kam er heran. Er hatte einen Klumpfuß, und seltsam, gerade dieser Körperfehler war es, der in ihr das Gefühl der Identität bestärkte. So wird ja oft ein Gleichnis eben durch das Unerwartete zwingend.

Manche der Anwesenden spürten die gewitterhafte Spannung zwischen den beiden Menschen, als diese einander gegenüber standen. Franziska hatte natürlich schon von Riccardo Troyer gehört, von seinem Reichtum, von seinen Abenteuern, von seinem Geist; es war eine verführerische Kraft in ihm, durch welche er Anhänger gewann fast wie ein Prophet und nicht wie ein Reisender und Fremdling von unbekannter Herkunft. All das bedeutete ihr nichts; sie hatte nicht einmal Neugier empfunden.

Ihre Schönheit lockte ihn sicherlich, jedoch sie spürte es kaum. Sie spürte sich selbst nur als eine Hingerissene und von unwiderstehlicher Gewalt Umschlungene. Es verlangte sie, ihn vor dem Bildnis zu sehen, und sie ersuchte die Baronin, die gleichfalls anwesend war, ihn für den folgenden Tag zum Tee zu bitten. Er kam. Sie befanden sich in dem Rondell, und Franziska war beglückt, als sie wahrnahm, daß ihr Auge sie nicht im geringsten betrogen hatte. Besonders wenn er den Blick emporgeschlagen auf sie heftete, hatte sie Mühe, den Lebendigen von seinem gemalten Ebenbild zu unterscheiden. Es verwunderte sie in höchstem Maß, daß weder die Baronin noch Riccardo Troyer die unheimliche Ähnlichkeit bemerkten, aber sie schwieg.

Es war kein Zaudern in ihr, kein Zurückbeben. Sie vertraute ihm grenzenlos. Sie war ihm gehorsam wie ein Kind. Sie riß sich von allem los, was sie kettete, von Menschen und von Dingen. Nachdem es beschlossen war, daß sie mit ihm ins Ausland reisen würde, besuchte sie zum letzten Mal den Fürsten. Daß die Freunde sich bei Lamberg aufhielten, war ihr bekannt. Sie durfte nicht reden, sich von den Genossen ihrer früheren Jahre nicht verabschieden. Sie begriff das Verbot nicht, aber sie fügte sich; nur forderte und gab sie, in einer ersten trüben Ahnung, das Gelöbnis eines Zusammentreffens, und das Jahr, das sie als Frist setzte, erschien ihr in jener Stunde von dunklen Schicksalen zum voraus beschwert.

In die Stadt zurückgekommen, löste sie ihren Haushalt auf. Was sie an Schmuck und barem Geld besaß, gab sie Riccardo. Sie wollte ihre Jungfer mitnehmen, ein Mädchen, das ihr seit langem sehr ergeben war, doch Riccardo engagierte, ohne sie zu fragen, eine andere, eine Italienerin und schickte die Erprobte fort. Er erstaunte bei diesem Anlaß über Franziskas Willfährigkeit, ja, ihre unbedingte Hingebung machte ihn stutzig. Man ist fester an eine Sklavin gefesselt als an eine Geliebte. Sie zu ernüchtern, fand er schwieriger, als er geglaubt, trotzdem er Übung darin besaß, Frauen, die sich weggeworfen hatten, wegzuwerfen. Er war kein Taschendieb, kein Hotelschwindler, kein Einbrecher, kein Falschspieler; sein Betrügertum war von höherer Schule. Seit zwanzig Jahren zog er als Rattenfänger durch die Städte. Er hatte seine Agenten, seine Herolde, seine bezahlten Spione, seine Helfershelfer, Kuppler und Kupplerinnen von den untersten bis in die obersten Schichten der Gesellschaft. Seine Beziehungen waren in der Tat so weitgreifend wie die eines Mannes der großen Politik, und meisterhaft war seine Geschicklichkeit, sie einerseits auszunützen, andererseits zu verbergen. Er war fein und verschlagen, seine Menschenkenntnis war das Resultat der Notwehr, seine Bildung etwa die eines internationalen Literaten. Er betörte durch eine vornehme und hintergründige Schweigsamkeit, durch blendende Einfälle, durch eine edelgehaltene Melancholie. Was er trieb, war Raub, Plünderung, Seelenmord auf Grund einer Faszination, die ihn der Verantwortlichkeit enthob und gegen die kein Paragraph des Gesetzes anwendbar war, da sie das Opfer in eine Schuldige und den Verbrecher beinahe in einen Helden verwandelte. Sein Metier forderte von ihm nichts, als daß er sich bewahrte, und so sah er trotz seiner fünfzig Jahre wie ein Mann von dreißig aus, ja bisweilen wie ein Jüngling, der in stürmischen Erlebnissen gereift ist.

Franziska wußte nichts von seinen Geschäften und Unternehmungen, nichts von seinem Charakter, nichts von seinem Leben, nicht, woher er stammte. Der, den sie liebte, war in ihrem Innern, war ihr Werk, ihr Geschöpf. An ihm zu zweifeln, war sinnlos. Sie erlag einem aus Ermattung und übersinnlichem Durst gemengten Zustand; sie folgte einer Fata morgana des Herzens. Die Lust jedes Herzens ist Aufschwung. Einmal in jedem Dasein erreicht das Herz seinen Gipfel. Ihres, von gleichmäßigen Freuden eingeschläfert, war auf natürlichem Wege nicht in die Sphäre der großen Leidenschaft gehoben worden, und so hatte es der geknebelte Dämon, rasch ehe der Tod der Jugend ihn ohnmächtig werden ließ, durch Bezauberung getan. Der Sturz war gräßlich.

Riccardo Troyer, zu scharfsinnig, um nicht zu gewahren, daß keine seiner Künste ihm irgend welchen Vorschub bei ihr geleistet hatte, zerbrach sich den Kopf über die Gründe ihrer tiefen Entflammung. Nicht immer war es so leicht gewesen zu täuschen, desto leichter stets, die Komödie zu enden, eine Verstrickte, Bereuende, Entwurzelte und nun Hilflose preiszugeben und, mit der Beute beladen, ein andres Jagdrevier zu suchen. Mit Franziska lag der Fall umgekehrt. Sie betrachtete ihn manchmal mit Blicken, als ob sie sich an einen wende, der hinter ihm stand. Unwillkürlich suchte er, unwillkürlich schaute er zurück, in die Luft. Es war das Merkwürdigste und Aufrüttelndste, was ihm je begegnet war. Franziska fühlte, daß ihn sein Gleichmut verließ. Der Nebel vor ihren Augen zerstreute sich, es kam ein quälendes Besinnen und Verwundern: bin ich es? Wer ist er? Sie wollte nicht geirrt haben. Mit beklagenswerter Hartnäckigkeit überredete sie sich, daß ein Irrtum unmöglich sei, und sie gedachte des Bildnisses wie einer sicheren Verheißung; es wurde heller, glühender, wirkender in der Erinnerung, sie klammerte sich daran als an den letzten Halt, die letzte Gewähr, und keine List, keine Schmeichelei, keine Drohung Riccardos konnte ihr das Geheimnis entreißen.

Sein Argwohn wurde gleichsam materieller. Die Geduld, die sie ihm entgegensetzte, erbitterte ihn. Er ertrug ihre Verschlossenheit nicht. Ihre gegen den Unsichtbaren gerichteten Augen weckten in ihm das böse Gewissen. Um jeden Preis wollte er erfahren, was es damit für eine Bewandnis hatte. Auch ihre Körper- und Atemnähe beruhigte ihn nicht, auch die ließ ihn spüren, daß er nur Gefäß war, nur Hülle, Phantom. Der Betrüger fühlte sich betrogen, der Dieb bestohlen. Nicht eher wollte er sie von seiner Seite lassen, als bis sie ihn erkannt, wie er wirklich war, bis er den Vorhang zerrissen hatte, der zwischen ihnen hing. Schaudernd sah Franziska, daß er in diesem Bestreben tiefer sank als er zu sinken wähnte, unter sich selbst hinab, daß sie es war, die ihn dazu trieb, und ihre Verzweiflung war namenlos. Er wurde roh; er wurde pöbelhaft. Ich habe verspielt, sagte sich Franziska, und in Neapel war es, als sie ihren Entschluß kundgab, sich von ihm zu trennen. Seine grünen Augen erloschen für einen Moment. Es ist gut, antwortete er und ging. Am selben Abend teilte er ihr mit, daß ihn ein Telegramm nach Turin gerufen habe, sie möge die Ausführung ihres Vorsatzes bis zu seiner Rückkehr verschieben. Von Scham und Mutlosigkeit ohnehin benommen, willigte Franziska ein. Riccardo übergab ihr eine Kassette zur Aufbewahrung, die mit den herrlichsten Diamanten gefüllt war. Als er nach drei Tagen wiederkam, ersuchte sie ihn, er möge sie von den Juwelen befreien, deren Behütung ihr drückend sei. Da sie es forderte, begleitete er sie ins Nebenzimmer, sie sperrte den Schrank auf und griff nach der Kassette. Die Sinne vergingen ihr; das Kästchen war so leicht, daß sie sofort wußte, es war seines Inhalts beraubt. Was war das? was war geschehen? wie war es möglich? sie hatte die Wohnung nicht verlassen. An allen Gliedern zitternd überreichte sie ihm die Kassette. Riccardo blickte sie mit großen, starren Augen an, deren Brauen immer höher wurden. Er prüfte das Schloß und die Scharniere, er zog ein Schlüsselchen aus der Tasche und öffnete den Ebenholzdeckel; die Diamanten waren verschwunden. Franziska preßte die Hände vor die Brust und lehnte sich wortlos gegen die Wand. Indessen begab sich Riccardo leise pfeifend ins andere Zimmer. Als sie ihm folgte, saß er wie vernichtet in einem Sessel. Sie eilte ans Telephon, da sprang er auf und packte ihren Arm. »Man muß die Polizei benachrichtigen«, stammelte sie. Er lachte ihr ins Gesicht. Seine Augen durchbohrten sie. »Hältst du mich für gewillt, meinen Namen durch die Zeitungen schleifen zu lassen?« fragte er höhnisch; und wenn ich mich dazu entschließen könnte, denkst du, daß der Ruf in die Öffentlichkeit mir zu meinem Gut verhälfe? Gibt es einen Weg, so bin ich Manns genug, ihn zu finden. Immerhin steht die Sache so«, fuhr er kalt fort, »daß der Wert der gestohlenen Edelsteine den Wert deines mir anvertrauten Vermögens um das Zehnfache übersteigt; es handelt sich um eine Millionensumme. Ich bin ruiniert. Wundere dich also nicht, wenn ich dir erkläre, daß du mir mit deiner Person haftest, und so lange haftest, bis die Juwelen wieder in meinem Besitze sind.« Franziska hörte den zerschmetternden Verdacht aus diesen Worten; sie entgegnete nichts; die Erstarrung ihres Herzens verhinderte sie am Weinen. Ehe der Tag zu Ende ging, hatte Riccardo alle Vorbereitungen zur Abreise getroffen, und in der Nacht befanden sie sich an Bord eines Schiffes, das nach Marseille fuhr.

Jetzt kam Schlag auf Schlag. Sie wohnten in einem Haus außerhalb der Stadt, in dem es bei Tage friedlich herging,

aber in der Nacht kamen Herren aus der Stadt und blieben
bis zum Morgengrauen beim Glücksspiel. Riccardo mußte
Anlaß haben, sich zu verbergen, denn er überschritt
wochenlang die Schwelle nicht. Wenn die Sonne emporstieg,
saß er allein und überzählte gleichmütig seinen Gewinnst.
Oft vernahm Franziska in ihrem Gemach heiser streitende
Stimmen, und um die Marter des Lauschens zu mindern,
wühlte sie den Kopf in viele Kissen. Einmal lag ein junger
Mensch, aus tiefer Wunde blutend, an der Gartenmauer,
und sie sah, wie seine Genossen ihn zu einem Automobil
trugen und mit ihm fortfuhren. Ein andermal hinkte
Riccardo zur Tür herein und befahl ihr, daß sie sich seinen
Freunden als Wirtin präsentiere. Sie weigerte sich. Er riß sie
mit teuflischer Kraft vom Lager herunter und hob den Arm
gegen sie. Sie lächelte todessüchtig vor sich hin. In diesem
Augenblick war die Erkenntnis, daß die reinste, die feurigste
Regung, die sie jemals empfunden, sie in den ekelsten
Schmutz des Lebens gezerrt, bitterer als alles schon
Ertragene. Sie widerstrebte nicht mehr. Sie tat ein
prangendes Kleid an und ging mit leichenblassem Gesicht
hinunter. Ihr Anblick machte die Wüstlinge stutzig.
Madame ist krank, hieß es, und Riccardo raste, als sich alle
Gäste nach und nach entfernten. Aus Rache führte er
gemeine Frauenzimmer ins Haus und veranstaltete Orgien
des Trunkes und der Ausschweifung, deren Zeugin zu sein
er sie zwang. Eines Nachts verließen sie fluchtartig diese
Hölle und wandten sich nach Paris. Er schleppte sie in
verrufene Quartiere des Lasters. Sie mußte mit Menschen
sprechen, deren bloße Nähe sie mit Grauen erfüllte. Er
wußte, daß er ihr Blut vergiftete. Er wollte es. Er wollte sie
in den Abgrund des Daseins hinunterstoßen. Er haßte sie,
weil er sich nicht von ihr lösen konnte. Er genoß ihre
Schwäche. Er weidete sich an ihrem Adel, wenn sie neben
einer Dirne saß. Er liebte es, wenn sie bittend die Hände
faltete. Schamlos genug, ihr all dies zu bekennen, maß er ihr

auch die ganze Schuld daran bei. »Du bist wie eine, die in finsterer Kammer ihren Anbeter erwartet hat und dem, der kommt, überschwängliche Wonne spendet; sage mir, wen du erwartet hast, sag mir dies, und ich will aufhören, mich und dich zu quälen; sag mir, wen du erwartet hast, und ich gehe meiner Wege, denn es wurmt mich schon, daß du mich so nackt gemacht hast.« So redete er zu ihr, sie aber schwieg. Je mehr er ihr von seiner Existenz verriet, je fester glaubte er sie halten, je grausamer erniedrigen zu müssen. Was hätte sie tun sollen, um ihre unwürdige und furchtbare Lage zu enden? Die Vergangenheit erschien ihr wie einem Verbrecher die makellose Jugend erscheint. Sie war eines Entschlusses nicht mehr fähig. Wohin sie griff, Schande; wohin sie blickte, Unrat. Vieler Menschen Geschick wird von ihrem bösen Dämon nur gestreift; einmal vielleicht, in einer Stunde der Besessenheit oder Gottverlassenheit erliegen sie dem Anti-Geist, dem Nachtmar ihrer Seele; sie aber, sie war mit ihm zusammengeschmiedet und ganz in seiner Gewalt.

Und auch deshalb schwieg sie, weil noch weit hinten das Auge leuchtete, das sie verlockt, das Antlitz, das sie beglückt. Gab sie das Geheimnis preis, so war sie selbst leer wie die Kassette, aus der die Edelsteine verschwunden waren, so war jenes besudelt und wurde zur Lüge. Es geschah aber, daß sie im Schlummer davon sprach. Riccardo erlauschte es. Mysteriöse Eifersucht tobte in seiner Brust. Es war als wollte er sie auseinanderreißen, um es zu erfahren. Nacht für Nacht weckte er sie aus dem Schlaf und verlangte zu wissen. Sie befanden sich um diese Zeit nicht mehr in Paris, sie lebten in einer kleinen Villa an der bretonischen Küste, in der Nähe einer Hafenstadt. Und einmal fuhr er mit ihr in einem Boot auf dem Meer; es kam ein Sturm, sie wurden abgetrieben, sie schienen verloren. Die Wolken lasteten beinah auf ihren Häuptern, der Gischt spritzte sie an, Riccardo hatte die Ruder ins Boot gezogen, seine durchnäßten Haare hingen über das Gesicht und schweigend heftete er den Blick auf Franziska. Den Tod vor Augen, dumpf und willenlos, sagte sie: »Es gibt ein Bild von dir, das ich gesehen habe, bevor ich dich selber sah; wenn du es sehen könntest, würdest du alles begreifen, mein Leben und vielleicht auch deines, und diese Stunde, und was bis zu dieser Stunde geschehen ist.« Und mit kurzen Worten berichtete sie noch, wie und wo sie das Bild zuerst erblickt, und er hatte sich dicht zu ihr gebeugt, das Ohr an ihrem Mund, damit das Brüllen der Wogen nicht ihre Stimme verschlänge. Er schüttelte den Kopf und lachte spöttisch, dann griff er wieder zu dem Ruder und arbeitete mit Riesenkraft; sie wurden eines Fischerbootes ansichtig, näherten sich ihm langsam, die Fischer warfen ein Seil herüber, und nach unsäglichen Anstrengungen gelangten sie endlich in den Hafen.

Am andern Morgen war Riccardo fort. Die italienische Dienerin sagte, er sei abgereist. Franziska freute sich des Friedens nicht. Sie wandelte ohne Rast durch die Zimmer oder schaute von den Balkonen auf das Meer. Es kamen Personen, die ihren Namen nicht nannten und die Riccardo zu sprechen wünschten. Er hatte keine Aufträge gegeben. Die Dienerin, der Koch und der Gärtner verließen das Haus, denn Riccardo hatte ihnen gekündigt und sie nur bis zu einem nahen Termin bezahlt. Franziska war allein. Der Eigentümer der Villa schrieb ihr, daß sie das Haus nach Verlauf von drei Tagen räumen müsse. Sie wartete, aber sie wußte nicht worauf. Am letzten Abend betrat sie das Zimmer, in dem Riccardo gewohnt. Sie setzte sich an ein geschnitztes Tischchen und verfiel in schwermütige Gedanken. Sie hatte eine Kerze vor sich hingestellt, die brannte langsam nieder und verlosch mit leisem Zischen. Der Schlag der Wellen schallte durch die offenen Fenster, und es wetterleuchtete am Himmel. Sie entschlummerte. Sie war müde. Seit vielen Nächten hatte sie des Schlafes entbehrt.

War es denn ein Schlaf? Sie sah den Weg, den Riccardo genommen. Die Neugier, die ihn trieb, hatte etwas Geisterhaftes. Er war zu dem Bildnis geeilt. Er wollte das Bildnis in seinen Besitz bringen. Verkleidet ging er hin; sie sah ihn feilschen, hörte ihn lügen; man war froh, für das obskure Gemälde einen nennenswerten Preis zu erhalten, man wunderte sich über die Laune des Händlers. Dann stand er irgendwo vor einem Spiegel und daneben das Bild. Sie sah, wie er suchte, wie er grübelte, wie er förmlich hineinkroch in das fremde Antlitz, und wie sich seine Neugier in Spott verwandelte, und wie er hinübergrinste zum andern Pol der Welt, ins Auge des großen Liebenden, er, der große Dieb, den eine Verirrte um das eigene Ich bestohlen hatte.

Jetzt aber öffnete sich die Tür, und er trat ein. Trug er nicht das Gemälde? Stellte es auf das Tischchen und lehnte den Rahmen an die Mauer? Er zündete eine Lampe an. Sein totenbleiches Gesicht war triumphierend über sie geneigt. Sein Hauch umwehte sie, seine Hand umtastete sie, sie schlug die Augen auf. Sie sah sein Gesicht, sie sah es, wie es wirklich war. Es war alt, es trug die Spuren häßlicher Sorgen und allerlei Art von Angst und gemeiner Beflissenheit. Eine Kruste von Anmut und Geist, dahinter Täuschung, Betrug und Lüge; eine Grimasse von Leidenschaft; die reine Form zerstört, von niedrigen Gelüsten, wie verbrannt, wandelvoll im Schlechten, aufgerissen bis zu einer Tiefe, in der noch Schmerz um das verlorene Göttliche lag, kein Zug ähnlich jenem Bilde, fremd, erbarmungswürdig fremd. Ihr Kummer, ihr nachdenkliches Erstaunen wich einem Gefühl der Freiheit, das so lange umkrampfte Herz konnte sich wieder dehnen, die Kette fiel von den Gelenken, sie besaß sich wieder, sie preßte die Stirn in die Hände und konnte weinen. Und er blieb stumm wie einer, der gerichtet ist, der nicht mehr zu fragen braucht und der einen unabänderlichen Weg geht.

Es war kein Schlaf; sie hörte das hohle Aufstoßen seines Klumpfußes, als er sich entfernte, und später rollten draußen die Räder eines Wagens. Sie kauerte auf dem Teppich, und ihre Wange ruhte auf den gelösten Haaren. Es war kein Schlaf; die Lider öffnend, erblickte sie einen leeren goldenen Rahmen, der gegen die Mauer lehnte, und auf dem Boden das zerfetzte Porträt des schottischen Edelmanns. Sie nahm die vier Teile, legte sie zusammen und betrachtete sinnend das entseelte Bild. Es war Leinwand, mit Ölfarbe bemalt. Es glich einem Kleid, das einst von einem geliebten Toten getragen worden war.

Ein Bauer brachte ihr Gepäck zum Bahnhof. Sie hatte noch so viel Geld, um in die Schweiz reisen zu können. Ein einziges Schmuckstück von größerem Wert war ihr geblieben, ein Ring; diesen veräußerte sie in Genf, und lebte zwei Monate in einem Dorf am See. Als der Sommer und damit das schicksalsvolle Jahr zu Ende ging, erinnerte sie sich der Verabredung mit den Freunden. Es war, als stiegen aus einem Abgrund der Vergessenheit Gestalten aus einer früheren Existenz empor. Die Mittel zur Reise gewann sie durch den Verkauf einiger Toiletten.

Und so war sie gekommen.

Aurora

Es war dunkel geworden, aber keiner unter den Zuhörern wünschte das Licht einer Lampe. Von den unteren Räumen herauf, – sie befanden sich in einem Zimmer des ersten Stockwerks, das an Franziskas Schlafgemach stieß, – schallte die gemessene, doch wie es schien, ziemlich erregte Stimme Emils. Lamberg erhob sich, um ihm Ruhe zu gebieten, da trat er schon herein und wollte sprechen. »Der Affe«, war sein monomanisch erstes Wort, aber Lamberg unterbrach ihn und verwies ihn zum Schweigen. Er machte Licht, und trotz ihrer inneren Benommenheit und der Blendung ihrer Augen durch die jähe Helle fiel den Freunden das verlegene und unruhige Gehaben des Mannes auf. Emil wagte nichts mehr zu sagen, und leisetreterisch, wie es seine Art war, denn er trieb die Rücksicht bis an die Grenze der Untugend, verließ er das Zimmer.

Fürst Siegmund hatte sich erhoben; merklich erregt wanderte er einige Male auf und ab; seine sonst etwas schlaffen Züge hatten einen gespannteren Ausdruck, die Augen unter den lässig schweren Lidern funkelten bisweilen hastig ins Unbestimmte hinein, und etwas leidenschaftlich Verhaltenes drückte sich auch in seinen Händen aus, die auf dem Rücken lagen, und deren Finger nervös und fest ineinander verflochten waren. Borsati saß ganz in sich geduckt auf seinem Stuhl. Die Teilnahme auf seiner Miene hatte etwas Rührendes, weil kindlich Befangenes; er gehörte zu jenen Naturen, denen das Mitleid für eine ihnen teure Person unbehaglich, fast demütigend ist, und die daher dieses Mitleid auf irgend eine Weise in Trotz, in Zorn, in Empörung gegen die Welt umsetzen. Eine solche Verwandlung war hier gehemmt durch das Gefühl eines kaum zu besiegenden Erstaunens, eines Erstaunens, das von Wißbegier entfacht war. Denn was bedeuteten die Worte, die Ereignisse? was erklärten sie? eines höchstens: daß die Möglichkeiten des menschlichen Herzens ohne Grenzen seien. Und diese Franziska, die aus den kleinen Umständen eines kleinen Bürgerhauses mutig und heiter ihren vergnüglichen Gang in die Welt angetreten hatte, die zu genießen und zu vergessen wußte, weil Genuß ihr Element und der beflügelte Wechsel, dessen anderer Name Treulosigkeit heißt, ihre Kraft war, diese Frau hatte im schall- und lichtlosen Bezirk eines Geisterspiels verbluten müssen? Was hatte sie so verfeinert? was so entherzt? was so in die Tiefe gezerrt? was so geadelt? Leben allein? Leben und Liebe? Todesgewißheit?

Von ähnlichen Gedanken war sicherlich auch Lamberg bewegt, dessen Gesicht eine ruhige und stolze Würde nie entbehrte, wo es sich darum handelte, Schicksal und Menschheit vom einsamen Beobachterposten aus aneinander zu messen. Cajetan starrte mit seinen dumpfen Augen sonderbar abwesend vor sich hin. Ihm war, als habe er eine Dichtung vernommen. Das Geschehene war so weit, Schmerz nur eine Kunde, die Hingeschleuderte ergreifende Figur, Bericht von alledem Rhythmus und Melodie; wie schön zu wissen, im Verborgenen und Offenbaren das unerbittliche Gesetz zu verehren, und Wege zu schauen, auf denen die Duldenden und die Geopferten schritten, und andere Wege, wo die Priester und die Richter gingen! Sein beschäftigter Blick streifte mehrmals das Gesicht Hadwigers, der die Hand an der Stirn, die Lippen gepreßt, sehr bleich und gleichsam im Innersten verstummt, den Freunden und sich selbst entzogen war, und immer wieder kehrte er dann den Blick ein wenig erschrocken zur Erde. Franziska mochte nicht mehr länger unter dem Druck des Schweigens bleiben. Sie richtete sich empor, und wie sie plötzlich zu lächeln imstande war, erinnerte daran, daß sie eine Schauspielerin gewesen. Cajetan sprang auf, ging rasch zu ihr hin und küßte ihr die Hand. Sie blickte ihn prüfend an und schüttelte den Kopf, halb verwundert, halb dankbar. »Jetzt, wo ich mich so sicher unter euch fühle«, sagte sie, »wo jeder Tag etwas so Wahres hat, jedes Wort etwas so Menschliches, kommt es mir vor, als hätt ich das Jahr garnicht wirklich gelebt; ich spür es bloß, denken kann ichs nicht, freilich, glauben muß ich es. Aber wir wollen nicht darüber sprechen«, fuhr sie lebhafter fort, »ihr habt es hingenommen, und nun laßt es wegziehen wie eine Wolke.«

Die Freunde erwiderten nichts. Fürst Siegmund nickte, atmete tief auf, vermied es aber, Franziska anzuschauen. Diese wandte den Blick gegen Hadwiger, und ihre Stimme hatte einen bittenden Klang, als sie sagte: »Heinrich, du weißt wohl nicht mehr, daß du mir einen Lohn schuldig geworden bist?«

Hadwiger zuckte zusammen. »Was für einen Lohn?« stieß er kurz und heiser hervor.

»Soll ich dir dein Versprechen vorhalten?« entgegnete sie mit erzwungener Leichtigkeit im Ton.

»Ich habe dir ein Versprechen gegeben, das ist wahr«, murmelte Hadwiger, indem er unwillig einen Nachdruck auf das Anredewort legte.

»Und doch bist du die Einlösung uns allen schuldig,« beharrte Franziska, »denn du hast viel geschwiegen, während wir uns verschwenderisch mitgeteilt haben.«

»Ich habe ja nicht herausfordern, ich habe mich nur verstecken wollen,« gab Hadwiger unruhig zurück.

»Als Herausforderung konnte es auch nicht aufgefaßt werden«, nahm Cajetan Partei, »aber in jeder Gesellschaft und Geselligkeit errichtet der Schweigende gewisse Schranken, auch genießt er dadurch, daß er sich niemals bloßstellt, einen Vorteil, den zu rechtfertigen seiner Einsicht und Courtoisie überlassen werden muß.«

»Na, so kritisch hab' ich mir meine Situation nicht vorgestellt«, erwiderte Hadwiger mit humoristischem Anflug. »Ich begreife überhaupt nicht, wie ihr auf den Verdacht kommt, daß ich etwas zu erzählen haben könnte.«

»Jetzt windet er sich schon«, bemerkte Borsati lächelnd, »gebt acht, daß er nicht entschlüpft.«

»Daß etwas in deinem Leben ist, wovon du niemals sprichst, noch gesprochen hast, das weiß ich, Heinrich«, sagte Franziska sanft. »Du hast es oft angedeutet, und wider Willen, scheint mir. Wir verlangen ja nicht ein Abenteuer, nicht eine beliebige Geschichte, auch nicht eine Enthüllung. Wir, oder wenigstens ich, ich möchte wissen, was es ist, worüber du so stumm bist, daß es förmlich aus dir schreit. Sieh, wer weiß, wann und ob wir je wieder so aufgeschlossen beieinander sind. Mir kommt vor, heute ist ein Abend, wie sie selten sind im Leben. Sprich nur, du sprichst zu Freunden.«

»Ich hoffe nicht, daß Sie mich von dieser Bezeichnung ausschließen«, wandte sich der Fürst an Hadwiger; »als flüchtiger Gast habe ich allerdings keine Rechte, nicht einmal das Recht zu bitten, aber ich würde es zu schätzen verstehen, wenn Ihnen meine Anwesenheit nicht beengend oder störend erschiene.«

»Davon kann sicher nicht die Rede sein, Fürst«, sagte Lamberg, und etwas spöttisch fügte er hinzu: »er wird umworben wie der große Medizinmann; wäre er nicht er

267

selbst, er müßte eifersüchtig werden.«

Franziska, die den Augenblick nicht günstig fand für Neckereien, schüttelte mit lebhaften kleinen Bewegungen den Kopf gegen ihn, und Lamberg verbeugte sich lächelnd, zum Beweis, daß er sie verstanden habe. Hadwiger bemerkte das Zwischenspiel nicht. Von allen Seiten in die Enge getrieben, kämpfte er noch. Während er die Lehne des Sessels mit beiden Händen umfaßt hielt, irrte sein Auge scheu, und die Muskeln seiner Wangen zuckten. Die alte Wanduhr schlug siebenmal mit kräftigen Schlägen. Er wartete, bis sie ausgeschlagen hatte, dann fing er an.

»Was ich mitzuteilen habe, ist im Grunde nur die Geschichte einer Nacht; freilich einer Nacht, die länger als drei Monate dauerte. Was vorher geschah, kann ich nicht übergehen, auch von meiner Jugend muß ich einiges berichten.

Ich wuchs im Kohlengebiet auf. Wenn ich zurückdenke, scheint es mir, als ob die Luft, die ich als Kind atmete, immer schwarz gewesen wäre. Wir waren neun Geschwister; sechs starben im Lauf von zwei Jahren. Meine Mutter überlebte dieses Morden nicht, und mein Vater nahm sich eine zweite Frau, die ihm und uns die Hölle heiß machte. Mein Vater war ein Mittelding zwischen einem Spekulanten und einem Fantasten; je nach seinen Projekten wechselte er seinen Beruf, und da sein praktischer Blick der Gewalt seiner Einbildungen mit der Zeit immer weniger standhalten konnte, litten wir große Not. Bei einem Streik der Kohlenarbeiter, wo er im Interesse der Grubenbesitzer zu wirken und zu vermitteln suchte, geriet er in ein Handgemenge und wurde von einem Schlag so unglücklich getroffen, daß er nicht mehr aufkam. Ich hatte einen Freiplatz in einer Ingenieur- und Maschinenbauschule. Ich sah, daß ich in der Heimat wenig Förderung erwarten konnte, und ich beschloß, nach England zu gehen, ein

Vorhaben, das unerschütterlich war, obwohl ich nicht einmal die Mittel zur Überfahrt hatte. Ein Jahr lang arbeitete ich Tag und Nacht; ich kopierte Akten und Baupläne, war Austräger bei einer Zeitung und Gehilfe bei einem Photographen und legte Pfennig um Pfennig beiseite, bis ich im Besitz der Summe war, die ich zur Reise brauchte. Auch eine notdürftige Kenntnis der Sprache hatte ich mir angeeignet. Ich war achtzehn Jahre alt, als ich obdachlos in London herumirrte. Ein Bekannter meines Vaters hatte mir eine Empfehlung mitgegeben, auf diese hatte ich gebaut; sie war mir von keinem Nutzen.

Die Jugend muß ihren besonderen Gott haben, anders läßt es sich nicht erklären, daß ich damals nicht versunken bin. Aber es ist nicht entschieden, ob uns überstandene Not und Entbehrungen frommen. Manche behaupten, es sei so. Wollte ich ins Einzelne gehen, so wäre der Abend zu kurz für den Bericht, auch sträubt sich vieles gegen das Wort. Ich sehe mich in nebligen Gassen; ich bin müde und habe kein Bett. Mit verschlagener Freundlichkeit redet mich ein halbwüchsiger Bursche an; er führt mich zu einem Tor und fragt, ob ich Geld habe. Ich zeige ihm eine Münze, und er nickt: das sei genug. Ich komme durch ein übelriechendes Stiegenhaus in eine noch übler riechende Kammer; dort sind fünf oder sechs Lagerstätten und mehr als ein Dutzend Burschen und Mädchen, darunter auch Kinder. Ich höre nicht ihre lauten und rohen Stimmen, ich falle auf eins der schmutzigen Betten und sogleich schwindet mir im Schlaf das Bewußtsein. Ich bin in eine Diebsherberge geraten. Die fünf Schillinge, die ich noch in der Tasche gehabt, sind am Morgen fort. Ich sehe mich in einem Hof nächtigen, von dem Mauern emporsteigen wie in einem Felsental. Ich arbeite in einem Magazin, in dem Arzneimittel versandt werden, und ziehe mir durch Einatmen giftiger Stoffe eine Krankheit zu. Ich liege im Spital an einer feuchten Wand und muß die Gesellschaft eines delirierenden Mulatten und eines prahlenden Krüppels aus Südafrika ertragen. Ein deutscher Schneider nimmt mich auf; sein Weib ist eine Kupplerin. Eines Nachts vernehm' ich im Halbschlaf ein Schluchzen; ich finde in der Küche ein junges Mädchen. Sie liegt auf dem Strohsack und weint sich ihr Elend aus den Augen. Sie ist aus Deutschland herübergekommen, weil man ihr eine Stelle als Gouvernante versprochen hat. Ich führe sie beim Tagesgrauen aus dem Haus. Sie nennt mir die Adresse einer Verwandten, die in Whitechapel wohnt, und von der sie daheim als von einer respektablen Person gehört hat. Es erweist sich, daß sie Soubrette an einem der gemeinen Tingeltangel ist, von denen die ungeheure Stadt wimmelt. Mein Schützling hat eine frische, hübsche Stimme; man will ihr ein Asyl gewähren, wenn sie aufzutreten und Lieder zu singen bereit ist. Ich, nicht wissend, wovon ich leben soll, werde Türsteher bei demselben Etablissement. Sieben Wochen lang defiliert der buntaufgeputzte Auswurf der Menschheit an mir vorüber, meine Augen sind voll von den Grimassen des lachenden Elends, meine Ohren voll von herztötendem Lärm, und die süßlichen Parfüms des Lasters, die ich einatmen muß, machen mich nach starken Spirituosen bedürftig. Hinweg treibt es mich erst, als ich das zarte und liebliche Mädchen, das ich hergeführt, verwelken und verkommen sehe.

Laßt mich nicht sagen, wo ich dann überall gewesen bin, um welch hohen Preis ich den jämmerlichen Bissen Brot erworben habe. Denk ich an die Türen, vor denen ich gestanden, die Stuben, in denen ich gewohnt, die Betten, in denen ich gelegen bin, oft schlaflos und oft glücklich eingesargt in einen Schlummer, von dem zu erwachen bitter war; denk ich daran, aus welchen Händen ich Lohn empfing, an die verzweifelte Plage, an die Müdigkeit, an das hoffnungslose Hinfließen der vielen Tage, an den nervenzerrüttenden Kampf gegen Schurkerei aller Art, gegen die Hinterlist, die sich am Armen bereichert, gegen die Taubheit, deren Opfer der Stumme wird, gegen die eigene Schwäche, die nicht so sehr Unvermögen ist als Fesselung und der Mangel rettender Zufälle; denk ich daran, daß ich zähneknirschend am Gitter eines festlich illuminierten Parks gelehnt, die Finger um die Stäbe geklammert wie ein Tier im Käfig tut, daß endlich Haß, unsagbarer Haß in mir aufwuchs und meine zwanzig Jahre gleich einem Aussatz zerstörte, – denk ich wieder daran, so will ich kaum glauben, daß ich noch der Mensch bin, der es gelebt hat, ich, der hier sitzt und es als etwas Fernes schildert.

Ja, ich haßte die Menschen mit einem aus Nihilismus und Furcht gemischten Gefühl. Diese Millionen, ihre Anstrengungen, ihre Eile, ihr Wetteifer, ihre rasenden Gelüste, – sie erdrückten mich. Mir schien, daß alle vorhandenen Wege besetzt seien und daß ich keinen Weg mehr finden könne. Es war mir, als ob für mich kein Platz in der Welt sei und als ob mich die Fülle der Dinge sozusagen bei lebendigem Leib begraben hätte. Ich hatte keinen Platz und keine Luft, ich kann es nicht anders ausdrücken, und so war ich nur unter dem Gesetz der Trägheit nach einer bestimmten Richtung hin tätig. Und nicht nur die Menschen haßte ich, sondern auch all ihre Einrichtungen, das Zwangvolle und mich Erdrosselnde der gesellschaftlichen Ordnung, den Staat, die Kirche, die Schule, die Zeitungen, sogar die Bücher. Dies klingt entsetzlich genug, es weiter auszumalen, wäre vom Übel, meine Bahn schien unabänderlich zur Tiefe zu führen, ich war ein verlorener Mensch, und was noch an Kraft und natürlichem Temperament in mir steckte, das faulte gleichsam ab, verpestet von dem Anhauch meiner unterirdischen Existenz.

Dies Wort ist nicht nur bildlich zu verstehen. Es war mir

damals gelungen, mich wieder meinem eigentlichen Beruf zu
nähern; ich hatte die Stelle eines zweiten Maschinisten auf
einem der kleinen Themse-Dampfer. Der Dienst verhinderte
mich, während des Tages das Licht der Oberwelt zu sehen,
und den Abend wie den größten Teil der Nacht verbrachte
ich in einer Taverne bei den East-India-Docks. Ich hatte um
jene Zeit einen jungen Russen kennen gelernt und mich ihm
angeschlossen. Sein Name war Rachotinsky. Er war Arzt
gewesen und hatte fünf Jahre in der Verbannung am
Baikalsee gelebt. Sein Vater war in der Schlüsselburg
gestorben, zwei Schwestern und ein Bruder hatten den
sibirischen Tod gefunden. Sein Gemüt war düster; sein Geist
war von einer Rachsucht erfüllt, deren Übermaß ihn lähmte
und deren Glut mich gleichfalls ergriff. Ich wußte nichts
von seinen Plänen, er war trotz aller Beredsamkeit
verschwiegen; hätte er mich zu einer Tat aufgefordert, ich
hätte mich ohne Besinnen geopfert. In jener Taverne, wo wir
uns trafen, kam er häufig mit einigen seiner Landsleute
zusammen, und wenn sie miteinander russisch sprachen,
merkte ich an ihren Mienen, daß sie nicht leeres Stroh,
sondern volle Ähren droschen. Eines Abends geschah es,
daß einer der russischen Flüchtlinge mit einer jungen Frau
kam, deren vollendete Schönheit in dieser schmutzigen
Spelunke so wirkte wie wenn ein glühender Körper durch
eine tiefe Finsternis schwebt. Eine solche Mischung von
bleich und schwarz, von Hoheit und Verzweiflung, von
Kraft und atemlosem Gehetztsein hatte ich noch in keinem
Gesicht gesehen. Ich kannte die Frau als Arbeitstier; ich
kannte die Dirne; ich glaubte zu wissen, was eine
Luxusdame sei, aber die Heldin und die Gefährtin der
Helden, die Opferfrohe, die ihr Blut vergießt für eine Idee,
von der wußte ich nichts. Es fiel mir auf, daß das herrliche
Geschöpf tastend in den Raum trat. Wir erfuhren, daß sie
blind war. Natalie Fedorowna war geblendet worden. Sie
hatte einen der tückischen Machthaber und Bedrücker ihres

Vaterlands durch einen Revolverschuß getötet. Im Gefängnis hatte man sie mißhandelt, ein betrunkener Offizier hatte sie zu schänden versucht und ihr rasender Widerstand hatte den Unhold so erbittert, daß er sie durch zwei seiner Kreaturen des Augenlichts berauben ließ. Das Verbrechen wurde in der kleinen Gouvermentsstadt ruchbar, eine allgemeine Revolte brach aus, ergebene Freunde befreiten das junge Mädchen, und es gelang, sie über die Grenze zu schaffen. Vor wenigen Stunden war sie in England angekommen, aber die Polizei war ihr auf den Versen, die russische Regierung forderte sie unter der Behauptung zurück, ihre Tat entbehre des politischen Motivs und sei nichts weiter als ein Akt der Eifersucht gewesen. Das alles erfuhr ich nur in Bruchstücken; die Russen waren höchst erregt, und während sie Natalie Fedorowna wie eine Schutzgarde umgaben, zeigten ihre Mienen äußerste Entschlossenheit. Rachotinsky, indem er auf einige verdächtige Gestalten hinwies, gebot ihnen Stillschweigen, jedoch es ereignete sich jetzt etwas sehr Sonderbares. In einem verräucherten Winkel der Taverne saßen zwei Männer, die durch ihr Aussehen und ihre Mienen meine Aufmerksamkeit schon längst erweckt hatten. Ihre Kleidung schien zwar verlumpt, auch in ihrem Gehaben unterschieden sie sich durch nichts von den Elendsgestalten, die man hier zu sehen gewohnt war, aber irgend etwas an ihnen, der Blick vielleicht, oder eine Geste und nicht zuletzt ein edler und geistiger Ausdruck der Züge verkündeten Menschen aus einer fremden Welt. Und so war es auch. Der eine von den beiden Männern begab sich in den Kreis um Natalie Fedorowna und redete Rachotinsky in französischer Sprache an. Ein tiefes Befremden und im Verfolg des Zwiegesprächs eine tiefe Überraschung malten sich im Gesicht des Russen. Er wandte sich an seine Leidensgenossen; diese verhielten sich gegen seine Worte stumm und sahen zur Erde. Natalie Fedorowna faltete die

Hände und ließ den Kopf sinken. In diesem Augenblick erschien mir ihre Schönheit so hinreißend, ihr Leiden so über alles Maß erschütternd, daß ich mein Herz aufquellen fühlte, ja das Herz tat mir weh wie ein Geschwür. Ich sprang empor, ich trat an ihre Seite, alle schauten mich an, meine Empfindungen müssen derart gewesen sein, daß sie keinem verborgen bleiben konnten, denn ich bemerkte viel Wohlwollen in den besinnenden Mienen, und Rachotinsky legte den Arm um meine Schultern und sprach so mit dem Fremden weiter. Indessen hatte sich auch der Genosse dieses Unbekannten zu der Gruppe begeben, und als ich den näher ansah, gewahrte ich sofort, daß sein Anzug nur eine Verkleidung war, und daß durch diese Hülle der Armut eine angeborene Vornehmheit und gewisse unverkennbare Allüren des Mannes von Stand nicht verdeckt werden konnten.

Ich will ohne Umschweife berichten, was über diese beiden Männer zu sagen ist, die in meinem Leben eine so wichtige Rolle spielten. Sir Allan Mirmell und sein Freund Trevanion waren Leute von großem Reichtum und aus alten Familien. Beide waren inmitten eines verschwenderischen Luxus aufgewachsen, und ihre Bildung war mehr als weltmännisch, sie war von sublimer Art. Man findet ein so sensitives und zugleich erleuchtetes, so umfassendes und zugleich beflügeltes Wesen des Geistes fast nur bei jungen Engländern von Rang, als ob in dieser Nation, die als Ganzheit so starr, so begrenzt, so voll von Vorurteilen und so bar der Phantasie sich zeigt, die Einzelnen, Erwählten einen umso bewunderungswerteren Schwung nehmen könnten. Allan Mirmell, in der Mitte der Dreißig stehend, war um zwölf Jahre älter als Trevanion. Er war durch das Leben gestürmt mit einer Begier, die nichts verschmähte, nichts verachtete. Er hatte in allen Ausschweifungen geschwelgt, zu denen das Gold, der Wille und die Passion führen. Er hatte verschwendet, Mut verschwendet, Liebe verschwendet, seine Gaben verschwendet. Er hatte alle die Übeltaten begangen, die der Leichtsinn, die Gedanken- und Gewissenlosigkeit, Stolz, Raubgier, Eitelkeit und innere Anarchie zu begehen vermögen. Ihm war kein Glück fremd; auch kein Laster; kein Frieden heilig; Treue hatte er nie gekannt. Im Taumel war er plötzlich müde geworden. Aus der Müdigkeit ward Ekel; ein Ekel, den zu beschreiben ich kaum wage; der das Himmelreich bespie und in der Menschenwelt eine Kloake sah; der natürliche Bande mit Hohn zerriß, ursprüngliche Gefühle mit Kälte leugnete, jede Heiterkeit zersetzte, alles was brennen wollte, in Asche verwandelte, sich abkehrte vom Tag und die Nacht suchte, die Einsamkeit und das Grauen. In dieser Gemütsverfassung hatte er den jungen Trevanion gefunden; unglückselige Fügung, die den Freund am Freund zu vernichten gewillt ist. Trevanion war zart, beinahe ätherisch. Er war der Sohn eines Musikers, seine Mutter war eine Herzogin gewesen. Er hatte in einer dünnen Luft gelebt, ohne Windstoß. Fähig, jede Krankheit aufzunehmen, den Miasmen eine Beute, jeden Inhalt, denn seine Seele war ein leeres Gefäß, das auf den Träger wartete, war er für Mirmell nur der geleitende Schatten und das rührende Echo aller Anklagen und Verdammungen.

Seltsam wie diese beiden von der Höhe des Daseins kamen, zu uns herunter, die in ähnlichem Trotz, in ähnlichem Schmerz, in ähnlichem Haß, wenn schon aus anderer Ursache, gefangen waren. Dort Überfluß und Überdruß, hier Not und eine dumpfe Stimmung des Verzichts; die Endpunkte der sozialen Welt. Sensationskitzel und Lust an der Selbsterniedrigung treiben diese reichen und satten jungen Leute häufig zu den Schauplätzen des Lasters und des Elends; man findet sie in Opiumkneipen und in den Verbrecherasylen, und sie wissen wohl, daß sie in vielen

Fällen ihr Leben riskieren, wenn sie nicht Meister in der Verkleidung und äußeren Verwandlung sind. Aber nur die Gefahr ist es, die sie berauscht. Durch einen Besuch in der Taverne zur roten Katze war Allan Mirmells Aufmerksamkeit auf Rachotinsky gelenkt worden, und er hatte Nachforschungen anstellen lassen, hatte später auch von ihm gelesen. Nächtelang beobachtete er ihn und seine Gefährten. Der Anblick dieser Erniedrigten und Ausgestoßenen, von denen Jeder Freiheit, Vermögen, Lebensgenuß und Zukunft für eine Idee hingegeben hatte, war ihm Vorwurf und Ansporn. Die frappante Erscheinung Natalie Fedorownas, die durch ihr Wesen wie durch die Aufnahme, die sie fand, alles Geschehene erraten ließ, bewog ihn, sich Rachotinsky zu erkennen zu geben und ihm das Anerbieten zu stellen, das verfolgte und leidende Mädchen in seinem Haus aufzunehmen, wo es Niemandem einfallen würde, sie zu suchen. Rachotinsky und seine Freunde überlegten den Vorschlag, der unter der Bedingung akzeptiert wurde, daß Rachotinsky selbst Natalie Fedorowna begleiten und zunächst bei ihr bleiben solle.

Über die unmittelbar folgenden Ereignisse bin ich nur schlecht unterrichtet; auf welche Weise sich der Selbstmord Natalie Fedorownas zutrug, kann ich nicht sagen. Rachotinsky hatte mich zwei oder dreimal nach dem Landhaus Mirmells mitgenommen, und ich hatte sie gesehen. Die Pracht und der Luxus jenes Hauses machten keinen Eindruck auf mich; ich gewahrte nur sie; Tag und Nacht war sie mein einziger Gedanke. Einer der Russen sagte, daß der junge Trevanion sie geliebt habe; Rachotinsky gestand mir, daß Trevanions Stimme einen unheilvollen Zauber auf sie geübt habe, ihr alles Vergangene, ihren Kummer, ihre Besudelung, ihre Blindheit quälend zu Bewußtsein gebracht. Aber was eigentlich vorgegangen war, habe ich nicht erfahren können. Sicher ist nur, daß nach der

Katastrophe der Aufenthalt der jungen Russin im Hause Mirmells bekannt und daß dadurch seine gesellschaftliche Situation unhaltbar wurde. Auf mich wirkte Natalie Fedorownas Tod verheerend; ich gab meinen Dienst auf und ließ mich treiben wie ein Stück Holz im Wasser. Eines Tages kam Rachotinsky zu mir und fragte mich, ob ich außer Landes gehen wolle. Mirmell, Trevanion und er seien entschlossen, der Kulturwelt den Rücken zu kehren; wenn ich Lust hätte, meinem entwürdigenden Dasein zu entfliehen, brauche er nur mein Jawort. »Früher gingen die Weltmüden in ein Kloster«, sagte er, »wir wollen eine Abgeschiedenheit suchen, wo die Natur selbst ein Bollwerk gegen den zerstörenden, frechen und lärmenden Sohn dieser Erde errichtet hat. Wir wollen den Tod erleben, im Tode leben und das Leben erkennen, Gott aufbauen in unserer Seele und nie mehr nach den Menschen Verlangen hegen. Unsere Entsagung wird dauernd sein, unser Vorsatz unverbrüchlicher als das Gelübde an einem Altar. Ich werbe dich für unsern Bund, dies Recht habe ich mir ausbedungen, und ich sehe nichts, was dich sonst retten könnte.«

Ich war derselben Meinung. Ohne Hilfsquellen, dem Verhungern nahe, eröffneten mir diese Worte, deren mysteriösen Sinn ich zunächst wenig beachtete, doch die Möglichkeit zu existieren. Mirmells Schiff, eine stattliche Yacht, lag im Hafen von Tilbury. Ich begab mich zu Fuß dorthin. Rachotinsky, der mich in einem Wirtshaus erwartet hatte, führte mich an Bord und zu Allan Mirmell. Dieser begrüßte mich schweigend und bemerkte dann gegen Rachotinsky, er möge Sorge tragen, daß ich an nichts Mangel leide. Am andern Tag lichtete das Schiff die Anker, und es begann unsere sonderbare Reise, deren Ziel mir unbekannt war. Von der Seekrankheit verschont, wurde ich in anderer Art krank, und ich weiß heute noch nicht, unter welcher Krankheit ich durch so viele Wochen litt. Vielleicht war die Ruhe schuld, deren ich genoß. Es kommt ja vor, daß Leute, die sich ein ganzes Leben hindurch abgearbeitet haben, plötzlich sterben, wenn Mühe und Sorgen aufhören. Ich lag und schaute in die Luft. Hin und wieder spürte ich, daß ich weinte. Oft saßen Rachotinsky und Mirmell neben mir, sei es nun, daß ich auf Deck in der Sonne gebettet war oder bei schlechtem Wetter im Raum. Kraft seines mystischen und durchdringenden Geistes hatte Rachotinsky unbegrenzten Einfluß über Mirmell gewonnen. Allan Mirmell hatte eines der interessantesten Männergesichter, die ich je gesehen. Seine Züge waren hager und von äußerster Feinheit; seine Haut war glatt und weiß wie Email; das Kinn stark, die Lippen dünn wie ausgepreßte Früchte; die allzuklaren Augen begegneten nie dem anschauenden Blick, obwohl sie nicht zur Seite wichen; sie empfingen den Blick und saugten ihn auf. Dies war beklemmend. Trevanion zeigte sich nur selten. Er war immer in seiner Kabine, las oder schrieb. Rachotinsky trieb mit ihm geologische Studien aus Büchern und Tiefseestudien mit Hilfe des Plankton-Netzes, das wir an Bord hatten. Einmal stand Trevanion bei Mondschein am Kompaßhäuschen und starrte unbeweglich aufs Meer. Seine Knabengestalt ergriff mich. Doch weder ihm noch Mirmell konnte ich mich ohne eine knechtische Regung nähern, und dieses Überbleibsel meiner proletarischen Vergangenheit schleppte ich noch lange. Erst gemeinsame Leiden erweckten kameradschaftliche Empfindungen.

Wir waren durch die Tropenmeere und durch den südlichen Teil des atlantischen Ozeans gefahren, dann westlich, lange westlich, dann wieder südwärts. Wir liefen die am Rande der Eisregion gelegene Macquarie-Insel an, aber Mirmells Absicht, dort eine Niederlassung zu errichten, wurde durch die Anwesenheit einiger Schiffe vereitelt, denn Mirmell und

Rachotinsky waren gewillt, die Menschheit zu fliehen. Wir suchten die Nimrod-Insel, deren Existenz jedoch heute noch nicht sichergestellt ist, und als dies erfolglos war, steuerten wir in das Roß-Meer. Eisberge schwammen auf dem Wasser, und eines Tages war das Meer von Packeis bedeckt. Es öffneten sich schmale Straßen, in denen der Dampfer freie Fahrt hatte. Wir überquerten den fünfundsiebzigsten Grad und sahen bald auf allen Seiten Land, den geheimnisvollen Kontinent der Antarktis. Ich war um jene Zeit wieder gesund geworden. Ich wurde nicht müde, diese neue Welt zu betrachten; der immer bleibende Tag erstaunte mich, denn es war Mitte Dezember, der Sommer jener Breiten, und die Sonne ging nicht unter. Indessen begann die Mannschaft zu murren, und der Kapitän und der erste Maat wagten es, auf die Gefahren hinzuweisen, die einem Schiff, das für solche Exkursionen nicht geeignet war, vom Eise drohten. Mirmell blieb ihren Vorstellungen gegenüber taub. Es war in ihm ein Ingrimm und eine Lethargie, die alle praktischen Maßregeln mißachteten. Er glich dem Ritter der alten Sage, der sich stumm und trotzig zur Höllenfahrt anschickt. Daß er unbewußt dem hypnotisierenden Einfluß Rachotinskys unterlag, ist nicht zu bezweifeln; dieser lebte auf; sein Blick schien zu triumphieren, wenn er die Entfernung maß, die ihn von allem trennte, was ihn ehedem gefesselt hatte. Ich selbst war ihm verfallen. Ich dachte an seine Worte: wir wollen den Tod erleben, im Tode leben und Gott aufbauen in unserer Seele. Der Wille zum Untergang ließ mich schaudern, und mein Gemüt fing an, dem entgegenzustreben.

Wir steuerten in eine weite Bucht, in der uns das feste Eis halt gebot, und warteten, da wir der Küste näher zu kommen hofften. Am zweiten Tag sprengte der Sturm die gefrorene See, und wir fuhren nahe an die Küste heran. Mirmell und Rachotinsky begaben sich ans Land und suchten einen Platz für den Bau einer Hütte und eines Vorratshauses. Es erwies sich, daß das Schiff mit allen Bedürfnissen für einen jahrelangen Aufenthalt in unzugänglicher Eisöde befrachtet war. Unter vielen Mühseligkeiten transportierten die Matrosen Balken und Bretter an den Strand; darnach die Betten, die Tische, die Stühle, die Bücher, die Kleidungsstücke, die Hunderte von Kohlensäcken, die zahllosen Proviantkisten mit Konserven, Früchten, Tee, Salz, Mehl, Gläsern und Flaschen. Als die hölzernen Gebäude standen und gegen die schwersten Stürme durch Steinblöcke und Drahtseile befestigt waren, bat der Kapitän des Schiffes Sir Allan um eine Unterredung. Der wackere Mann zeigte sich sehr besorgt; er glaubte warnen zu müssen; ohne nach den Gründen unseres Vorhabens zu forschen die ja auch wissenschaftlicher Art sein konnten, malte er beredt die Schrecken einer Überwinterung. Es handle sich nicht um eine Überwinterung, antwortete Mirmell schroff; er erteile ihm den Auftrag, nicht früher als nach Verlauf von fünf Jahren wieder an diese Küste zu kommen, um sich zu überzeugen, ob die Ansiedler noch am Leben seien. Der Kapitän war sprachlos vor Entsetzen, aber Mirmell wiederholte diesen Entschluß noch einmal vor der ganzen Mannschaft und verpflichtete sie allesamt zum Stillschweigen; so lange keine Kunde in die Welt drang, sollten Kapitän und Schiffsvolk die Löhnung weiter beziehen, im andern Fall hatte der Vermögensverwalter Sir Allans die genaue Weisung, sie zu entlassen. In der zweiten Woche nach unserer Ankunft waren alle Arbeiten beendigt, und das Schiff verließ uns. Wir standen am Rand des Eises und blickten ihm nach, bis es unterm Horizont verschwunden war und seine Dampfsäule sich mit den Wolken vermischt hatte.

Hier war das Abenteuer zu Ende; das Gefühl des Unerwarteten in mir erloschen; alles das hörte auf,

Verwunderung in mir zu erzeugen; die Gegenwart bändigte mich, das Unentrinnliche umschlang mich wie ein sichtbarer Kreis; es galt zu kämpfen, sich zu wehren, sich zu verantworten, zu leben. Unmöglich kann ich schildern, was in mir vorging, diesen Wirrwarr von Gedanken, diese Auflehnung gegen das Absurde, dieses Erwachen aus einem traumartigen Zustand; ich muß mich damit begnügen, die folgenden Ereignisse zu erzählen.

Rachotinsky hatte teils durch Spekulation, teils durch Forschungen die Überzeugung gewonnen, daß auf dem Kontinent der Antarktis ausgebreitete Kohlenlager vorhanden seien, und er hatte die etwas fantastische Absicht, diese noch verborgenen Reichtümer aufzufinden und sie für die unglücklichen, bedrückten Söhne seines Vaterlands nutzbar zu machen. Täglich unternahm er, mit seinem Hämmerchen versehen, lange Wanderungen und brachte allerlei Arten von Felsgestein mit. Derselbe Mann, der die Gefangenschaft in den sibirischen Einöden nur mit Aufbietung seiner ganzen Seelenkraft ertragen hatte, war hier, in der freiwillig gewählten Abgeschiedenheit und vollkommenen Loslösung von der menschlichen Gesellschaft auf eine wunderbare Weise erglüht, und ich fragte mich umsonst, was es wohl sein möge, das seine Augen oft so hoffnungstrunken erschimmern ließ. Eindringlich widerriet er mir, mich dem Müßiggang hinzugeben, und in der Tat war jede unausgefüllte Stunde erschöpfend für Körper und Geist. Jeder hatte einen Tag, an dem er Koch und Aufwärter war, für das Feuer sorgen und die Hütte rein erhalten mußte. Ich begleitete Mirmell zu den Pinguinen, deren Eier wir sammelten, und Erstaunlicheres sah ich nie als diese Menschenvögel, diese gravitätischen, tiefsinnigen, eitlen und neugierigen Wesen innerhalb der gebundenen Ordnung ihres Brutstaates. Wie sie uns mißbilligen, wie sie uns mit dem breiten weißen Rand um ihre Augen, der einer Brille glich, ernsthaft musterten und unsere Gesellschaft nur mit gröblichen Beschimpfungen duldeten; wie sich zwei der Vornehmsten mit zeremoniöser Ehrfurcht gegeneinander verneigten, ehe sie ihre wichtigen Verhandlungen pflogen! Sie glichen den verzauberten Geschöpfen in einem Märchen so sehr, daß sie der Landschaft einen geheimnisvollen Reiz von Verwandlung gaben, etwas von Bann und Schuld und Harren auf Erlösung. Nicht selten schloß ich mich auch dem schweigsamen Trevanion an, der Algen, Diatomeen, Polypen und Schwämme aus dem Meerwasser fischte, oder in die kleinen vereisten Binnenseen Bohrlöcher grub, oder Wolken und Felsen zeichnete oder mit der Spirituslampe in die stalaktitischen Eishöhlen hinabstieg. Noch lieber wanderte ich allein über Schnee und Eis und schaute zum bleichen Himmel empor, an dem eine bleiche Sonne stand, und über die bleiche weiße Erde. Die dauernde Helle stumpfte das Zeitgefühl ab und man ging wie in der Ewigkeit, die auch keinen Wechsel von Tag und Nacht hat. Ich vernahm das Seufzen der Eisschraubung auf dem Meer, und die Klagelaute der riesenhaften Gletscher, die sich gegen den Ozean schoben, um ihn mit schwimmenden Bergen zu bevölkern, und diese gedehnten Laute klangen wie das Stöhnen eines Tieres in den Wehen der Geburt. Fern über mir flackerte das Feuer eines Vulkans, erhob sich wie ein schwarzer Riesenpilz der Rauch aus seinem Schlund; die Nähe der mütterlichen Weltenglut, der schöpferischen Erdflamme ließ mich bisweilen vergessen, daß ich ein wollender und müssender Mensch war. Ich erblickte den mathematisch geraden Rand der Hunderte von Meilen langen Eisbarre, die grün schillerte wie eine ungeheure Smaragdplatte, und im Süden, gegen das Ende der Welt, sah ich viele Berggipfel, zahllose Kuppeln, die jungfräulichen Brüsten glichen, bedeckt von dem blauen, durchsichtigen Schleier der Atmosphäre. Die klarsten, zartesten und stärksten Gedanken stiegen empor wie selbständige Geschöpfe; Natur hörte auf, ein Wort zu sein, hörte auf, das Andere zu sein; sie sprach nicht, sie gab nicht, sie behütete nicht, sie handelte nicht, sie war bloß.

In immer niedrigeren Kreisen rollte der Sonnenball um unser gefrorenes Reich; auch an dem Steigen der Kältegrade merkten wir, daß es Winter wurde. Es kam die Stunde, wo die rote bebende Scheibe den bebenden Horizont berührte. Die Wellen des Meeres erstarrten mitten in der Bewegung und sahen aus wie ein Haufen wild übereinander geworfener Purpurtücher. Das ganze Schneegefild hinter uns ward zum Spektrum, das in Billionen Eiskristallen glitzerte. Hoch in der Luft glühten die seltenen Iriswolken, Robben und Pinguine waren verschwunden, und wir standen vor der Hütte, frierend bis ins Mark, und warteten, bis die letzten Protuberanzen der Sonne erloschen waren, – und damit alles Leben. Es wurde Nacht. Bitter war es jetzt um uns bestellt. Mir ahnte schon Übles, als, da ich Licht anzündete, Trevanion unablässig in die Herdflamme starrte, und zwar mit einem Ausdruck, den ich nie vergessen werde, einem Ausdruck kindlicher Angst und seelenvoller Besorgnis.

Zweieinhalb Monate hatten wir in Eintracht gelebt. Ich darf sagen, daß wir einander lieb gewonnen hatten. Wir verstanden und achteten einander. Es wurde über vieles lebhaft und gut gesprochen, und ich verdanke dieser Zeit die reichsten Erfahrungen, die mannigfaltigsten Lehren und Aufschlüsse. Tag um Tag, Stunde für Stunde mit denselben Menschen dasselbe enge Haus teilen, Zeuge zu sein aller Lebensäußerungen, Beobachter jedes Schweigens und jeder Geberde, das heißt einander kennen lernen. Und schließlich kannten wir einander so genau, daß wir die Worte hörten, ehe sie gesagt wurden, daß wir auf dem noch unbewegten Gesicht die Stelle angeben konnten, wo ein Lächeln, eine

Erinnerung, ein Unbehagen die stereotypen Falten einkerben mußten, ja, daß wir die Verschiedenheit in der Biegung und Länge einzelner Wimpernhaare gewahrten, und häufig richtete man während eines Gesprächs das Augenmerk gespannter auf gewisse Eigentümlichkeiten der Miene und Geste als auf Frage und Antwort. Jeder war dem Andern wie Glas. Der Mangel alles Neuen und Überraschenden weckte bisweilen Ungeduld, die sich langsam in stummen Hohn verwandelte. Noch bevor die große Nacht einbrach, herrschte oft ein bedrohliches Schweigen unter uns, aber wir konnten die verwundeten Nerven durch Tätigkeit im Freien beruhigen. Dies war jetzt unmöglich. Ohne eine Vermummung, die das Gehen sehr erschwerte, konnte man draußen nicht weilen, und wenn der Schneesturm wütete, war man in Gefahr zu ersticken, ehe man sich drei Schritte vom Haus entfernt hatte. Wir waren also gezwungen, ununterbrochen beisammen zu bleiben. Die dauernde Dunkelheit verdüsterte das Gemüt nachhaltig. Das matt schwelende Licht in unserm Wohnraum ward zu einem beständigen Druck auf das Auge und das Gehirn. Die Kälte war so fürchterlich, daß wir trotz unablässigen Heizens die Temperatur der Hütte nicht über drei Grad Reaumur brachten. Unsere Ausdünstungen und die Dämpfe der Speisen hatten sich an den Wänden als Eisverkleidung niedergeschlagen, und das oben erwärmte Eis, das in Zapfen hing, tropfte auf den Boden, der infolgedessen ein Morast wurde. Wenn die Fenster und Balken nicht unter dem Anprall des Orkans ächzten und klapperten und die auf das Dach geschleuderten kleinen Steine quälend und eintönig klopften, versetzte uns die Stille der Natur in einen Zustand, daß wir hätten schreien mögen, um sie zu bannen. O, diese Stille! Sie donnerte in den Ohren, sie ließ den eignen Herzschlag wie den Lärm aus einer Maschinenhalle erscheinen, sie brüllte aus der Finsternis, sie verscheuchte den Schlaf und verursachte angstvolle Einbildungen des Gehörs. Ich vermute, daß wir nur aus Furcht vor ihr zu streiten anfingen. Es waren vollständig sinnlose Streitereien, aus den albernsten Anlässen böswillig in die Breite gezerrt. Einmal wollte ich Frieden stiften, da hob Allan Mirmell grimmig die Faust gegen mich, Trevanion schluchzte, und Rachotinsky lief mit verschlungenen Händen und gefletschten Zähnen auf und ab. Und aus welchem Grund dies alles? Wir hatten uns nicht darüber einigen können, ob der Kapitän von Mirmells Schiff blaue oder graue Augen besaß. Wir konnten den Klang unserer Stimmen nicht mehr ertragen; ich selbst zitterte bei der gleichgültigsten Redewendung. Doch das wahre Inferno begann erst, als eines Abends, – es gab Abende, die letzten bleiernen Stunden verwachter Nacht-Tage, – als eines Abends Trevanion, der lesend am Tische saß, ein weißes Tuch über sein Gesicht hängte. Unser Anblick erregte ihm Ekel. Und wir andern hatten im Nu die gleiche Empfindung. Wir stierten wie Bestien, die sich anschickten, einander zu zerfleischen. Täglich um dieselbe Zeit derselbe Vorgang in gesteigerter Abscheulichkeit! In einer solchen Stunde wurde Trevanion von Grauen überwältigt, er hüllte Kopf und Rumpf in den Pelz und stürzte hinaus. Mich erfaßte Besorgnis um ihn und nachdem ich die nötige Schutzkleidung ebenfalls angelegt, folgte ich ihm. Die frische Spur vor der Hütte zeigte, daß er gegen den Gletscher hinaufgegangen war. Über dem Schnee lag eine schwache grünliche Helligkeit. Die Luft war ruhig, aber die Kälte fraß wie ein Brand.

Plötzlich flammte der Himmel vor mir auf. Dichte Wellen von Licht bewegten sich von Südost nach Südwest und schienen unablässig neue Lichtstärken von Südost zu holen. Sie warfen blendende Strahlen zur Erde, und die Farben wechselten von weiß zu grün und gelb. Ich spürte nichts mehr von der Beschwerde des Marsches, das herrliche

Phänomen gab mir ein Gefühl des Schwebens. Da erblickte ich Trevanion. Er schaute regungslos in das glühende Firmament. Mich überrieselte es eigen, als ich den entgeisterten Ausdruck seines Gesichts bemerkte. Er ertastete meine Nähe mehr als daß er mich sah; er streckte den Arm gegen das Südlicht und fragte flüsternd, ob ich die Gestalt gewahre. Was für eine Gestalt? flüsterte ich zurück. Mit ungestümer Geberde deutete er. Ich folgte der Richtung. Es ist ein Eisblock, sagte ich. Er preßte die Hände zusammen und drückte sie auf seine Brust. Natalie, hauchte er, Natalie ist es. Wieder überlief es mich. Wir standen auf dem Kirchhof der Welt, und er sah die Gespenster des Lebens. Mit einer hingebenden und flehentlichen Stimme nannte er unaufhörlich den Namen Natalies. Der Gletscher begann im Schein der Aurora rötlich zu leuchten. Und nun war es mir selbst, als erblickte ich ein Weib. Sie winkte mir nicht, sie zog mich nur hin. In ihrem Körper rann durchsichtiges Blut. Aus dem bläulichen Gewand erhoben sich mädchenhafte Schultern. Ihre Hände, obwohl an schlaffen Armen, hatten eine Geste der Abwehr. Ihr Antlitz enthüllte sich nur allmählich wie ein Stern aus Nebeln. Die Züge waren leidend, aber voll von einer unerwarteten Sinnlichkeit. Wir können sie nicht erreichen, sagte Trevanion, und indes er einige Schritte tat, schwand die Lichterscheinung dahin. Eilen wir, ein Schneesturm zieht auf, drängte ich ihn und wies auf einen weißlichen Dunst, der im Süden lag und sich mit unheimlicher Schnelligkeit ausbreitete.

Man mag die übernatürlichen Kräfte skeptisch beurteilen; Man leugne oder erkläre sie; sicher ist, daß jeder Organismus unter bestimmten Voraussetzungen ihrer Einwirkung unterliegt und dann gleich einem Körper, der seinen Schwerpunkt verloren hat, der gewohnten Bahnen spottet. Wir hatten die Gemeinschaft der Menschen aufgekündigt, des Anrechts auf Liebe uns begeben; wir hatten nicht bedacht, daß dort, auch wenn sich das Geschick in Bitterkeit und Haß erfüllt, dennoch ein Strom schwebender Möglichkeiten den Einzelnen umgibt, Möglichkeiten der Liebe, und daß magnetische Berührungen seine Seele ungewußt mit dunkler Zuversicht nähren. Hier aber schuf ein tiefer Wille in uns das Phänomen der Liebe aus dem Nichts; die Verzweiflung gebar ein Schemen, das über uns Gericht hielt, die beleidigte Menschheit nahm Rache. Mirmell und Rachotinsky waren verhältnismäßig nüchterne Charaktere, und gerade sie wurden von der Frauengestalt im Feuerschein der Aurora australis am unwiderstehlichsten gepackt, denn sie sahen, was Trevanion und ich gesehen hatten, es brauchte kaum einen Hinweis, ihr Geist war vorbereitet, ihre Fantasie durch peinigende Wünsche, Wünsche des Schlafs, des Traums und des dumpfen Wachens, Wünsche, wie sie nur der kasteite Leib hegen kann, längst entschlossen, das Unfaßliche zu ergreifen. Es war ein erotischer Wahnsinn, der uns hintrieb. Mit Grauen gestehe ich, daß wir eifersüchtig aufeinander waren. Bei den folgenden Malen entfaltete sich der Glanz der Aurora immer glorioser. In einem mächtigen Bogen flammte das Licht bis zum Zenit und erreichte im Sternbild des Zentauren seine größte Intensität. In jeder Nacht gingen wir aus, um die Aurora zu sehen; schweigend und vermummt marschierte jeder seinen Weg. Aber allzuoft blieb das Firmament schwarz und nur das ferne Feuer des Vulkans lohte rauchverdüstert. Bisweilen stand in wolkenreiner Höhe der Mond wie eine Magnesiumlampe. Die ganze Landschaft glich einer Mondlandschaft. Ich fühlte mich so unirdisch, so außer mir, so nah den letzten Grenzen! Orion und der herrliche Sirius drehten sich in großem Kreis. In der siebenten Nacht erblickten wir die Aurora zum dritten mal. Es war milderes Wetter, und die Vision zeigte sich in starkem Kontur. Wir wanderten keuchend den Gletscher hinan,

Trevanion allen voraus. Er schien mir das Wesen eines Somnambulen zu haben. Er war in dieser Zeit so verinnerlicht, daß sein Lächeln wie ein flüchtiger Aufenthalt zwischen Schlummer und Tod wirkte. In seinen Augen wohnten eine Anbetung, eine transzendente Leidenschaft, daß ihn zu betrachten schmerzlich war. Auch in den finstern Nächten suchte er weit draußen auf dem heimtückischen Rücken des Gletschers; einmal hörte ich ihn laut, mit erschütternden Tönen, schreien; er schrie nach ihr. Ihn verlangte nach der Umarmung der Eisjungfrau, und am Morgen sagte er zu mir: wenn sie nicht blind wäre, Henry, sie würde ein Mittel finden, daß ich zu ihr gelangen könnte. Allan Mirmell verfiel auf eine besorgniserregende Art, als ob ein Gift an ihm zehre. Er tappte wie ein Greis. Licht, Licht, murmelte er oft, wenn er aus dem Schlaf emporschrak. Die anstrengenden Märsche nach dem Wohnsitz der bleichen Aurora warfen ihn schließlich entkräftet aufs Lager. Zu meinem Entsetzen bemerkte ich auch an Rachotinsky alle Anzeigen einer krankhaften Melancholie. Stundenlang kauerte er betend auf den Knieen. Er wusch sich nicht mehr; Schmutz, Ruß und Unrat bedeckten ihn. Wodurch ich mich aufrecht erhielt, kann ich nur schwer sagen. Es war Hoffnung in mir. Diese Hoffnung wurde von Tag zu Tag stärker. Und es war noch etwas anderes als Hoffnung, es war Sehnsucht. Immer wenn ich die Aurora sah, schritt ich durch eine Halle aus Eissäulen, an deren Ende mich die belebte Erde grüßte. Die Blinde, die Unerreichbare, das zarte Gebild aus Strahlen und Kristall lehrte mich, daß ich mich selbst lieben solle, mich in den Menschen, mich in der Welt. Der Strahlenbogen, dessen eines Ende sie trug, erschien mir wie eine meisterlich geschwungene Brücke, die den Abgrund der Finsternis überwölbt. Da stand es fest in mir, daß ich Brücken über Abgründe bauen wollte, wirkliche, ja, wirkliche Brücken. Und während ich im Weglosen wanderte, dem blendenden Licht entgegen, wuchs in mir die

Lust, Wege anzulegen, denn daß ich ehemals keine Wege mehr für mich gehabt, das lag daran, daß ich keine geschaffen. Das erkannte ich jetzt. Wege überwinden die Trägheit; je mehr Wege desto mehr Bewegung, desto mehr Wille, desto mehr Umwandlung. Auf den Wallfahrten zur Aurora habe ich den Gedanken an Brücken und Wege lieben gelernt, und dies bewahrte mich vor dem Verderben.

In der letzten Nacht vor dem Aufgang der Sonne sah ich Trevanion zum letztenmal. Dämmerung lag auf dem Eis. Der Gletscher zuckte, Krämpfe in seinem Innern zerbogen seine kalte Hülle. Auch der Vulkan grollte, und die Schwefelfumarolen auf dem Gipfel waren von gelben Dünsten umzogen. Trevanion war an meiner Seite, als das Südlicht aufflammte, nur in mattem Schein freilich, bloß wie zum Abschied. Noch ehe es verblaßt war, rief ich Trevanion zu, wir müßten hinunter laufen, der Blizzard sei im Anzug. Er schüttelte den Kopf und beachtete meine Warnung nicht. Er ging weiter. Ich wußte nicht, ob ich ihm folgen oder mich in Sicherheit bringen sollte, und blieb unentschieden stehen. Der Sturm fing an zu brausen, da sah ich, daß Trevanion, der schon ziemlich weit oben war, jählings verschwand. Offenbar war eine Schneebrücke geborsten, und er war in die Spalte gestürzt. Ich suchte die Stelle im Gedächtnis zu behalten, denn nacheilen konnte ich ihm nicht, die Atmosphäre verfinsterte sich rasch, ich warf mich flach auf den Boden, und um nicht fortgeschleudert zu werden, klammerte ich meine Arme um einen Eisblock. Es war eine Raserei in den Elementen, die das Herz zum Stocken brachte. Trotzdem waren meine Gedanken nur mit Trevanion beschäftigt; es war, als ob sich ein Tor im geheimnisvollen Haus der Aurora geöffnet hätte, um ihn einzulassen. Wie lange ich regungslos und mit Anspannung aller Kräfte so lag, weiß ich nicht; als die Heftigkeit des Orkans geringer wurde, kroch ich auf Händen und Füßen gegen die Hütte hinab, und erst als ich den Schutz einer Felswand erreicht hatte, wagte ich mich zu erheben.

Rachotinsky, von einem mechanischen und beinahe verbissenen Pflichtbewußtsein an das Lager Mirmells geschmiedet, der mit dem Tode rang, war nur mühsam zu überreden, mich auf den Gletscher zu begleiten. Wir warteten, bis der Sturm vorüber war, dann gingen wir, mit Stricken versehen, hinauf. Meine lauten Rufe blieben unbeantwortet. Das Schneetreiben hatte jede Spur verwischt. Wohl entdeckte ich in der Richtung, in der Trevanion verschwunden war, eine offene Spalte, aber sie war breit, ein bodenloser Schlund. Ich schrie hinab, ich warf den Strick hinab, umsonst. Da sagte Rachotinsky, der an einer mächtigen Eisplatte lehnte, mit heiserer Stimme: »Die Sonne«. Ein glühendes Segment tauchte über dem Horizont empor. Alles Land war von einem brennenden Scharlach übergossen.

Wie viele Tage vergingen, bis das Schiff in Sicht kam, dessen entsinne ich mich nicht mehr. Ich entsinne mich bloß, daß ich fest überzeugt war, es müsse kommen, fest überzeugt, mein Schicksal sei an der Wende angelangt. Eine zweite antarktische Nacht hätte ich nicht überlebt. Was sich an Bereitschaft in mir gesammelt hatte, durfte und konnte nicht betrogen werden. Das Geschick ist mir verschuldet, sagte ich mir, und ich trotzte ihm die Entscheidung ab. Allan Mirmell war schon längst unter die Erde gesenkt, als sein Schiff an der Küste anlegte. Der Kapitän, tief besorgt um unser Los und den Entschluß seines Herrn als eine traurige Verirrung betrachtend, hatte es einfach riskiert, den erhaltenen Befehlen zuwider zu handeln. Es war hohe Zeit, daß sie kamen; ich war nahe daran, in Gesellschaft des schwermütigen und schweigenden Rachotinsky verrückt zu werden. Als ich das Deck des Schiffes betrat, hatte ich das Gefühl von Auferstehung. Man fragte nach unseren

Erlebnissen. Rachotinsky konnte nicht antworten; er hatte den Verstand verloren. Was mich betrifft, so war ich unfähig, etwas anderes mitzuteilen als die äußerlichsten Vorgänge, die sich in drei Sätzen wiedergeben lassen. Ich habe niemals und zu keinem Menschen darüber gesprochen bis auf den heutigen Tag. Ich bat den Kapitän, mich in Sydney in Australien ans Land zu setzen, und dort habe ich mein Leben von vorn angefangen.«

Der Affe und der Spiegel

»Diese Wendung: das Leben von vorn anfangen, habe ich selten mit so triftigem Grund gebrauchen hören«, sagte Cajetan, als Hadwiger geendet.

»Und wie wir wissen, kann er mit dem Erfolg zufrieden sein«, fügte Borsati hinzu, indem er einen langen milden Blick auf Hadwiger heftete.

»Wie kompliziert, wie vielfältig, wie unerschöpflich, wie reich, wie groß ist doch das menschliche Dasein!« rief Cajetan ergriffen. »Ich fühle mich in einer Stimmung wie jener Bramarbas auf der Plassenburg. Man möchte sich manchmal wirklich zum Ertrinken tief hineinstürzen. Aber man muß schwimmen können, das seh ich wohl ein. Und eine umpanzerte Seele braucht man«.

»Eine umpanzerte Seele und ein unverschlossenes Herz«, sagte Lamberg ernst.

Hadwiger sah sie alle mit einem sonderbar glänzenden Blick an, als wolle er antworten: wißt ihr es denn? habt ihr es denn erfahren, ihr Reichen, Reichgeborenen, Verwöhnten, ihr, die ihr Zeit gehabt, Zeit und Raum, Freiheit und Bestimmungsrecht? Borsati erriet seinen Gedanken. »Es gibt auch eine mittelbare Art zu leben und zu erleben«, meinte er; »obschon sie nicht so zwingt, zum Entschluß nicht und zur Verwandlung nicht, ist sie oft doch viel schmerzlicher, – dem unverschlossenen Herzen nämlich, das dann so belastet, so verwundet, so zerrissen sich findet, so zerteilt in die wechselnden Lose, daß es nicht einmal zu einer Tat der

Selbstbewahrung mehr die Kraft hat. Das heißt mit gefesselten Gliedern dem Moloch überliefert werden.«

»Und ist Ihnen diese Stunde nicht wie ein Märchen?« wendete sich Fürst Siegmund an Hadwiger, »ist es nicht wunderbar, daß Sie hier, von einer freundlicheren Natur umgeben, wieder unter Freunden weilen, denen Sie zum erstenmal von jenen außerordentlichen und weittragenden Begebenheiten erzählen? Ich täusche mich vielleicht, oder ich kann meiner Empfindung nicht den rechten Ausdruck verleihen, aber für mich hat dies etwas von einer Spiegelung, etwas, das sinn- und bedeutungsvoller ist, als Sie selbst im Augenblick denken. Das Wort ist nicht immer bloß ein gesagtes Ding, es wird auch bisweilen zum Symbol der Erkenntnis und Erhöhung.«

»Sie haben Recht, Fürst«, versetzte Cajetan, »und das ist auch weitaus das Schönste, was man darüber sagen kann.«

»Und das Schönste, was man dafür tun kann«, ließ sich jetzt Franziska hören, die bis zu diesem Moment ganz verloren vor sich hingeschaut, »ist, daß wir ihm den goldenen Spiegel geben«.

»Ein Vorschlag, der keinem Widerspruch begegnen wird«, erwiderte Lamberg lächelnd und quittierte mit einer reizend chevaleresken Geberde die stumme Zustimmung Cajetans und Borsatis. Hadwiger stand auf, errötend wie ein Schuljunge. »Bleiben Sie nur sitzen, Heinrich«, fuhr Georg Vinzenz ermahnend fort, »wir lassen uns einen solchen Anlaß zur Feierlichkeit nicht entgehen, und Sie müssen warten, bis Ihnen die Trophäe mit den gebührenden Zeremonien überreicht wird.«

»Vortrefflich«, lachte der Fürst, »da bekommen wir am Ende gar noch eine Rede zu hören«.

»Wir sind dem Spiegel zu vielem Dank verpflichtet«, fuhr

Lamberg fort; »wer von uns kann ihn von nun ab in die Hand nehmen, ohne eine Fülle von Gesichten und Gestalten in ihm zu erblicken? Seine Scheibe, wie tief und wie seltsam! gibt kein Gegenbild des Auges, das hineinschaut. Sie ist matt. Und doch ist eine Welt in ihr. Frauen und Männer, Tiere, Schiffe und Häuser, Seefahrer und Landflüchtige, Ritter und Knechte, Bürger und Bauern, Eroberer und Künstler, Liebende und Verbrecher, Sonderlinge und Besessene, Verzweifelte und Narren, Prahler und Dulder, der Zufall, der Traum und das Wunder, alles das ist in ihr. Keiner von uns, die wir dies Gewebe von Schicksalen gesponnen haben, war bemüht, den Partner zu übertreffen, ja, nicht einmal von einem Wetteifer war die Rede. Es war kein Werben, es war ein Verschenken. Und wir sprechen Ihnen, Heinrich, den Spiegel zu, weil Sie am meisten geschenkt haben, aus Ihrem eigenen Innern geschenkt. Das wollte ich noch sagen, und damit ist auch mein Bedürfnis nach Feierlichkeit im Grunde schon befriedigt.«

Cajetan und der Fürst klatschten Beifall, Hadwiger blieb mit gesenktem Kopf stehen. Lamberg schritt zur Türe und drückte auf den elektrischen Knopf, um von Emil den Spiegel heraufholen zu lassen. Der Fürst verabschiedete sich indessen von Franziska. Sie sprachen mit leiser Stimme. Da der Diener nicht kam, läutete Lamberg noch einmal, und als auch dies vergeblich war, öffnete er ungehalten die Türe, um zu rufen. Nun erschien an Emils Statt die Köchin und teilte ihrem Herrn ziemlich erregt mit, der Affe sei entflohen und Emil verfolge ihn. »Entflohen? es ist ja Nacht«, erwiderte Lamberg und begann die verwirrte Person auszuforschen. Es stellte sich heraus, daß Quäcola schon am Nachmittag, um die Zeit, da der Fürst gekommen, den goldenen Spiegel aus dem Speisezimmer entwendet hatte und damit verschwunden war. Emil sei sehr aufgebracht gewesen und habe das Tier im ganzen Haus gesucht, in allen Zimmern, im Keller, auf dem Dachboden, zwei Stunden lang und ohne eine Spur von ihm zu finden. Schließlich sei er auf den Balkon hinausgetreten, und da sei nun Quäcola in einem Winkel ganz zusammengekauert unterm Efeu gesessen, mit einem Radmantel bedeckt, den er ebenfalls gestohlen, und den Spiegel in der Pfote. Emil habe versucht, ihm den Raub zu entreißen, doch der Affe habe ihn bösartig angeknurrt und sich überhaupt so betragen, daß man sich habe fürchten müssen. Da habe Emil die Peitsche geholt und habe die widerspenstige Bestie geschlagen. Quäcola habe wütend gefaucht, sich über das Geländer geschwungen, sei an dem Baumstamm vor dem Haus hinabgeklettert und gegen den Wald hinauf gerannt. Und Emil sei nun hinter ihm her.

»Jetzt? in der Finsternis? im Wald?« fragte Lamberg erstaunt. Die Freunde, Franziska und der Fürst hatten dem Bericht mit Neugier und Verwunderung gelauscht. Man hielt Rat, was zu tun sei, und Lamberg meinte, es sei das Beste, wenn er selbst gehe, um den Flüchtling heimzulocken, dieser idiotische Emil habe nicht so viel Grütze im Kopf, um ein unschuldiges Tier harmlos zu fassen. Die andern erklärten sich bereit, ihm beizustehen. Fürst Siegmund äußerte lächelnd sein Bedauern über den Zwischenfall; er fragte, ob er Leute herüberschicken solle, die mit Fackeln den Wald absuchen könnten; Lamberg dankte und antwortete, er hoffe, daß Quäcola den Aufenthalt unter den feuchten Bäumen von selbst unbehaglich finden und zum Gehorsam zurückkehren werde. Voll Herzlichkeit drückte der Fürst allen die Hand und ging.

Mit Laternen versehen, machten sich Lamberg und die drei Freunde auf den Weg. Als sie sich fünfzig Schritte oberhalb der Villa befanden, kam ihnen Emil aus dem dunkeln Forst entgegen. Er war ohne Hut oder Mütze und keuchte erschöpft. In der Hand trug er eine Fuhrmannspeitsche, deren Schnur an den Stiel gebunden war, augenscheinlich zu dem Zweck, um sie als Lasso benutzen zu können. Lamberg hob die Laterne gegen das Gesicht des Dieners, und er sah, daß es voller Blut war; Zweige und Buschwerk hatten ihm die Haut zerrissen. »Sie haben das Tier nicht gefunden?« fragte Lamberg. Der unglückliche Mensch konnte nicht reden, er zuckte verzweifelt die Achseln. »Und Sie wissen genau, daß Quäcola den Spiegel bei sich gehabt hatte, als er entwischte?« Emil nickte. »Das ist es ja eben«, stammelte er, »das ist ja die Niedertracht; er wollte mich in Schuld bringen, er wollte mich dem gnädigen Herrn verhaßt machen. Die Herren müssen das begreifen«, wandte er sich aufgeregt und fast schreiend an die Freunde, »der Schabernak war auf mich gemünzt, mich wollte das Vieh verderben ...«

»Bis wohin haben Sie ihn verfolgt?« unterbrach Lamberg mit Unwillen den sich ausbreitenden Redeschwall.

»Bis an die Trisselwand hinüber«, erwiderte der Diener zaghaft.

»So weit?« rief Cajetan betroffen; »dann ist unsere nächtliche Unternehmung aussichtslos. Warten wir den morgigen Tag ab.«

Trotzdem Lamberg das Vergebliche der Nachforschung zugab, wollte er noch einen Gang in den Wald tun. Er rief den Namen Quäcola hundertmal, und ein sanftes Echo antwortete ihm aus der Einsamkeit des Gebirges. Auch pfiff er, wie er gewohnt war, wenn er den Affen zur Gesellschaft zu haben wünschte. Nach einer halben Stunde kehrte er enttäuscht um und löschte am Waldrand die Laterne, da inzwischen der Mond aufgestiegen war. Sehr verspätet nahmen die Villenbewohner das Abendessen und es wurde nur wenig gesprochen. Lamberg war verstimmt, Franziska müde, die andern überließen sich ihren Betrachtungen. Der

Diener hatte sich zu Bett begeben müssen; bei der Jagd im nassen Wald hatte er sich erkältet, und ein Fieberfrost schüttelte den armen Affenhasser.

Am andern Morgen, nach weitläufigem Marsch über Waldpfade und Felsensteige entdeckten die Freunde den Affen. Er lag am Ufer des Sees, der Unterkörper im Wasser, der braunbehaarte Kopf zerschmettert auf einem Stein. Die Situation erlaubte keinen Zweifel darüber, daß er sich oben in den Felsen verirrt und an der überhängenden Wand herabgestürzt war. Lamberg setzte sich an die Seite des Leichnams und sagte: »Schaut doch nur sein verzogenes Gesicht an, da ist irgend ein menschlicher Kummer drinnen und eine menschliche Angst. Bedauernswerter Quäcola! Auch du hast unter der Dummheit leiden müssen, auch aus dir hat sie einen Märtyrer gemacht. Deine roten Höschen und dein blauer Frack sehen närrischer aus als du selber warst; du warst ein Sokrates unter den Affen, und wer weiß, was für erhabene Regungen deine Schimpansen-Seele beherbergt hat.«

Borsati und Cajetan lächelten, Hadwiger schüttelte verwundert den Kopf.

Der goldene Spiegel war und blieb verloren. Lamberg ließ die ganze Gegend durch Scharen von Bauernkindern absuchen, doch ohne Erfolg. Es mußte angenommen werden, daß während seines Sturzes dem Affen der Spiegel entglitten und in den See gefallen war, der an dieser Uferstelle sich zu einer steilen Tiefe senkte. So wurde die schöne Kostbarkeit dem Bestand menschlicher Schätze für immer geraubt.

Hadwiger und Franziska reisten noch an demselben Abend in die Stadt zurück, Cajetan und Borsati erst zwei Tage darnach.

Es steht ein kleines Landhaus in einem Garten, der zwischen Weinbergen sein herbstliches Laub aufflammen läßt. Es ist ein später Nachmittag, und die Hügel flimmern im nebligen Sonnenlicht. Aus dem Hause tönt eine leidenschaftlich klagende Mazurka von Chopin; am Gitter lehnen zwei lauschende Menschen, ein Mann und eine Frau, die einander die Hand gegeben haben. Und drinnen im halbdunklen Gemach liegt Franziska; Hadwiger, das Gesicht in die Dämmerung des Raums gewandt, blickt vom umleuchteten Fenster aus nach ihr hin. Sie muß sterben, die Liebreizende. Er weiß es. Ihm ist, als hätte sie stets vergeblich auf ihn gewartet und er vergeblich sie zu erreichen gestrebt. Vorüber, ach vorüber! Sie aber empfindet die Stunde voll, nicht nur wegen der Musik, die aus dem Nachbarzimmer klingt, – es ist, wie wenn ein Namenloser sie spielte, – sondern auch wegen der Musik, die harmonisch ihrem Innern entquillt. Denn es ist ihr bewußt, daß sie ihr Leben in Wahrheit zu Ende gelebt hat; so bis an den letzten Rand, daß es nur eines leichten Hinüberbeugens bedarf, und das Herz hört auf zu schlagen gleich einer Uhr, die nicht mehr tickt, weil die Ewigkeit beginnt. Auch ist ihr bewußt, daß manche trauern werden, denen sie viel gewesen ist, und einige weinen werden, die sie geliebt haben.

Ende

Begonnen: April 1907

Beendet: Mai 1911

Werke von Jakob Wassermann

Die Juden von Zirndorf

Roman. Neubearbeitete Ausgabe. Vierte Auflage. Geheftet 4 Mark, in Leinen 5 Mark.

Die Geschichte der jungen Renate Fuchs

Roman. Elfte Auflage. Geheftet 6 Mark, in Leinen 7 Mark 50 Pfennig.

Der Moloch

Roman. Neubearbeitete Ausgabe. Vierte Auflage. Geheftet 4 Mark, in Leinen 5 Mark.

Der niegeküßte Mund – Hilperich

Novellistische Studien. Geheftet 2 Mark, in Leinen 3 Mark.

Alexander in Babylon

Roman. Dritte Auflage. Geheftet 3 Mark 50 Pfennig, in Leinen 4 Mark 50 Pfennig, in Leder 6 Mark.

Die Schwestern

Drei Novellen. Dritte Auflage. Geheftet 2 Mark, in Halbleder 3 Mark, in Leder 4 Mark.

Die Masken Erwin Reiners

Roman. Siebente Auflage. Geheftet 5 Mark, in Leinen 6 Mark.

Caspar Hauser oder die Trägheit des Herzens

Roman. Neunte Aufl. (Deutsche Verlagsanstalt, Stuttgart.)

S. Fischer, Verlag * Berlin

Die Juden von Zirndorf

Der Verfasser der »Geschichte der jungen Renate Fuchs«, Jakob Wassermann, hat seinen vor zehn Jahren erschienenen Roman »Die Juden von Zirndorf« in einer neu bearbeiteten Ausgabe herausgegeben, der die Kürzungen trefflich zustatten gekommen sind. Ein merkwürdiger Roman, diese »Juden von Zirndorf«. Kaum je hat ein jüdischer Poet seinen Glaubensgenossen und über das Judentum der Gegenwart überhaupt schärfere und zutreffendere Dinge gesagt als Wassermann in diesem Buche. Die besten Eigenschaften des jüdischen Volkes erscheinen in ihm selbst verkörpert, vor allem der kritisch-skeptische Sinn, der auch sich selbst nicht schont. Mit diesem verbindet sich auch bei Wassermann eine starke, jedoch mehr mystisch als sinnlich glühende Phantasie, der namentlich in dem phantastischen »Vorspiel« des Romans, welches eine mit dem Erscheinen des merkwürdigen Messias Sabbatai Zewi verknüpfte Judenverfolgung im siebzehnten Jahrhundert behandelt, eine glänzende poetische Leistung gelungen ist.

(Neue Zürcher Zeitung)

Die Geschichte der jungen Renate Fuchs

Jedes große, befreiende Buch muß ein Buch der Erlösung und der Wiedergeburt sein. Dies ist ein Buch von der Erlösung der Frauen, »die alten sinnlichen Vorurteilen zu mißtrauen beginnen, die ihr Schicksal, ihr Frauenschicksal, erleben und nicht länger leibeigen sein wollen«. – Seit dem »Grünen Heinrich« Kellers ist in deutscher Sprache kein so interessanter und tiefsinniger Roman erschienen.

(Die Zukunft)

Der Moloch

Ein bedeutendes Werk! Bedeutend durch die ernste Idee, die ihm zugrunde liegt, bedeutend durch die psychologische und gestaltende Kunst, mit der Wassermann jene Idee zu einem groß und breit angelegten, lebensvollen Gemälde gestaltet hat!... Man kann schon aus dieser gedrängten Inhaltsangabe ersehen, daß es sich hier vorwiegend um ein psychologisches Problem handelt; der Verfasser hat dieses Problem in der Tat auch vollständig, seinem Wesen entsprechend, psychologisch behandelt, und zwar in geradezu bewundernswerter Weise. Ja, so groß ist des Autors Kunst seelischer Schilderung, daß der Leser alle die Vorgänge mitzuerleben glaubt und sie in Wahrheit mitempfindet.

(Berner Bund)

Der niegeküßte Mund – Hilperich

In diesen Novellen hat die Wassermannsche Erzählungskunst eine mehr als respektable Höhe erreicht. Es sind belletristische Kunstwerke von einer so feinen und sicheren Arbeit, wie wir ihrer in der heutigen deutschen Literatur nicht viele besitzen. Was sie vornehmlich auszeichnet, ist ihre gute Haltung im Sinne der epischen Kleinkunst. Wie hier alles in den Verhältnissen abgewogen ist, wie anmutig und doch streng die Linie fließt, wie der Zierat sich verteilt, Licht und Schatten sich verhalten, Ausführung und Andeutung zueinander stehen – alles das verrät einen in Deutschland sehr seltenen Kunstverstand und ungemein viel Talent. In dieser Hinsicht wären nur wenig Aussetzungen zu machen, so wenige, daß man sie verschweigen darf und erklären: der künstlerisch Genießende, der Kenner, wird hier sein volles Genügen finden.

(Die Zeit, Wien)

Alexander in Babylon

Nichts als der reale Gang der geschichtlichen Ereignisse von Alexanders Rückkehr aus Indien bis zu seinem vorzeitigen Tode wird uns erzählt, dies freilich in farbigreicher kulturhistorischer Ausmalung und mit ebenso kühner als intensiver Psychologie. So ist dieses Buch weit mehr ein Prosaepos als ein Roman, und es bietet weit mehr eine faszinierende Ausdeutung der Geschichte als etwa eine Spannungserzeugung durch pragmatische Verwicklungen. Auf jeden Fall aber ist es ein Kunstwerk, sowohl durch die Geschlossenheit seiner Komposition wie durch seine kaum genug zu preisende sprachliche Behandlung. Es gehört zu unsern schönsten deutschen Prosabüchern. Manche Kapitel verdienten in den Schulen gelesen zu werden. Auf solche Weise wird Geschichte lebendig gemacht und beseelt.

(Neue Freie Presse, Wien)

Die Schwestern

Die Heldinnen dieser Novellen gehören zu jenen glücklichen, unglücklichen Geschöpfen, die ein Traum, ein Aberglaube, eine Sehnsucht, ein Wahn den Dingen dieser Welt entfremdet und zu neuem, wunderlichem Dasein gerufen hat. Arme Kranke sind es, aber Wassermann sucht aus dieser Krankheit die tiefsten Geheimnisse des Lebens herauszulesen. Glänzen uns hier nicht Schönheiten entgegen, die wir sonst an unserem Lebenswege vergeblich suchen? Öffnet sich hier nicht dem Blick ein neues Leben, viel wahrhaftiger, viel lebenswerter als das, an dem wir tragen? Was ist nun Wirklichkeit, was ist nun Traum? Eine holde Schwärmerei ist das Buch, in den Tönen lieblicher Inbrunst gegeben, ein holder Traum, von siegesstarken Sehnsüchten und Ahnungen durchzuckt.

(Hannoverscher Kurier)

Die Masken Erwin Reiners

Dieser Roman wird einmal in der Entwicklungsgeschichte der modernen Literatur eine wichtige Rolle spielen. Man wird ihn als einen alles Wesentliche zusammenfassenden und reflektierenden Spiegel des zügellosen Individualitätsstrebens betrachten, das doch das entscheidende Merkmal unserer modernen Romanliteratur bleibt, von ihm zugleich aber eine Wendung zum realen Leben datieren. Es sind einige Kapitel in dem Roman, die wie das Morgenrot einer neuen Klassik anmuten.

(Westermanns Monatshefte)

Wassermanns Künstlertum wird immer geklärter und reifer. Der klangvolle Fluß der Sätze, einer altgoethischen Prosa, hat in den »Masken Erwin Reiners« eine souveräne Kraft und Freiheit. Die Linie der Handlung erhebt sich planvoll und unverwirrt, wie noch in keinem Buche Wassermanns.

(Die Zeit, Wien)

Druck von Poeschel & Trepte in Leipzig

308